月寻星

月寻星 著
Yue xunxing

江苏凤凰文艺出版社
JIANGSU PHOENIX LITERATURE AND
ART PUBLISHING

图书在版编目（CIP）数据

甜粥 / 月寻星著. -- 南京：江苏凤凰文艺出版社，2022.9
ISBN 978-7-5594-6814-7

Ⅰ.①甜… Ⅱ.①月… Ⅲ.①长篇小说－中国－当代 Ⅳ.① I247.5

中国版本图书馆 CIP 数据核字（2022）第 074912 号

甜粥

月寻星 著

出版统筹	曾英姿
责任编辑	张 倩
特约编辑	石 婷 申昕可
封面插图	电磁花森
装帧设计	郝 卉 苏 荼
出版发行	江苏凤凰文艺出版社
	南京市中央路 165 号，邮编：210009
网　　址	http://www.jswenyi.com
印　　刷	湖南凌宇纸品有限公司
开　　本	880mm × 1230mm　1/32
印　　张	10
字　　数	288 千字
版　　次	2022 年 9 月第 1 版
印　　次	2022 年 9 月第 1 次印刷
书　　号	ISBN 978-7-5594-6814-7
定　　价	46.80 元

江苏凤凰文艺版图书凡印刷、装订错误，可向出版社调换，联系电话 025-83280257

目录

第三碗粥　相识
039

第一碗粥　喜欢
001

第六碗粥　选修
102

第四碗粥　游戏
057

第二碗粥　昵称
020

第七碗粥　体测
126

第五碗粥　奖牌
083

目录

contents

第八碗粥　外套
·153·

第九碗粥　新年
·179·

第十碗粥　项链
·195·

第十一碗粥　拥抱
·213·

第十二碗粥　结婚
·243·

第十三碗粥　甜蜜
·273·

第十四碗粥　坦白
·292·

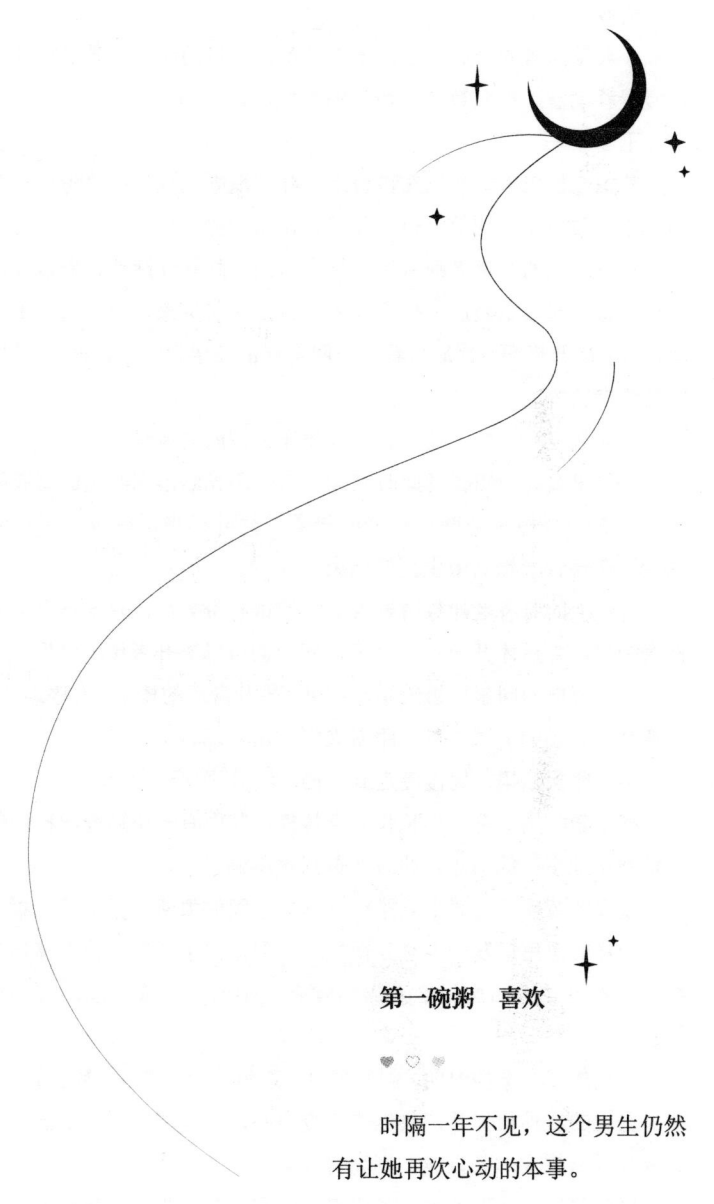

第一碗粥　喜欢

❤ ♡ ❤

时隔一年不见,这个男生仍然有让她再次心动的本事。

六月八号,阳光明媚,碧空如洗,校园里风景如画,一派生机盎然。

清城一中里。

今天是高考的最后一天,下午是英语科目的考试。教室挂钟的分针慢慢移动着,指向数字"12"的时候,铃声响起。

丁零零——

其中一位监考老师站在讲台上,吐字清晰地说道:"考试结束,请同学们放下手中的笔,停止作答,保持安静。"

台下其他的监考老师从第一排往后走,陆陆续续地收着试卷。

单意坐在教室最后一排靠窗的位置,抬起头来,放下自己手中的笔,双手离开桌面。她最后看了一眼自己的英语答题卡,然后侧过头,眼睛望向窗外。

这间教室在六楼,往下就可以俯瞰到校园的风景。

平日里喧闹的田径场此时空无一人,阳光洒落在红色的塑胶跑道上,两旁的香樟树被微风轻轻吹拂着,树叶摇曳,就像电影里的慢镜头,在宣告着她高中生涯的结束。

讲台上的监考老师数清楚收上来的试卷份数后,有条不紊地装进密封袋里,然后才开口:"好了,同学们可以离开考场了。"

得到解放的同学们纷纷站起身来,推开身后的椅子,有序地离开。单意拿好自己的考试工具,跟着人群走出考场。

楼道熙熙攘攘,她慢慢走到一楼。

高三教学楼下有一排长长的宣传栏,其中有一块贴着学校历年来"优秀毕业生"的信息,此时此刻那里围满了人。

众多的蓝底证件照中,排在第一排中间的那两个男生最为耀眼。

同样的黑色短发,五官生得极其英俊,器宇轩昂,让人移不开视线。只不过二人的面相给人的感觉完全不同,一浓一淡,有一种反差感。

右边的那个丰神俊朗,剑眉星目,棱角分明,笑得一脸张扬恣意。

左边的,骨相优越,肤色略微冷白些,五官清俊,一双黑眸清亮有神,嘴唇抿成一条直线,不苟言笑。

单意的目光一下子就有了焦点,落在了左边男生的相片上。

下面写着个人信息:2015级,唐星舟,清城大学数学系。

旁边传来几个女同学讨论的声音。

"这张照片无论看多少次,都会有心动的感觉,唐星舟真的好帅啊!"

"他旁边的程星临也帅啊,'一中双子星'果然不是盖的。"

"程星临本来跟我们同一届,只不过人家高二就被保送去清大了。"

"唐星舟也是去了清大,可惜我生不逢时,没能跟他同一届。"

"要是我能考上清大就好了,还可以继续跟他们在同一所学校。"

她们口中的"一中双子星",指的是学校宣传栏上的唐星舟和程星临,这两人曾是一中的风云人物。

被誉为"一中双子星"是因为两人的名字中间恰好都是"星"字,加上他们除了个人长相和性格不同,连人生经历都很相似,一样的优秀,都是学神级的人物。就像物理学里说的"双子星",两颗质量极其接近的星体,连万有引力都十分接近的那种。

曾经的一中双子星,是万千少女藏在心里的秘密。

两人去年同时入读清城大学,唐星舟是以清城理科状元的身份考进去的,程星临则是被保送。虽然他们人不在一中了,但是关于他们的故事至今还是一中同学们茶余饭后会讨论的内容。

单意听着这几个女同学说的话,脸上这才露出了点笑意。

她想到了以前。

她是读高二那年认识的程星临,两人同在一个理科班,还是前后桌的关系,还要加上路以柠和卓起,那时候他们四个人在班里就很要好。

只不过后来路以柠出国读书,程星临被保送,她上高三后选择了艺术生这条路,转去了文科班。

剩下一个卓起,留在了原来的理科一班。

"单意?"

一道男声打断单意的思绪,将她从回忆中拉了回来。

单意循着声源看向来人:"卓起?"

真是"说曹操曹操就到"。

叫卓起的男生穿着一中的校服,白色衬衣,黑色长裤,脖子上系着黑色条纹领带,松松垮垮的,带着点不羁的帅气。

他单肩斜挎着黑色的书包,径直穿过人群,然后走到她的面前,露出一个灿烂的笑容:"好久不见啊。"

单意:"没记错的话,我们前天下午看考场的时候才见过吧?"

好友多年未见的气氛瞬间崩塌。

卓起差点说不出话来,强行"挽尊"道:"这不是'一日不见,如隔三秋'吗?"

单意侧身越过他,离开宣传栏的位置,然后慢悠悠地说道:"我跟你,哪来的三秋可以隔?"

自从路以柠和程星临不在一中后,曾经的四人组只剩下他们两人。

虽然一个在文科班,一个在理科班,但是都在同一栋高三楼里,上学放学,或者课间活动的时候,他们经常会碰到对方,所以曾经的革命友谊就由他们两个延续下去了。

卓起嘿嘿笑了两声,快步跟上,跟她并肩走着。

他装作无意地开口:"意姐,考得怎么样?"

单意给了个保守的答案:"还行吧。"

加上她专业课的分数,她心里还是有点底的。她有史以来最拼命学习的时间全部奉献给了高三。

她不敢有一丝松懈,就是为了她的目标。

"你呢?"她问。

卓起也是一副随意的语气:"就跟平时差不多吧。"

单意知道他说话有所保留,她大概也知道他的成绩水平怎么样。

清城一中是重点高中,每年的升学率都很高,尤其是重点班的。卓起又是理科重点班的人,差不到哪里去。

两人说着说着就走出了校门口,门外也站满了人,都是些来接学生的家长,其中也包括卓起的家长。他看着自己手机里的信息,往人群那里搜索着,说道:"我妈怎么也来了,不是让她别来的吗?"

单意:"有人来接你还不知足?"她拍了拍他的肩膀,指了下学校门口左边的方向,"我还有点事,就先走啦。"

周围传来家长们嘘寒问暖的声音。

"考完了就什么都不要想,妈妈今天给你做大餐吃!"

"你不是一直想去旅游吗,爸爸请好假了,明天我们一家人一起去玩。"

"你哥哥今天从英国回来了,我们一家人好久没一起吃过饭了。"

单意背着自己的书包,后背挺得很直,独自一人,从乌泱泱的人群里穿插而过。

她往前一直走着,来到了学校附近的一间花店,买了一束玫瑰花,然后打车去了郊区的墓园。

墓园门口的管理员都认识她了,看到她来了之后,二话不说就放人进去了。

单意弯腰向他道谢。

她熟门熟路地走到一座墓碑前,将手中的玫瑰花放下,人也跟着蹲下身子。

"买了你最喜欢的花。"

单意看着墓碑上的那张黑白照片,女人一头黑色长发,面容姣好,单意与她有几分相似,但她的气质稍成熟些。

单意莞尔,轻声说道:"妈,我考完了。"

"第一科考语文,写得还挺顺利。"

"数学后面的大题一如既往那么难。"

"英语我检查了三遍答题卡……"

单意絮絮叨叨地说了很多,在那里自言自语着。

周围却一片寂静,没有人回应她。

半晌过后。

单意微微仰起头,露出那张明媚动人的脸,在昏黄的落日映照下,眼里闪着光。

"妈,我想考去清大。"

六月的风,温柔地轻拂过她的脸庞,带着少女的祈愿,一同吹走,送到了该去的地方。

当天晚上是文科十班的同学聚会,毕业后大家各奔东西,基本很难再聚到一起,所以班长和其他几个班委就组织了这一次的活动。

单意从墓园出来后回了一趟家,她外婆给她做了很多好吃的。

平日里督促她学习的外公，对于考试的事情只字不提。两人非常默契地照顾到了她考完试后的心情，不讨论，不猜测，一切等结果。

吃完饭后，单意收到了同桌发来的微信消息，同桌发了个定位给她，说是今天聚会的KTV地点。

单意回了一个"好"字，然后去换了一套衣服。

她之前高一高二都在理科班，高三才转到文科班，所幸遇到了一群很友好的同学，陪她度过了高中的最后一年。

单意到KTV的时候，班上的其他人基本上来齐了。她刚一进门，体育委员眼尖地看到了她，大嗓门一喊："我们的班花终于来了！"

单意今天换下了黑白色的校服，穿着简简单单的白色衬衣，下摆扎进浅蓝色的铅笔牛仔裤里，腰细腿长。一张未施粉黛的脸，肌肤胜雪，漂亮又明艳，乌发披散在腰间。

单意朝大家招了招手，看到自己的同桌后就坐到了她的旁边。

包厢里分成了好几批人，有玩骰子的，猜拳的，唱歌的，大家玩得不亦乐乎。单意每个游戏都参与了一下，玩累了之后就回到原来的位子上。

她看着茶几上七倒八歪的啤酒罐，找出一罐没开过的，用纸巾擦了擦，一只手握住罐身，将易拉罐的拉环拉开，有气泡往上浮出来。

她仰头喝下，微微苦涩的酒味在她的嘴里弥漫，但她也只是轻皱了一下眉头，然后继续喝着。

过了一会儿后，同桌突然将她拉了起来："意意，快来，大合唱啦。"

单意的手里被塞了一个麦克风，音乐声跟着响起——

她看着这群唱着"朋友一生一起走，那些日子不再有"突然就哭起来的同学，笑中带泪。

再见了，我的高中。

十一点多的时候，大家陆陆续续地从KTV里走出来。

单意喝得不多，脑子还算清醒，她跟同学们一一告别，准备回家。

身后有一个男生被几个同学推了出来。

"去啊，班长，错过这个村就没这个店了。"

"是啊，现在高考都结束了，可以谈恋爱了。"

"你还不告白,要等到什么时候啊?"

"再不行动,她人就要走啦!"

男生涨红着一张脸,看了一眼单意的背影,得到同学们的鼓励后,口齿不清地喊道:"单意,等等!"

单意听到自己的名字后,回过头来。

男生在同学们的推搡下走到她的面前,又喊了一遍她的名字:"单意,我有话要对你说。"

她转过身来,抬起眸,一双天生的狐狸眼,眼尾自然地往上翘起,妩媚动人,因为喝了点酒,眼波流转之间,冷艳又迷离。

男生不敢直视她那双漂亮的眼睛,低着头,大声吼道:"我、我喜欢你!"

"哇——"

身后是同班同学起哄的声音,像是给足了他勇气,他继续说着:"我知道你的目标是清大,我想跟你上同一所大学。"

高考之前,班主任让每位同学写上自己的目标大学,然后贴在了教室后面的黑板上。

他后来去看过,单意写的是清城大学。

"请问,你愿意当我的女朋友吗?"

单意耐心地听完男生讲的话,对于眼前的表白,内心并没有太大的波动,随后她才开口:"抱歉,我已经有喜欢的人了。"

她的目标是清大,那是因为她喜欢的人在那里。

高三学生度过了读书生涯中最长的一个暑假后,迎来了他们期盼已久的大学生活。

单意如愿以偿地被清大的音乐系录取,成为一名大一新生。

九月十七号是清城大学开学的日子,新生报到的时间有两天。第二天晚上是新生晚会,大礼堂内,此时正人声鼎沸。

不同类型的节目表演结束后,一个穿着露肩礼服的女主持人走上舞台。她的脸上带着好看的笑,手里拿着麦克风,字正腔圆且十分有感情地念道:"下面,让我们一起来欣赏本次晚会的最后一个表演,由音乐系代表为我们带来的歌舞表演《红玫瑰》。"

"哇——"

话音刚落,全场一片起哄声。

台下有几个男生更是激动不已。

"终于出来了,我等了一晚上,就为了看最后这个节目!"

"巧了,兄弟,我也是!"

"这个节目有什么特别的吗,看前面的节目,也没见你们这样啊?"

"不一样,待会儿的表演成员里有个大一新生是音乐系的新晋系花,一开学就直接挤走了大二的林夏。"

这时,舞台上红色的幕布被徐徐拉开——

七个身材高挑、姿态曼妙的女生像是走秀般整齐划一地出现在众人的面前,入眼便是一幅肤白腿长的动人画面。

七人的左手都拿着一朵红色的玫瑰,半遮半掩着自己的脸。她们穿着统一的红色露肩雪纺上衣,短款,露出一小截细腰。

下半身是红色短裙,带着一层红纱,笔直修长的纤纤玉腿暴露在空气中,在脚下的那双红色高跟鞋的映衬下,惹人遐想。

音乐起,七个人从原本的"一"字形散开。

中间的女生缓缓将玫瑰花拿开,呈现在众人眼前的是一张绝美的脸,脸上化着精致的妆容,雪肤红唇,浓颜美艳,自带一种复古港风的味道。

那张脸白如瓷,明眸皓齿,眼角微微上扬,一抬眸,那双眼睛便摄心夺魂,眼睑下方点缀着细碎的亮片,眼妆部分闪耀而亮眼。加上那身材,曲线极好,娉婷袅娜。

她的右手持着麦克风,迈出细长匀称的左腿,第一个开始唱了起来:"梦里梦到醒不来的梦,红线里被软禁的红……"

女生一开口,便是极具辨识度的嗓音,声线慵懒,带着魅惑人心的味道,特别适合唱这首歌。

而且,唱完第一句的时候,她还微微侧头甩了下黑色长发,红唇扬起,露出一个魅惑众生的笑。

台下那群看表演的学生都被这个笑容"杀"到了。

"哎呀,这女的谁啊,我感觉自己要恋爱了!"

"音乐系的新晋系花单意,开学就被称为'人间妖精'。"

"这外号真符合她,这脸蛋、这身材,还有这声音,太绝了!"

"美女'杀'我,我宣布她以后就是我的九十九号老婆了。"

后来唱歌的部分轮到了其他女生,单意站在一旁伴舞。可人群的目光还是不由自主地聚集在她的身上。等到歌曲进入尾声的时候,她才再次回到了中间的位置。

全场又一次尖叫连连。

歌曲即将结束,表演的几个女生把手里的玫瑰花往台下一扔,单意也跟着一起,而后离场。

台下的掌声经久不息,观众似乎还沉浸在刚才的那场表演里,意犹未尽。

主持这次晚会的四个主持人从另一旁走上台,一人一句,念着手里的稿子,宣布这一次的新生晚会到此结束。

单意随着人群走到后台,身后的掌声也跟着渐渐消失。她脚跟还没站稳,从场内赶来的舍友木棉、木槿就扑了上来。

一个穿着白色连衣裙的女生从她们两个的身后走来,是她们同宿舍的另一个舍友——温怡然。她看着满脸兴奋的姐妹俩,忍俊不禁:"这两人刚才在台下的尖叫声堪比练高音。"

单意笑了笑。

她的宿舍一共住了四个人,都是音乐系的,而且同班。经过短短两天的相处,她们已经很合得来。

木棉和木槿是对双胞胎姐妹,穗城人,年纪比单意和温怡然都要小一岁。她们从出生起就一直生活在一起,非常要好,后来一起读书,一起考大学,还进了同一个专业。两人的性格都很跳脱,像活宝一样。

温怡然人如其名,性格温温淡淡的,而且很会照顾人,像邻家大姐姐的那种感觉。所以舍长一职也就落在了她的头上。

至于单意,她是宿舍的"门面担当"。看看这绝美的脸蛋,这勾魂的漂亮眼睛,还有这令人羡慕的身材,"人间妖精"这一词起初就是由她们宿舍这三个人传出去的。

这次的新生晚会,音乐系要派人去参加,本来参加这次表演的都是大二大三的学生,但是临时发生了一点小状况,有个大二的学姐前一天排练的时候不小心崴了脚,根本上不了台。

开学第一天报到的时候，负责接待音乐系新生的学姐刚好也是这次表演节目中的一员，她正和老师在讨论着这个问题该怎么解决。

单意刚好来报到，学姐一下子就相中了她。

负责这次节目编排的老师是系里出了名的严格和精益求精，她千挑万选才在大二大三的学生里挑选出了七个身材差不多的，样貌和唱歌、跳舞俱佳的女生来表演，所以一时之间很难再找到其他的替补。

除了唱歌、跳舞这两个方面是未知的，其他方面，单意完全符合。于是，学姐跟她简单说明了一下情况，问她愿不愿意帮这个忙。

单意听完后，当时很爽快地就答应了。

负责老师在看过她的外形条件后，也非常满意，于是让她跟其他人一起排练，看看效果如何。

本来还有人不服这个大一新生，后来单意一开嗓，而且她看了一两遍就能记住舞蹈动作，完全不输其他人。

那些人也就没话说了。

音乐系的表演是最后的大轴，所以结束后，整个新生晚会也跟着落幕。

学生会是这次晚会的主要策划组织，这时候几个胸前戴着工作牌的学生出现在了后台，在做收尾的工作。

"意意、怡然，快看，有帅哥！"

"天哪，哪儿来的极品！"

木棉、木槿的声音传入了单意的耳中。

木棉、木槿姐妹俩看着那个男生的脸，嘴里嘀咕着——

"我怎么感觉，这极品在哪儿见过呢？"

"好像是在我们学校的校草榜上。"

单意对此却并不感冒，因为已有珠玉在前，难以逾越。

她的目光随意地掠过，却一顿，意外地看到自己的"那枚珠玉"正站在不远处。

男生还是那张过分好看的脸，跟她六月份在一中宣传栏上看到的证件照别无二致。

简单利落的黑色短发下，五官清俊，眉目疏朗，如墨的眼眸看似深邃，却又淡如凉水，衬得他那张面容冷淡又疏离。

最简单的白衣黑裤，穿在他身上像是量身定做般合适，衬衣熨帖，宽肩窄腰，修长的双腿，浑身透着股矜持、一丝不苟的气息。

顾长的身形就这样立在那里，配上那清冷出尘的气质，旁人都黯然失色，成为他的背景板。众人的目光不由自主地停留在他的身上。

但是，他的目光陡然就落在了单意这边。

明明在场的有这么多人，可男生的眼睛好像真的只在看她。

她盯着他手腕上戴着的那串小叶紫檀手串，多看了几秒，然后缓缓向上，撞入了他那双漆黑漂亮的眼睛里——那双她过目就不能忘的眼睛。

她的呼吸跟着一滞，心跳有瞬间的停顿，随后加速跳动着。

他好像看到她了。

单意匆忙地把头转了过去。可那颗扑通扑通剧烈跳动着的心始终无法减速，时隔一年不见，这个男生仍然有让她再次心动的本事。

"舟神，你怎么来了？"

另一边宣传部的成员看到了唐星舟的出现，走到他的面前，一脸惊讶。后台人多且杂乱，他们的准会长一向是不喜欢这种地方的。

唐星舟的目光依旧停留在单意的身上，单手插进自己黑色西裤的裤袋里，缓缓迈开长腿，往她那个方向走去。

他嗓音清润，又带着点冷，语气随意且自然："随便看看，你们忙。"

"哦，好。"

周围的人已经在小声议论。

"唐星舟怎么会出现在这里？"

"他是学生会的准会长啊，这次晚会不是他们负责的吗，出现在这里很正常吧。"

"正常个鬼哦，又不用他出面，而且他平日里都是神龙见首不见尾的，出现在这里才奇怪。"

"他会不会是来找人的啊，怎么感觉他刚才一直在看我们这边呢？"

不知为何，单意好像感觉到某人的气息在逐渐靠近着。

"欸，麻烦借过借过——"

这时，有几个人扛着一大堆器材从幕前走了进来，正好要经过单意这个方向，将她和舍友隔了开来。

她下意识地准备给别人让路，注意力还没完全集中，情急之下往后连退了好几步，却忘记自己今天脚下踩着一双五厘米的高跟鞋，而且还是细跟的。

单意的手小幅度地挥了挥，身体猝不及防地往后倒去，瞳孔骤然一缩。她脑子里快速地思考着哪种摔法没这么难看。

想法刚形成，她却意外地落入一个温热的怀抱里。她的鼻腔瞬间充满着男性的味道，夹杂着一股淡淡的木质清香——熟悉而致命。

她蓦然抬眸，唐星舟那张俊脸放大在自己面前。可等她意识到他的手落在何处时，脸颊一下子就染上了红晕，眼眸水光潋滟。

男生那宽大且灼热的掌心直接覆在了她的细腰上。

唐星舟也才意识到自己的手好像放在了不该放的位置。原本自己那带着凉意的指尖，热度急剧上升。

他的手指在她的腰身处动了动。有温热的气息喷洒在她的耳畔，他突然冒出来一句："腰围五十七？"

听清了他这句话的单意眼眸微微睁大，那双好看的眼睛里充满了不可置信。

能徒手量腰围，他这是什么魔鬼技能？

单意化着妆的脸蛋原本就打着淡淡的腮红，加上刚才未退去的红晕就更红了。现在她只觉得脸颊发烫得厉害，连耳根都是。

两人的姿势过于亲密，后台又这么多人，单意意识到了这一点，伸手推了推他，说了一句"谢谢"，然后用很小的声音说道："你、你先松开我。"

"站稳了？"

单意"嗯"了一声，低着头不敢看他。

得到她的确认之后，唐星舟这才松开了自己的手。在众人看来，只是一场简单的"英雄救美"，前后不过一分钟。

两人站得太近，单意觉得自己现在身上的温度太高，想离他远一点。可就当她刚往旁边挪动了一步，头皮上的拉扯感让她整个人瞬间醒神。

"啊！你别动别动，我疼疼疼！"她咬着牙，皱紧了眉头。

"我没动。"唐星舟说话的语气里带着几分无奈，明明刚才动的人是她。

她迫不得已地再次退回到自己原来的距离。这边的异样也让众人的目光再次回到两人的身上。

在他们眼前的画面是，长身鹤立的男生微微低头，侧脸的线条流畅而好看，正垂眸看着面前的女生。

而女生一袭红衣，像依偎在他的怀里，好看的手指玩弄着自己的头发，嘴里说着些什么。

两人的气场完全不同，偏偏生出了一种莫名的般配感。

可事实是，单意的头发缠在了男生衬衫上的第二颗扣子上，就是这么狗血，而她正在跟那颗扣子较劲。

但是她那黑色的长发像是被施了什么魔法般，缠绕着那颗扣子不放。她本来也不是什么有耐心的人，越解越烦躁，这下子越急越解不开。

她整个脸蛋都鼓了起来，一副气呼呼的样子，还深吸了好几口气。

唐星舟难得看到她这般模样，忍不住伸出食指轻点了一下她那光洁白皙的额头，不禁轻笑："没耐性。"

——跟高中那时候解个数学题解半天都解不出来的模样十分相似。

那时候他去图书馆经常能见到她的身影，她一个人坐在角落里，嘴巴咬着笔帽，笔尖戳着桌上的本子，写了又划掉，然后重新写。

他看她一直皱着眉头的样子，好奇她到底在干什么，于是从她身后悄悄走过，就看到了桌上放着那本数学练习册。

那是一道函数题，总共就 A、B、C、D 四个选项，唐星舟只需扫完一遍题目就知道答案是什么。

可她在括号里划掉了 A，又划掉了 B 和 D，然后选了 C。

最后，她还是选错了。

……

单意此刻的心思全在自己的头发上，丝毫没察觉到他刚才的动作有多亲密又自然。听到他说的话后，她就更急了，一双美眸瞪了他一眼。

这完全是下意识做出来的动作,眼神中还带着嗔怒,不仅一点杀伤力都没有,在唐星舟看来,还魅惑得很。

"我来吧。"唐星舟顺势接过她手里的那一小缕发丝。他微凉的指尖不经意地碰到她的,她飞快地缩回手,看着他近在咫尺的这张俊脸。

男生垂下来的眼睫毛纤长又浓密,如鸦羽般,令人羡慕,在下眼睑处投下两道浅影。他把头又放低了点,距离再次被拉近。

太近了,真的太近了。

单意想偏过头,却被他阻止:"你别动,我看不清。"她眨了眨眼睛,神色困惑,她记得他以前不是近视的啊。

不过,她不敢再动了,只是屏住了呼吸。

他眼神专注,修长的手指在她的头发间钩绕着,神情里没有一丝的不耐烦。

两人这互动,在旁人看来,却是姿势亲密,像是打情骂俏般。

木棉、木槿姐妹俩看着眼前的一幕,眼睛瞪得大大的。

这是什么情况,刚才她们两个就觉得这男的眼熟,再加上周围人的议论,已经知晓他是谁——唐星舟,她们开学就在学校的校草榜上看过他的资料。

唐星舟,人称"舟神",去年以清城理科状元的身份进入清城大学的数学系,一张高冷禁欲的脸,气质绝尘,学霸属性加满,满足了所有颜控、声控和手控的要求。

他的父亲是清大数学系的唐奇教授,爷爷奶奶、外公外婆在教育行业也曾是有头有脸的人物。加上他自身也很优秀,从小学习成绩就很好,参加过不少数学竞赛,拿的都是第一名。

他高中的时候就已经拿到了CMO(中国数学奥林匹克)和IMO(国际数学奥林匹克竞赛)的金牌,上了大学后,才大一就在国际顶尖的数学期刊上发表过两篇论文。

总之,他拿到的每一个奖项,都是发着光的那种。他跟学校计算机系的程星临并称为"清大双子星",在清大是出了名的风云人物。

木棉、木槿大概能猜到他会出现在这里的原因,因为他是下一届学生会的会长人选之一,听说现在的学生会会长在上个学期的时候就已经将大部分的学生会事务交给他一手操办,包括这次的迎新晚会。

可眼下,她们宿舍的单意跟唐星舟又是什么关系?

"好了。"只过了一两分钟,单意那缕头发已经跟男生衬衣上的那颗扣子分离开来。

单意舒了一口气,低着头小心地查看自己的头发,还在那里数了数。

唐星舟看出了她的意图,声音自她的头顶落下:"七根,一根都没少。"

单意的动作一下子就停了。她抬眸偷偷地看了他一眼,动作非常自然地放下自己的头发。

其实她自己都不知道刚才有几根头发,他居然这么清楚。

"意意——"

谁,谁在叫她?这么做作的声音。

木棉、木槿姐妹俩手牵手地来到两人的跟前,后面还跟着温怡然。

木棉八卦地看着她,挤眉弄眼地说:"意意,不给我们介绍一下?"

木槿也是一副贼兮兮的语气:"是啊,介绍介绍吧。"

这两人一看就是互相认识的。

单意手臂上的鸡皮疙瘩都要起来了,她扯了扯嘴角:"你们两个正常说话。"

"哎呀,人家平时就是这样说话的呀——"

"是啊,人家的声音就是这样的啦——"

这是什么语气词,又"呀"又"啦"的。

温怡然站在两人的身后,也是一脸无奈——这姐妹俩就是戏精。

反倒是唐星舟先开了口,他朝三人微微颔首,嗓音清冷而好听:"你们好,我是唐星舟。"

木棉、木槿姐妹俩对视了一眼,长长地"哦"了一声,她们当然知道他是谁,可她们想知道的不是这个。

木棉干脆直接问道:"那你跟我们家意意是什么关系呀——"

唐星舟闻言,侧头看向身旁的女生,把问题抛给了她:"我们是什么关系?"

单意眨了眨眼睛。

什么关系?

我喜欢你的关系。

她差点就把这句话说出口了。

还好理智尚存,单意一本正经地回答道:"高中的时候同校。"

"他是学长,比我大一届。"

女主角给了一个官方得不能再官方的回答。

于是,木棉、木槿姐妹俩把八卦的目光移向了男主角。

唐星舟拖长了语调:"我以为,我们是……"

木棉、木槿的心也跟着提了起来。

是什么?是什么?

"猫和老鼠的关系。"他说道。

520女生宿舍里。

单意跳了舞后出了点汗,回到宿舍后就去浴室洗澡了,而其他三人还在研究着刚才唐星舟说的那句话。

是的,研究。

木棉:"他们两个到底是什么关系,我到现在还没弄明白。"

木槿:"学霸说话都这样隐晦的吗?"

温怡然却是个明白人,反问她们:"细品一下,老鼠见到猫应该是什么反应?"

木棉、木槿异口同声道:"跑啊!"

温怡然循循善诱:"那为什么要跑?"

木棉答得很快:"因为害怕!"

木槿这次的答案却跟她姐姐的不一样:"这逻辑也太简单了吧。再说了,意意为什么见到'舟神'就要跑啊?"

唐星舟又不是什么洪水猛兽。

十分钟后,洗完澡的单意刚走出浴室,就被早早守在门口的木棉、木槿姐妹俩一左一右地架起胳膊,拖到了自己床位下的那张椅子上。然后她的双手被两人拿起,压在书桌上不能动弹。

温怡然配合着把她桌子上的台灯打开,调了下亮度。

微弱的灯光打在了女生白皙、素净的半张脸上,只有鼻子以下部分是有光亮的,有种半明半暗的视觉效果,港片里审讯室的那种氛围一下子就被拉满。

"阿Sir,'犯人'单意已带到。"

木棉、木槿姐妹俩开始发问。

"你有权保持沉默,但是,从现在开始,你所讲的每一句话都会被我记录,将会成为'呈堂证供'!"

"所以,坦白从宽,如实高代!"

单意一脸发蒙地听着她们说的穗城方言,只抓住了最后的两个字:"什么高代?"

"就系高代啊,高代!"

单意拿出了她唯一会的一句粤语:"咩啊?"

众所周知,粤语的一句"咩啊",就能表达所有意思。

温怡然在一旁翻译:"她们说的是交代。"

单意将自己的双手从两人的魔爪中抽出来,拿起肩膀上搭着的白色毛巾擦了擦自己刚洗过的头发,学着她们刚才说话的腔调:"没有高代。"

木棉:"你哋两个喺度依依邑邑,我两只眼睇到晒!"

温怡然已经主动当起了翻译:"你们两个在那里卿卿我我,我两只眼睛都看到了。"

木槿在一旁接话:"而且,大庭广众之下还公然暧昧,怎么可能没有猫腻?"

单意一脸无奈,双手摊开:"什么暧昧?我只是在解我的头发,它缠到他衣服的扣子上了。"这件事,她在回宿舍的路上就已经跟她们解释过了。

木棉:"可我们知道了也没用,因为不是我们说的哦,而是群众。"

木槿:"而群众的眼睛是雪亮的!"

单意头上写满了问号。为什么她一直跟不上这姐妹俩的思路。

身旁的温怡然见她一脸迷惑的样子,直接将自己的手机递给了她,让她自己看。

屏幕上的页面还停留在清大的匿名论坛,帖子下面已经盖了好几层楼。

清城大学今日关注:"新鲜出炉,三百六十度无死角,高清照片加视频来了!"

单意皱着眉头,这是谁取的标题,什么乱七八糟的。

温怡然对着屏幕往后滑了滑:"重点在后面。"

那张所谓的高清照片,出现在了单意的面前,是一男一女的合照……她和唐星舟的合照。

这个角度刚好拍到了唐星舟的正面,他眼眸低垂,目光柔和,正看着站在自己面前的女生。

男生一尘不染的白色衬衫在女生一袭红裙映衬下,却不显暗淡,反而更显得不沾俗尘。

他食指白皙修长,轻点着女生的额头,嘴角微扬,似无奈,又似宠溺般,静静地看着她在他面前摆弄着自己的头发。

而女生只露出个好看的背影,手指搭在男生的胸前,黑色的长卷发散落在腰间,曲线毕露,身材姣好。

单意就算再怎么瞎,也不可能认不出那个女生是自己,而且,从这个角度看,还真有点暧昧的意味。

一楼:"这男生怎么长得跟唐星舟一模一样???"

二楼:"别自欺欺人了,这就是唐星舟本人。"

三楼:"我老公面前的那个女人是谁!是谁!"

四楼:"这个画面明显就是在暧昧啊,不行了,我要去哭会。"

温怡然的手指跟着往下滑,翻到了第二页。

后面楼主又发了一条新的回复。

清城大学今日关注:"额外福利,以下这段视频还有你们想要看的。"

单意点开来看,发现是自己今晚表演的那一小段舞蹈。可看到后面,她就不淡定了。

因为她看到了自己最后扔玫瑰花的那个画面。

现场表演的时候,台下是黑暗的,她根本看不清人。而且她扔了那朵花后就直接下台,所以也不知道后面还发生了什么。

现在她看到了。

那朵红色的、被她随手一扔的玫瑰花,越过了前排的几个人,直直地落在了一个男生的手里。

而那个男生是唐星舟。

他的手里握着那朵玫瑰花，在指尖转了转，似在把玩着。然后，他微微抬眸往台上看，刚好被镜头捕捉到。

隔着手机屏幕，单意都能清晰地看到他眼底蓄着的笑意。

那双漂亮的眼睛，漆黑明亮，像有星光在闪动，又带着点漫不经心，莫名地勾人——一下子就勾走了单意的魂。

明明需要掐人中的人是她。

这男人笑得也太好看了。

第二碗粥　昵称

♥ ♡ ♥

因为他的生日是二月一日，她的生日是五月七日，所以合起来就是"21∶57"。

新生晚会后的第二天开始军训,为期十二天。炎热的夏日,太阳高高挂在空中,燃烧得过于热烈了,热量只增不减。

清城大学的操场上,大一新生穿着军训服,三五成群地聚集在那里,像迷彩的海洋。他们正在进行着第七天的军训。

"原地休息五分钟!"教官洪亮的声音此刻变得悦耳、动听。

众人像解放般,不顾形象地就地坐下。

音乐系这边的方阵里,温怡然从裤兜里拿出了一包纸巾,给自己抽了一张,将余下的递给了身边的三位舍友。

木棉、木槿激动地一把抱住了她,两人蹭着她的肩膀摇来摇去。

"天使,你就是我们的天使!"

"仙女,你就是我们的仙女!"

单意对这一幕一副习以为常的样子,她接过纸巾后说了一句"谢谢",把军绿色的帽子摘下,擦了擦自己脸颊上的汗。擦完后,她又将额前掉落的碎发撩上去,然后重新戴上帽子。

不过几秒钟的事情,却让旁人看呆了这一幕。经过了几天的军训,女生的肤色似乎一点变化都没有,依旧白皙如初,就连脸颊上微微泛着的红晕也只是为这姿色平添了几分神采。

开学前,音乐系的大一新生单意凭着一张入学时的照片在学校论坛上走红。那仅仅是一张证件照,却让人过目不忘。

一寸的蓝底照片上,女生乌黑的长发别在耳后,露出饱满的额头,脸蛋精致,鼻子小巧,肤色白如雪。

尤其是那双标准的狐狸眼,传说中最媚的眼形,眼角往上翘起,似醉非醉的朦胧感,让人一看就移不开眼,心神荡漾。

于是,"音乐系系花"的称号就落在了单意的头上。

后来新生晚会上的那次表演,更是让她一举成名。

那天之后,来添加她微信的人也变多了,不过她基本上没通过。

木棉、木槿姐妹俩将论坛上的评论读给单意听的时候,她刚洗完澡出来,一脸无辜地问道:"我明明是靠才华考进来的,为什么他们都看不到呢。"她专业课第一的成绩怎么就无人关注呢。

作为她的舍友,姐妹俩相视一笑,然后上前暴打——长得这么好看,成绩还这么好,给别人留条活路不行吗?

这时，有一个男生在同伴的推搡下突然出现在单意的面前。

一旁的三个舍友对这一幕简直习以为常——这已经不知道是第几个了，估计又是来要联系方式的。

单意原来就是坐着的，见有人挡在了自己的面前，抬起头来看他。

女生的眼角微微上扬着，明眸含情，你只需看一眼，便像入了那深不见底的湖水，越陷越深。

然后，那个男生就跑了。

他跑了。

男生双手捂着脸，往刚才推他的那堆人里钻了进去。

"我不敢看她。"

周围传来一阵哄笑声。

木棉、木槿姐妹俩双双摇了摇头。上一个男生还能坚持跟单意说一句话呢，这个连话都没说上，道行太浅，太浅。

一段小插曲过后，休息时间也到了，教官吹哨，军训继续。等到了下午太阳快落山的时候，一整天的军训才结束，众人有秩序地解散。

学校的落日总是最美的，漫天的彩霞烘托着那一轮红日，染红了天际。

单意等人走在人群中，越走越慢，慢慢脱离了大队伍。见跟前面的人拉开了点距离，木棉这才敢开口说话，她小声说道："啧啧，我们这届新生不太行啊，道行都太浅了。"

木槿知道自己姐姐话里要表达的是什么意思，她点了点头："一见到意意，十个有九个是跑了的。"

温怡然问："那剩下的一个呢？"

木棉、木槿对视一眼，异口同声地说道："是被同伴拖着跑的！"

然后，姐妹俩就哈哈大笑起来，单意和温怡然也忍俊不禁。

木棉似有感慨："意意这脸蛋太招桃花了，除了舟神，我觉得别的男生都'压'不住她。"

木槿："附议。"

身后明显有隐约的笑声传来，四人同时回头一看——

距离她们大概一两米的地方，不知何时站着两个男生。其中有一个肩膀一耸一耸的，正低着头，像是在憋笑。

单意的目光一下子便停留在左边那个男生的身上。

依旧是一身简单的白衣黑裤，身姿挺拔，仿若修竹，这人她一个星期前还见过。

是唐星舟。

唐星舟的眼睛同样直视着她，嘴角小弧度地上扬，似笑非笑。他这样笑着，让她有点不知所措。

也不知道刚刚木棉、木槿她们说的话，他听到了多少。

尤其是木棉最后那一句，什么压不压得住的。

单意一下子不知道该怎么面对他，转过头扯了扯身旁同样犯着花痴的三人，使出绝招："再不走，饭堂就没位置了。"

一句话惊醒梦中人。三人猛然惊醒，开始跑了起来。单意见效果达成，连忙跟在她们的身后，逃离这个让人尴尬的场地。

木棉、木槿两人在风中大声怒吼——

"求求学姐们别跟学妹抢饭啊！"

"冲呀！！！"

刚才站在唐星舟旁边的男生是他的舍友周慕齐，笑得眼泪都要出来了。

等她们走后，周慕齐才开口道："老四，我没认错人的话，刚才那四个女生里，有一个女生挺眼熟的啊。是前几天在新生晚会上给你扔玫瑰花又上了学校论坛的那个吧？啧，还有你刚刚看人家那眼神……"周慕齐将手搭在唐星舟的肩膀上，语气贼兮兮的，"我就说你今天怎么想去饭堂吃饭了，原来醉翁之意不在酒啊。"

唐星舟抿着唇，没说话。可他这副没否认的态度在周慕齐看来就是默认的意思。

周慕齐手指指向前面饭堂的方向，学着刚才那姐妹俩的语气："那我们也冲呀！"

唐星舟眼神很淡地看了他一眼。

周慕齐从中很清楚地看出了"嫌弃"二字。

果然，唐星舟下一秒说出来的话就是："别说我认识你。"他拍开周慕齐搭在他肩膀上的手，径直往饭堂方向走去。

周慕齐"欸"了一声,赶紧跟上他的脚步,搭着人的肩膀一起走:"你这是有了新欢就忘了旧爱啊。"

第一饭堂里,单意等人打好饭后就找了一张四人桌坐下。然后四人目光哀怨地看了看自己面前的饭菜。

木棉拿着筷子戳了戳自己面前的白米饭:"都不热了!"

她身旁的木槿发出一声哀号:"好想吃热乎乎的肉啊!"

军训期间,时间紧迫,她们找饭堂也要找离宿舍最近的,吃完饭还能回去躺会儿,因为晚上还有拉练。

偏偏这个饭堂是最旧的那个,因为刚开学没多久,有些商家还没有开张,所以饭堂里基本上是些自选餐。

自选餐就是把所有的菜都摆在那里,然后自己选,而且也不保温,所以来晚的话,饭菜就是冷的了。

温怡然夹起一块肉,放进嘴里,安慰着这两人:"还好啦,还是有点温度的。"

"吃吧,现在不吃,待会儿就真的冷了。"

单意正想说些什么的时候,面前突然出现一个餐盘。

四个整整齐齐摆放着的大鸡腿,颜色诱人,还微微冒着热气,香味扑鼻。木棉、木槿姐妹俩的眼睛都瞪大了,而且很用力地吸了吸鼻子,目光如狼似虎。

木棉:"奥尔良味的。"

木槿:"鉴定完毕。"

饶是单意,也悄悄地吞了吞口水,眼睛盯着那四个鸡腿不放。唐星舟站在她的身旁,将餐盘往她的面前推了推,神色自若道:"打多了。"

说完,他就准备迈步走人。

单意的身体比大脑反应快,一只手条件反射地拉住了他衣服的下摆,抬起头来看他,又看了一眼面前的四个大鸡腿。

她那双漂亮的眼睛里带着点不可置信,声音小心翼翼,不太确定地问道:"这些都是给我们的?"

天上居然真的掉馅饼了?也不知道他从哪里搞来的鸡腿,还是热乎乎的。

　　唐星舟微微俯身，眼眸低垂着看她，改掉了她刚才那句话里的"我们"："给你的，你想给谁，你决定。"

　　"我还有事，先走了。"他留下最后一句话就离开了。

　　"意意！"

　　木棉、木槿听到了那句话后，分别抓住了她的两只手臂。

　　"从今以后，你让我上刀山下火海都行。"

　　"我愿意为你当牛做马。"

　　温怡然是个实在人："我可以帮你搞卫生。"

　　本来宿舍的清洁工作是一个人负责一周的。

　　然后，三人同时发出一声呐喊："只要你分一个鸡腿给我就行！"

　　那香味实在让人受不了了。

　　单意忍不住笑了："我一个人怎么可能吃得完四个鸡腿。"言下之意是，当然会分给你们。

　　木棉、木槿姐妹俩感动地咬手绢。

　　"呜呜呜，实在太令人感动了。"

　　"简直就是患难见真情啊。"

　　"怎么会有这么好的人。"

　　"好人一生平安！"

　　单意觉得她们吹的"彩虹屁"也够了，于是摆摆手，想表示一下自己的大方和善解人意，结果却听到木棉、木槿还在说着——

　　"唐星舟这个男人绝对值得嫁！"

　　"以后他让意意往东，我们绝对不能让她往西。"

　　单意突然想收回自己刚刚说的那句话。

　　她们宿舍的"塑料"友谊，原来用一个鸡腿就可以鉴定真伪。

……

　　事实上，那四个鸡腿确实是唐星舟得来的。

　　他跟周慕齐到了第一饭堂的时候，也看到了所剩无几的饭菜。他下意识地望了望不远处低着头的那个女生，餐盘上的菜也是少得可怜。

　　正巧他们数学系的吴教授在教职工窗口那里打饭，还看到了他们。两人朝吴教授打了声招呼。

旧饭堂这边是有教职工窗口的，就是给那些住在学校里的，下课比较晚的老师准备的。里面的饭菜随时供应，而且都是现点现做。

吴教授看了看学生窗口那里，像是猜到了什么。他对自己这两位得意门生也是偏爱，尤其是唐星舟，当下便让他们来教职工窗口这里打饭。

周慕齐刚想说"不用了"，他们又不是真的想在饭堂吃饭，待会儿出去随便吃点其他的就行。

结果，这回厚脸皮的人变成了唐星舟。

"那真是谢谢教授了。"

吴教授摆摆手，让位给他们。

唐星舟微微低头，冲着窗口里面的阿姨说了一声："阿姨，你好，麻烦给我四个鸡腿，要最大的。"

周慕齐在旁边瞪大了双眼。

老四，你是猪吗？！

吴教授发现对自己的学生还不是很了解，回去要问问唐奇教授在家是不是没让这孩子好好吃饭。

单意宿舍的四个人啃完鸡腿后，一脸满足，对待晚上的军训拉练也格外认真。

尤其是木棉、木槿姐妹俩，唱歌都唱出了一种雄赳赳、气昂昂的气势。

"团结就是力量，团结就是力量……"

木棉："这力量是铁，这力量是钢！"

木槿："比铁还硬，比钢还强！"

单意实在受不了，捂着自己的耳朵，离木棉、木槿姐妹俩远了些，隔着一小段的距离。温怡然脸上倒是没什么表情，不过脚步也小幅度地往旁边挪动了一下。

但是，这姐妹俩还在继续，那唱歌的气势还越来越强。

木棉："向着太阳，向着自由！"

木槿："向着新中国，发出万丈光芒！"

其他同学也发现了这姐妹俩今晚的兴致格外高昂。

原来现在的萝莉都喜欢这种类型的歌吗？

而知道真正原因的单意，现在只想让这姐妹俩把今天下午吃的那个鸡腿吐出来。

为期十二天的军训终于结束，大一新生也举行了结营仪式。

他们虽然经常抱怨军训很苦、很累，但是到了真正结束的时候，才发现那是一种值得一辈子珍藏的宝贵回忆。

从一开始抱怨教官的严格到后来的依依不舍，每个人感性的一面都流露了出来，那段时光是青春留下的印记。

军训过后是国庆小长假。七天的假期眨眼就过，学生返校后，学校各大学生组织和社团开始招新。

星期四的下午全校无课，因此招新也定在了这一天。

平时行走的校道旁立起了各种颜色的遮阳大伞，下面还有桌椅，负责本次招新的学长学姐正坐在那里，等着他们的有缘人。

单意她们宿舍的人首先就去报了音乐社。音乐社的社长是个长得很酷的女生，有着一头酷炫的白金短发，名叫林夏。

木棉、木槿两个八卦小能手在单意的耳旁说道："意意，你待会儿跟那个社长打招呼的时候要小心点。"

"毕竟你抢了人家音乐系系花的宝座。"

"听说她跟舟神的关系还挺好的。"

姐妹俩给她脑补了一系列"恶毒女配角如何对女主角百般刁难"的画面。

但是，她们想象的画面都没有发生。

林夏对单意这个大一新生很是印象深刻，还记得新生晚会上她的声音，非常有辨识度。看到她来后，林夏大手一挥，直接就让她进了。

身旁一个成员看到后，忍不住调侃："社长，你当初怎么没给我开后门啊。"

林夏帅气地一笑，微抬下巴指了指单意："你如果有人家那好看的皮囊和好听的嗓子，我求着你来。"

众人大笑，表示没有对比就没有伤害啊。

木棉、木槿表示疑惑,这剧情发展得不对,难道是先礼后兵?

单意想了想,看向自己身旁的舍友,表示拒绝:"不用了,学姐,我还是等面试吧,我希望用实力证明自己。"而且她们宿舍还有另外三个人,她一个人走后门也不太好。

林夏倒是有点意外,眼底带着一抹欣赏的神色。

"好,那我等你。"她像想起了什么,突然来了一句,"那唐星舟给你开的后门,你走吗?"

单意下意识地回答:"他不会的。"

他那样刚正不阿的人,不会做那样的事。

林夏却不这么认为,一脸狡黠地看着她,意有所指道:"那可不一定,总有人会成为他的例外。"

单意这回不得不实话实说:"我没打算加入学生会。"

林夏对她这个回答略感惊讶,但是没有细问原因,不知道唐星舟知道这个消息会是什么反应呢。

"行,那你们回去等面试通知吧。"

"好的,谢谢学姐。"

单意转身的时候只看到了温怡然,身旁不见木棉、木槿姐妹俩。

温怡然给她解释道:"她们去学生会那边报名了。"

单意往那边一看,就看到那姐妹俩往这边小跑了过来,看样子应该是报完名了。

学生会那边的帐篷下一片热闹,但是单意想见的那个人没在,于是她很快就把目光收了回来。

四个人都报完名后,就打算回宿舍休息一下。路上经过一间奶茶店,她们刚好都口渴了,于是就去各买了一杯,然后一边吸着奶茶,一边回宿舍。

天色已经接近傍晚,晚霞铺满了整个天空。夕阳西下,路上的学生沐浴在余晖里,广播站里播放着悠扬的音乐。

平静的时光被木棉打破,她一边喝着奶茶,一边吐槽着:"今天广播站放的歌都好老啊。"

木槿:"听说今天有领导来视察,都是放给他们听的,总不能放摇滚音乐吧。"

姐妹俩正吐槽着，上一首歌播完，广播切换到下一首歌。旋律一播放，木棉就一醒神："现在放的这首歌好熟悉啊，但是我想不起来歌名。"

"我也觉得，这开头的旋律有点像……"

温怡然给出了答案："周裴的《温柔似你》。"

木棉："啊啊啊，对！就是这个！"

木槿："他的歌还挺好听的，不过，有点可惜的是，他现在已经退居幕后了。"

温怡然："听说是他老婆的死给他带来的影响太大了……"

刚才一直没说话的单意冷不丁地听到那个人的名字，手里拿着的奶茶杯被她不自觉地用力握紧。里面的奶茶受到挤压，有小部分从管口处溢了出来。

"意意，你奶茶洒了！"

木槿的提醒声，以及冰凉的液体溅到自己的手背上，单意这才有点后知后觉。她回过神来，眼神飘忽着，好在温怡然有随身带纸巾的习惯，赶紧拿了出来给她。

单意伸手接过纸巾："谢谢。"

"不客气。"温怡然动作细致地帮她把奶茶杯的杯沿都擦了擦，然后再把纸巾递给她。

三人以为这只是她的不小心，并没有多想，而刚才那个话题也因为被打断而终止。

单意因为刚才的奶茶溅到了自己的衣服上，回到宿舍后先去浴室换了一件衣服。等她人出来后，木棉、木槿姐妹俩突然走到她的面前。

她们你推我，我推你，支支吾吾的。

单意一脸狐疑地看着她们姐妹俩，开门见山地说道："说吧，背着我偷偷干什么坏事了？"

关键时刻，木棉勇敢地向前迈出了一步，一副视死如归的表情。

"一人做事，两人当，我们说了，你也可以打我们。"

木槿："只要不打脸就行。"

单意在她们期许的目光下点了点头。

木棉顿时有了点底气，她闭着眼睛飞快地说了一句话。

单意根本没听清，这语速太快……她都说了些什么？

温怡然见状，直接把事情说了出来："她们刚刚在你跟音乐社社长闲聊的时候，去隔壁的隔壁的隔壁的隔壁填了学生会的报名表，顺便帮你也填了。"

单意咬牙切齿道："你们这个顺便还真是非一般的顺便啊。"

——都顺便到隔壁的隔壁的隔壁的隔壁去了。

顺便个鬼。

木棉、木槿姐妹俩双双紧闭眼睛，脸上写着"任凭处置"四个大字。因为单意之前就在宿舍里说过，她不打算进学生会。原因她没细说，只说了句自己不太感兴趣。

其实是等正式上课之后，她就要开始找兼职了，所以不会有太多精力花在这些事情上面。

单意："给我一个不打你们的理由。"

木棉迅速睁开眼，以一种非常无奈的语气说道："只怪美色误人！"

木槿："对啊，那个给我们表格的学长长得太帅了，我们一时之间……就没把持住。"

后面，她越说越没底气。

单意觉得又好笑又好气。

木棉在她的"眼神杀"中，弱弱地补了一句："而且，那个学长说了，填了表格的都要来，尤其是那个叫单意的。"

木槿："不然他就叫舟神来宿舍楼下堵你。"

单意头疼地捏着眉心，叹了一口气。

到了星期四的晚上，学生会面试的时间。

学生会面试的地点在定安楼的A区，有两个教室，一个是面试区，另一个是等待区。

面试顺序是随机的，单意是第五个进去的，她今天穿得很休闲，碎花衬衣搭配浅色牛仔裤，脚下是简单的帆布鞋。她将黑色的长卷发绑成了一个高马尾，露出精致的五官，明艳动人。

叫到她名字的时候，众人都往她的身上瞄了一眼。

传闻中的音乐系系花啊,长得是真的好看,可惜名花有主了。

唉,学长下手可真快。

单意从等待区走到了隔壁的面试区,然后又十分自然地走到了讲台的位置。她有意无意地看了一眼那个坐在正中间的男生,然后很快收回目光。

唐星舟的旁边坐着周慕齐,他是学生会外联部的,今天部长刚好有事,让他这个下一届的接班人过来顶替一下。

那天给木棉、木槿姐妹俩表格的学长就是他。他玩味地勾了勾唇,凑近身旁那个男生的耳朵:"老四,看来你不用去女生宿舍楼下堵人了。"

唐星舟连个眼神都没给他,目光落在自己面前的那张申请表上。上面的字迹,他一看就不是她的,所以,这张表也根本不是她填的。

其他学生会成员也认出了这个女生是谁,毕竟开学时挂在学校论坛的那张暧昧的照片实在令人印象深刻。

一贯清冷自持的唐星舟居然也会有如此宠溺的眼神。

唐星舟低着头,鸦羽似的黑色睫毛往下垂着,让人看不清情绪。他说了一句非常官方的开场白:"一分钟自我介绍。"

单意略微紧张的心情难得地放松了一点。

还好他没看她。

她迅速整理好面部表情,红唇微启,吐字清晰,道:"各位师兄师姐好,我叫单意,音乐系大一新生……"

这是一番很中规中矩的自我介绍。

紧接着是惯例的提问环节。秘书处的一个学姐先开了口:"请问你为什么想加入我们学生会呢?"

单意"啊"了一声,脸上带着无奈的表情:"有人帮我报了名。"

众人沉默了。

回答这么耿直的吗。

另一个胖胖的学长试图打圆场:"那你觉得自己加入学生会之后会有什么收获呢?"

单意毫不犹豫地回答道:"多了点学分吧。"

大家心里都冒出来同一个想法:这女生今天是来砸场子的吗?

他们都放水这么严重了，问了些这么简单的问题。

单意笑了笑，轻咳了一声，然后又一本正经地说道："其实我是陪舍友来的，你们也可以理解为……凑数。"

这次真的没人接得上话了。

他们望了望第一排中间位置上的男生，咽了咽口水。

请问这面试还要继续吗？

唐星舟终于抬起头来看她，她的脸上只差写着"我不想加入学生会"这几个大字了。

可他不如她的意，将那张申请表放到了一旁宣传部学姐的手里："她的特长是画画，收了吧。"

单意本人都是一脸问号。她怎么不知道自己还有这个特长。

宣传部的那位学姐惊讶之余又有点无语，这徇私舞弊的行为也太明显了吧——直接当着众人的面走后门。

走后门不是不可以，关键是没看出来人家小姑娘压根就不想进学生会吗。

唐星舟不为所动，朝单意偏了偏头，指着教室大门的方向："你可以走了。"

单意眼神里满是不解，她这是"无心插柳柳成荫"吗？可她真的不想加入学生会。

等她还想再开口说些什么的时候，唐星舟没再看她，朝门口喊了一声："下一个。"

单意也不想因为自己影响面试的进行，于是想着先离开，事后再跟唐星舟说这件事。

唐星舟却在这时候开口："在外面等一下我。"

单意脚步一顿。

他没指名道姓，可众人都知道他说的是谁，纷纷露出了看好戏的眼神。而单意自己也不知道为什么会停下来——万一他喊的不是自己呢。

她觉得还是不要自作多情好了，于是没有回答他。

下一秒，他再度开口，叫了她的名字："单意，听到了就吱个声。"

单意这时候回头看他了，脑子还有点蒙，下意识道："吱。"

最后单意是捂着脸走出去的，她也没在外面等他，经过刚才的那一幕，自己已经没脸见人了。学生会那帮人努力憋笑的场面一直在她脑海里挥之不去。

不过，她通过微信给他发了一条信息，说自己还有点事，先回宿舍了，然后匆匆离开。

宿舍里，她从回来后就一直拿着自己的手机，脑子在放空，一副心不在焉的模样。

等做好了心理建设之后，她不知第几次点开了某人的微信。

他的昵称是个简单的"Z"，很好认，所以她高中时加了他之后都没改过备注。她自己的微信名倒是改过好几次，现在用的是"九点五十七分"。

因为他的生日是二月一日，她的生日是五月七日，所以合起来就是"21：57"。

然而，这个小秘密，只有她一个人知道。

说起加微信这件事，还是个巧合。

单意高中的时候跟唐星舟同校，他之前由于家庭原因休学过一年，回来的时候读高三，单意读高二，两人在两栋不同的教学楼里，所以也没有什么交集。

就算有交集，也是单意刻意制造出来的。

图书馆、操场、饭堂，就连学校外的公交车站都是她"偶遇"他的地点。她还加了当时高中的一群女生为他创建的"舟神后援会"的微信群，只为了解他更多的信息。

在那段平凡的青春里，她悄悄地喜欢着他。

后来是因为路以柠，她是唐星舟的邻居，也是他从小一起长大的小青梅。

单意读高二那年跟她同班，也是通过她，才跟唐星舟的接触变多了起来——从擦肩而过到并肩而行，从陌生人到朋友，对她而言就像是做梦一般。

有一次下午放学，单意去饭堂吃饭，排着队的时候无意中发现他就站在旁边的那个队伍里。

唐星舟刚好也看到了她,向她微微颔首,打了下招呼。

她挥了挥自己的爪子,也朝他笑了笑。轮到唐星舟打饭的时候,隔壁窗口传来饭堂阿姨的大嗓门:"同学,你这张饭卡里的钱不够啊。"

"抱歉,这份饭菜,我不要了。"

饭堂阿姨:"我都给你打好了,你不要,我给谁啊?你看看有没有你的同学在,借一下别人的饭卡吧。"

然后,男生的目光就落到了站在隔壁窗口前的单意身上。他开口说道:"能借一下你的饭卡吗?"

单意毫不犹豫地把自己的饭卡递了过去。

后来,唐星舟就说要加她的微信,把饭钱转给她。她没拒绝,毕竟她也是存了点私心的。

于是,就这样,她加了他的微信。

她暗恋的男生成了她微信里的唯一置顶。

可她不知道的是,当时跟唐星舟排在同一个队伍里,站在他身后的那三个学生,都是他的同班同学。

他完全可以开口问他们其中的任何一个人借饭卡的,可他没有。

……

单意从回忆中回过神来,她在手机的微信聊天框里快速地打下了一句话,发给某人,话说得直接。

九点五十七分:"我不想加入学生会,可以吗?"

对方几乎是秒回。

Z:"理由。"

从文字不能了解到他说话的语气,但是单意能猜到此时他脸上该是一副怎样的表情——应该是微微皱了下眉头,嘴唇紧抿着的神态。

九点五十七分:"我要做兼职,没时间。"

Z:"你很缺钱?"

明知道他说这句话并无恶意,可单意的胸口处像是被细小的针扎了一下——虽然有点疼,但早已麻木。

她手指略微颤抖地打下一个字。

九点五十七分:"对。"

单意回复完他的消息之后就把手机放下了。她从一旁的衣柜里拿出睡衣，准备洗澡。

浴室里，单意脱下衣服后，将花洒固定在一旁的墙壁上，打开。她闭着眼睛，微微抬起头，长发如瀑布般散落在她的背上。

水流从上至下地落到她的头上，然后是眼睛、鼻子、嘴巴，最后滴在了光洁的地板上。

"你就是个没有爸爸的孩子！"

"意意，妈妈对不起你，要一个人先走了。"

"我们单家不养废物。"

那些印在她脑海里，数不清出现了多少次的话语，突然跳了出来，一遍又一遍地提醒着她，提醒着她的过去。

女生蓦地睁开了眼睛，水珠滑落。分不清是洗澡的水，还是从她眼睛里流出来的水。她湿漉漉的手指抓了抓自己的头发，嘴角牵起弧度，无声地自嘲——

是啊，她很缺钱，从小到大都是。

单意洗澡的时候，520宿舍的门被人在外敲了敲。温怡然离门最近，问了一声："谁啊？"

外面传来一道女声："请问单意是在这间宿舍吗？舟神在楼下等她。"

温怡然望了一眼浴室的方向："她在洗澡，我待会儿会转告她的。"

"好的。"

温怡然跟传话的人道了声谢谢，宿舍外面的女生完成了自己的传话任务后就离开了。

单意这次的澡洗得有点久，她自己也后知后觉，赶紧擦干身体，换上了舒适的睡衣。

时间已经有点晚了，宿舍的其他三个人都已经洗过澡了，现在各自躺在床上。单意走到自己的床边，习惯性地拿起刚才放在一旁的手机，想点开屏幕的时候又顿了顿，最后还是放下了。

隔壁床的温怡然听到了动静，她撩开自己的床帘，探出头来："对了，意意，刚才有人来传话，说舟神在楼下等你。"

单意像是想起什么，马上拿起刚才被自己放下的手机，一点开屏幕，才发现里面有一个号码显示是未接来电，打了很多次，她都没有接到。

她又点开微信，发现刚刚男生把最近的那一条信息撤回了。聊天框里只剩下她说的那个"对"字。

后面是他新发的消息。

Z："我不是那个意思。"

或许是没等到她的回答，他紧接着又发了两条信息。

"单意，接电话。"

"我在你宿舍楼下。"

单意马上打字，发了过去。

九点五十七分："我刚刚去洗澡了，所以没接到电话，不好意思。"

九点五十七分："不早了，你回去吧，我要睡了。"

男生的信息回复得很快。

Z："你下来。"

单意从这三个字读出了后面"你不下来，我就不走"的隐含意思。

太了解一个人，有时候往往成为自己心软的原因。

她没再犹豫，快速地从衣柜里拿出一件长外套，将自己裹得严严实实的，然后下楼。

此时已经是晚上十一点左右，宿舍的门禁时间是十一点半。女生宿舍楼下大多是些情侣在依依不舍地道别。

唐星舟的身上还穿着刚才面试的那一套白衣黑裤，静静地伫立在那里，因为长相和气质出众而显得格外打眼。

有不少回宿舍的女生脚步放慢，频频回头看他。

唐星舟看着快步走到自己面前的女生，她的头发湿漉漉的，他不禁皱了皱眉。

单意："你找我，有什么事吗？"

唐星舟尽量让自己的语气听起来没那么生硬："刚才那句话，我没别的意思。"

他指的是微信上被他撤回的那一条信息，虽然他已经撤回了，但是他还是想解释。

她摇了摇头，声音很平静地回道："我知道，我没生气。"

她看了一眼他脸上明显不相信的表情，又说了一遍，语气轻松自然："我真的没生气。"

她知道他不是故意的，而且她也没这么脆弱。早已结疤的伤口，虽然还在，但是不会疼，她也习惯了。

唐星舟一直留意着她脸上的表情，判断着她话里有几分真假。看到她脸上确实没有生气的表情后，他突然又反问了一句："你为什么不生气？"

单意听到这句话后有点莫名其妙，她扬唇笑了笑："有什么好生气的啊。"

有什么好生气的？

唐星舟突然想问她，是不是因为不在乎他是谁，所以不管他说了什么话，她都会一笑而过。他一下子郁闷起来。

单意看着一动不动的他，不明白他突来的情绪变化是怎么回事。

她刚才哪句话说错了吗？

沉默在两人间蔓延着。还是单意先开的口："那加入学生会的事……"

她直接转移了话题。

唐星舟顺着她的话说下去："你不想，我自然不会勉强。"

听到他这句话，单意的心顿时就安定了下来，她习惯性地说道："谢谢。"

"谢什么，谢我不让你加入学生会？"

单意松了一口气，努力扬起一个灿烂的笑容，一字一顿地说道："谢谢唐会长手下留情。"

女生刻意放软的嗓音，带着讨好般的语气，让唐星舟刚才苦闷的心情一下子全散了。

不远处有宿管阿姨冲着这边喊："门禁时间快到了啊，你们这些小情侣都赶紧的啊。"

那些难分难舍的小情侣这才互相道别。

唐星舟也察觉到时间已经不早了，他最后看了她一眼，嘱咐道："记得把头发吹干再睡觉。"

单意点头："嗯，那我先上去了，你也快回宿舍吧。"

"晚安。"

唐星舟的目光紧跟着她,看着她上楼,直到看不见人影,才转身离开。

单意走上五楼后,在走廊处停了下来。她从窗口伸出脑袋往下面看了看,刚好看到男生还未走远的背影——秀颀挺拔,身影如画。即使是在黑夜里,她也能一眼就看到他。

就像以前读高中的时候,她总能在熙熙攘攘的人群中,第一眼就发现他的存在。

而他们好像离得很近,又很远。

第三碗粥　相识

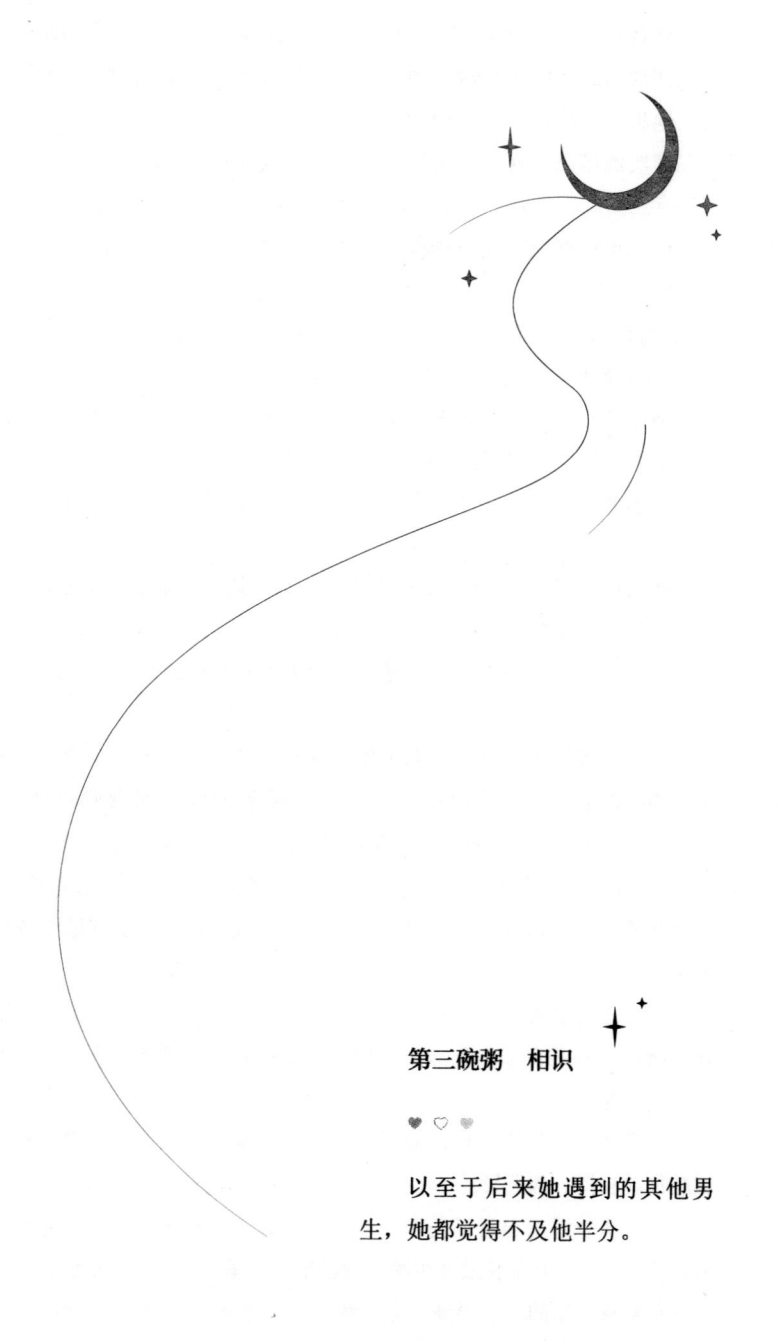

♥ ♡ ♥

以至于后来她遇到的其他男生，她都觉得不及他半分。

单意再次回到宿舍,把头发吹干之后就躺在床上睡觉了。她闭上眼睛想要入睡,但是辗转反侧睡不着,意识也很清醒,清醒到她不由自主地想起了以前的一些事情。

其实她第一次遇见唐星舟,不是在清城一中,而是更早之前,在一座寺庙里。

单意还记得那一天是单暖的头七,她跟着她外婆来到了清城的观音寺。

寺庙里有一位叫慧空的大师,他穿着一身素色僧袍,手里转着一串手串出现。

他经常看到单老太太来这里祈福,得知她找了很久的女儿已经去世,安慰道:"阿弥陀佛,施主请节哀。"

单老太太一头花白的头发,容颜已经苍老,说道:"人各有命。"

两人在寺庙里祈完福后,单老太太说她和慧空大师还有些话要说,让单意先出去等着。

寺庙的门口人来人往,于是单意走去了拐角处的侧门那边,在台阶处坐下来等人。

此时已接近傍晚时分,入眼便是落日的余晖,天边布满晚霞。在夕阳的照射下,寺庙下的群山染上了一层薄薄的金光,朦朦胧胧的。

门前有一棵很大的榕树,枝繁叶茂,青翠欲滴。树下有一个少女,她坐在轮椅上,身体娇小,十三四岁的模样,穿着不太合身的长衣长裤,腿上还盖着一条薄毯。明明是初夏炎热的天气,她的头上却戴着顶针织帽。

少女正弯着身子,手里拿着一根火腿肠,在给她左腿边的一只猫咪喂食。女孩喂完那只猫咪后,伸出手来摸它,可猫咪偏头一躲,然后飞快地跑了。

唐星乐"欸"了一声,双手扶着自己轮椅的两边,想去追。她尝试着推动轮椅,却无果。

她低头查看着自己的轮椅出了什么问题,突然感觉有人在朝她靠近,转头一看,有个长发女生蹲在她面前,手里拿着一块小小的石子。

单意将手里的石子扔到一旁,然后站起身来。

唐星乐这才发现自己的轮椅可以动了，原来刚才是有石子卡住了轮椅。她抬起头来看单意，语气友好道："谢谢姐姐。"

"不客气。"

单意转身要走，却听到后面传来很微弱的声音，于是又把头转了回来。

坐在轮椅上的女孩皱着眉头，摸着自己的左膝盖，浅蓝色的长裤被扯出褶皱，足以看出她用了多大的力气。

单意看到了她脸上痛苦的模样，蹲下身子来："你怎么了？"

唐星乐咬着下唇，摇了摇头，脸色有点苍白。

"没事，就是腿疼。"她轻声说道，"习惯了。"

最后那轻飘飘的三个字，还是唐星乐笑着说出来的，单意却看得心疼。

单意看向女孩腿上盖着的毛毯，苍白的面容加上瘦弱的身体，又联想到她说的腿疼，猜想她应该是生病了。

单意摸向自己的口袋，从里面掏出一颗大白兔奶糖："给你这个。嘴巴里甜了，身体就没这么疼了。"

唐星乐一怔。

这是第一次有人跟她说这样的话。

眼前这个女生，在看到她发病的时候，没有第一时间细问她的身体状况，只是给了她一颗糖，告诉她——嘴巴里甜了，身体就没这么疼了。

她缓缓伸出一只手来，接过那颗大白兔奶糖，又说了一声："谢谢。"

单意露出一个明媚的笑容："你刚才已经说过啦。"

女生的眼睛很漂亮，里面像有星星，带着细碎的光，她的表情和言语都充满着善意。她回头望了望周围的环境，问道："你不是一个人来的吧？你的家人呢？"

唐星乐低着头，看着自己的腿，坦言道："他们在寺庙里，为我祈福。"随后她轻笑了一声，"可我从不相信这些，因为根本没用。"

单意听到她说的那两句话后，已经察觉到些什么。

她说道："我外婆也带着我来这里为我妈妈祈福，虽然我也不信这些。"

唐星乐抬眸看她:"你妈妈也生病了吗?"

单意:"她已经去世了。"

唐星乐顿了顿,一时之间不知道该说什么。

她刚才还是一脸灿烂的笑容,让人完全看不出有伤心事的样子。

单意:"父母都是这样的,希望自己的孩子能够好好的,所以总想做些什么来证明一下,比如求神保佑。你觉得祈福没用,但是你的家人觉得有用就行了。"

重点在后面那一句。

唐星乐一下子就知道了她的意图所在:"姐姐,你好会安慰人。"

明明她年纪看着也不大,跟自己相仿,却说着一些与她年龄不符的大道理,就好像是活得很通透的样子。

单意:"希望真的能安慰到你。"

唐星乐难得遇到了一个可以交心的人,虽然眼前这个女生对她而言是个陌生人,但是莫名地让她产生了好感。她忍不住问出声:"姐姐,你难过吗?"

单意一下子就知道她说的是什么,于是坦然地承认道:"难过啊。"但是单意从小就习惯了隐藏自己的情绪,所以语气很平静,"可是生活还是要继续的。这世界上,总有一些人会先一步离开。"

唐星乐的目光不知落在何处,眼神没有焦点,喃喃自语着:"那先离开的人,对于自己的亲人而言,是不是会很痛苦?"

单意:"会吧。但是他们会变成星星的。"

唐星乐:"星星?"

"嗯。"单意想到了以前,她妈妈给她看过的一本书,"书上说的,地上如果有一个人死了,天上就会多一颗星,因为它要给活着的人照亮这个世界。"

它要给活着的人照亮这个世界。

唐星乐的心一颤,一直压在自己心上的那块大石头好像动了动。

她听着女生继续说道:"所以,我相信,我的妈妈,她只是变成了一颗星星,她会一直陪着我的。"

唐星乐看着她的侧脸,露出了一个发自内心的笑。

唐星乐弯了弯唇,好像突然明白了些什么。

一语惊醒梦中人。

"姐姐,你的妈妈一定是个很漂亮的人吧。"

"嗯。"

两个年纪相仿的少女,在这一片静谧祥和的环境里,倾心交谈着,找到了她们彼此之间的共鸣。

说话间,唐星乐突然看向拐角处,那里走来一位翩翩少年。她举高了手,喊道:"哥哥,我在这里。"

单意听到她的称呼就知道应该是她的家人来了,不经意地回头——却看到了一张至今见过的最好看的脸。

白衣少年犹如水中月,拨云而来——清俊温润的眉眼,面容如玉又如画,仿佛不食人间烟火。

那双眸,目光淡淡的,裹着几分凉意。

在看到自己正在找的人后,唐星舟的神情顿时变了变,眉目舒展开,变温柔了些许,然后快步走上前来。

单意还保持着刚才蹲着的姿势,仰着脑袋,呆呆地看着这个仿佛从画里走出来的少年。而少年的目光也落到了她的身上,刚好与她四目对视。

刹那间,少女的心悄然萌动。那种感觉,就像是原本平淡的一杯水,喝下去的时候突然间变成了一杯烈酒,直到心底。

唐星舟很快就收回自己的目光,偏过头去看自己的妹妹。单意也才发现自己这样盯着人看不妥,连忙站起身来。

"哥哥,我们是要走了吗?"唐星乐抬起头来看他。

唐星舟走到自己妹妹坐着的轮椅背后,扶着上面的把手,嗓音温和:"嗯,爸爸妈妈在寺庙大门那边等我们。"

唐星乐"哦"了一声,然后看向单意:"姐姐,我要走了,谢谢刚才你跟我说的那些话。"

单意跟唐星乐挥手道别。

她看向两人离开的身影,那个身姿挺拔的少年,穿着一尘不染的白色衬衣,连背影都那么好看,气质尤佳,一看就是出身不凡。

与之对比,她低头看了一眼自己身上已经穿了许久的衣服,还有脚上那双泛黄的帆布鞋。自卑在心里油然而生。

下山的时候，还是跟上山时一样，唐星舟背着唐星乐走。唐父手里拎着那张被折叠起来的轮椅，跟唐母走在他们的身前，一只手搀扶着她。

唐星乐的手里还攥着刚才单意给的那颗糖，她向她哥哥展示着："哥哥，这是刚才那位姐姐给我的，她长得好漂亮呀。"

唐星舟瞥了那颗大白兔奶糖一眼："陌生人给的东西不能随便要。"

唐星乐小声哼了一下："漂亮姐姐才不是坏人，她是天使。跟小柠檬一样的天使，背后都有翅膀的那种。"

唐星乐在唐星舟面前一向话很多，也很孩子气。她絮絮叨叨地说了很多，他静静地听她说着。

她抬头看了唐父唐母一眼，估算着他们跟自己之间的距离，然后凑到唐星舟的耳边，很小声地说道："哥哥，刚刚那位漂亮姐姐说，人死后会变成星星的……"

唐星舟脚步一顿，眉头也皱了起来："不准说那个字。"

唐星乐不管，继续说着："哥哥，我到时候变成了星星，会在天上看着你的，你要好好的哦。"

"希望哥哥以后可以找一个跟刚才那个漂亮姐姐一样的嫂嫂……"

"哥哥，我突然好想小柠檬啊，不知道她大提琴练得怎么样了。"

唐星舟顺着她的话，说："明天我就带你去找她，小柠檬见到你会很开心的。"

"嗯，好的，哥哥。"

唐星乐说完之后就有些困了，趴在他的肩膀上，慢慢就睡着了。

唐星舟把她送回了医院。

一个星期后。

值班护士例行查房，发现唐星乐有些不对劲，一检查发现女孩已经没了呼吸。

唐星乐的生命，永远地停留在她十四岁那年。

……

第二天单意是被闹铃声吵醒的，她的意识还有点恍惚，竟有种恍如隔世的感觉,不知自己身在何处。

她好像做了一个很长的梦,梦到了以前的事,还梦到了第一次见唐星舟时的情景。

她伸出手臂搭上自己的眼睛,无声地笑。她不得不承认,她对唐星舟确实是一见钟情。

只是那一眼,便是心动的开始,以至于后来她遇到的其他男生,她都觉得不及他半分。

星期五的早上是有课的,晚上还有音乐社的面试。

到了晚上,单意和宿舍的其他三个人一起去参加面试,结果晚上就出来了,她们都进了音乐社。社长林夏还告诉她们,下个周六有社团迎新活动,需要他们腾出时间来参加。

次日周六,单意起了个大早,她准备去学校外面找份兼职。很快她就在学校附近发现了一家正在装修的酒吧,门口贴着招聘启事。

她凑近了去看,看到了"酒吧驻唱"四个字,然后走了进去。

酒吧里面是已经装修好的,只是陈设还不齐全,所以一眼望过去很空旷。吧台那边有一个金发少年,半个身体撑在桌子上面,手里拿着手机,像是在打游戏,时不时传来一些音效的声音。

他像是察觉到门口有人进来,头也不抬地说道:"没开张,走吧,走吧。"

单意觉得这声音有些熟悉,试探性地开口:"卓起?"

金发少年听到这声音后,手里打着的游戏瞬间停了。他抬头一看,一脸惊喜:"意姐!"

真的是卓起,单意看着他那一头像金毛狮王的头发,忍不住笑出了声。

卓起扔下手机,单手撑着吧台,直接从里面跳了出来,动作相当流畅而帅气。

单意指着他的一头黄毛:"才过了一个暑假,你怎么回到了非主流的年代?"

说到这个,卓起就来气:"别提了,跟我哥打赌输了,给他做实验弄的,三个月不能换这个发型。"他赶紧转移话题,"你该不会是来应聘的吧?"

单意缓了一会儿才止住了笑,她点点头。

卓起:"过了,过了,就你了。"

她露出狐疑的表情看着他:"你是这里的……"

卓起帅气地一甩头:"老板。"

"——啊,疼、疼、疼!"卓起的话音刚落,左边的耳朵就被别人给揪住了。

身后不知何时出现了一个男人,跟卓起的模样有几分相似,就连头发也是同色系的,不过他的偏白金色多一点,卓起的是金黄色。

"小子,让你看着店,不是让你在这里泡妞的。"

卓起双手抓住男人的手腕,求饶:"有话好好说,哥,你给我点面子行吗?"

——没看到还有其他人在吗?

卓一对他真是满脸嫌弃,但还是把手松开了。

卓起揉了揉自己受难的耳朵,撇了撇嘴:"人家是来应聘的。"

卓一看向站在跟前的女生,上下打量了她一番:"看你这样子,是还在读大学吧?"

单意听出他的意思了,她伸手指了指后面:"大学生就不能来应聘酒吧驻唱吗?"

卓一这才反应过来她要应聘的职位原来不是服务员。他将刚才含在嘴里的那根烟点燃,而后说道:"我对驻唱的要求很高的。"

"她可以的!"单意还没说话,卓起就先回答了,他伸手从后面扯了扯卓一的衣摆,凑近了说,"哥,就她吧。"

卓一把嘴里吸着的烟拿了下来,偏头看他,语气戏谑:"真看上了?"

这女生的长相确实是一等一的漂亮,让人对她一见钟情,卓一也能理解,只不过发生在他这个弟弟身上就不太能理解了。

卓起差点就被自己的口水呛到,他不自然地咳了几声:"不、不是,哥,这、这是我高中同学,我们认识的。"

卓一挑挑眉,一脸的"看破不说破"。他冲单意微抬了下巴:"行吧,就你了。"

单意:"我可以试唱的。"

卓一却摆摆手:"不用了,我相信这臭小子的眼光。"而且女生敢在他都已经同意的情况下还说出这样一句话,也足以证明她对自己有一定的信心。

"你一周可以驻唱几晚?"

单意想了想自己昨天才看过的课表,回道:"一三五,还有周六日都可以。周末的白天,我还可以在酒吧干活。"

因为她星期二和星期四晚上有课,赶不过来。

卓一:"行,酒吧驻唱的时间是晚上的八点到十二点,有时候还会到凌晨,一小时一百块。白天干活就按服务生的工资来算,月结,能接受吗?"

单意:"可以。"

卓起听了以后觉得哪里不对劲:"宿舍平时不是有门禁时间吗,那你怎么回去?还是说你回家睡?"但是他记得她家离学校这边还是有点距离的,坐车大概也要一个多小时。

单意这才想到自己住的问题,面露难色。

回家是不可能的,她不想让她外公外婆知道她在外面找兼职的事情。

卓起很快就帮她想到了解决的办法:"这里有两间休息室,一间是我哥的,另一间是我的,没用过。你可以去那里睡,绝对安全。我可以早点回学校宿舍睡,或者跟我哥一起睡都行。"

然后,他看向卓一,示意卓一这个老板开口。

卓一后面的衣摆都快被他给扯坏了,松了口:"你自己的休息室,想给谁就给谁。"

单意朝卓起露出一个感激的笑容,她想起了一件事:"不过,我下周六有个社团活动,可以周日再来上班吗?"

卓起连忙点头:"可以的,反正刚好下周日才正式开张。"

卓一忍不住"啧"了一声,语气不满:"到底谁才是老板?"怎么总抢他的话。

卓起双手举过自己的头顶,微微弯腰,语气恭敬:"你、你、你。"

卓一张了张嘴,想说什么的时候又说不出来——话都被这小子说完了。

单意找了个台阶给他下:"那谢谢老板,没有其他事的话,我就先走啦。"

卓一点点头,看向身旁蠢蠢欲动的某人,眼神嫌弃:"你也走,我不想看到你,碍眼。"

卓起巴不得自己被赶走:"好嘞,老板。"然后他快步跟上单意离开的身影。

一出门,他发现她就站在门口。

单意看到他出来后,低头看了看手机上的时间:"一起吃个饭?"

卓起对于她的邀请感到意外,心里却乐开了花,忙不迭地点头:"好。"

两人在学校附近找到了一家小饭馆。上了菜后,单意倒了杯茶递到了卓起的面前,说了两个字:"谢谢。"

卓起一听,就知道她说的是刚才的那件事。

"我们不是朋友吗,说这些干吗。"

单意:"这顿,我请,你可不准拒绝。"

不管怎样,这份工作能应聘成功,有很大一部分原因是卓起。

卓起也没推却:"难得意姐请客啊,我可得多吃点。"

两人自从那天高考结束后在学校见过一面,就没再见面了。单意的整个暑假都忙着做兼职,是通过微信朋友圈,才知道卓起考上了清大的计算机系。他晒出了自己被清大录取的网页截图,配的文字是:临神的学弟。

程星临本来跟他们同一届,后来高二时被保送清大,一下子就升了"辈分"。而且他跟卓起一样,都是计算机系的。想到这个,单意问道:"程星临那个比赛还没结束吗?"

他们三个之前读高中的时候就建了个微信群,前不久单意拿到了清大的录取通知书,就在群里说了一下。

后来程星临冒了下泡,说自己要去参加ACM竞赛,回来后再聚一聚,庆祝他们两个考上清大。

卓起:"快了吧,应该这几天就会回来了。"

提到程星临,卓起就像打开了话匣子:"临神可忙了,大一的时候就开始去参加各种各样的编程比赛,总是见不到人。

"之前无意中听他提起过,好像还打算创业。临神都这么努力了,搞得我心态都要崩了啊!"

单意笑了笑,像是想到了什么:"他这么努力,应该是有原因的。"

卓起也跟她想的一样,他轻叹了一口气:"可不是。"他这回说话的语气都变得郑重了些,"他在等小柠檬。"

小柠檬的全名叫路以柠,是程星临喜欢的女生。

路以柠高二那年选择出国读书,归期未定,除了唐星舟,他们就再也没听到跟她有关的消息了。

尽管程星临从未主动提起过那个名字,可身为他好兄弟的卓起很清楚地知道,他只是藏在心里了。

卓起突然就有些感慨:"临神当初怎么就没把小柠檬留下来呢……"

如果当初临神把小柠檬留了下来,那现在他们两个人的结果会不会就不一样了。

单意听闻,摇了摇头,似有感悟般开口说道:"卓起,等你以后有了喜欢的人就会明白——比起你想要的,你会选择成全她想要的。"

她相信,程星临自己也知道他该挽留的,但是他没有。因为他选择成全了路以柠的梦想。

周日的早上,可能受最近的生物钟的影响,单意醒得有点早。宿舍里没什么动静,她猜想其他三人应该还没有醒,于是就躺在床上玩手机。

她刚打开手机,就发现微信的那个唯一置顶跳出来一条信息——前一分钟发的。

Z:"今天有空吗?陪我出去一趟,想买生日礼物给小柠檬。"

单意看到后秒回。

九点五十七分:"有!"

后面的那个感叹号充分表示了她现在激动的心情。

果然早起的鸟儿有虫吃。

Z:"这么早就醒了?"

九点五十七分:"早起身体好。"

Z:"吃早餐了吗?我刚好在饭堂,给你带个鸡腿?"

九点五十七分:"……"

他是不是对鸡腿有什么执念？谁一大早吃鸡腿啊？

说到鸡腿，单意想起高中有一回自己跟着程星临去和路以柠一起吃饭，唐星舟也在。

那也是她第一次跟他同桌吃饭。

当时程星临把唐星舟原本夹给路以柠的鸡腿分给了她，原因是路以柠只能吃他夹的。

那个鸡腿是单意啃得最干净的一个。

难道就是因为这件事，所以唐星舟觉得她很喜欢吃鸡腿？不过，她想想又觉得不可能，他怎么会把这点小事放在心上。

很快他自己也否定了这个选择。

Z："不过早餐吃鸡腿太油腻了，我给你买了包子和豆浆。"

九点五十七分："好，谢谢，么么哒。"

单意下意识地打了"么么哒"三个字，等发送之后，才后知后觉自己这条消息现在是发给谁的。

"么么哒"这三个字是木棉、木槿经常在宿舍说的，谁帮了谁一个小忙，就会习惯性地说一句。

单意受了她们两个人的影响。

她尴尬得要脚趾抠地板了，手指按在自己刚才发送的那条消息上，准备撤回。

对方发来了一条新的消息。

Z："么。"

么？

他"么"什么啊？

他到底知不知道"么么哒"是什么意思啊？

单意还保持着手指按住那条消息的姿势，她觉得自己现在撤回的话倒是显得有点"此地无银三百两"了。

算了，算了，只要你不尴尬，尴尬的就是别人。

后来唐星舟又发了一条信息说自己在来女生宿舍的路上了。单意怕他等，连忙起床，轻手轻脚地洗漱了一番。她素面朝天，妆也没化，就出门了。

她走到宿舍楼下的时候，唐星舟已经到了，她赶紧小跑过去到他面前。她微微喘着气,单手叉腰,稳住自己的身体:"你怎么这么快就到了?"

唐星舟把手上买的早餐递给她:"给你发信息的时候就差不多到了。"

"你先吃早餐,吃好了,我们再走。"

"好。"

单意伸手接过,袋子里有两个热气腾腾的大包子,她的掌心一片暖意。她习惯性地张大嘴巴咬下一大口,包子瞬间没了一大半,露出里面的肉汁来。

女生的整个腮帮都鼓了起来,接着咬下第二大口。两三下,她就解决了一个大包子。

单意的脑子突然间醒神,慢半拍地想起她旁边还站着一个人。

一个她喜欢的人。

得,形象没了。

别的女生吃东西都是细嚼慢咽的,只有她,两三口就吃掉一个包子。

她"破罐子破摔",也不敢偏头去看唐星舟的表情,自己转了个身,把后背对着他。他对她这一举动有些不明所以。

她含混不清的声音传来:"你别看着我吃……我怕你抢我的包子。"

唐星舟顿了顿,看着女生纤细的背影,忍不住弯了下唇,嘴角上扬。那双清亮的眼睛漾出笑意,脸部线条都柔和了几分。

若是单意此时回头,她就会发现自己错过怎样一番美景。

少年眉眼清澈,看着她的眼神温柔似水,满是宠溺。

学校附近刚好有一家百货商城,两人就去了那里给路以柠挑生日礼物。单意也挑了一份,然后让唐星舟帮忙一起寄去国外。

两人寄完快递后,走在回学校的路上。

单意看着身旁的人,眼珠子转了转,把心里想了很久的话问了出来:"唐星舟,小柠檬她现在还好吗?"

唐星舟侧眸看她,一下子就看穿了她的小心思:"你是自己问的,还是帮别人问的?"

这个"别人",大家都心知肚明是谁。

单意避重就轻地跳过这个问题:"你不说,我就不问了。"

"挺好的,至少过得比以前好。"他给了一个很含糊的答案。

回到学校的时候,唐星舟接到一个电话,是系里的吴教授打来的,找他有事。于是他把单意送到女生宿舍楼下后就走了。

单意回到自己的宿舍,其他三个女生已经起床了。木棉看到她从外面回来,问道:"意意,你一大早去哪儿了?"

单意掐头去尾地回答:"去寄了个快递。"

好在木棉也没有多问,"哦"了一声就没多说什么了。

单意:"对了,我在外面找了份兼职,有时候可能不回学校住,宿管阿姨如果查房,你们就说我回家住了。"

她简单地跟三个舍友说了一下自己以后在酒吧驻唱的事情。

木棉、木槿一听可兴奋了,她们两个从来没去过酒吧,早就想体验一下成年人的快乐了。温怡然的成长环境是家教比较严的那种,所以同样也没去过。

单意提议:"那下周日你们可以跟我一起去玩一玩。"

三人都觉得可以,想法达成一致。

温怡然的手机传来振动,她点开屏幕看了看,发现是班群里发的消息。她大致地看了一遍,挑重点来讲:"校公选课的通知出来了,下个星期一的早上,九点开始。"

木棉"啊"了一声:"那就是我们要抢课了?"

木槿提议:"要不我们抢一样的吧,上课有伴。"

温怡然一边看着群里的文件,一边总结着:"我们这学期可以先抢两门,一门网络课,一门面授课。

"网络课的名额比较多,可以随便选。主要是面授课的不好抢,你们先看看班群里学习委员发的那个关于校选修课的表格,看有没有自己比较感兴趣的。

"如果我们四个都想选一样的,那就一起抢。"

三人觉得温怡然说的这番话有道理,还是先看看可以选的课有什么。

看了一遍课程的名字后,木棉先开口:"你们觉得这个'扑克游戏的兵法谋略与竞技比赛'怎么样?"

木槿:"这个'博弈策略与完美思维'也可以。"

单意和温怡然两人相视一看,同款的黑人问号脸。

单意先发出邀请:"怡然,我觉得我们两个要不跟她们分开吧,不要抢一样的课,这样还可以提高抢到课的概率。"

温怡然:"我觉得可以。"

木棉、木槿上前抱住她们两个,嗲声嗲气道:"不要嘛——"

"要不选这个'理财与人生'?"

"或者这个'不可不知的房地产知识'?"

温怡然听完,实话实说道:"我觉得你们两个选的课都太深奥了,可能不太适合我。"

单意也趁机拉开自己跟她们两个之间的距离:"我不配,因为一开始我只是想选个音乐鉴赏课而已。"

温怡然与她默契地一击掌:"我想的也是这个。"

木棉、木槿耷拉着脑袋。

温怡然一针见血地说道:"这个选修课,你们还要考虑到期末考试的问题。"

单意:"你们如果真的感兴趣,想选就选吧。"

"不。"木棉、木槿齐声说道,"我们屈服于期末考试。"

最后四人决定保守地选择"西方音乐鉴赏"这门课程。

一周的时间眨眼就过,很快就来到周六,下午是音乐社的聚餐活动。音乐社大部分的人来了,有二三十个人。

今天去烧烤的场地是学校附近的一座森林公园,里面有一个对外开放的烧烤区,还有一个露天的小型 KTV 唱歌台。

他们刚来到这里,就跟学生会的那群人相遇了,为首的人正是唐星舟。

对方来的人明显比他们要多,大概有三四十人,等音乐社那帮人走进来后,几乎就占满了位置。

学生会这次的迎新活动是外联部准备的,烧烤是周慕齐提出来的,因为就近原则就选择了这里。

他们没想到还遇到了音乐社的那帮人。

周慕齐朝站在最前面的那个白金色短发女生招了招手:"嘿,林夏。"他看了一眼她身后的那群人,问了句废话,"好巧,你们也是今天聚餐?"

林夏没应他，反倒是很冷地瞥了身旁的副社长一眼。因为这次的烧烤聚餐的场地是由他安排的。

副社长显然也没想到这一出，自知理亏，低着头不敢说话。

当初提议烧烤的时候，他第一时间就想到了这里——离学校近，又方便，哪能猜到学生会的迎新活动时间跟他们定在了同一天。

木棉跟木槿姐妹俩的眼睛里瞬间燃起了八卦之火，以她们多年的八卦经验来看，这两人绝对有故事。

林夏其实很想换场地的，但是今天来的人太多，一时之间不知道去哪里还可以找到烧烤的地方。

周慕齐看到了女生满脸写着"不情愿"三个字，故意用激将法激她："林夏，你这么避嫌的话，我还会以为你对我念念不忘呢。"

林夏："你的脸皮这么厚，不拿去砌墙真是可惜了。"

周慕齐摸了摸自己的脸："墙如果有我这么帅，你走路都要撞上去了吧。"

林夏咬着牙："我会直接把墙砸烂，你信不信。"

两人的贫嘴功夫不相上下，让两旁的新生们听得目瞪口呆。

一直没说话的唐星舟此时开了口，嗓音沉稳："好了，注意场合。"

两人这才后知后觉现在是在什么地方，而且还有些新生在，马上收敛了起来。

单意她们宿舍的人走在人群的最后面，只听见木棉很小声地说了一句："还是舟神厉害。"轻飘飘的一句话瞬间熄灭战火。

副社长见战火熄灭，这才唯唯诺诺地开口："那，社长，我们要换地方吗？"

林夏不假思索地答道："不换，就在这里。"她为什么要换，换了还会被某人说她心虚。

于是音乐社和学生会的两拨人马就这样各自坐在公园烧烤区的位置上。他们隔着一个空着的烧烤台，像画了一条清楚的三八线，互相不越界。

由于人数的关系，音乐社这边就分成了两张烧烤台坐。单意跟同宿舍的三人随机落座，她拿起提前准备好的烧烤工具和食材，直接就弄了起来。

等木炭燃烧后,她把事先腌制好的肉放上烧烤网,然后多次翻转,再刷酱、撒粉……

木棉、木槿姐妹俩看着单意一系列随意又熟练的烤肉动作,不禁惊叹。

"看着意意这张脸,一时之间我不知道是该羡慕她,还是羡慕她手里的肉。"

"吃她烤的肉,我都感觉自己有罪。"

单意把烤好的肉分给了木棉、木槿和温怡然,最后才分给了自己,说道:"吃吧,吃完,我再烤。"

木棉、木槿毫不客气地接过她手里烤好的肉——有没有罪不知道,先吃了再说吧。

单意把烤好的肉分给她们后又去弄其他的肉,动作不停。

木棉、木槿本来也想帮忙,但是心有余而力不足——没有这么多夹子可用。再加上她们两个的烤肉技术一言难尽,决定还是不给单意帮倒忙了。

等烤肉的期间,木棉四处张望着,目光不由自主地落到学生会的那边。

"舟神旁边坐着的那个女生是谁啊,我怎么瞧着有点眼熟呢。"

木槿顺着她的目光看去,一眼就认出了那个人:"孟梓琳,好像是外语系的,听说大一的时候就在追舟神了……"

木棉:"难怪,她在帮舟神烤肉呢。"

这边单意烤肉的动作顿了顿,不过一两秒,很快又恢复。

温怡然却注意到了她这细微的变化,伸出手来悄悄地拍了拍身旁的木棉和木槿,眼神示意。姐妹俩这才后知后觉,没再说话了。

单意感受到了气氛突然的沉默,也猜到了是什么原因。她依旧低着头烤肉,一边用平静的语气说着:"不用顾忌我,你们继续说。"

她们哪敢继续,这时候越是平静,越是诡异。

过了一会儿,周围传来些许骚动。

单意刚把烤好的肉装进盘子里,察觉到不对劲,这才抬起头来。唐星舟不知何时来到了这边,隔着一个烧烤台的距离,刚好就站在她的对面。

055

她看着他,脑子里不自觉地想起刚才木棉、木槿说的话,胸口处像被堵了一团棉花,面前的烤肉也变得不香了。

她早该想到的,他这么优秀,学校里肯定有人在追他。

他不顾他人八卦的眼光,伸手想拿过单意手里的那个盘子。

单意不肯放手,作势要拿回属于自己的"劳动成果"。她提醒着他:"你走错地方了吧,学生会在那边。"

"没走错。"

唐星舟用空出来的左手握住了她的手腕,制止了她的动作。

"这里的肉比较香。"

他说这句话的时候,眼睛是看着她的。

她抓错了重点,她想的是,学生会那边的肉做错了什么。

唐星舟趁她发愣之际,稍微用了些力气,把她烤好的那盘肉拿回了自己的大本营。

众人对他这一行为表示疑惑不解。学生会的会长来他们音乐社这边,就只是为了那一盘烤肉?

单意也是满脸疑惑。

难道她烤的肉真的比那边的要香?

第四碗粥　游戏

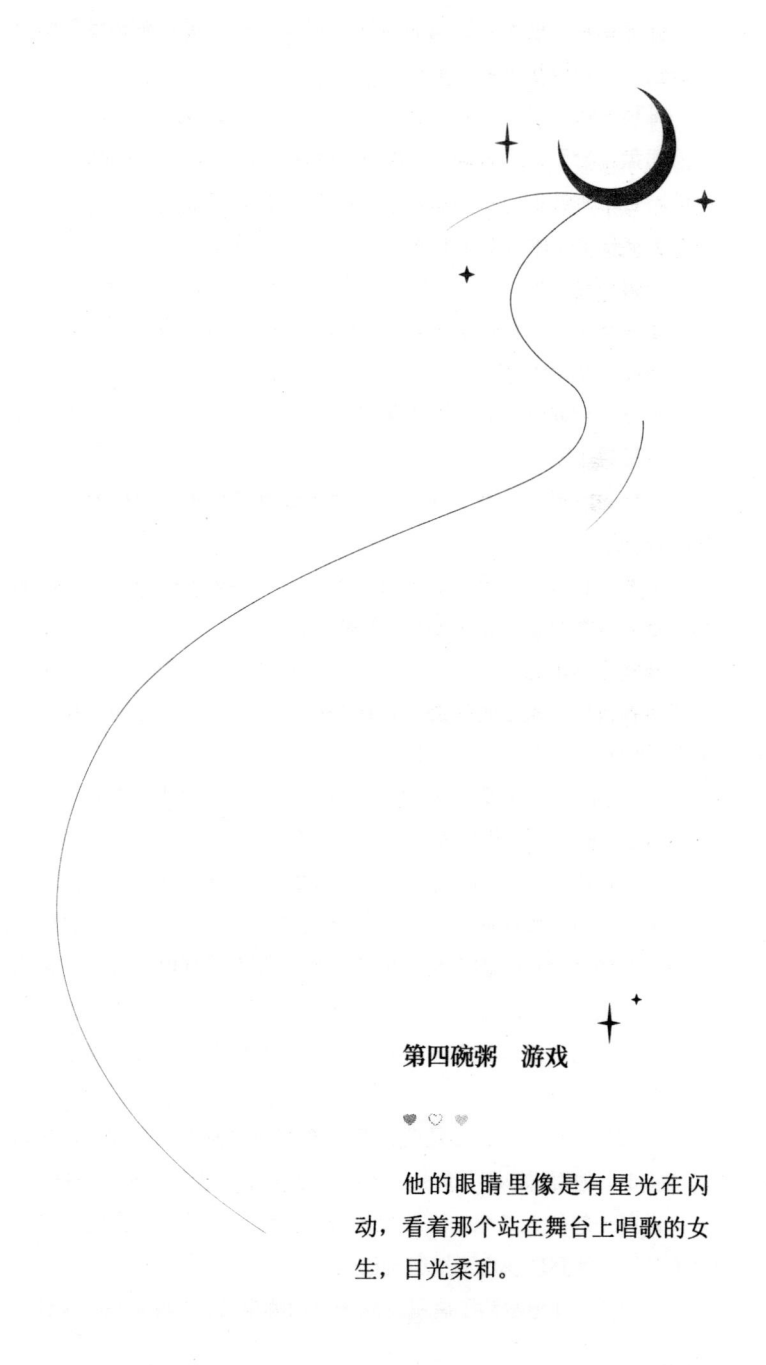

♥ ♡ ♥

　　他的眼睛里像是有星光在闪动,看着那个站在舞台上唱歌的女生,目光柔和。

唐星舟回到学生会这边的烧烤阵营后，没坐回原来的那个位置，而是坐在了舍友周慕齐的旁边。

周慕齐刚才就一直盯着他，事情的经过也看得清清楚楚。他看着面前那盘"抢"过来的烤肉，嘖了一声："老四，你也好意思？"一边说，他还一边把自己的魔爪伸向那盘烤肉。

唐星舟拍掉他的手，眼神警告："别碰，都是我的。"

"嘿。"周慕齐觉得稀奇了，"你不是一向不爱吃这些东西的吗？"

唐会长人如谪仙，不食人间烟火，跟烤肉一点都不搭。平时宿舍的人点烧烤外卖什么的，他也从来不参与。

"总之，你不准碰。"唐星舟说完，还补了一句，"有本事去找你前女友要。"

周慕齐一噎，说不出话来——让他去抢林夏手里的烤肉，简直就是痴心妄想。

两人是在大一放暑假那段时间分的手，距离现在两个月了，他们一直是这种尴尬又带着点微妙的关系。

分手是林夏主动提的。周慕齐接到她的电话本来还很开心，两人放假后各自回家就没见过面了，结果她一开口只说了一句"我们分手吧"，瞬间一桶冷水浇了下来。

他好半晌才反应过来，干巴巴地问了一句："为什么？"

林夏当时的语气很冷漠："腻了。"

周慕齐是何其骄傲的人，听到这两个字，直接就把电话挂了。

刚分手的那段时间，他一直在等她打电话来主动求和，说她当时只是说的气话而已。到后来，他想，只要她主动打电话过来，无论她说什么，他都会原谅她。

可是，她一直都没有，一直都没有，他也有自尊心，拉不下脸来求复合。

大二开学后，今天还是两人第一次碰面，偏偏这个女人看到他之后还想走。他百思不得其解："你说女生的喜欢就这么容易变吗？"

说在一起的人是她，说分手的人也是她。为什么女生说不爱就可以不爱了，他到现在也不知道自己做错了什么。

这句话不知道触动了唐星舟脑子里的哪根弦，他像是想到了什么，脸色微微沉了沉。而后他拿起烧烤台上的一罐啤酒,四根手指握住罐身,食指钩起拉环,稍稍一用力,就打开了。

全程他只用单手操作,动作看起来轻松又流畅,仿佛是再简单不过的一件事情。

另一边的单意刚好看到了这一幕。她想起高中那时候,有一回跟程星临、卓起他们去打球,后来她把路以柠也叫来了。

当时程星临也是单手开了一罐汽水,路以柠还说他是她见过的第二个可以单手打开易拉罐的人。

而她见过的第一个人是唐星舟。

单意当时就在脑子里想象过他单手开易拉罐的模样是怎样的。

如今,画面重叠了。

她发现这个男生不管做什么都是帅的,尤其是做这些事的时候,浑身带着的那股漫不经心的调调,致命般吸引人——更准确地说,是致命地吸引着她。

夜幕开始降临。

音乐社这边的烧烤已经进行到三分之二的阶段了,接下来要进行他们准备的第二项活动——唱歌。

音乐向来是活跃气氛的最佳助燃剂,刚好烧烤区这边就有一个中型舞台,摆放着音响和麦克风等设备。

副社长率先走上去,拿起一个麦克风,大声喊道:"大家早上好!"

台下一阵哄笑声响起。

副社长这才觉得哪里不对,马上纠正过来:"不对,不对,是晚上好!"

林夏也听到了学生会那边的哄笑声,尤其是某个男生的,极其响亮。她拿起自己手边的橘子皮就扔向台上站着的那个人:"陈思恒,你还能不能行了!"

陈思恒就是副社长,他侧身躲开了攻击,却站得不太稳。

刚才吃烤肉的时候,他被几个人灌了几杯酒,但是还没有到醉的程度,眼下还是有点清醒的意识在的。听到林夏这么一质疑,他不服气地喊道:"男人不能说自己不行!"

底下听明白这句话的人响起细细碎碎的笑声。

林夏则气得站起身来,就要把这个脑子有坑的男生拉下台。陈思恒拿着麦克风躲来躲去,不让她抓到。

两人这一阵打闹,很是滑稽。音乐社的人都被这一幕搞得乐不可支,就连学生会那边也有些人笑出了声。

周慕齐却冷着一张脸,看着在台上嬉笑追逐的两人。他拿起放在桌上的一罐啤酒,仰头灌了下去。

林夏费了点功夫才把那个碍眼的人踹下台,拿过麦克风,站在了舞台的中央。

"大家好,我是林夏。"

音乐社这边的人纷纷鼓掌。

林夏:"今天是我们音乐社老社员跟大一新生的第一次聚餐活动,大家吃得开心吗?"

"开心!"

林夏:"开心就好,本次聚餐活动的所有费用,皆由我们的副社长陈思恒同学赞助,让我们用热烈的掌声谢谢他。"

伴随着掌声的响起,在台下的陈思恒一脸发蒙,瞪大双眼,就要站起身来反驳:"我什么时候说过……"

林夏眼尖地看到他的表情变化,伸手指了指他身旁的两个男生:"给我捂住他的嘴!"

陈思恒瞬间被两个男生控制住,身体被强硬地按回到椅子上,嘴巴也被捂住,只能发出"嗯嗯"的声音,一双眼睛充满愤怒地看着台上的女生。

林夏,你狠!这分明是公报私仇。

林夏一脸的得意扬扬,对着麦克风继续说道:"下面就是大家自由发挥的时间了,想唱歌的、想表演才艺的都自己来。"

底下有人喊道:"社长,你先来一个呗。"

随即有人附和:"对啊,社长,你先起个头。"

"社长,社长!"

林夏也不是那种扭捏的女生,爽快地同意了:"行,那我先献丑了。"

她走到点歌台那边,输入了几个字,身后的大屏幕上显示出歌曲的名字——《算什么男人》。

音乐的前奏响起。

学生会那边,唐星舟推了推靠在自己身上的周慕齐。

"醒醒,林夏给你点的歌。"

周慕齐刚才因为郁闷喝了不少酒,脑袋有点昏昏沉沉的。听到唐星舟这么一说,他瞬间清醒了不少,眼睛发亮:"什么?"

耳边清晰地传来熟悉的女声:"你算什么男人,算什么男人……"

周慕齐听着,心里五味杂陈。

或许是因为这首歌无意中触动了不少女生的心事,她们开始大合唱起来。

"你算什么男人,还爱着她却不敢叫她再等。没差你再继续认份,她会遇到更好的男人……"

她们唱到后面,还颇有种撕心裂肺的感觉。

底下的男生默契地不出声,也没加入大合唱中。他们大气都不敢喘一下,生怕自己活不过下一秒。

一曲终,场子的气氛已经被林夏搞热了起来,她唱完跟没事人一样,脸上还是那副酷酷的表情。

"好了,下面轮到你们的表演了,我点一个人来唱吧。"

单意瞬间有种不祥的预感,下一秒,林夏就指向了她:"来,单意,就你了。"

果然——单意认命地走上台去,接过林夏手里的麦克风。她被临时点到名字也不怯场:"嗯,我的歌单有限,你们有想听的歌吗?"

底下有男生喊了一句:"《红玫瑰》!"

那是单意在新生晚会上表演的曲目,也是这首歌让她一曲成名。

单意笑了笑,一张精致的脸蛋明媚生动,却不按套路出牌:"既然你们想听《红玫瑰》,那我就不唱这首了。"

木棉、木槿在底下给她打圆场:"只要是你唱的,我们都爱!"姐妹俩还举起双手,在自己的头顶上给她比了一个大大的心形。

单意看着底下有不少女生微微发红的眼眶,似有感触:"那我就唱一首《情非得已》吧。"

《情非得已》非常微妙地呼应了前面的那一首歌。种种感情纠葛,归根到底，无非都是因为情非得已。

"难以忘记初次见你……"

女生的嗓音透过麦克风传到每个角落，声线慵懒，摄人心魂。

"一双迷人的眼睛，在我脑海里，你的身影，挥散不去……"

她唱着这首歌的时候，眼睛不自觉地看向学生会那边，不偏不倚地对上了唐星舟那双含着笑的眼眸。

他的眼睛里像是有星光在闪动，看着那个站在舞台上唱歌的女生，目光柔和。

旁边的周慕齐听到这首歌后有点吃味。

"人与人的区别怎么这么大呢。

"对我就是'算什么男人'，对你就是'情非得已'。

"你说，我有这么差劲吗……"

唐星舟连个眼神都没给他，用冷峻的侧脸对着他，眼睛依旧看着台上，声音淡淡："你吵到我了。"

——吵到我听歌了。

周慕齐受伤的胸口处又中了一箭。

后半场，音乐社这边分成了两批人，一批人在舞台上继续K歌，另一批人在台下玩着"狼人杀"的游戏。

"狼人杀"的游戏，人多才好玩，他们音乐社这边唱歌的去了一半，另一半的一半又在那边喝酒，估计脑子也不清醒。

于是副社长陈思恒往对面一喊："山那边的朋友，要一起来玩游戏吗？"

话音刚落，他就感受到了旁边来自林夏的死亡凝视。山那边的朋友，可不就是学生会的那帮人吗？

陈思恒被人灌了点酒，脑子有点迷糊，这才短暂地清醒了会，意识到刚才自己都做了些什么。他露出讨好的笑容，然后把脑袋转向林夏："社长，我就是随便一喊，他们也不一定来的……"

"好。"

"好啊。"

有两道声音跟他的重叠在一起。

对面的唐星舟和周慕齐都站了起来,看向这边。

陈思恒一脸问号。周慕齐来,他能理解,毕竟林夏在这里,前男友想在前女友面前刷存在感。

可唐星舟怎么也来玩这种游戏?他居然一句话就能请动唐星舟。

旁边的孟梓琳看到唐星舟站起来后,愣了一两秒,自己也跟着站了起来,笑意盈盈地说道:"我也玩。"

陈思恒震惊了,他的魅力已经达到如此地步了吗,一下子就摘下了学生会那边的三枝花。

然而,正所谓"伸手不打笑脸人",是你主动邀请别人的,别人也同意了,所以更不可能拒绝。

于是乎,学生会那边就来了三个人。

是的,只有刚才站起来的那三个,其他还有想跟着一起过去的,都被林夏的一个眼神劝退了。

那眼神仿佛在说:"谁还要过来,死!"

罢了,罢了,神仙打架现场,我等凡人还是不要参与好了。

等参与游戏的人都落座后,因为在场的有几个新人以前没有玩过这个游戏,所以社长林夏主动担起了主持人的角色,给他们简单地说了一下游戏规则。

"我们先玩个简单版的,游戏分为狼人和好人两种角色,好人包括平民和神,神又分为预言家、女巫和猎人。"

然后,林夏又简单地跟他们说了预言家、女巫和猎人各角色的技能有什么。

"好了,第一轮开始,天黑请闭眼。"

参与游戏的人都乖乖地把眼睛闭了起来。

林夏:"狼人请睁眼,请确认你的同伴,请统一意见后决定要杀谁。"

"狼人请闭眼,请预言家睁眼睛……

"预言家请闭眼,请女巫睁眼……

"天亮了,大家都睁开眼睛吧。

"昨晚是个平安夜,下面请各位玩家依次发言,然后进行投票,从一号玩家开始……"

平安夜的意思就是狼人昨晚杀了一个人,然后被女巫救了,所以那人又活了过来。

一号玩家是副社长陈思恒,他开口道:"我毫无参与感,就是全程闭着眼睛玩了一轮而已。"

二号玩家:"我感觉自己睡了一觉,然后就天亮了。"

三号玩家:"我……"

等全部的人发完言后,开始投票。

轮到单意的时候,她毫不犹豫地指向了副社长陈思恒。

唐星舟马上跟票,也指了他。

周慕齐和孟梓琳跟了唐星舟的票。后面的人跟着这几位大佬的票,几乎所有的人都指向了他。

根本都不用数票数,陈思恒就是最多的。

林夏:"一号玩家有什么遗言要说吗?"

陈思恒本人一脸震惊:"我冤啊,为什么都投我,我刚才说错什么了?"

单意作为代表发言:"你没说错什么。"

陈思恒安下心来,还以为自己暴露了,结果听到女生下一秒说道:"就是女人的直觉罢了。"

就凭"女人的直觉"这种神奇的东西,陈思恒觉得自己死得非常冤。他看向自己唯一的希望,委屈巴巴的:"舟神,你干吗也指我?"

唐星舟看了一眼坐在自己对面的单意,给了一个很直接的答案:"我听她的。"

在场的几个女生纷纷露出了八卦的表情,目光在他和单意之间来回转悠。唯独在唐星舟旁边坐着的孟梓琳脸色变了变,目光在对面坐着的女生身上停留了几秒。

单意的耳根泛红,玩游戏而已,怎么被他这么一说,觉得哪里怪怪的。

然而陈思恒这个钢铁直男,根本感觉不到现场的粉红色泡泡,来了一句:"这么简单粗暴的吗?"

林夏简直没眼看,毫不留情地说道:"你已经死了,闭嘴。"

第二轮游戏开始。

林夏:"……天亮了,大家可以睁眼了,昨晚死了两个人,三号玩家和五号玩家。"

意思是狼人杀了一个人,女巫也毒死了一个人。

但是,三号玩家和五号玩家不能有遗言。所以其他玩家只能自行判断。

"下面存活的玩家进行发言,然后投票……"

这一次全部女生指向了二号玩家。

二号玩家举起手来:"我弱弱地问一句,为什么投我呢?"

单意:"还是那一句,女人的直觉。"

接下来,她凭着"女人的直觉"又投了周慕齐。

林夏数了数在场的人,宣布:"游戏结束,恭喜平民取得胜利。"

"什么,结束了?游戏才玩了三轮就结束了?"

"四个狼人全部死了?"

"女巫第二轮毒死的那个是狼人吧,这么厉害的吗?"

单意伸手指向了陈思恒以及他旁边另外两位男生,也就是二号玩家和五号玩家,还有周慕齐:"这四位学长啊。"

陈思恒猛然惊醒,气得拍桌子:"原来你是女巫!"

单意点头:"五号玩家就是我毒死的。"

陈思恒:"你就不怕自己毒死的是好人?"

单意:"因为女人的直觉啊。"

又是这句!

陈思恒觉得自己要疯了:"这游戏没法玩了!"

女人的直觉太可怕了,妈妈,我要回家。

说是这么说,但是游戏还是要继续。

第二局游戏开始,林夏:"狼人请睁眼。"

单意听到了这句话后,把眼睛缓缓睁开,然后一下子就对上了男生那双清澈的眼睛。

这一局游戏,唐星舟的身份跟她一样,也是狼人。

单意开始左右寻找着自己另外的同伴。

好家伙,温怡然和木槿也是狼人,全是自己人,这局稳赢。

这时,唐星舟伸出一只手碰了碰她放在桌子上的那只手。她感觉被他碰过的指尖一阵滚烫,温度直线上升,她又把目光投向了他。

唐星舟指了指被她在上一局干掉的陈思恒和他旁边的两个男生，朝她比了一个"1"的手势，然后又做了一个抹脖子的动作。

单意发现自己竟然能够读懂他动作里的意思：这三个人，先干掉。

单意点了点头，朝他比了个"OK"的手势。

林夏看着这两人无声地交流过后，开口道："狼人确认好自己的同伴身份后，请告诉我要杀谁。"

单意一听到指令，毫不犹豫，动作非常迅速地指了坐在唐星舟旁边的孟梓琳，眼神里还透着一丝得意，像只狡黠的小狐狸。

这个角度，也只有唐星舟看得最为清楚。他眼底慢慢溢出浅笑，略微弯了弯唇。

单意指完之后发现压根没跟自己的狼人同伴商量，手指又悻悻地收回。

唐星舟没反对，朝林夏点了点头，确认要杀坐在自己旁边的这个人。

感觉自己吃了一嘴狗粮的林夏："好的，狼人请闭眼。"

"……第一轮结束，大家请睁眼。"

众人都睁开眼后，林夏指着坐在唐星舟旁边的孟梓琳："昨晚四号玩家死了，请说遗言。"

单意这个女生也是真的厉害，第一轮就把这局的预言家干掉了，后面就没有人可以检验他们的狼人身份了。

单意对这个结果有点意外，女巫昨晚居然没救孟梓琳？按照正常的操作，应该会救人的。

坐在她旁边的木棉在底下扯了扯她的衣摆。她低头看了一眼，木棉伸出手指指了指自己。

这个举动有点莫名其妙，但是单意看懂了，她说她是女巫。这下就能解释为什么昨晚女巫没救平民了。

单意面不改色，手指在桌子下面给木棉竖起了大拇指。

孟梓琳小声地"啊"了一下，很是惊讶，而后又看向旁边的唐星舟，放软了声音："我也不知道自己怎么死的，会长，你待会儿可要帮我报仇啊。"

你醒醒，就是他杀的你。

唐星舟没看她，只是说了一句："冤冤相报何时了。"

在场有几个人忍不住笑了,包括单意。

林夏控着场:"好了,现在开始投票环节。"

单意正襟危坐,摆好脸上的表情,接下来到她表演了。轮到她投票的时候,她再一次把手指向了副社长陈思恒。

"不知道为什么,还是女人的直觉。"

陈思恒这回根本没拿狼人牌,说话也非常理直气壮:"又是我?学妹,你的直觉是不是只针对我啊!"

狼人二号唐星舟继续跟票:"我相信她的直觉。"

狼人三号温怡然和狼人四号木槿也跟票。

"我也觉得学长是。"

"不排除学长又拿了一次狼人牌。"

陈思恒不知道说什么了,有口难言。

第二轮游戏,单意投了上一局第二个被干掉的那个学长。

陈思恒刚才"死"了,是可以看到夜里的情况的,刚才投他票的那几个全是狼人。于是他给了自己兄弟一个眼神,让其指单意。

林夏看到了他的小动作,维持着公平、正义:"二号玩家已经死了,不能诈尸。"

诈尸的二号玩家陈思恒只能乖乖坐好。被投票的那个学长已经收到了他传递过来的信息,反指向单意。

单意一脸无辜:"没关系,要投我可以,但是,我建议等到下一轮。

"我只知道宁可错杀一百,也不可放过一个。

"所以,我还是投学长。"

结果虽然单意下一轮就死了,但最后还是狼人获得了这轮游戏的胜利。

知道真相的那几个平民一阵哀号。他们刚才这几只小绵羊被狼人包围着不说,还被他们唆使着,拿枪杀了自己的同伴。

陈思恒气得呀,指着唐星舟和单意:"你们两个狼狈为奸!"他想起刚才唐星舟还一直在跟单意的票,"还妇唱夫随!"

周慕齐这局拿的也是平民牌,跟陈思恒站在同一战线上:"简直就是夫妻同心,其利断金呢。"

单意红着张脸,有口难辩。

这两个人不会说成语，能不能不要乱说。

几局游戏过后，天色渐晚，学生会和音乐社的两班人马都是在十点半左右散的。

第二天周日，单意去做兼职。她刚出校门口，就看到了卓起，他今天也要去酒吧帮忙。

两人一起走路过去，走到门口，单意才看到了这家酒吧的名字，之前一直被一块红布盖着，今天才揭了下来——用艺术字体写的英文，Insomnia，失眠的意思。

单意："你哥给酒吧取的名字，还挺文艺。"

卓起随口应道："装的。"

话音刚落，耳朵就被走过来的男人给揪住："小子，说我坏话呢。"

卓起马上换了一副笑脸："哪能呢，我刚才说的是……"

"帅吧？"

"这名字贼帅！"

卓一嫌弃地看了他一眼，然后松开手，踢了他一脚："帮忙搬酒去。"

单意想跟着一起："我也去帮忙吧。"

卓一瞄了她一眼，眼神里充满了质疑，说话也很直接："你别把我的酒弄倒了。"

单意努力想证明自己："老板，我力气很大的。"

卓一没说话，是默认的意思，然后没再管他们，到一边忙去了。

卓起起先以为单意也只是说说而已，没想到她搬起东西来还真有丝毫不输给男生的力气。

"意姐，原来你的人设是大力金刚芭比。"

单意轻轻松松地搬起一箱酒："以前在便利店打工，什么重物没搬过。"

卓起好奇地问道："意姐，你以前的打工经历还真是丰富啊。"他第一次遇到单意就是在便利店里，她在做收银员的工作。

卓起认识她两年多了，从她口中听到过不少的打工经历，什么便利店服务员、烤肉店服务生、家教等都有。

现在她还多了一个酒吧驻唱歌手的身份。

单意:"因为缺钱。"

卓起顿了顿,辨别不出她话的真假。回过神的时候,他就看到女生继续去搬箱子的背影。

夜晚七点的时候,酒吧陆陆续续地来了不少人。

木棉、木槿和温怡然来的时候事先打了电话给单意,她那时候正在准备待会儿要唱歌的事情,于是让卓起帮忙招呼一下。

卓起见到她们三人后,说明了是单意让他来的。三人都是第一次来酒吧,防备心很重,起初并不相信他。

卓起指着自己的脸:"我长得这么像坏人?"

三人默契地点头。

卓起直接把自己的身份证拿了出来,证明身份:"自我介绍一下,我叫卓起,是这家酒吧老板的弟弟,也是意姐的朋友,我俩高中就认识了。"

"她现在有事,一时半会儿招呼不了你们,让我帮帮忙,不信你们可以看看手机,有没有她发的信息。"

温怡然拿起手机看了看,宿舍群里果然有一条单意几分钟前发的信息,跟男生刚才的话如出一辙。

她把手机给木棉、木槿姐妹俩看了看,这才相信了卓起是来接她们的人。

卓起得到信任后,将三人带到一张六人桌的位置上。

温怡然问:"你刚才是怎么认出我们的?"

卓起一嘴的甜言蜜语:"这还不简单,找最漂亮的那三个就是。"

他让酒保拿几瓶度数最低的酒过来。

"意姐说你们第一次来,别喝太多,这酒度数很低,你们尝尝味道就行了。"

"她待会儿就会上台唱歌了,你们等下就能看见她。"

音乐声突然被放大,卓起怕她们听不见自己说话的声音,于是凑近了离自己最近的那个女生。

温怡然察觉到男生突然的靠近,身体不自觉地僵硬了一些,杏眸微微睁大,不明所以地看着他。

他伸手指了指吧台那边:"我待会儿还有工作,你们有事就喊我。"他还朝她比了个"OK"的手势,用眼神询问。

温怡然放在另一边的手,悄悄抓紧了自己的裙边,轻轻地点了点头。

男生朝她露出了一个笑,跟他那头耀眼的黄头发一样炫目。他转身走人的时候,左耳的银色耳钉微微闪着光,连着她的心跳也跟着一起晃动。

木棉、木槿刚刚在那里低头喝着酒,没留意这边两人的举动。两人都是没碰过酒的人,觉得这酒的味道竟然还挺好的,于是连忙分享给温怡然。

温怡然有点心不在焉地接过那杯酒。木棉看了她一眼,说道:"怡然,你的脸怎么这么红啊?"

温怡然不自在地摸了摸自己的脸,想起刚才那个男生笑起来的模样,很含糊地说道:"可能是热、热的。"

见酒吧来的人多了,单意才走上舞台。

点歌环节是在八点之前,如果八点前有人点歌,她就按照顺序来唱,唱完了就轮到下一首。如果唱完了别人点的歌,时间还没到的话,她就自由发挥。

系统显示有人点的第一首歌是《分手快乐》。

单意觉得自己这个开门红有点特别,她微微调整了下立式麦克风的位置,然后朝一旁的调音师比了个手势,示意可以开始了。

音乐的前奏响了起来,单意找准点开始唱。

周围的人被这歌声所吸引,纷纷安静了下来,往台上看去。

女生穿着简单的白色T恤,侧边带红色条纹的运动裤,坐在一张高脚凳上。一张明艳生动的脸,露出来的手白皙修长,握着面前的麦克风,嘴唇翕动着。从她口里唱出来的歌词,像是在讲一个故事,娓娓道来,扣人心弦。

到了中途的休息环节,单意下了台后就问了卓起她舍友所在的位置,然后去找她们。

木棉、木槿姐妹俩早就玩得高兴了,在舞池那里乱舞着。温怡然倒是滴酒未沾,目光不离那姐妹俩,她要保持头脑清醒,才能把这两人带回去。

其间,卓起又来过一次,看到她面前没碰的酒,贴心地给她叫了杯果汁。她把那杯果汁喝完了。

两人聊了一会儿天后,单意的休息时间快到了。

"我今晚不回学校住了,你们早点回去,到宿舍后就发一条信息给我报平安。"

温怡然点头,她大概也知道酒吧驻唱一般都会忙到比较晚。

"那你今晚睡哪里?"

单意开玩笑地说道:"以天为被,以地为席。"

温怡然配合着她:"还要钻地?"

单意一把钩住温怡然的脖子:"开玩笑的,不闹了,这里有休息室给我睡的。"

温怡然问:"安全吗?"

单意指了指在吧台上调酒的卓起:"安全,我朋友今晚也在这里,要是我出事了,你就去告他。"

温怡然看了一眼那个男生,很快又把目光收了回去,这才放下心来。

单意走之前,温怡然提醒她一件事:"对了,明天早上还要抢课的,九点开始,你记得早点回来。"

"好。"

十一点的时候,单意又休息了一次,她打开手机,看到了温怡然在宿舍群里发的消息,说她们已经回到宿舍了。这时,有一个女服务生看到了她,说门口有人找。

单意一脸纳闷,谁会来找她?

女服务生:"一个帅哥哦,特别帅的那种,是你的男朋友吗?"

特别帅的?单意脑海里第一个出现的人就是唐星舟,但想想又觉得不太可能。

可莫名地有一种直觉驱使着她,她飞快地说了一声"谢谢",然后朝门口跑去。

酒吧门口,有一道修长的人影伫立在路灯下。橘黄色的灯光打在他的身上,影影绰绰,他平日里冷淡疏离的五官多了几分朦胧感,变得柔和了些。

听到有脚步声后,唐星舟转过身来,看到了出现在面前的女生。

单意走近他,一时之间不知道该开口说些什么,最后干巴巴地憋出一句:"你怎么知道我在这里?"

"在学校碰到你舍友,她们说你在这里打工。"唐星舟如实说道。

他今晚偶然经过大一女生的宿舍楼,看到了温怡然三人,却不见单意,于是多问了一句。

温怡然把单意在酒吧打工的事情告诉了他。他很快就想到她住的问题,得知酒吧是卓起的哥哥开的,而且卓起也在那里工作,他才稍微安下心来。

程星临的朋友,他还是信得过的。

唐星舟不了解她家里是什么情况,但是在高中时就知道她经常找兼职做。听到她在酒吧打工的事情后,他第一反应是想给她介绍新的工作,比如做家教那些,毕竟酒吧那种地方还是有点乱的。

但是,很快他否决了,有些事情,他不能帮,也不应该插手去管。她从来不会掩盖自己缺钱这件事,但是这不代表旁人可以干涉她赚钱的方法。她只是想凭自己的本事赚钱,只要问心无愧。

他要保护她藏在心里的那份自尊心,还有骄傲。

唐星舟将手里提着的袋子递给她,这也是他今晚来找她的目的。

"拿着。"

单意慢半拍才伸手接过袋子,发现还有点沉。

"这是什么?"

"防狼喷雾、报警器、电棍……"

单意有点茫然地眨了眨眼睛。

唐星舟:"都是些防身的东西,女孩子在外面要保护好自己。"他看着女生那张白皙又精致的脸蛋,又补了一句,"尤其是长得漂亮的。"

星期一的早上,单意是没课的,她调了个七点的闹钟,铃声一响,就醒了。从休息室出来的时候,她刚好碰到了从对面出来的卓起。

卓起昨晚也睡在了酒吧,卓一的那间休息室给了他,卓一回自己买的那套房子住了。

"早啊，意姐。"

"难得啊，你也起得这么早？"

卓起打了个哈欠，泪眼模糊："今天早上不是要抢课吗，就想着早点回学校。"

单意走出房间，将门关上，说："那一起走吧。"

卓起"嗯"了一声，跟在她的身后。

她拿出手机在宿舍群里发着消息。

九点五十七分："你们醒了吗，我在回学校的路上，要不要帮你们带点早餐？"

温怡然："她们两个刚醒，你随便买点就行，我们不挑，谢谢啦。"

九点五十七分："好。"

单意收回手机，跟身后的卓起说了一声："我去给我舍友买早餐。"

两人走出酒吧，附近刚好有一家在营业的早餐店。老板娘刚把一笼热气腾腾的包子拿出来摆放。

"阿姨，要四个包子。"单意看了看其他的东西，又点了四根油条和四杯豆浆。

想到自己旁边还有一个人，提了提手中的早餐，她问卓起："你看看你要吃什么，我请。"

卓起："这怎么好意思呢。"

他说完这句话后，一点也不客气地冲早餐店的老板娘喊道："我也要一根油条和一杯豆浆，还有三个包子、三个烧卖。"

单意："……你这战斗力也是可以。"

早餐店老板娘把男生点的食物分开装着，然后放在一个白色大塑料袋里，递给了他。

他接过之后就直接吃了起来。

单意在一旁付款，早餐店的老板娘看了一眼在吃着早餐的男生，在那里劝说着她："小姑娘，遇到这样的男朋友就赶紧分了吧，一顿早餐钱都不舍得给。"

卓起感觉到有人在说他的坏话，于是抬起头来。

单意一边在手机的支付页面输着要付款的数字，一边解释着："他不是我的男朋友。"

早餐店老板娘:"还好不是,这种长得白白净净的男生,一看就是吃软饭的,不能要。"

卓起"嘿"了一声——我就吃你几个包子,你就上升到人身攻击了?

单意忍着笑点点头,然后一把拉走了欲冲上去跟老板娘理论一番的卓起。

"那个老板娘什么意思啊,长得白是我的错吗?什么叫一看就是吃软饭的?

"我吃他们家大米了吗?吃他们家小鱼干了吗?还人身攻击我!"

单意一脸无语:"你吃人家做的早餐了。"

"还有,你说话的时候能把东西给我咽下去吗?"

他一边说,还一边喷,口水都差点喷到她身上了。

单意好不容易安慰好了玻璃心的卓起,才回到自己住的宿舍楼。她钥匙还没有插进锁孔里,门就从里面被打开了。

木棉、木槿的脸一起出现,然后齐齐望向她……手里的袋子,她们刚才就听到门口传来的脚步声了。

单意起了逗她们的心思,把袋子放到了身后,慢悠悠地走进宿舍。姐妹俩像《猫和老鼠》里面的汤姆闻到食物一样,跟着她一起走。

木棉:"我的早餐,它在召唤着我。"

木槿吸了吸鼻子:"是油条的味道。"

单意先把一份早餐放在了温怡然的桌子上,说:"鼻子还挺灵的。"

她再把另外的两份早餐递给了她们:"给。"

"谢谢意意!"

"哇,真的有油条,跟豆浆最配了。"

单意把剩下的那份早餐放在自己的桌上:"你们先吃吧,我去洗个澡。"

清大的热水是全天供应的,昨晚她在酒吧唱到凌晨两点多,也没带换洗的衣服,就那样睡在了休息室里,所以回到宿舍要做的第一件事就是洗个热水澡。

洗完澡后,已经快八点半了,单意吃完早餐后就守在电脑前,提前登录了教务系统,准备抢课。

其他三人也同样坐在了电脑前，九点一到，四人一顿操作快如风，打钩、点确认……再次提交的时候，页面已经无法访问了。

她们在电脑面前挣扎了十分钟左右，最后放弃了。

木棉发出一声怒吼："啊啊啊！学校的系统有毒吧！"

木槿气得摔鼠标："'网页无法访问'这六个字毁了我的温柔！"

单意叹了一口气："我都不知道自己有没有抢到。"

刚才系统那个网页莫名地自动往下滑，拉上去又自动滚下来。后来她飞快地把鼠标拉到"西方音乐鉴赏"那一行，结果又往下滑了一下，打了个钩钩。

单意想着再拖下去就抢不到课了，也没看课程名称，干脆点了提交。她想着公选课应该都差不多吧，能抢到已经很好了。

温怡然对这种情况也是束手无策："只能听天由命了。"

周五，上完课后，四人去食堂吃饭，温怡然刚好在看手机："我们抢课的结果出来了，你们可以去教务系统里看一看有没有选上。"

回到宿舍后，单意打开电脑，忐忑不安地输入自己的学号和密码，一边登进学校的教务系统，一边问道："你们都选上了吗，我……"等进去系统后，她整个人都蒙了，"什么情况，我选错课了。"

数学建模与应用，这是什么啊？

木棉、木槿和温怡然这边都非常幸运地抢到课了，听到她这么一说，连忙过来看。三人一看到她的选课结果，都不淡定了。

木棉："意意，没想到你是这样的人，当初说好一起选音乐鉴赏课呢。"

木槿："这门课比音乐鉴赏课难抢多了。"

木棉："见色忘友！"

木槿："居然为了舟神抛弃我们。"

唯有温怡然是比较理智的那种人："这门课挂科率很高的，意意，你这是被爱冲昏头脑啊？"

单意的脑袋到现在还是蒙的，一头雾水。

"你们说得我都晕了，我就是手滑选错课了，这跟唐星舟有什么关系？"

木棉:"因为这是唐奇教授的课啊。"

唐奇教授?单意听着这个名字怎么觉得有点耳熟呢。

温怡然看见她一脸疑惑的表情,好心地在一旁提醒道:"唐奇教授就是舟神的爸爸。"

单意瞬间瞪大了眼睛,什么?!

三人看见她这不可置信的表情,是真的相信她不是被爱冲昏头脑了。

单意发出灵魂拷问:"为什么说这门课难抢,又不是唐星舟去上?"

三人决定为她科普一下清大的入门知识。

木棉:"清大素来有'南程北唐'一说,'南'是指中文系的程岩教授,'北'是指数学系的唐奇教授,他们两个人的课上座率一直都很高,很少有人会逃课。"

木槿:"一是因为两人的颜值在清大老师的排行榜里都是数一数二的,二是因为他们讲课确实幽默风趣,也深得学生的喜欢。"

温怡然:"但是,从去年开始,两位教授的课上座率几乎就达到了百分之百。"

单意听她们这么一说,已经猜到了某些原因:"该不会是因为他们的儿子吧?"

木棉打了一个帅气的响指:"猜对了。"

木槿:"这么说吧,去上课的学生中,男生想当他们的儿子,女生想当他们的儿媳妇。"

温怡然画重点了:"但是去上课的基本上是文理科的学霸,两位教授的课上座率很高,挂科率也很高,清大的学生对他们两个是又爱又恨。"

比如像他们这种艺术生,是基本不会选修这种课程的,所以都是保守地选择了跟自己专业相关的课程。

单意觉得自己的世界都要崩塌了,她没想到上了大学后还是没能摆脱掉数学这个梦魇。

"数学"这两个字一直都是她的死穴,她高中的数学考试都没上过九十分,一直不及格,就像"我待数学如初恋,数学虐我千万遍"。

单意突然想到另一个挽救的方法:"我记得选修课是可以退选的

吧？"

温怡然："是可以，校公选上课的第一周，学生在试听之后，可以在规定时间内退选。"

单意脸上开心的表情还没收回去，就听到温怡然继续说着："现在的问题是，抢课已经结束了，如果退选了这一门课，就没有学分了，意味着你下学期要多修一门。"

木棉凑了过来："最最最重要的是，唐奇教授的课有些人抢都抢不到，基本没有人会退选的。说不定到时候只有你一个人退选了，那不就显得你更加特别了吗？"

单意开始发愁了，她拿起自己桌上的水喝了一口，脑子里在想着更好的解决办法。

木槿在旁边小心翼翼地提醒着："毕竟唐奇教授是舟神的爸爸，意意，你这样子做的话，以后给未来公公留下的印象不太好吧。"

"咳咳——"

刚喝进去第二口水的单意一下子就被呛到了，咳个不停。

木棉帮忙拍打着她的后背，一边说着："哎呀，意意，你别紧张，丑媳妇早晚是要见公婆的。"

单意咳得更厉害了。

木已成舟，单意决定走一步看一步，现在还不能退选，等要上公选课那一周再看看怎么解决。

下午的课是体育课，也是大学里的必修课。跟高中不太一样的是，体育课开设了很多课程，每学期在健美操、羽毛球、篮球、排球、足球等一些运动里任选一项进行学习。

单意宿舍里的人都选了篮球这一项，但是选择的原因各不相同。

单意是因为高中的时候跟程星临和卓起他们在一起玩，有接触过篮球，打得还行，加上对乒乓球、足球那些又不太感兴趣，所以才选了篮球。

木棉、木槿姐妹俩选篮球的原因是她们……想增高。

木棉："我看网上说，女生在二十岁之前还是有长高的可能性的。"

木槿："所以我们要抓住时机，突破一米六的大关。"

温怡然是看宿舍里的三个人都选了篮球,于是跟着一起选了。凑巧的是,她们这节体育课刚好是跟计算机系的一起上。

卓起也选了篮球,他还自带了一个篮球来,走到球场的时候,一眼就看到了单意。单意今天没有披散着头发,在头顶那里扎起了丸子头,穿着一身黑色的运动装。

卓起跑过去拍了拍她的肩膀,一脸兴奋地喊道:"意姐!"

她听到有人叫自己后,回头看了他一眼。

卓起认出了她身旁的人是昨天的那三个女生,主动开口打招呼:"我们又见面啦。"

三人也跟他挥了挥手。

阳光洒落在男生的身上,他一脸灿烂的笑,像太阳一样发着光。温怡然偷偷地瞄了他一眼。

大学的体育课很简单,老师简单地说了一下注意事项,然后就让他们自由活动了。

解散后,卓起拿着自己带来的那个篮球,用右手的食指顶着在指尖上转着圈。他朝单意做了个"歪头杀":"意姐,来一场?"

"行啊。"单意很快应战,双手交握转动,在活动着筋骨。

一开始,她就抢过卓起手上的球,一个大跨步,再加一小步,蹬地起跳,右腿屈膝往上抬,双手把球举过自己的脑袋,看准时机投篮——

篮球被向上抛起,精准地落进篮框里。她一个完美的三步上篮,节奏把握得又快又准。

篮球场内传来其他男生的口哨声,对她刚才那一整套流畅的动作表示欣赏:"帅!"

卓起这才回过神来,跑到篮框下接住了那个篮球,然后踮起脚尖起跳,篮球再一次落入篮框中。

他朝单意挑挑眉:"一比一。"

两人正式开始进入状态。

这边的比赛吸引了场内不少学生来围观,女生打球的动作太帅,一举一动之间都非常熟练又养眼,而且大家很少看到男生和女生单独对打的。

木棉、木槿站在旁边尖叫:"意意加油!"

几轮过后,篮球再次到了单意的手中。她一边运球,一边移动自己的脚步,然后抬头看向篮框,眼神有一两秒的停顿,卓起以为她要投篮,下意识地起跳,伸手要去挡——

旁边观战的一个男生看出来了,大喊一声:"假动作!"

然而,已经来不及了,单意压低重心,以背对的姿势靠近,然后一个转身,同时卡住卓起的右脚位置,起跳投篮。

篮球进篮框后落地,卓起没再去接,一边喘着气,一边说道:"我认输,不打了,不打了。"他人直接坐在了地上,抬起手背擦了擦额头上的汗。

单意也满头大汗,站在那里双手叉腰,微微喘着气。

一旁的温怡然从自己的口袋里拿出一包纸巾,抽了一张给单意。她看了看那个坐在地上的男生,走了过去,也给他递了一张纸巾。

"擦擦汗吧。"

卓起抬头看了她一眼,没有跟她客气,伸手接过。微热的指尖不小心碰到她的,他说了一句:"谢谢啊。"

"不客气。"温怡然飞快地缩回手,给完纸巾就走人。

两人的这段视频被围观的人上传到了学校的论坛上,很快就引起了一番热议。

一楼:"指路音乐系系花单意,我当时就在现场看完了全过程,她打球是真的帅,特别是最后的那一个假动作。"

二楼:"跟她打球的那个男生是谁啊,她男朋友吗?"

三楼:"计算机系的卓起,我昨天还看到系花跟他在酒吧一起玩呢。"

四楼:"不是吧,新生晚会那个帖子还在呢,她不是跟舟神关系好吗?"

五楼:"说实话,我觉得这个男生跟她比较般配,两人还一起打篮球呢,好甜啊!"

众人经过一通分析后,已经给单意"换了一个男朋友"。

体育课后,刚好放学,卓起就跟着单意宿舍里的四人,一起来饭堂吃饭。单意的旁边坐着卓起,宿舍里的其他三人坐在对面的位置。

周围吃饭的学生有些在刷着论坛上最新的那个帖子,八卦的目光一直围绕在他们身边。

讨论声隐隐约约地传了过来。

"我就说他们是真的,你看他们都一起吃饭了。"

"这样看,他们两个确实很般配啊,就是那种磁场,都很契合。"

单意在吃着饭,察觉到了不对劲,看了一眼卓起。

什么鬼?刚才怎么听到了她跟他的名字。

卓起也感觉到身旁女生投来的目光,转过头来看单意,口里还吃着东西。

"啊啊啊,他们两个还对视了,好甜!!!"

清楚地听到这道声音的两人,双眼睁大,同时朝对方喷出了一口饭。

白色的米粒四处飞溅。

"咳咳——"

"咳咳——"

卓起捂着嘴巴一边咳,一边伸出去拍女生的背,道着歉:"不好意思,不好意思……"

单意也在咳嗽,挡开了他的手。

坐在对面的三人也被这突如其来的情况弄得有点不知所措,还是温怡然反应最快,推了推他们两人面前装着汤的碗:"喝点汤缓一缓。"

两人动作一致地拿起自己面前的碗,仰头喝下,过了一会儿,总算没有咳嗽声了。

单意缓过来了,第一反应就是看向卓起:"怎么回事?"

卓起一脸蒙:"什么怎么回事?"

单意:"你不知道是怎么回事?"

卓起:"我怎么知道是怎么回事啊?"

单意:"你不知道是怎么回事,谁知道?"

卓起:"我怎么知道谁知道是怎么回事啊?"

已经被绕晕的木棉、木槿姐妹俩举起手来,齐声说道:"我们知道是怎么回事。"

木棉把自己的手机递了过去:"你们今天下午上体育课时打篮球的视频被人发到了学校论坛上。"

木槿:"现在他们都说你们两个是情侣关系,所以……"所以才用那样的眼光看他们,说出那样的话。

单意随意地刷了刷评论,脸越来越黑,然后把手机递给卓起,让他自己看。

他由刚开始的茫然到完全不知所措。

"这些人也太能编故事了吧。"

单意见他看完了,从他手里拿回木棉的手机:"我用你的号发一下澄清的话。"她的手机在宿舍,没带。

木棉点头,让她随便用。

清大的论坛采取的是匿名制,所以评论里的人是有什么说什么的那种。她在发之前问了卓起两个问题:"你现在单身吗?"

卓起:"当然。"

单意又问:"别人可以追你吗?"

卓起不明白她为什么突然问这个,还是如实回答了:"可、可以啊。"

几分钟后,刚才那个帖子下面出现了一条最新的评论。

"本人单意,单身,不可追。下午一起打球的是我兄弟,单身,可追。"

下面很快有人跟帖。

"我语文不好,有没有课代表来解读一下这句话,为什么一个单身不可追,一个单身可追?"

"单身不可追是有喜欢的人,但是没在一起,单身可追的是她的兄弟,可以追,是这个意思吧?"

"补充楼上的,同时也表明了她喜欢的人不是她兄弟,而是别人。反正我如果喜欢哪个男生的话,是不会想让别的女生去追他的。"

"往深一点想,单意喜欢的人是谁呢?两人居然没在一起?"

"我的第一感觉是舟神,而且上次跟舟神传绯闻的时候,她都没有出来澄清的,这次却澄清得这么快。"

"楼上的,你真相了,我赌一包辣条——也是舟神。"

"我用两包辣条加注。"

大二的某间男生宿舍里。

唐星舟坐在自己的椅子上,侧着身,腿上放着一本英文专著,正在低着头看书。对面的周慕齐在给他念着刚才论坛上的评论。宿舍里只有他们两个人在,另外两个舍友出去打饭了。

周慕齐:"老四,有没有一种坐过山车的感觉?"

大起大落的。

下午那个热门帖子一出来的时候,周慕齐就看到了。唐星舟面无表情地听着他在那里说着,表面上并没有什么波动,可原本看着的那本英文专著是一页都没再翻过。

心烦意乱的人通常静不下心来学习。

他拿起放在桌上的手机,翻开通讯录,打了一个电话过去。那边很快接起,有一道男声传来:"星舟哥?"

"阿榛,我找你有点事。"

"你说。"

"帮我个忙,黑掉一个帖子。"

第五碗粥　奖牌

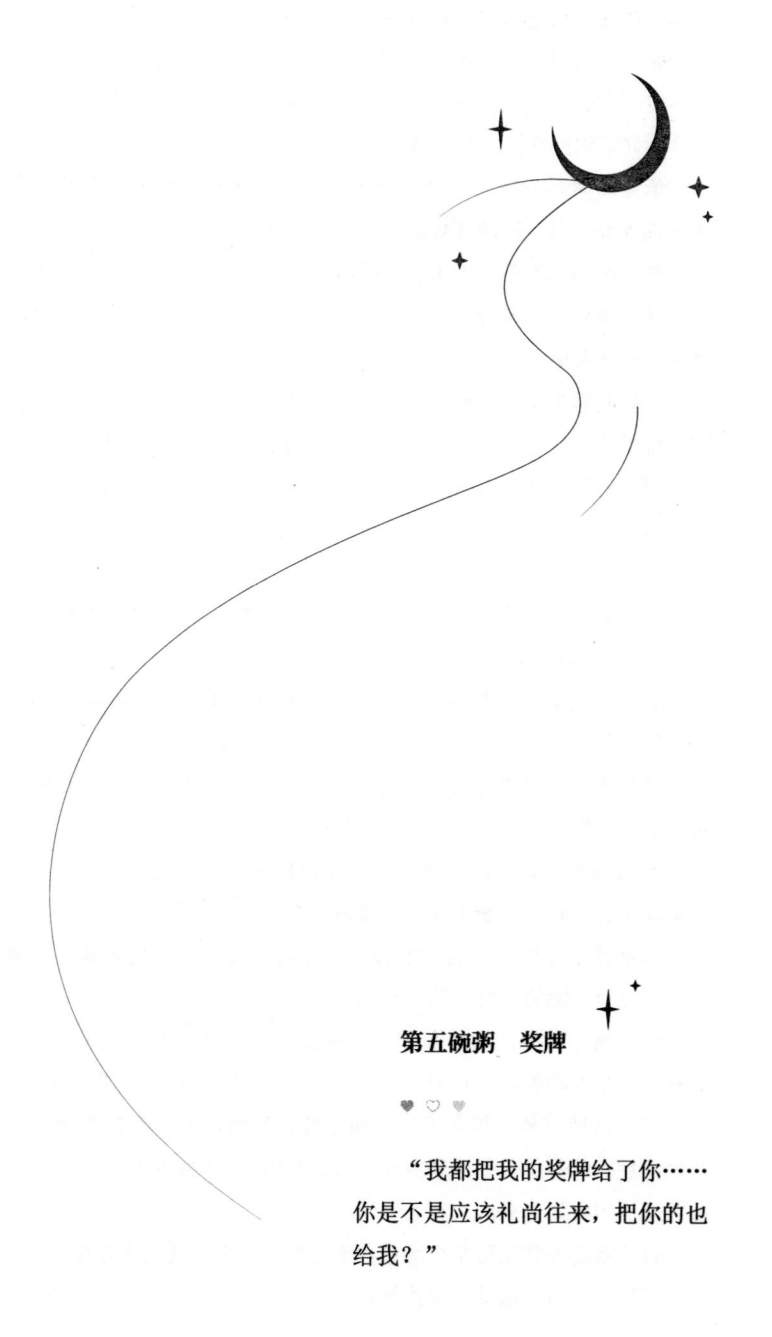

"我都把我的奖牌给了你……你是不是应该礼尚往来,把你的也给我?"

单意最近的生活作息都很规律,在学校和酒吧间往返,两点一线。上了好几周的课后,时间来到了十一月中旬,校园各大活动相继举办。

校运会就是其中的一项大型活动,辅导员在班群里发了一条群公告,让同学们踊跃报名,为音乐系争光。

单意的体育还行,高中的时候也参加过学校的运动会,报的是跳高和八百米赛跑,所以这次她也报了同样的项目。

校运会为期三天,开幕式会有每个系的进场仪式,走在最前面的那个还要举牌。一般这种举牌的都是系里的门面担当,所以单意毫无悬念地被众人推了出来。

音乐系里的帅哥美女本身就比其他系的要多,音乐系也打算充分利用自己的优势,在门面上多花点功夫。所以,经过一次内部选美活动,最终派去参加进场仪式的都是帅哥中的帅哥,美女中的美女。

而单意,作为美女中的战斗机,连她穿的衣服都是跟别的女生不一样的。

校运会的第一天,秋高气爽,微风带着恰到好处的丝丝凉意,轻轻卷起地上掉落的树叶。

湛蓝的天空下,此时清大的操场上人群密集,不同方阵的各个系的学生穿着专属于他们的服装,整齐划一地经过主席台。

主持人的声音透过麦克风传了出来:"下面朝我们走来的队伍是音乐系……"

音乐系的方阵中,为首的女生最为显眼,五官精致明艳,一头大波浪卷发披在腰间,配上那一身旗袍,让人眼前一亮。

旗袍脖子那里是水滴领的设计,左肩到腰部绣着孔雀刺绣,喇叭袖下是光滑细嫩的双臂,肤如凝脂。

红色旗袍与她凹凸有致的身材曲线完美贴合,盈盈一握的细腰,高开衩下是若隐若现的长腿,每一步都越发显得风姿绰约,也分外妖娆。

美人风情万种,但是无半点风尘味,妖而不媚,美在骨相。而跟在她身后的帅哥美女们分别身穿中山装和旗袍,手挽着手,成对地走着,宛若从民国时期走来的人物。

音乐系的方阵无疑是全场最养眼的画面,也让众人都看直了眼。

开场仪式后,运动会正式开始。

此时的单意正被木棉、木槿姐妹俩扶着走,全然没有刚才出场的气势了。

"事实证明,爱美是要付出代价的。"

她现在穿的这双高跟鞋是前几天新买的,今天第一次穿,有些磨脚,脚后跟那里的皮肤已经微微泛着红。

温怡然指了指一旁的观众席:"要不你先在那里坐着,我回宿舍给你拿一双鞋子过来。"

单意摆摆手:"不用这么麻烦,我贴块创可贴就好了。"刚说完,她右边的手臂突然被人用力地掐了一下,她抬眸看向木棉,"怎么了?"

木棉的声音有些激动:"舟、舟神,向我们走来了。"

单意抬眸,男生的身影已经来到跟前。唐星舟今天是有比赛项目的,所以穿了一身运动服,黑色短袖和五分短裤,外面还搭了一件薄衫外套。

他看着被两个女生扶着的单意,却没开口说话。

单意抬头看他,也没说话。

主角都没任何反应,旁边的人也就不敢吭声。

木棉跟自己的妹妹用眼神交流着:"现在是个什么情况?"

木槿:"不知道啊。"

木棉:"不知为何,我觉得有点冷。"

木槿:"何止是有点,舟神简直就是行走的冰山!"

直到单意两边的手臂都被人掐了一下,她才微启红唇:"你……"

木棉、木槿屏息以待。

谁知单意接着说的话却是:"挡着我们的道了。"

唐星舟的目光落到了她的脚上,刚刚就看到她一瘸一拐的模样,问道:"脚怎么了?"

木棉抢先一步回了他:"意意的这双新鞋有点磨脚,所以走路都走不稳。""磨脚"两个字,她说得特别重。

木槿添油加醋道:"好像还破皮了,可疼了。"

单意本人都不觉得有她们说得这么严重,只是磨脚而已,贴块创可贴,换双合适的鞋子就好了。她之所以让她们两个扶着她走,是因为她今天穿的这件旗袍有点不太方便,稍微不小心就容易走光。

可是,唐星舟当真了,他当即拉下自己身上那件黑色外套的拉链,利落地脱了下来,然后朝她走了一小步。

而木棉、木槿在男生靠近的时候,就自觉地松开了原本扶住单意的手,还同时往后退了一步,那叫一个默契十足。

一下子失去支撑的单意身体不受控制地往前倾倒,手就这样刚好搭在了男生裸露在外的手臂上。

男生的身上带着淡淡的木质清香,他双手绕过她纤细的腰身,将衣袖在后面打了一个结,长度刚好盖住了大腿那里高开衩下那若隐若现的细腻肌肤。

唐星舟的眼眸沉了沉,他从她刚才出场的时候就想这样做了。

单意低头看了下这件不属于自己的衣服,还没来得及说话,男生弯下腰,一只手下滑到她的腿间,从腿弯处伸手一揽,将人公主抱了起来。

身旁传来木棉、木槿的惊呼声。

失去重心那一刻,单意本能地寻找着支撑点,手就这样搭在了他的肩膀上。她喊了一声他的名字:"唐星舟?"

他搞什么啊?

干吗突然抱她?

男生低头看了她一眼,转过身一边朝另一个方向走去,一边开口:"不是磨破了吗,带你去医务室。"

被这一幕惊讶得不知所措的宿舍里的其他三人停在了原地,看着他们渐渐走远的背影。磨脚而已,去医务室?

木棉:"我刚刚说得是不是太严重了点。"

木槿:"我还说破皮了呢。"

温怡然:"我什么都没说。"

唐星舟在学校本来就是风云人物,一举一动都会被人关注着,更何况他现在抱着一个女生在操场上走着,瞬间吸引了周围人的目光。

单意不得已地将脸埋在他的胸膛,双腿胡乱地踢着:"你快放我下来。"

唐星舟只觉得她穿着黑色高跟鞋的那双脚白得晃眼:"别动。"

见挣扎无果,单意决定表明态度:"我不去医务室。"

唐星舟："你不是脚疼吗？"

单意揪着他肩膀上的衣服，脸红得已经快要滴血："我只是磨破了脚而已，贴一块创可贴就好了。"

谁会因为磨破了脚而去医务室啊。估计校医看到这种情况，只会拿个扫把轰他们出来。

她软下声音，跟他商量着："你先把我放下，我去商店买块创可贴就好了。"

唐星舟终于停下脚步，两人已经走到了她宿舍的楼下。那里正好有一棵木棉树，他把人放在了树下的一张石凳上。

单意的双脚重新落地，但是腰间的那件外套打的结有点紧，让她坐得不是很舒服。于是她伸手想解开袖子系在背后的那个结。

"不准。"男生微冷的声音自她头顶落下，带着不容置喙的语气，下一秒，他又说了一句，"看着碍眼。"

单意顿时不解。

什么叫"看着碍眼"？真是莫名其妙。

学校每栋宿舍楼下一般都配有小商店，以提供学生们的生活所需。唐星舟看了一眼不远处的小商店，叮嘱道："你在这里好好坐着。"

单意看着男生离开的背影，又低头看了看自己腰间的这件外套。她心里憋着一口气，时不时地看着小商店的门口，很快就看到唐星舟出现在收银台那里，然后走了出来，朝着她的方向。

他手里提着一个塑料袋，从里面拿出了一双一次性拖鞋和一包创可贴。紧接着，他屈膝蹲下，一只手往她脚的方向伸过去。

单意瞳孔睁大，意识到他这个动作是要做什么，连忙躲了一下："我自己来就好。"

因为她小幅度躲开的动作，外套下滑了一些，开衩处的大腿肌肤就这样露出了一点——白得跟奶油一样，显眼得很。

唐星舟垂着眸，将那件薄外套重新盖回去，挡住了那片露出来的旖旎风光。

"别乱动。"

他因为靠得近，脑袋差点就要贴着她的大腿处。温热的气息透过那薄薄的外套袭击着她，她的身体都变得僵直。

男生温热的指尖碰到她的脚踝,将那双不合脚的黑色高跟鞋脱了下来,放到一旁。然后,他将创可贴撕开,轻轻地贴在了她的后脚跟上方。

单意从来没有想过,有一天,这个男生会为她做这样微不足道的小事,认真又仔细,动作小心翼翼的,让她一时之间完全忘了该如何反应。

唐星舟帮她给另一只脚也贴上创可贴,再把那双新买的一次性拖鞋拆开。她终于回过神来,按住了他的手臂,有些结巴地说着:"我、我自己穿就、就好。"

她怕他再做出什么亲昵的动作来,飞快地穿上那双拖鞋。他这才将手收了回来。

单意看了看依旧保持着屈膝蹲着的他:"你能不能先起来?"

他这样蹲在她面前,怪怪的。好在现在女生宿舍没有什么人,大家都去操场那边看比赛了,不然要是看到她们的男神现在这个样子,她都不知道该怎么解释了。

唐星舟听到她这句话后还是没动,抬起眸来看她。那双漆黑清亮的眼睛不像平日里那般淡漠,情绪渐浓。

他的喉结动了一下,嗓音微哑:"那你能不能……不穿旗袍?"

"你能不能先起来?"

"那你能不能不穿旗袍?"

两句毫无关联的话。

单意攥紧了系在她腰间的那件外套,一双美眸四处看着,长长的睫毛跟着颤动。

他说这句话是什么意思?她穿旗袍不好看吗?然而,她还没来得及细想,男生已经站起身来,高大的身影瞬间笼罩着她。

他看到了正朝这边走来的三个女生。

木棉、木槿和温怡然三人慢吞吞地走到他们的跟前。还是温怡然先开的口,说出正事:"舟神,操场上的广播在喊你的名字,你要去准备男子八百米的检录了。"

刚才她们三人还在操场逗留的时候,听到主席台上的广播在喊唐星舟的名字,但是迟迟没有人回应。

她们本想打个电话给单意，让她跟舟神说一下这件事，但是刚刚事情发生得太突然，她的手机还在温怡然的手上。

她们想着单意迟早是要回宿舍换鞋子的，所以先回宿舍等她，没想到在宿舍楼下就看到他们的人影了。

可能是操场那边跟女生宿舍的距离有点远，所以他们才没听到广播的声音。

唐星舟拿出自己放在裤兜的手机，里面的未读信息有很多条，也是在说让他去检录的事情。

他看了一眼坐在石凳上的女生，说："我先走了。"

单意"嗯"了一声，朝他挥了挥自己的爪子，以示道别。他最后又看了她一眼，神色不明，欲言又止的模样，最终还是什么也没说，朝操场的方向走去。

可作为旁观者的三人察觉到了些什么。

温怡然走到单意的面前，稍加提醒："意意，舟神要去比赛了，你就没有什么表示吗？"

单意一脸茫然："需要什么表示？"

木棉引导着她："比如，给他一句鼓励什么的，说不定待会儿就能拿冠军了呢。"

没看到舟神最后的那个眼神吗，都那么明显了。

单意："他不需要鼓励也能拿冠军。"

三人觉得这句话虽然有点炫耀的意思，但是好像又很对，因为唐星舟各方面都很厉害，去年他在读大一的时候也参加了校运会，据说当时还破了纪录。

木槿指着那道还未走远的背影，一副恨铁不成钢的语气："你难道就不觉得，舟神现在走路的速度跟往常的不太一样吗？"

——跟蜗牛似的，就像是在故意等着什么。

单意用一种半信半疑的眼神看着她们三人，而后又看向男生还没离开她视线范围内的背影。

她终于反应过来些什么。

单意做着心理建设，鼓起勇气朝还没走远的那道背影喊道："唐星舟！"

男生很快停住了脚步，微微侧过身来看她。

单意："你，比赛加油。"

在场的人都清楚地看到男生微微上扬的嘴角，他回了一个字："好。"

唐星舟走后，单意和宿舍里的几人回了趟宿舍。

她换下了身上的那件旗袍，又换了一双舒适的鞋子。她刚刚换好，就被木棉、木槿一人拉着一只手往宿舍门口走。

她问："干什么呀？"

木棉："去看舟神的比赛啊。"

木棉："最好还能在终点处等他，然后给他送水。"

单意却不这么想，回答道："给他送水的女生多了去了。"话里藏着自己没察觉到的酸味。

温怡然拿起她放在椅子上的那件黑色外套，塞进她的怀里："可只有你可以用还外套的借口去给他送水。"木棉、木槿齐齐点头。

见单意还是没有什么反应的样子，她们干脆懒得劝说，直接把她拖走了。

下楼后，她们迅速去楼下的商店买了瓶矿泉水，然后又火急火燎地拉着单意走。四个人到达操场的时候，里三层外三层几乎都被围满了，根本挤不进去。

单意手里拿着那件黑色外套和一瓶水，被人挤来挤去的。

八百米赛跑的起点就是终点处，人群熙熙攘攘的，不少女生跟她一样手里拿着一瓶水在等候着。

操场内是四百米一圈的塑胶跑道，和人群之间用一条长长的红绳子隔开。唐星舟站在红绳那边的第一道跑道上，他微微仰着头，侧脸轮廓分明，下颌线条清晰，双手双脚都在活动着筋骨。

有女生鼓起勇气在红绳内喊了他一声："舟神，喝水吗？"

唐星舟侧头望了那个女生一眼，冷漠地拒绝了："不用，谢谢。"

隔着好几个人，他的目光很快捕捉到单意的身影，看到了她轻轻皱了皱眉的表情。

单意被人推搡着，觉得自己的呼吸都不太顺畅，正想着要不要远离这个地方时,空气突然一下子又充足了。

她所处位置的正前方,突然让出了一条非常小的过道。她向前望去,就看到唐星舟本人正站在红绳另一边,不知道看了她多久。

他歪了下头,伸出右手的食指与中指,并拢,朝她勾了勾手指。

她像是被蛊惑般,缓缓朝他走了过去。

两人之间的距离缩短为一条红绳,他在那边,她在这边。

单意被周围注视的目光弄得有点不知所措,把自己怀里的那件黑色外套递给他,说道:"我、我来还你外套的。"

在一旁看着这一幕的三人顿觉恨铁不成钢。

难道重点不是送水吗?还什么外套啊。

好在男主角自己会抓重点,他只是看了一眼那件黑色外套,没有伸手去接,而后目光挪到她手上的那瓶水上。他面不改色道:"我有点渴了。"

刚刚试图给他送水的女生就站在一旁,非常清楚地听到了这句话。男生几秒前拒绝她的时候,可一点都不像是口渴的模样。

单意一听,赶紧把自己手里的那瓶水递了过去。

唐星舟没接:"你帮我拧开。"

单意也没觉得哪里不对劲,低头照做,轻轻一拧,就把瓶盖拧开了。唐星舟这才接过了那瓶水,他仰起头喝了一口,脖子修长白皙,喉结蠕动着,性感又撩人。

单意略微失神,盯着他的喉结看,微微抿了抿唇。这男生怎么哪哪都好看,连喉结也是。

裁判在对面吹了一声口哨,示意参赛人员准备开始比赛。唐星舟把水还给她,装作不经意地开口:"我待会儿跑完还要喝水,外套你就先帮我拿着。"

这个意思是……

单意下意识地接着他的话说:"那我就在这里等你?"这样他跑完就有水喝了。

这话可是她主动说的。唐星舟得到了他想要的回答,点了点头。

八百米比赛准备开始。

八条跑道，八位参赛的男生脚下踩着白色的数字。他们身体弯曲，两手撑地，两臂伸直与肩同宽，一只腿在前，另一只腿跪在地上，做好了起跑的姿势。

裁判手里举着发令枪，吹了一声口哨："预备——"

"砰——"

随着枪声的响起，八位男生同时起跑。

单意的眼睛从一开始就盯着第一跑道上的那道身影。他从起跑时的第四名追成第三名，她看到他在第三个拐弯处就超过了前面的两个人，然后一直领先。一圈下来，他的速度不减。

周围人的呐喊声传来，单意的心也跟着提起，手里的水瓶都被她捏扁了些。

最后十米，五米，一米。

唐星舟毫无意外地冲过了终点处的那条红线。欢呼声紧跟着响起来。

他跑完后就站到了跑道的那边，双手叉着腰，微微喘着气。然后似有察觉，他微微偏了下头，就看到人群中与舍友一起欢呼的单意，她脸上带着兴奋的笑，鼓着掌。

那模样好像比自己拿了奖还要开心。

主席台上的广播随后播报着这次比赛的成绩："男子八百米比赛成绩，第八名……第七名……第一名，数学系唐星舟。"

声音落下的同时，唐星舟的身影也来到了单意的面前。她们宿舍的另外三人识趣地退了几步，与他们保持着一定的距离。

唐星舟指了指单意手里那瓶喝了三分之一的水。她木讷地"哦"了一声，很快就会意，还把瓶盖给拧开了，才递给他。

等唐星舟喝完几口水后，没过多久，舍友周慕齐就从另一边走了过来，将手里属于他的奖牌递给了他，还有他刚才让其保管的手机。

刚才唐星舟听到成绩的时候要去领奖处那边领取奖牌，这种奖一般是可以代领的。周慕齐碰巧在附近，就代替他去了，顺便把手机一起还给他。

"给，冠军。"

唐星舟伸手接过，说了一句："谢谢。"

下一秒，他将那块奖牌挂在了单意的脖子上。

被这操作亮瞎眼的周慕齐惊呆了，暗想：我这只单身狗是不是不应该站在这里。正好有同学在喊他的名字，他也就顺势离开了。

单意的脖子上突然多了点重量，她低头一看，又看了看唐星舟，问道："这是？"

唐星舟："给你。"

单意："可这是你拿的冠军奖牌……"

唐星舟晃了晃他手里拿着的那瓶水："我喝了你的水，才拿的冠军。"

单意一脸惊讶。难道她的那瓶水是什么神仙水吗，喝了就能拿冠军？

唐星舟看着她犹豫的模样，用一副不太在意的语气说道："你不要，我就给别人了。"

单意的第一反应就是："要！"一瓶水换一块奖牌，明明是她赚了。她伸手摸了摸那块奖牌，嘴角忍不住上扬。

唐星舟也看到了，勾了勾唇。

手里拿着的手机突然传来振动，他看了一眼来电显示，然后按下绿色的接通键。

"爸？"

此时唐奇正在办公室里忙活，习惯性地问了一句："在干什么呢？"

唐星舟："校运会，我报了八百米。"

唐奇："哦，对，今天是校运会。"

"那你跑完了吗？"

唐星舟没接话。

唐奇这才反应过来自己刚刚说的是什么蠢话。他赶紧转移话题，说出了他找唐星舟的正事："我刚才在研究一道题目，想跟你说说。"

唐星舟："嗯，您说。"

他刚跑完步没多久，额头上的汗还没来得及擦拭，这会儿汗水正顺着脸颊侧面逐渐往下滴落，然后落到锁骨上。

男生今天穿的是一件圆领的黑色运动上衣，汗水打湿了白皙的锁骨，闪着水光，就莫名地……诱人。

他听唐奇讲话之际，还一边看着单意，用唇语问了一句："纸巾，有吗？"

单意看懂了，点点头，连忙从自己的口袋里拿出一包随身携带的纸巾来，然后抽出一张。

她伸出手要递给他，却发现他已经没看她，对着电话那边说道："python调用matlab的混合编程吗……"

单意举着纸巾在那里不知所措，只听到唐星舟说着一些她听不懂的词语，什么"区域特征""可视化图"……

目光落到男生的侧脸上，她看到又有一滴汗沿着他的脸颊往下滑。**她想都没想，直接把手里拿着的那张纸巾贴了上去。**

柔软的纸巾带着淡淡的香气，碰到他的脸时，他的眼睫毛微微颤动了一下，但是并没有阻止她的动作，还微微低下了头。

唐星舟的身高有一米八五，单意一米七不到，还穿着一双平得不能再平的平底鞋，是她今天回宿舍后换穿的。

他这一低头，两人之间的距离瞬间被拉近，他的那张俊脸近在咫尺，冷白色的皮肤被金色的阳光蒙上一层光晕。

他的呼吸淡淡的，气息温热，垂着眸，睫毛细密纤长，投下浅影。单意的手就这样停在了他的脸颊上，纸巾瞬间浸湿了一小片。

她突然有些不自在，忍不住开口道："你，不用靠得这么近的。"

电话那边，唐奇说到一半，忽然听到女生的声音。他也是愣了几秒，随即声音再度传来，带着点试探——

"星舟，女朋友在呢？"

单意手里拿着的纸巾差点都要掉了。两人距离太近，她依稀听到一个中年男人的声音，还有"女朋友"三个字。

联想到唐星舟刚刚接电话时喊的那一声"爸"，单意莫名就有种见家长的紧张感。

唐星舟听到这句话后望了她一眼，瞳孔里映着她的脸庞，把她那不知所措的表情尽收眼底。

她被他这么一看，迅速收回了自己刚才帮他擦着汗的手。她别过了头，红晕从耳朵那里开始一路蔓延到脸颊。

唐奇那边突然听不到声音，他"喂"了好几声。

唐星舟这才回了他一句："爸，我现在有事，那道题等我回去再说。"

唐星舟直接把话题转移了，没有回答他刚才的那句话。

唐奇知道自己儿子的性格，这是不愿多说的意思。他也不再问什么，不打算现在就要刨根问底。

"好，那你先忙吧。"唐奇主动挂断了电话。

单意原本提着的心随着唐星舟放下手机的动作，而渐渐平复下来。

她不知道接下来要跟他说什么来缓解这种尴尬的氛围，迫不及待地想逃离这里。于是她把手里那包纸巾匆匆塞到他手里，然后指了指在不远处站着的三人："我舍友还在等我，我先走了。"

唐星舟在她转身之际抓住了她的手，准确来说，是她的手腕。

女生的肌肤沁凉，滑腻，如凝脂。他只是稍稍一握，就圈住了手臂最纤细的部位，甚至还能摸到骨头。

男生嗓音带笑："走去哪儿，你待会儿不是还有比赛吗？"

男子八百米比赛之后就是女子八百米比赛。

话音刚落，操场那边有广播声传来："请参加女子八百米比赛的运动员到检录处检录……"

单意懊恼，她怎么把这事给忘了。不过他是怎么知道自己有参加八百米的？

还没等她来得及细问，同宿舍的其他三人就走了过来。温怡然很不忍心破坏这一幕："意意，八百米要检录了，班长那边还打电话过来催了……"

木棉、木槿当即给她传话，模仿着班长刚才说话的语气。

"她说，单意是不是在跟舟神卿卿我我的，快让她过来检录！"

"不要以为舟神拿了八百米的第一，她就可以不用跑了，那是数学系的荣誉。她生是音乐系的人，死是音乐系的魂！"

单意想捂住她们的嘴巴。

这一段大可不必说出来。没看到唐星舟本人还在这里吗？

她羞得简直要把头埋到地里去了。

唐星舟的眉眼染上了几分笑意，这时候松开了她的手，留恋般摸了摸她的脑袋："去检录吧。"

单意连头都不敢抬起来，只觉得头顶一片滚烫，低着头往检录处那边跑去。

检录的时间有点久,有部分女生姗姗来迟,所以一直在等待。

单意往刚才自己来的那个方向看了看,但是那个位置已经没有了唐星舟的身影。她又往操场和主席台那边看了几眼,还是没看到他。

她失落地低下头。他好像挺忙的,估计已经回去了。

终于等到检录结束,单意听着旁边裁判人员的指挥,走到第一条跑道的位置。她刚才回宿舍后就换了一身运动装,短袖短裤,黑色的长发被她扎成了高马尾。

女生双手交握,脚尖在地上转着圈,然后抬起手臂左右都扭了扭,原地高抬腿了几下。

做完赛前的热身运动后,她的目光落在自己脚下的那个数字"1"上,有片刻的愣神。因为她站在了唐星舟刚才站着的位置上。

单意弯了弯唇,刚才的郁闷一扫而空,就是觉得很开心。他人不在,沾一沾他残留的仙气也是好的。

"喝水吗?"

这时,旁边伸出一只手来,嗓音熟悉又好听。单意抬头,一脸惊讶的表情,刚才找了很久的身影突然出现在自己的面前。

唐星舟见她没反应,又把水瓶往上移了一下。

她当然不会拒绝:"……喝。"

其实刚才在检录那里,她已经喝了点温怡然给的水。但是她拒绝不了唐星舟给她的任何东西。

她伸手接过那个矿泉水瓶,又抬眸偷偷地看了他一眼,小声说道:"谢谢。"她把大拇指和食指放到瓶盖那里,本来以为要用点力气,但是只需要轻轻一拧就开了,应该是事先被人拧过了。而做出这一贴心举动的人,显然就是眼前人。

单意将瓶口对着嘴巴,动作十分矜持地抿了一两口,握着瓶身的手指却很紧。

本来她对八百米比赛是一点感觉都没有的,以前也不是没跑过。

但是只要一想到他待会儿可能会站在这里看,她的心情就莫名有点紧张。

两人跟刚才一样,就隔着一条红绳。不同的是,她在红绳的跑道这边,他在另一边,送水的人从她变成了他,跑步的人也从他变成了她。

一种很奇妙的角色转换。

唐星舟见她喝完了,从她手中抽回那个空矿泉水瓶,拿在手里。他看着她脚下的数字,眼神又慢慢往上移到她那张白皙的脸上,说了一句:"比赛加油。"

简简单单的四个字,却勾出了她的一段回忆。

记忆一下子被拉回到高二那年的校运会,她那时候报名参加了跳高比赛。他也是这样突然出现在她的面前,然后跟她说"比赛加油"。

虽然明知道他不是为她而来,鼓励的话也可能只是随口一说,但那时候的她当真了。她突如其来的胜负欲因他而起,只希望他能注意自己多一点。

后来她比赛拿到了第一名,她第一时间就是去捕捉那道熟悉的身影,可他早已经消失在人群中,仿佛只是昙花一现。

浓重的失落感顿时压住了胜利的喜悦。

他不在场,她的第一名变得毫无意义。

她攥起拳,不经思考地脱口而出道:"你待会儿……还会在这里吗?"

唐星舟对上她目光的时候,看到了她眼里的期盼。他点头,低低地"嗯"了一声。

单意的开心不过半秒,却又听见他说:"不过我大概只能再待五分钟。"

他其实跑完八百米就应该回实验室做项目了,但是临时跟教授那边请了一会儿假,就是为了看她的比赛。

"所以……"唐星舟微微俯身,男性的气息笼罩着她,嗓音温柔又带着点摄人心魄的意味,"你待会儿要跑快点。"

……

发令枪一响,白色的烟雾缓缓上升,第一条跑道上的那个女生就像一阵风似的冲了出去。

从第六跑到第四,一下子连超过了两个人,她从一开始就处于一种加速的状态,很快就跑完了第一圈。

等到第二圈的时候,她又开始加速,接连超过了前面的三个人,毫无悬念地变成了第一名。

最后五十米,她速度不减,与后面的人逐渐拉开距离。她感觉自己已经听不到周围人欢呼的声音,她的眼睛一直望着前方。

视野里的那根红线一点点由模糊变得清晰起来,然后距离越来越近,她看到了唐星舟,他站在终点线的旁边,一身黑衣黑裤,在一群人里依旧显眼。

因为他是她眼里永远的光。

而她现在正在朝着她的光奔去。

最后她是伴随着人群的欢呼声冲过了那条红线的。但是她跑得太快,过线后没能及时刹住车,整个人向前倒了下去。

众人的惊呼声响起。

就在她落地的前一秒,一双手从后面揽住了她的腰,使得她的整个身体与地面拉开距离,接着她落入了一个温暖的怀抱。

她惊魂未定,直到自己贴上了男生温热的胸膛,鼻间是专属男生的荷尔蒙气息,带着熟悉的木质清香,她才终于找回了点真实感。

她整个人被唐星舟抱在了怀里。

那一刻,她想到了那年的校运会,她坐在看台上,看着程星临冲过终点线抱住路以柠的那一幕。

那个少年仿佛抱住了他的全世界。

那时候,她承认她是羡慕的,羡慕程星临的喜悦可以第一时间跟自己喜欢的女生分享。

而此刻,她迷失在这温暖的怀抱里,她顺从着自己的内心,将双手慢慢贴上了他的后背。

他的身体在女生的手抱住他腰身的那一秒就僵直了。他听到她在耳边说道:"唐星舟,我是第一名。"

这句话,她一直都想说给他听,弥补了高二那一年未来得及说出口的遗憾。

唐星舟轻轻地拍了拍她的后背:"嗯,你很棒。"

单意贪恋着此刻的美好,她甚至希望时间可以静止,让这一刻停留得久一点,再久一点。

唐星舟,我真的好喜欢你啊。

秋日,微风,操场,拥抱着的一对俊男美女,成为一道靓丽的风景线。

操场主席台上的播音员在播报着这次八百米比赛的成绩。

"……女子八百米第一名,音乐系单意。"

唐星舟听到后,松开了抱住她的手,又看了看她空空的脖子:"我给你的奖牌呢?"

"在我舍友那里,我刚才跑步,让她帮忙保管着。"单意听他突然问起这个,第一反应就是,"你不会是后悔了吧?你刚才说了给我的。"

"嗯,后悔了。"男生坦然承认道。

单意瞪大眼睛。

他怎么就后悔了呢。那块奖牌,她还没有焐热呢。

她表情慌乱,语气也跟着变得急切,有点不讲理地说道:"这、这送出去的东西就等于泼出去的水……"

唐星舟:"我想了想,觉得不太划算。"

这句话听得单意一头雾水。

唐星舟看着她脸上那迷惑的表情,目光直接又炙热:"我都把我的奖牌给了你……你是不是应该礼尚往来,把你的也给我?"

用他的奖牌换她的奖牌?这可太划算了,单意自然是愿意的。她生怕他下一秒又反悔了,立即说道:"你在这里等等我!"

她转身就往领奖处那边跑,速度堪比刚才的八百米冲刺。

过了一会儿,她的身影再次出现在唐星舟的面前,手里还拿着两块奖牌。她把右手拿着的那块奖牌递给了他:"给你。"

这个是她刚才去领奖处那里领的,是证明她的荣誉的奖牌。而她左手拿着的,是唐星舟的。

明明是两块一模一样的奖牌,但是单意就是觉得属于唐星舟的那块奖牌比她的好看多了。

唐星舟伸手接过,垂眸看了一眼,指腹那里仿佛还有余温——是她的。

他原本放在裤兜里的手机传来振动,是教授那边在催他过去。

单意见他低头看手机,想起他刚才说的待五分钟,猜到他应该是还有事要忙,自己先主动离开:"我比赛完了,要跟舍友去吃饭啦,先走了哦。"她转了个身,一边倒退着走路,还一边朝他挥了挥手,

"拜拜。"

女生一张漂亮的脸蛋明艳动人,眉眼弯弯,笑容灿烂靓丽,足以看出她现在的心情有多好。

唐星舟确实也有事要忙,跟她挥了下手,就朝另一个方向走去。

他一转身,她的脚步就停了下来。她看着男生离去的背影,低头抿嘴笑着,眼睛里都是藏不住的笑意。

木棉、木槿和温怡然从一边走了过来,她们看到了刚才的全过程。

其实刚才在单意跑完要摔倒的时候,她们就要去扶人的,但是动作不及唐星舟快。后来又看到两人的互动,她们非常识趣地站在一旁不出声,默默地看着。等到唐星舟人走了,她们才冒泡。

木棉、木槿姐妹俩瞬间戏精上身,来了一段场景模仿。一人假装手里拿着东西,挂到对方的脖子上:"我的奖牌给你。"

另一人则把"不存在的奖牌"递到对方的手里:"作为交换,我的奖牌也给你。"

然后,这姐妹俩还自己加戏,抱在了一起,异口同声地说道:"这就是我们的定情信物了。"

单意简直没眼看,把这两个戏精分开:"我们哪有这样!"

木棉、木槿学着她讲话的语气:"我们哪有这样!"

木棉:"我们不过是想把自己的奖牌给对方而已。"

木槿:"这样你以后看到奖牌就会想起我啦。"

两人的话听得单意的脸蛋泛起红晕。连站在一旁看戏的温怡然都忍不住笑出了声,给这两人竖起大拇指:"奥斯卡欠你们一个小金人。"

单意没再继续理会这对戏精姐妹,脚步匆匆地返回到宿舍。她找了一个空盒子,把唐星舟给她的那块奖牌放进去,动作小心翼翼的,还上了锁。

她的脑海里还在回忆着刚才唐星舟给她戴奖牌的那一幕,然后嘴角又是止不住地上扬。

这可是他送给她的第一份礼物。

唐星舟回到实验室的时候,周慕齐刚在里面弄完几个数据,剩下的工作都是唐星舟的。他站起身来准备走人，眼尖地看到唐星舟的手里拿着一瓶还没喝完的矿泉水。

那是刚才参加运动会的时候，唐星舟买给单意喝的那一瓶。

周慕齐看到水才感觉自己有点口渴了，说道："老四，你那瓶水给我喝一口。"

唐星舟瞥了他一眼，冷漠地拒绝："不行。"

周慕齐"欸"了一声："你那瓶水还有那么多，我就喝一口，又不对着瓶口喝。"

平时他们打完篮球口渴的时候，也不是没试过几个人喝同一瓶水。

唐星舟还是那两个字："不行。"他说完，还把瓶盖拧开，嘴对着瓶口，仰头喝下。

周慕齐眼睁睁地看着他当着自己的面，把那瓶水全部喝完了。

周慕齐觉得至于吗。不就是一瓶水而已，这老四，什么时候变得这么小气了。

第六碗粥　选修

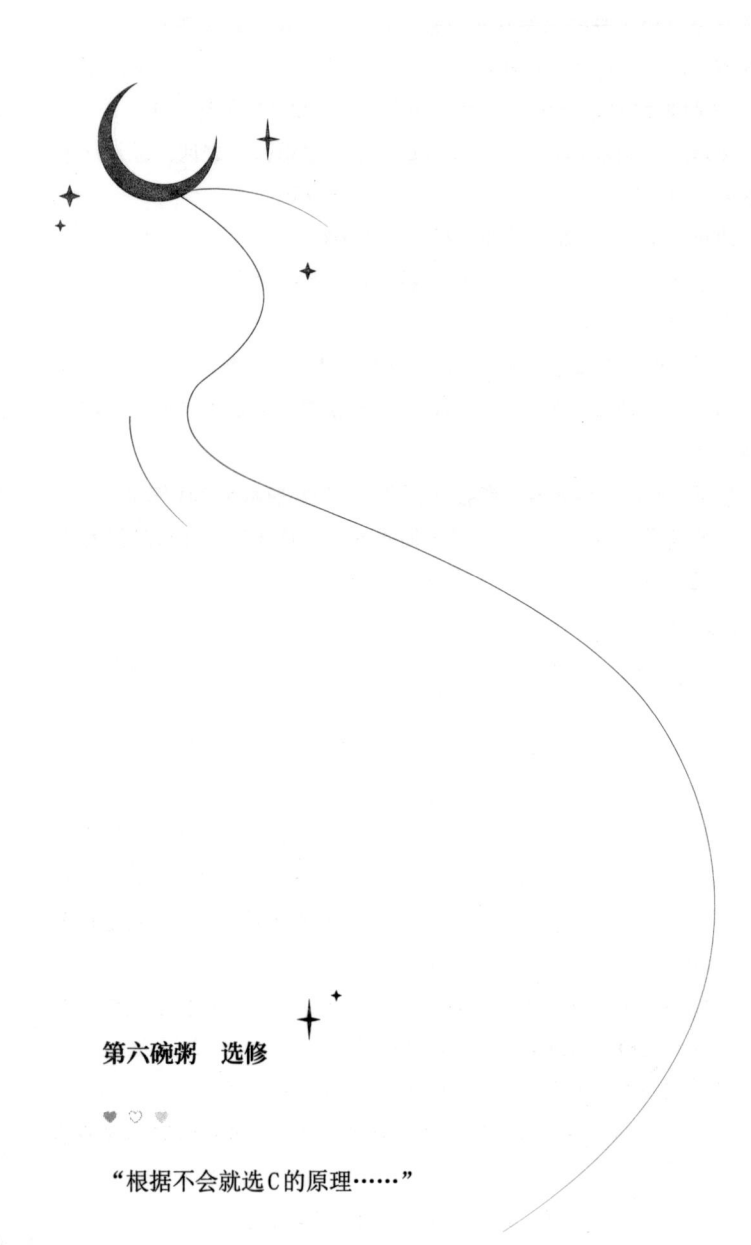

♥ ♡ ♥

"根据不会就选C的原理……"

为期三天的校运会很快落幕。

周六的时候,单意照常去了酒吧打工。她看到了好几天没见的卓起,他这个星期刚好去外地参加计算机比赛,因此错过了校运会。临下班的时候,他突然提起:"临神比完赛了,说下周就回来上课。"

单意笑笑,调侃道:"他说好的那一顿饭还作数吗?"

卓起:"我今天刚好也问过他这个问题。"

单意:"那他想好请我们去哪里吃大餐了吗?"

卓起:"清大的饭堂。"

听到这个回答,单意脸上一点开心的表情都没有。

她几乎天天吃清大饭堂的饭菜,难道还差他这一顿?

新的一周到来,校公选课从这一周开始上,不同的选修课有不同的上课时间,单意上课的时间是周三下午,宿舍另外三人是周二下午。

星期三下午的时候,其他人还在宿舍呼呼大睡,单意两点就已经起床准备去教室了。

根据木棉、木槿姐妹俩的情报,这节课不用太早过去,因为后排的位置会很空,没有人会坐。

两点三十分开始上课,从宿舍走过去大概也要十几分钟,所以单意是两点十分出的门。

北教301,数学建模与应用。她真是脑子抽了,才会选到这门课。

单意已经决定好了,等会上完课,回去后马上就退选。比起退选留下的印象不太好,好像挂科更严重点。两相权衡取其轻,她还是选择退选吧。

到达教室后,她马上挑了教室里最后一排靠后门的位子坐下。然后她发现,她前面的位置差不多都坐满了。

从教室的第一排开始,往后都坐满了人,乌泱泱的一片。

大学教室里,坐在前三排的都是学霸,这足以证明选这门课的学霸也太多了吧。

单意在心里默念着,退选,退选,她一定要退选。

上课的预备铃响起。唐奇从教室前门走了进来,单意第一次看清楚了这位教授的长相。

男人四十多岁的年纪,穿着白色衬衣和黑色西裤,发型一丝不苟,戴着一副金丝边眼镜,唐星舟的长相和他有五六分的相似,但他气质上多了几分成熟男人的魅力,想必年轻的时候,也是一个绝世大帅哥。

突然,教室里开始躁动起来。

单意的目光一下子就落到了从教室前门走进来的那道人影身上。阳光正好从门口处落下,他像迎着光而来。

男生身姿挺拔,气质绝佳,侧脸线条分明,五官精致,令人一见就移不开视线。

唐星舟迈步走上讲台,将手里的U盘递过去,一副习以为常的语气说道:"爸,你又忘记带U盘了。"

正在努力翻着包的唐奇动作顿住。

单意前面一排的座位传来两个女生的谈话声。

女生A:"啊啊啊,我就知道唐星舟会来!"

女生B:"姐妹,你好厉害,怎么知道舟神会出现的?"

女生A:"我有个学姐上学期选修过唐教授的课,说他这人记性不太好,上课老是忘带东西,每次都是让他儿子送来的!

"所以,选这门课,见到舟神的概率几乎是百分之九十!

"剩下的那百分之十,就要看唐教授今天有没有忘记带东西了。"

女生B:"原来是这样,那么这门选修课,我保证每周都来蹭!"

单意听完了全过程,总算明白这门课上座率这么高的真正原因了——原来还有蹭课的。

唐星舟送完东西后想走人,他侧头的时候,余光却不经意地落到台下,然后精确地捕捉到教室后方的一道人影,目光一顿。

"啊啊啊,舟神看过来了!"

"他好像在看我们这个方向!"

"他是在找什么人吗?"

单意一惊,下意识地把头低下去,借着前面的桌子挡住自己,只露出黑色的头顶。

这时,第二遍上课铃刚好响了起来。

唐奇正准备上课,见大家的目光都投向这边,而且都停留在自己儿子的身上。他皱了眉头,看着还停在原地的唐星舟:"你怎么还没走?

待会儿没课？"

唐星舟被自己亲爸使唤完就要赶走。

唐星舟把目光收了回来，像是已经知道了些什么，了然地一笑。

"没有，我先回宿舍了。"

男生走出教室后，女生的议论声明显减少。

单意把脑袋重新抬起来，看了看讲台上，已经没有了那道耀眼的身影，这才松了一大口气。

然而，状况又发生了，唐奇正想让同学们看屏幕，却发现投影仪好像坏了。他又捣鼓了几下，还是没什么反应。

想起已经走了的唐星舟，他有点后悔了，早知道刚才不这么快赶人了。

"各位同学稍等一下。"唐奇正准备打电话给学校负责多媒体设备的人，却眼尖地看到在门口一闪而过的男生。

他略感惊喜，大声喊道："欸，星临。"

"你过来帮叔叔看一下这是怎么回事，这电脑怎么黑屏了？"

也是凑巧，唐奇好友程岩的儿子刚好从这里经过，而且他还是计算机专业的，应该比较懂这些。

男生听到自己的名字后走了进去，底下的女生看到他那一张脸，瞬间尖叫。

男生一出现，就非常夺目亮眼，眉如墨画，线条凌厉，五官英俊逼人。

他身形清瘦挺拔，穿着白色T恤和牛仔外套，还有黑色系的工装长裤，酷帅感加少年感，在他身上得以完美的融合。

"啊啊啊，我今天是走了什么狗屎运，居然能看到程星临！"

"他不是去参加比赛了吗，什么时候回来的？"

"这就是传说中'清大双子星'的另一位大神程星临吗。天哪，真人比照片上的帅多了！"

"完全是我的菜，不知道他有没有女朋友啊。"

程星临一开学就去参加计算机竞赛了，所以有些大一的萌新，之前是没见过他的，眼下看到了真人，难免一阵激动。而有些大二大三的，已经见过他真人的，更多的是在惋惜。

"唐星舟刚才没走就好了。"

"就差这么一点点！他们两个什么时候能同框出现啊！"

"简直是有生之年系列，毕业前都不知道能不能看到他俩同框了。"

讲台上的程星临正低着头，眉眼精致，眼神专注，修长的手指在键盘上敲打着。过了一两分钟，电脑就恢复正常了，投影仪的内容也显示出来了。

他又检查了一下有没有其他问题，确认好后，冲着站在一旁的唐奇说道："唐叔叔，弄好了。"

男生的嗓音是那种独有的低音炮，低低沉沉的。单意听到前面一排的女生又在那里嗷嗷叫："他的声音真的好好听！"

唐奇闻言，看了一眼，又试了试其他的操作，都没有问题。

"真的好了，谢谢啊。"

程星临准备离开："不客气，叔叔，我先去上课了。"说完，他就走出了教室。

但是在经过教室后门的时候，程星临像是有所察觉，突然往里面看了一眼，跟单意的目光瞬间对上。

女生瞪大了眼睛，随即很快别过头去不看他。他微微扬唇笑了笑，然后一边收回目光，一边扬起自己的手机。

单意放在桌面的手机屏幕亮起，是群聊里的信息。

程星临在以前高中建的那个"F4"的群聊里发了几条信息，而且还@了她。

Lemon："@九点五十七分，一个高中数学考了六十九分的人。"

Lemon："是谁给你的勇气坐在'数学建模与应用'的课上。"

Lemon："啧。"

最后那个"啧"字，跟他刚才脸上欠扁的表情一模一样。

单意发了一个"把狗扔进河里"的表情包给他。

他又很快就在群里回了她一句话。

Lemon："你放过数学吧。"

单意看到他这句回复，气得想拍桌子，什么叫"她放过数学"？程星临这家伙也太瞧不起人了，数学差就不能选修数学课了吗？

她偏偏就不退选了，不蒸馒头，也要争口气。

下课铃声响起后，单意跟着人群走出教室。她一回到宿舍，其他三人就围了过来。

木棉："意意，听说舟神今天去给他爸爸送U盘了是吗？"

木槿："然后临神也出现了，还帮唐教授修电脑了是吗？"

温怡然："清大双子星差点就合体了是吗？"

一连三个"是吗"，差点把单意问蒙了。

她扯了扯嘴角，上下检查着自己，问道："你们该不会是在我身上装了监视器吧？"

她刚回来，什么都没说，她们是怎么知道得这么清楚的？

木棉解释道："是学校论坛，有同学选修了这门课，还拍了照片，现在帖子后面还带着'热度'的标志，评论都有十几页了。"她一脸挫败和懊悔，"啊啊啊，早知道我也选修这门课了！"

单意："你们不是说这门课都是学霸选的吗，挂科率很高。"

木棉马上改口风，还十分理直气壮地说道："挂科算什么，哪有看帅哥重要！"

木槿一把抓住单意的手臂，语气十分郑重："意意，听我的，你别退选了，到时候我们跟着你一起去蹭课。"

温怡然："我也可以陪你。"

她们三个人的选修课是周二下午的，时间上不会冲撞。

单意故意摆出一副不相信的表情："你们，认真的？"

三人动作一致地点头："当然，非常认真。"

温怡然反应很快："我们还要早点去，估计下节课去的人会更多。"其他学生应该都会跟她们有同样的想法。

单意对三人的想法没有持反对意见，这似乎为她的不退选找到了一个很好的借口。那她为了她们就"勉强"不退选吧。

程星临回清大的事情很快就传开了，更何况他是带着一身荣誉回来的。

程星临带领的清城大学计算机团队，在今年的ACM-ICPC World Final的比赛中拿到了冠军，这也是他们第三次蝉联冠军。清大也因此成了该赛事里的第一个"三冠王"。

学校论坛上关于他回归的帖子都盖了好多层楼。

"男朋友,你终于回来了,呜呜呜!"

"明明他是我男朋友好吗!"

"因为你们这两句话,他哄了我一个小时。"

"楼上的都醒醒吧,程星临大一的时候就说过他有喜欢的人了。"

"嗐,我一直都在羡慕那个不知道名字、不知道长相,却被程星临喜欢着的女生。"

"有没有人知道内幕啊,那个女生到底是谁啊?"

"听说是他高中同学,现在在国外读书,是临神告白失败了。"

"吃惊,哪个女生竟然拒绝了临神?她为什么不想拯救银河系,让我来好吗!"

下面的回复都在试图扒出那个女生的身份,但是都无果。

时间很快又到了星期三的下午,中午一点多的时候,单意还在睡觉。睡得迷迷糊糊的时候,她被一些声响吵醒。她撩开床帘一看,其他三人挤在对面温怡然的座位上,在那里捣鼓什么。

单意睡眼惺忪地爬下床边的床梯,问道:"你们在干吗?"

其他三人听到声音后回头看她。

温怡然:"抱歉,是不是吵醒你了?"

单意摇摇头:"没事,我本来也准备起了。"

木棉回答了她刚才问的那个问题:"我们在化妆呢!"

木槿:"今天可是要去看帅哥的,要好好捯饬捯饬一下自己。"

除了可能看到舟神,她们说不定还可以看到别的帅哥呢。

单意看着她们三个的妆容,不是很浓的那种,就淡淡的,但是明显能看出来还是下了功夫的。因为她们涂了眼影,画了眼线,眉毛画得很好看,口红的颜色也很棒。

温怡然推着单意往洗手间那边走:"意意,你快去洗个脸,我们也帮你化个妆。"

单意下意识地拒绝:"我就不用了吧。"

木棉:"不行,不行。"

木槿:"要美,大家一起美!"

最后单意还是被三人拉着化了个淡妆。但是,因为单意的底子本身就很好,她又是那种典型的浓颜系美女,五官很立体,让人一看就惊艳,所以,粉底几乎都不用怎么打,只是简单地遮瑕,然后画了下眉毛,涂了口红。

化完之后,木棉就在那里感慨着:"美女就是不一样,随便一化都这么好看。"

木槿掐了一把单意的细腰:"还有这身材,也绝了!"

温怡然:"好了,准备上课了,我们该走了。"经她这么一提醒,其他三人也停下了打闹,出发去北教学楼。

到达教室的时候,单意熟练地带她们走到了后门,但是最后一排靠左边只剩下两个空位了。她看了看前面,也基本上坐满了人,明显比上节课多了不少人。

木棉、木槿她们也看到了。

"可怕,这么多人来蹭课的吗?"

"这就是帅哥的力量啊!"

木棉拉着自己的妹妹往前面走去:"意意,你和怡然坐这里吧,我跟小槿去前面看看还有没有空位。"

她们两个人刚走没多久,坐在单意旁边的一个长发女生就接起了电话:"什么?临神现在在篮球场打球,我现在就过去!"她拉起旁边的女生,一脸兴奋地说道,"走,我们去看临神。"

短发女生:"那我们不看舟神啦?"

长发女生晃了晃自己的手机说道:"有学生看到唐教授在办公室里把做好的课件拷贝到U盘里了,所以这节课舟神出现的可能性不大。"

"临神现在就在篮球场,我们赶紧过去,还有机会!"

短发女生:"那还等什么,赶紧走!"

于是乎,单意左边就空了两个座位。紧接着,她前面的一两排座位也零零散散地走了一些人。

单意听了个大概,看了看前排那里,看到了木棉、木槿姐妹俩的身影。她举起手来挥了挥,对身旁的温怡然说道:"她们两个可以回来坐了……"

她话还没说完,就突然感觉到自己左边的空位出现了一道人影,闻到了熟悉的木质清香。

这个味道是……

她一顿，有点僵硬地侧过头。

男生有着一张绝美的侧脸，清秀而冷峻，眉目疏朗，那鸦羽般的睫毛，密而长，微敛着，鼻梁高挺，下颌线条分明。这样一张脸，令人羡慕，简直就是被颜值暴击的一幕。

唐星舟直接坐在了单意旁边的那个位子上，姿势懒散地倚靠在椅背，手肘抵在右边的扶手上，手背托着下巴。

太近了。单意甚至能闻到他头发上的洗发水味道，清爽又冷冽。

安静的教室一下子热闹起来。

"我的妈呀，那是唐星舟吗？"

"真的是他，我这节课果然来对了。"

"舟神怎么坐在了那里？他还需要来蹭他爸爸的课？"

"你们不觉得坐在他旁边的那个女生很熟悉吗？"

"音乐系的系花单意啊，之前跟舟神一起上过学校论坛的那个。"

"所以他是来陪自己女朋友上课的？"

"我觉得就是，他旁边明明还有个空位，他不坐，非要坐在单意的旁边，还靠得那么近！"

"我现在比较好奇的是，唐教授知不知道他们两人在一起这件事？"

"自己儿子陪儿媳妇来上自己的课，想想就很刺激。"

温怡然在一旁轻轻地扯着单意的衣角，靠在她的耳边小声地说道："托你的福，我感受到了被人前所未有的注视。"

单意的紧张根本无法释放，腿在这时候还不小心碰到了旁边唐星舟的。她马上收回来，声音很小地说了一句："不好意思。"

唐星舟转过头来看她，突然说道："地上有钱？"

单意语气疑惑地"嗯"了一声，下意识地抬起头来："没有啊。"这一下子，她跟他的目光刚好对上。

他正注视着她，乌黑的眼睛一眨不眨的，深邃又好看，像是在观察着什么。

她被他看得有些不自在，正想问自己脸上是不是有什么东西时，他又来了一句："化妆了？"他缓缓吐出三个字，声线干净又清润。

单意慢半拍才反应过来，低声"嗯"了一下。其实她今天化的妆真的很淡，跟素颜差不多，但是没想到他居然一眼就看出来了。

他又说了一句话，声音有点小，跟准时响起的上课铃声重叠了，因此单意听得并不是很清楚。

但她好像依稀听到他刚才说的那句话是："挺好看的。"

唐奇是踩着预备铃走进来的，这时候后门那里陆陆续续地又进来一些学生。她们刚刚得到最新的消息，说唐星舟出现在他爸爸的课上，于是又返回来。

唐奇看了看底下的学生，座位上坐满了人。看大家的目光都落到教室的后排，他顺势望了过去，然后就看到了自己儿子坐在了那里。

旁边居然还坐了一个穿着紫色上衣的女生。

唐奇微微挑眉，有点惊讶。

正式上课铃响起，提醒着唐奇该上课了，他走上讲台，将带过来的花名册放到一边："我看今天人来了这么多，就不点名了，应该是齐了的。下面我们开始上课。"

他说完这两句话，底下的学生并没有什么太大的反应，目光依旧落在后排那里。

唐奇感觉自己被无视了，于是看了唐星舟一眼，示意他收敛点，给自己一点面子。唐星舟收到了自己老爸的暗示，薄唇微启："教授，你投影仪没开。"

底下的学生听到唐星舟这句话后，终于把目光落回到讲台上，也见证了唐奇尴尬的一刻。

他就是这么给亲爸面子的？

唐奇又瞪了自己儿子一眼，然后转头去开投影仪。

有不少学生在底下看到这一幕，都笑出了声。单意也是，她抿嘴笑了笑，又偷偷看了看身旁男生的侧脸。

投影仪打开后，其他学生的注意力慢慢地回到了课堂上。

上课的时候，单意是真的想认真听讲的。奈何她是真的听不懂，于是渐渐地，她又把注意力放在了唐星舟的身上。

看到他的桌上不知何时放了一本书，上面是密密麻麻的英文。

嗯？英文？他在他爸的数学课上看英文书？

这么大胆的吗？

唐奇讲着课突然停了下来："下面的题目，点一个同学来回答一下吧。"

全体同学心中拉起一级警报。

单意这种听不懂课的，内心慌得很。她马上收回了自己看男生的目光，慢慢地将头低了下去。

别点我，别点我。

看不到我，看不到我。

唐奇的目光从第一排开始看，直接跳过了中间的，然后手一指："就最后一排……"

前排的学生顺着他指的方向望过去。

是要点到自己的儿子了吗？难道是要报刚才唐星舟说他没开投影仪的仇吗？

单意慢慢抬头，看到他指着自己这边的方向。她跟大家一样，都以为他点的人是唐星舟。

然而唐星舟没有马上站起来，依旧稳稳当当地坐在原位。

而此时，唐星舟突然偏了下头，目光投向她。不知道是不是她的错觉，她居然在他那双好看的眼睛里看到了浅浅的笑意。

她被他这样看着，心里咯噔了一下，瞬间有种不祥的预感。

紧接着，这种不祥的预感成真了，因为唐奇还没说完的话是："……那位穿着紫色上衣的女同学。"

单意眼神呆滞，整个身体都僵住了。

所以，整句话连起来就是——

就最后一排那位穿着紫色上衣的女同学。

紫色上衣？她？怎么就点到她了？

她的目光飞快地扫视，妄想在最后一排里寻找着跟她一样穿着紫色上衣的女生，但是无果。

她是唯一的那个"紫色"，也是今天的"天选之子"。

而唐星舟眼睛里的笑意仿佛在告诉她，他早就料到了这种情况。

难怪他刚才没有马上站起来。

唐奇又喊了一遍："那位女同学，看着你旁边的人干吗呢，他脸上写着答案?"

全场学生都笑了起来。

单意认命地闭了闭眼睛,顶着一副视死如归的表情,慢慢地站起身来。

唐奇看清楚她的正脸后:"哟,我这是挑到一个美女啊。居然会有这么好看的女生喜欢我的数学课,同学,你是来蹭课的,还是真的选了我的课啊?"

单意实话实说道:"是真的选了这门课。"

——只不过是手滑选错的。

但是,这句话,单意可不敢当场说出来。

唐奇只觉得这女生的声音有些耳熟,好像之前在哪儿听过,他又看了一眼坐在女生旁边的唐星舟。

啊,他想起来了。他拿起自己手边的花名册,脸上摆着一副"显然是不太相信她说的话"的样子。

"什么名字,哪个系,哪个班的,我看看。"

他要看看自己未来儿媳妇叫什么名字。

单意没想到他还有这一出,如实回答:"音乐系作曲A班,单意。"

唐奇在花名册上看了几眼,果真看到了这个名字。

"单意,还真的有这个名字,我的数学课已经这么出名了吗,你们搞音乐的也有兴趣来听?"他的语气里带着几分欣慰。

单意脸上的表情不知道是哭还是笑,只能干点头。

唐奇轻咳了一声,伸手指了指投影仪:"既然选了我的课,想必是真的感兴趣。来,你说说这道题选什么?"

单意看了看题目,每个字,她都认识,组合起来,她就不知道那是什么东西了。

她在脑子里过了两三秒,凭借着之前高中做题的经验,说道:"选C。"

唐奇很满意地"嗯"了一声:"答对了,看来你数学还学得挺好的。"

单意自己都不相信,她居然蒙对了答案。

看来今天运气还不错。

她本以为就此可以逃过一劫,然而提问还没结束,唐奇又接着问道:"你是根据什么原理得出这个答案的?"

单意刚松的一口气,瞬间又提了起来。

还要说原理?

她的脑子飞快地转着,没有马上开口。

唐奇以为她这是害羞,一边引导着:"没关系,你就实话实说,这道题你是怎么算出来的,根据什么原理……"

单意在唐奇期盼的目光中,还有在场学生的注视下,硬着头皮继续往下说道:"根据不会就选C的原理……"

底下有学生没忍住,扑哧笑出了声。紧接着单意听到了很多人发出的细细碎碎的笑声。

唐奇听到这个"根据不会就选C的原理"的回答也是愣了愣。现在的学生,遇到不会做的题目是用这种方法的?

坐在她身旁的唐星舟却在这时候站了起来,唐奇看见他张开口,吐字清晰地说道:"根据AHP层次分析法……"

男生的嗓音回荡在安静的教室里,声线清润,语速得当。

唐奇听到一半就抬手示意可以停下了,自己的儿子什么水平,他还不知道?不过,他还是头一次看到唐星舟这么维护一个女生。

唐奇又多看了他身旁的单意几眼,然后才让两人坐下来,自己继续讲课。看来这次的试探与自己的猜想八九不离十了。

一堂课终于过去,唐奇也没再叫人起来回答问题。

单意从来没这么尴尬过,整节课都趴在桌子上等死。所以,在下课铃响的那一秒,她迅速拉起旁边的温怡然从后门走人,速度快到一晃而过。

等唐星舟转过头的时候,旁边的座位已经没了人影。他敛下眸,勾了勾唇,又摇了摇头,然后收拾着自己桌面上的课本。

目光落到旁边放着的一个紫色水杯——是单意的。

班上的学生不像平时下课那么积极,而是慢吞吞地在自己的座位上收拾着东西,时不时回头看看最后一排的那个男生。

唐奇站在讲台上喊了一声唐星舟的名字,用眼神示意跟他一起离开。唐星舟会意,收拾好自己的东西后,顺势将那个紫色的水杯放进自己的书包里。

父子俩各自从前门和后门走出，然后准备一起去吃午饭。

唐奇跟他并肩走着，装作随意地问道："今天课堂上那个学音乐的小姑娘是不是校运会那天电话里的……"剩下的不用多说，他就已经知道唐奇要说什么了，低低地"嗯"了一声。

知子莫若父，唐奇知道了答案。他也不多问，只是给了唐星舟期盼的回应："爸爸等着你带人回家吃饭。"

唐星舟："好。"

单意拉着温怡然走下楼梯后，才想起自己还落下了两个人，于是拿出手机给木棉、木槿姐妹俩打电话，说在楼下等她们。

姐妹俩很快就下来了，动作一致地朝单意竖起了大拇指，是对她刚才在课堂上说出的那一句"根据不会就选 C 的原理"表示敬佩之情。

单意现在只想转移她们两个人的注意力："我饿了，我们去吃饭吧。"

她拉着姐妹俩就走，怕走得慢了，待会儿就会撞见唐星舟他们，迫不及待地想逃离这个令她尴尬的地方。

北教学楼这边离第二饭堂比较近，她们吃饭一般都会秉持就近原则。第二饭堂的附近有一个篮球场，她们需要经过这里。此时此刻有不少学生围在篮球场边不知道在看什么。

木棉、木槿姐妹俩很是好奇，连忙凑上去看。待看清楚球场上的情况后，她们马上尖叫起来："啊啊啊！"

木槿回头朝单意和温怡然招招手："快来看，是临神！"

球场内，有两个男生在打着篮球，身上穿着不同颜色的衣服，一黑一红。

大家的目光都聚集在那个黑衣少年身上，他穿着一身黑色无袖的篮球服，款式宽松，露出来的手臂健硕、有力。

男生弯着腰，篮球在他的双手间灵活地转动，他一边运着球，一边往前移动，抬起头看了一眼自己跟篮框之间的距离。

然后，他突然压低重心，以背对的姿势从左边靠近对手，再一个假动作，突然往右一转身，趁对方还没反应过来的时候直接起跳投篮——一个完美的空心球。

"哇！"全场一片尖叫。

穿着红色篮球服的男生叹口气,随即摇摇头,对程星临说道:"我认输。"

程星临举起一只手来,与他相握,然后两人肩碰肩,表示友好。

"下次再打。"

"好。"

程星临走到篮框下,朝坐在那里看戏的卓起伸出一只手。

卓起以为他要拉自己起来,也伸出一只手,结果被他毫不留情地拍开:"衣服。"他指了指被卓起拿着的黑色外套。

卓起撇了撇嘴,把外套给了他,抱怨道:"还以为你要拉我起来。"

两人本来是在这个篮球场打着球的,突然来了三个男生,看到程星临之后,说要跟他打一场,因为人数不够,所以就选了一对一的方式。

卓起知道自己的实力,自觉地在一旁观战,让程星临一个人打他们三个男生。程星临这人又爱干净,打球之前就把外套脱了下来,交给卓起保管。

男生把外套穿上,看了卓起一眼:"你起不来?"

卓起理直气壮道:"对,我刚才坐太久了,腿麻。"

程星临点点头,把外套的拉链拉上,不上他的当,说道:"那你继续坐着吧,我去吃饭了。"

卓起准备好的表演无处展示。

这人怎么不按套路出牌?

他见程星临头也不回地离开的背影,终于坐不住了,连忙起身从身后一把扣住程星临的脖子:"临神,你没有心!"

程星临就知道这家伙自己会跟上来:"知道就好。"该配合你演出的我视而不见。

两人往场外走去,卓起眼尖地发现了混在人群中的单意,大喊一声:"意姐!"

单意感觉周围人的目光像雷达似的扫过来看她。

卓起往前快走几步,很快就走到了单意的面前。他指了指他身后的程星临:"好巧啊,正打算去找你呢,临神之前还欠我们一顿饭,说现在请。"

单意看向他身后的程星临,一脸不情愿:"真打算请我们吃清大的饭堂呢。"

"嗯。"程星临懒洋洋道,"饭堂有什么不好。"

单意非常实诚地说道:"不够贵。"

程星临轻笑了一声。

"行吧,那去外面吃。"他本来也只是开个玩笑而已,没真的打算请他们吃饭堂。

"你还有其他事吗,没有的话,现在就走。"

单意:"等等。"

她身后还站着她的三位舍友,本来今天是打算跟她们一起在饭堂吃饭的,只是没想到刚好碰到了程星临。

木棉、木槿在她身后扯着她两边的衣服,低着头,声音压得很低:"意意,回来后'宿舍法'伺候。"

"坦白从宽,如实交代。"

单意想起之前她们刚知道自己跟唐星舟认识的时候,说的也是同样的话。她瞬间明白自己要交代些什么了:"知道了。"

她看向两个男生:"走吧。"

他们三人在学校附近找了家火锅店,一边吃,一边在那里聊着天。中途的时候,程星临出去接电话,顺便把账单结了。

单意和卓起吃饱出来的时候,才知道账单已经结过了,她问了下收银员,他们那桌的账单是多少,然后算了下三人平摊的钱,再用支付宝把钱转给了程星临。

她没选择用微信转钱是因为怕他不收。

卓起对她这一举动表示不解:"不是说好了临神请的吗?"

单意:"说说而已,不当真。三个人吃饭当然三个人付钱,程星临的钱也不是来得这么容易的,没道理让他请客。"

卓起看到女生都给了钱,他一个男生没道理不给,于是也用支付宝转账给了程星临。

两人出来的时候,程星临正站在门口那里接电话。不知道那边说了些什么,他皱了皱眉头,从口袋的烟盒里拿出一根烟,放在嘴里,然后又掏出打火机。烟雾徐徐散开,男生的脸庞变得模糊了些,连他脸上的神情也让人看得不太真切。

猜到他应该是有事在忙，于是单意和卓起就先站在门口等着。单意的手机传来振动，她看了一眼，是温怡然给她发了一条微信。

温怡然："意意，你快回来了吗？"

单意低头回复着。

九点五十七分："快了，怎么了吗？"

温怡然："我们刚才从饭堂回来，看到舟神站在我们宿舍楼下，他问你去哪里了。"

温怡然："我实话实说你跟临神他们出去吃饭了，然后我看到他脸色好像不太好……"

九点五十七分："他找我？他没跟我说啊？"

单意想着唐星舟是不是找她有什么事，就想着先回学校。刚好这时候程星临也打完电话了，他走到她和卓起的面前："走吧，回学校。"

三人往学校的方向走去，走着走着，卓起不经意地说道："临神，你那个比赛不是结束了吗，怎么好像还挺忙的样子。"

程星临："不是比赛的事，投资方那边打来的电话。"

卓起问："投资？什么投资？"

"我自己的项目。"

卓起慢慢理清他说的话，转头看他，心里有了个猜测："临神，你这是在搞创业吗？"

程星临："嗯。"

卓起："你不是才大二吗？怎么这么早就准备了？"

单意也提出自己的疑问："你现在就打算创业，是不准备读研了吗？"

程星临跟他们并肩走着，颀长的身体被周围的路灯光笼罩，像是被蒙上了一层橘黄色的光。他低着头，嗓音低沉："不读研，打算先开间工作室，顺利的话，再开一家公司。"

目标已经这么明确了吗？身为大一萌新的卓起简直心态崩了："临神，你这样子，让我觉得自己像废材。"

单意看了身旁的程星临一眼，看着他那张依旧熟悉又变得有些陌生的侧脸。她还闻到了他身上那股浓重的烟草味。

单意进入清大的这两个月来，多多少少也听到一些关于他的事情。

他大一就参加各种计算机竞赛，很少能在学校看到他本人出现。他也没有加入学生会或者什么社团，学校举办的一些娱乐活动，也不见他的人影。

有女生跟他告白，他永远都是那一句"我有喜欢的人了"。

他把生活过得跟苦行僧似的，除了计算机，还是计算机。明明他天生耀眼，却沉寂在自己的世界里，亲手灭了自己的光。

与其说他这般无欲无求，倒不如说是……

"程星临，你是为了……小柠檬吗？"

时隔一年多，单意再次在他面前提起路以柠的名字。

程星临的脚步一顿，停了下来。他只犹豫了一秒，就回道："是。"

一旁的卓起听到这话，也恍然大悟——原来，原来如此。

三人已经走到了清大的校门口，程星临是大二的，宿舍在南边，跟他们大一所在的北边方向不同。

"卓起，你送单意回宿舍吧，我先回去了。"他留下一句话就要走。

他刚走了几步，单意就在身后喊他："程星临！"

男生像是没听见，继续往前走着。

单意想也没想，追了上去，情急之下直接扯住了他一边的衣角。她又意识到这样的拉扯似乎超越了朋友的界限，于是很快就松开了。

但是，唐星舟出现在校门口的时候，看到的就是刚才她拉住他衣服，似在挽留的这一幕——女生侧对着他，站在男生的面前，微仰起脑袋，口里不知道在说着什么。

俊男美女，很般配，也很和谐的画面。至少在唐星舟看来是这样的。

她怎么就有这么多话跟别的男生讲？今天上课的时候，她却不看他。

那边的单意又喊了程星临一声："程星临。我没什么立场去管你，你想做什么，也是你自己的事情。但是，身为你的朋友，我不想看到你这样，毕竟身体是革命的本钱……"

她停顿了一下，呼吸略有不畅，因为他身上的烟草味过于刺鼻，也不知道是抽了多少根烟才这样。

"我那天问过唐星舟，他说她现在在美国挺好的。"

听到关于路以柠的重要信息，程星临才偏过头来看她，目光如炬。

"所以，你要好好的……"单意嗓音发涩，将最后的那一句话说完，"要好好的，才能等到她回来。"

说不清什么原因，但是单意相信路以柠一定会回来的。而且，有这样一个人在这里等着她。

程星临听完单意的话后，还是没说任何一句话，转身走了。

卓起看了单意一眼，然后摇摇头。他现在应该需要一个人静一静。单意只能站在原地，看着他离去的背影。

突然，她感觉一阵熟悉的气息靠了过来。她还未转头，就有人伸手往她怀里塞了个东西，力度大到让她差点站不稳，往后退了两小步。

那是一个袋子，里面装着东西，还有点熟悉。她拿起来看后才发现是她今天带去上课的水杯。

她抬起头来，唐星舟的一张脸近在眼前，但是神色不同平常，莫名地有些阴沉和冷漠——是她很少见过的那种。

而那双黢黑的眼眸也与往日有些不同，像是笼着一层薄薄的阴霾，嗓音更是冷冽："给你。"等单意反应过来的时候，唐星舟已经走远。

她微微愣神，眨了眨眼睛。

卓起刚才就站在一旁，看到这一幕后，走了过来，又看了看她怀里的东西，开口道："意姐，舟神干吗给你水杯啊？"

单意低头看了那个水杯一眼，她后知后觉，才想起自己下午上完课后就直接走了，而且走得有些急，也没检查自己有没有落下东西。这水杯应该是被他看到了。那时候他就坐在她旁边的位子。

所以刚才温怡然在微信说他在女生宿舍楼下等她，就是为了还给她水杯？

但是，刚刚他为什么又那样，好像生气的样子，脸色冷冷的。

她明明什么都没做。

卓起见她没反应，又喊了一声："意姐？"

单意"哦"了一声，回过神来，解释道："这水杯是我自己的，应该是上课的时候落下了，他顺手帮忙拿给我。"

卓起纳闷："你跟舟神上了同一节课？上什么课？"

单意想起这个就觉得尴尬，而且欲哭无泪："选修课，数学建模与应用。"

卓起一听到"数学"两个字,就朝她竖起了大拇指:"意姐,我佩服你高中数学考了六十九分还敢选这门课的勇气。"

又是这一茬。她数学考六十九分的事被他们记到现在。

这兄弟俩果然是一伙的,说的话也一模一样。

单意抬眸瞪他,一副即将发怒的表情,直接拿起手上的水杯作势要往他的脑袋上砸。他吓得马上开溜,跑得飞快。

"意姐,你自己回宿舍吧,我还有事,先走了啊!"

单意没追上去,转身往自己宿舍的方向走。

到了宿舍后,她刚一进门,就被木棉、木槿姐妹俩抓着两边的手臂拖着走到自己椅子那里坐下,双手被两人动作熟练地压在了书桌上。

这一幕简直似曾相识。

单意看着准备打开台灯的温怡然,马上投降:"停,别开灯,我招,我什么都招。"

木棉、木槿听到她"主动认罪",也就放开了原本禁锢着她的手。

单意简单地讲述了自己跟程星临认识,并且他们曾经是高中同班同学,还是前后桌的这一关系。

木棉听完后的第一反应就是:"意意,你说实话,你的朋友圈里到底还藏着多少帅哥,能不能一次性说出来。"

木槿简单直接:"就问有没有比我们清大双子星更帅的?"

单意无奈地摇头:"没有了。"

木棉"唉"了一声,说道:"我想也是,还有谁能比舟神、临神更帅了呢。"

木槿:"果然好看的人都是和好看的人玩的。"

单意想了想路以柠的样子。

嗯,她确实也长得挺好看的。

至于卓起,那就算了吧。

程星临在清大本来就是风云人物,时刻被人关注着,他今天在篮球场和人一打三打篮球的视频,下午就被人发到了学校的论坛上。

本来大家讨论的热点都在"临神打篮球好帅"上。直到后来,有人发了一张单意和程星临的照片。

照片非常巧妙地只拍到了程星临和单意,她站在他的面前,一只手扯着他一边的衣角,而他的脸上面无表情,一片冷漠。

爱美小仙女:"怎么会有单意这么装的女生,之前就跟舟神不清不楚的,临神回来之后马上又勾搭上了,吐了。"

后面的评论也是一边倒。

"人家就是喜欢帅哥,而且还是不嫌多的那种。"

"没看到临神一脸冷漠吗,分明是不想理她,她还厚着脸皮凑上去。"

"虽然说她是音乐系系花,但我看也就一般吧,也不是很漂亮,根本配不上舟神,也配不上临神。"

"抱走我家临神,跟她不熟好吗。"

"还有之前跟她一起打篮球的那个,感觉她是借着兄弟的名义跟男生玩,就是吊着人家。"

"对啊,对啊,好像没怎么见到单意跟女生玩,她是不是女生缘不太好啊。"

言论越来越离谱了。

520宿舍里,四人都洗完澡了,然后在做各自的事情。

木棉、木槿姐妹俩正敷着面膜,刷着手机看八卦,看到这个帖子的评论后,气得面膜都要掉下来了。

木棉干脆一把扯下面膜,说道:"瞧瞧论坛里这些人说的是什么话?敢情长得漂亮还是我们意意的错了?"

木槿也气得拍桌子:"这个'爱美小仙女'是谁啊,怎么感觉她一直在带节奏。"

温怡然也看到了那个帖子,于是看向坐在椅子上看书的单意,问她:"意意,你要不要澄清一下?"

单意原本低着头看书,头也没抬,气定神闲地说道:"澄清什么?"

她一副"皇帝不急太监急"的模样。

木棉:"学校论坛,有人拍到了你跟临神的照片,已经有不少评论了,说的话都好难听。"

木槿:"他们怎么能那样乱造谣呢。"

对于单意,她们是无条件相信的。

单意见她们这么义愤填膺,于是拿起自己的手机,点开学校论坛,简单地刷了一下,很快就退出了。她把手机放到一旁,重新拿起书,气定神闲地说道:"我跟程星临那张照片是真的,很难解释清楚。"

"而且我喜欢帅哥,这一点也是真的。"

谁不喜欢漂亮的人。

她对唐星舟就是见色起意。

"我没什么女性朋友,也是真的。"

从读书开始,很多女生就不爱跟她玩。她们成群结队的,她形单影只,她也早就习惯了。

单意说完后,一脸不在意地耸耸肩:"所以,我要澄清些什么?"

温怡然:"但是他们这是在歪曲事实啊。"

木棉、木槿点头:"对啊。"

单意又老套地说了一句:"清者自清。"

她继续低头看书,一边翻过一页,一边漫不经心地说道:"我又做不到让所有人都喜欢。

"所以,那些评论,看看就好了,我照样过我自己的。"

她三言两语地说完,简短又通透,加上一副毫不在意的模样,仿佛是早就看透了这些流言蜚语。

但是,宿舍里的其他三人都觉得她这般与其说看清,倒不如说她是经历多了这些事情,才会这般无所谓。

宿舍里难得地静默了片刻。

温怡然突然站起身来,走到单意的身旁,将手搭在她的肩膀上,嗓音很温柔:"没关系的,意意,我们是你的朋友,不是吗?"

单意抬起头来看她,露出了一个浅笑。

是啊,她们是朋友,是她为数不多的朋友。

木棉、木槿姐妹俩则比较感性,走上前去抱住她。

木棉:"意意,你很好,你不是那种胸大无脑的美女。"

木槿:"你真的长得很漂亮,我还想要你的这张脸呢。"

单意听完,总觉得哪里怪怪的。

但是,她此时此刻想说的是……

"你们两个人脸上的面膜精华沾到我的衣服上了。"

什么煽情的场面，都是泡沫而已，一下子就没了。

十一点的时候，宿舍已经熄灯了。

人总是容易在安静的环境里胡思乱想。单意躺在床上，虽然闭着眼睛，却一直辗转难眠，倒不是因为网上那些不好的言论，她现在脑海里都是今晚唐星舟那张冷着的脸。

又过了一会儿，她实在是毫无睡意，于是睁开眼睛，忍不住拿起放在床上的手机。她点开微信，目光落在置顶的那个"Z"上。

思索片刻后，她发了一条消息过去。

九点五十七分："谢谢你帮我把水杯拿回来。"

单意等了一会儿，对方还是没有回复。她退出聊天框，又上下刷新着，还是没有新的消息。

估计他已经睡了吧，她心想。她准备放下手机，屏幕突然亮起。

Z："程星临喜欢谁，你不知道吗？"

单意被他这话问得莫名其妙。她刚才说的明明是水杯的事情，怎么就扯上程星临了？

但她还是回复了他。

九点五十七分："我知道啊。"

这一次对方回复得很快。

Z："所以他有什么好喜欢的？"

这条信息刚出现在聊天框里，很快就消失了。单意只是隐约看到"喜欢"这两个字眼，随后手机屏幕上就显示"Z"撤回了一条消息。

唐星舟又发来一条新的消息，这次只有四个字。

Z："知道就好。"

这一天晚上睡不着的人还有唐星舟。他想起了以前的一段记忆。

高三的某一天，程星临来找过他，问他关于路以柠以前的事。

他从小跟路以柠一起长大，知道的关于她的事情自然比程星临多。

可起初他并不想理程星临，但程星临直接就说用单意的一个秘密来交换。

唐星舟几乎是在程星临说完的下一秒就心动了。

关于单意的秘密，唐星舟承认他是想知道的。

于是两人进行了一次交换。

程星临说："单意有一个暗恋的人，就在我们学校。"

但程星临没说谁的名字。

其实，这个范围已经很小了，高中的那段岁月里，在学校里跟单意走得最近的，就只有两个男生——一个是卓起，另一个就是程星临。

而唐星舟跟单意，一个读高三，一个读高二，交集屈指可数。

那么，答案也就不言而喻了。

他想程星临之所以会告诉他，大概是因为程星临也不知道单意暗恋的人是自己。毕竟程星临心里只有一个路以柠。

唐星舟以为单意知道她跟程星临不可能有结果后就会放弃的，可今晚又看到她跟程星临那样拉拉扯扯的，他突然不确定她现在对程星临是否还有感情。

在她心里的那个位置完全腾出来之前，他都不敢轻易表白。

因为他想要的是她也喜欢他。

是那种两情相悦的喜欢。

第七碗粥　体测

♥ ♡ ♥

　　她这个人就跟她的名字一样，永远怀揣着这世间最美好的善意。

单意像个没事人一样照常去上课，虽然隐隐约约还是能听到周围人对她指指点点的声音，但是她丝毫不受网上那些舆论的影响。不过昨天关于她的那个帖子火了之后，风波还在继续。

有人发现了程星临昨天打篮球的视频里，有一个假动作跟单意前几天上体育课时在篮球场跟卓起打球那一段很像。

后面的人顺藤摸瓜，扒出了两人以前高中同校同班的事，甚至还有一起打篮球的照片。

照片上，程星临穿着黑色的篮球运动服，一头黑发，身姿挺拔，站在篮框下，逆着光。而单意坐在地上，头发扎成了一个丸子头，抬起头来看他，双手在鼓掌，脸上的笑明媚又灿烂。

碰巧的是，她当时穿的还是白色的长T恤。两人刚好是一黑一白，凑成了情侣装。

这张照片直接出圈，评论一下子压过了昨天的那个帖子。

下课铃声响起。

早上上完两节课后是大课间，有十分钟的休息时间。不少学生一下课就出去了，没在教室里待着。单意宿舍的四人都是不爱动的类型，前排和后排的人都出去了，她们还坐在原位。

木棉、木槿姐妹俩拿着手机在那里玩，习惯性地点开学校的论坛，结果就看到了有新的帖子出现。

姐妹俩瞪大眼睛，互相望了对方一眼，然后动作默契地凑近单意。

木棉："意意，你看，有人在论坛上扒出了你和临神是高中同学的事。"

木槿往下刷了刷，接着说道："居然还有人嗑你和临神的CP（情侣组合）。"

单意原本在低头写着老师刚才讲课的笔记，手一顿，抬起头来："什么东西？"

木槿指着自己的手机给她看："你看，CP的名字都出来了，叫'诚意CP'。"

单意满脸问号。

什么鬼？

她粗略地看了一眼那些评论，没想到自己打球风格像程星临的这种事都被扒出来了。说到这个,她也不得不承认,他确实教她打过篮球。

那时候还是高二,程星临还没被保送,他们三个人经常在一起玩,单意就是在那时候学会打篮球的。

程星临打篮球的技术很厉害,她那时候看得多了,也就不自觉地模仿了他的打球方法,所以两人的打球风格才会有点像。

木棉看了看那些评论,渐渐被洗脑了,突然来了一句:"你跟临神也不是没可能的吧?"

木槿反驳道:"不行,那舟神怎么办?我可是'薏米粥'CP的粉头。"

姐妹俩第一次持相反的意见。

"打住。"单意伸出手挡在她们两人的面前,郑重其事地说道,"我跟程星临不可能。"然后她又强调了这个不可能性的概率,"而且是百分百。"

木棉疑惑:"为什么啊?"随后,她又放低了点声音,"你跟临神是高中同学,知根知底的,就没想过要发展吗?"

单意:"这种话以后不要再说了,程星临有喜欢的人,很喜欢很喜欢的那种。"

她难得一脸严肃的样子。

姐妹俩想起开学时听到的"清大未解之谜之一关于程星临喜欢的人是谁"那句传闻,瞬间被带到了新的八卦话题里——

"所以临神喜欢的那个人,意意,你是不是认识啊?"

"她是个什么样的女生啊,好好奇呀。"

什么样的女生?

单意想起路以柠的样子,想起高中时候与她相处的那些点点滴滴。

单意感慨道:"我一时之间想不出用什么词去形容她,只是知道,程星临这辈子,再也不会喜欢上除了她以外的女生了。"

好高的评价。木棉、木槿在心里说道。

单意点到为止,没再细说,拿起自己放在桌上的水杯,然后说:"我出去接水。"

教室外面的走廊都配有饮水机,免费提供给学生使用。

姐妹俩看着单意走出教室门口的背影。

木棉:"唉。"

木槿:"可惜了。"

她们还以为自己可以见证一段俊男美女的爱情呢。

温怡然刚才在一旁听完了全过程,此刻露出个意味深长的笑来:"你们没发现吗,意意她刚才只否认了她跟临神,没有否认她跟舟神。"

单意接完水后回到教室,她拿出手机,准备在论坛发个澄清的帖子。她可不想跟程星临传绯闻。

可当她再次点进那个帖子的时候,网页已经无法访问了。

这时,她看到微信那里突然跳出来几条信息,是卓起发来的。

清大少女的梦:"意姐,论坛的事,你别放在心上。"

单意把手机按回到微信的界面,回了一句:"没事。"

她本来就没把那些事放在心上。

另一边的卓起刚才也在上课,手机传来振动,他看了一眼,看到她只有两个字的回复后更加担心了。

清大少女的梦:"女生说没事就是有事。"

那边秒回。

九点五十七分:"好吧,我承认我有事,心情很不好。"

九点五十七分:"如果你能被我打一顿,兴许就好了。"

卓起看她还能开玩笑的样子,似乎是真的没事。

清大少女的梦:"那些人也真是无聊,我本来是要黑掉那个帖子的,结果有人快了我一步。"

单意看到他这一条消息后的第一反应就是:帖子是被黑掉的?

难怪刚才打不开,她还以为是她手机的网络问题。

卓起纳闷了,三连问:"你也不知道?不是你找人黑掉的吗?那是谁干的?"

九点五十七分:"问了程星临吗?"

卓起跟她想的一样:"问了,不是临神,他压根就不知道帖子的事。"

刚才他发现帖子被人黑掉后,第一时间就去问了程星临,结果对方回了一句:"什么帖子?"

程星临做了就一定会承认,他没必要撒谎。

九点五十七分:"那就是好心人干的了。"

清大少女的梦:"那人为什么要帮你?"

九点五十七分:"可能是因为我太漂亮了,有人看不过去。"

清大少女的梦:"……"

卓起想了想她的那张脸,好像也不是没可能。

那边最后回了一句。

九点五十七分:"不聊了,要上课了。"

上午的课结束后,单意她们四人一起去饭堂吃饭。她们打好饭刚坐下没多久,旁边的桌子旁随即也坐了两个女生,一个长发,一个短发。

短发女生突然扬高声音,意有所指般说道:"有些女生啊,就是吃着碗里的,还看着锅里的。真是不要脸。"

木棉、木槿姐妹俩何其敏感,很快察觉到有些不对劲,看了一眼旁边那桌的两个女生。待看清楚她们的模样后,木棉、木槿姐妹俩放在桌子下的脚踢了踢对面单意的脚。

单意动作一顿,面色不改,微微抬眸看她们。看到姐妹俩往旁边拼命使眼色后,她又转过头去。

单意刚好就对上了那个短发女生的目光,她语气不善:"看什么看,说的就是你!"

单意面无表情地问道:"你是谁?"

……First blood(一杀)。

短发女生指了下自己:"你不认识我?"

单意:"长得不好看的,我通常都没印象。"

……Double Kill(双杀)。

坐在她旁边的温怡然见她好像是真的不认得人,于是在她耳旁轻声提醒道:"她叫童婧,隔壁班的,也加入了音乐社,不过你可能没什么印象。"

"她还是孟梓琳学姐的表妹。"

孟梓琳学姐的表妹,从这几个字,单意就已经知道这个女生对她莫名其妙的敌意从何而来了。单意自然是认得孟梓琳的,之前聚餐的时候见过一面,那个从大一开始就在追唐星舟的学姐。

她看了一眼坐在童婧对面的长发女生,也就是孟梓琳,孟梓琳就那样静静地坐在那里,也没有要阻止的意思,一副"坐山观虎斗"的姿态。

单意把头转回来,注意力重新回到自己的饭菜上,没再搭话。

童婧见自己被无视了,更加气愤,说道:"不要脸,你就这么喜欢挖别人的墙脚吗!"

单意一副不以为然的样子,半开玩笑道:"我这么漂亮的脸,当然得要。"她看向此刻满脸愤怒的童婧,语气平静地质问着,"倒是这位同学,请你说清楚,我挖谁的墙脚了?"

童婧不假思索地说道:"清大谁不知道我表姐在追舟神,他们才是一对!"

单意把目光转向了坐在童婧对面的孟梓琳,语气里带着几分惊讶和矫揉造作:"那请问学姐,你跟唐星舟现在在一起了吗?"

孟梓琳没想到她会问得这么直接,顿了顿,眼神躲闪着。

孟梓琳还没来得及说话,童婧就先开口了:"他们迟早都会在一起的!"

她就是觉得只有她表姐这样的人才配得上唐星舟,像单意这种女生,她以前就见得多了,仗着自己有几分姿色,就爱在男人堆里周旋,显得自己有多受欢迎似的。

"迟早?"单意重复着这两个字,说话的温度也下降了些,"所以,你现在是以什么身份来质问我?唐星舟的小姨子吗?他承认了吗?"

"你……"童婧被她的质问堵住了口。

单意冷眼看着童婧,话却是对另一个人说的:"学姐,未知的事情,怎么能拿来说呢,你说对吧?万一……"她故意拖长了语调,"你要是最后没跟唐星舟在一起,这不就是闹了个大乌龙吗?"

她一口一个唐星舟地叫,明明叫的是全名,但是那种熟稔的感觉在孟梓琳听来是如此刺耳。

孟梓琳的脸色都白了些,放在桌子底下的手攥紧了衣角,随后管理好自己的表情,脸上依旧带着温柔的笑:"我跟星舟现在确实只是朋友。"她直视着单意的那双眼睛,坦白道,"不过,我会追到他的。"

这句话是在表明她和唐星舟之间有很大的可能性。

单意:"哦,可你都追了一年多,还没追上呢,这机会渺茫啊。"
孟梓琳被堵得说不出话来反驳。
单意说完还觉得不够,又补了一句,话要多假就有多假:"我祝学姐你早日成功哦。"
……才怪。
她差点还把后面两个字给说出来了。

与此同时。另一边,唐星舟刚从实验室里出来,他刚将手机开机,微信那里有新的消息——是一个小时前发的。
Zhen:"星舟哥,事情办好了。"
唐星舟看了一眼消息,给对方回了一句"谢谢"。
早上的时候,周慕齐那家伙一脸幸灾乐祸地在他面前说着论坛上单意和程星临的绯闻。他当时面不改色,转头却联系了计算机专业的人,也就是路以柠的弟弟顾以榛,帮忙黑掉了那个帖子。
解决完这件事情后,他准备回家吃午饭。
手机传来振动,他爸唐奇给他发来了微信消息。
平平无奇:"儿子,爸有点饿了。"
平平无奇:"你帮我去饭堂打一盒饭送到我办公室,我开完会就吃,吃完还有其他事要做。"
平平无奇:"中午我就不回家吃饭了,已经跟你妈说过了。"
Z:"好。"
于是唐星舟临时换了个方向,往饭堂走去。他在饭堂里刚打包好饭,就迎面碰上了孟梓琳。
她从他出现在饭堂的那一刻就发现他了。她刚走到他面前,正要开口说话时,他的手机响起,他看了眼来电显示,是他妈妈打来的。
唐母问他快到家没,家里的阿姨已经煮好饭了。
唐星舟说:"嗯,还在学校,给爸送完饭,我就回去。"
孟梓琳听到了他说的话,又看了看他手中拿着的饭盒,已经猜到了大概。
他应该是要赶着回家吃饭,眼下是个好机会。
"会长,你是要给唐教授送饭吗,我帮你吧。"她主动请缨。

唐星舟："不用。"

孟梓琳不依不饶地再次说道："我刚好有空，而且我也知道唐教授的办公室在哪里，很方便的……"

唐星舟："我爸不认识你，他不吃陌生人送的饭。"

刚说完，他的目光突然有了焦点，看到了从孟梓琳身后走来的单意等人。她后面跟着三位舍友，手里端着空的餐盘，看样子是刚吃完饭。而唐星舟站着的这个位置，附近有一台厨余垃圾处理机。

他想到刚才孟梓琳说的那番话，脑海里瞬间有了个主意。

单意也看到了他，还看到了他面前站着的孟梓琳。她很快就扭过头去，连招呼也不想打，只想赶紧把手上餐盘里的东西倒掉。

他等她倒完东西后，才叫住了她。

"单意。"

"干什么！"她一开口，语气就很不好，脸蛋气鼓鼓的。

唐星舟走到她的面前，提起自己手里的那个饭盒，很自然地说道："帮我个忙，送饭给我爸。"

听完这句话的单意脑子一下子蒙了。

什、什么？送饭给唐教授？

孟梓琳听到唐星舟说的话后一脸的不可置信，明明就在刚才，他还拒绝了她。

难道单意就不算陌生人了吗，唐教授就认识她？

"会长，单……单学妹她可能对学校还不太熟悉，估计也不知道唐教授的办公室在哪里，还是我帮你送过去吧。"

唐星舟故意看了孟梓琳一眼。

就是这一眼，在单意看来就是他在考虑的意思。

她一把拿过他手里的饭盒，还特意露出一个得意的小眼神，笑盈盈地看着孟梓琳，话却是对着他说的："好啊。"

唐星舟一副不露声色的样子，可想要的目的达成了，因为小狐狸已经乖乖上套了。

孟梓琳被她那挑衅般的眼神气到了，偏偏唐星舟还是一副默认的态度。

"我爸的办公室在格物楼二楼202室，进门靠墙那边的第三排，摆着一盆仙人掌的桌子就是他的。"唐星舟又多补充了一句,语气听起来还十分贴心,"别让我爸等太久,不然饭菜该凉了。"

单意咬咬牙,威胁,这简直就是赤裸裸的威胁。

她还想等孟梓琳走了之后就把那个饭盒还给他呢。

唐星舟假装看不到她眼里的恼怒和无助,留下一句话就走了。唐星舟走后,孟梓琳也跟着走了。

单意看向自己的三位舍友,她们都露出爱莫能助的眼神。

格物楼下,二楼就是数学系老师的办公室。

单意提着个饭盒踟蹰不前。事实证明,冲动就是魔鬼。她刚才怎么就答应了呢。

不过,她转头一想,唐教授这么忙,或许现在不在办公室呢,不然也不会让自己的儿子来送饭。

那她待会儿把饭盒放到他的桌子上,然后悄悄走人就好啦。

她抱着这样的心态,走进楼去。来到了202室的门口,她看着那扇冰冷的大门,鼓起勇气往前走了一小步。

紧接着她深吸了一口气,抬起手敲了敲门。

"请进。"里面传来一个女声。

单意带着几分侥幸,轻轻地推开了那扇门,迎面就撞上了手里拿着刚打印的资料,正准备回自己位子的唐奇。

时间仿佛静止了。两个人的脸上表情不同,一个欲哭无泪,一个微微诧异。

还是刚才说话的那个女老师先打破了沉默:"同学,你找谁?"

还未等单意回话,唐奇就开了口,语气有点惊讶:"找我的?"他认得眼前这个女生,长着一张跟他未来儿媳妇一模一样的脸,前几天还见过呢。

单意点了点头,动作缓慢地把原本放在身后的饭盒拿到他的面前。

"这是唐星舟给您打的饭……"

唐奇只听到一半就明白了。

臭小子,未来儿媳妇来送饭也不提前跟他打个招呼。肯定是不知道想了什么办法把人骗过来的,看看小姑娘的脸都红成什么样了。

唐奇伸手接过她手里的饭盒,露出和善的笑容,说道:"小姑娘,谢谢你啊。"

"不、不客气。"单意送完饭后只想马上离开,"那教授,我先走了……"

"我好像认得你,你是不是还选修了我的课?"他一副刚刚想起来的样子。

单意心想这位教授的记忆力真好,上次被点名的画面仿佛还在眼前,她不得不实话实说:"是的,教授,有幸选到了您的课。"

唐奇又问:"那你觉得我讲课怎么样?"

单意:"教授讲课很精彩。"

虽然她听不懂。

唐奇看到女生的耳根都红了,决定不再逗她:"行了,你先回去吧。"

"谢谢教授!"

谢谢他终于放过她了。

"那我先走了。"她微微欠了下身,然后转身跑得飞快。

出了那扇门之后,她才感觉自己又活了过来。

还是外面的空气好。数学系的办公室都透着股数学的味道,让她无法呼吸。

唐奇看着她很快就消失的背影,失笑。他转头给自己儿子发了条信息。

平平无奇:"你实话告诉我,我未来儿媳妇的数学学得怎么样。"

怎么好像一见到他,她就很害怕的样子,像只惊慌失措的兔子。

他长得又不可怕。

那应该就是有别的原因了。

那边很快回复了一句话,三个字。

Z:"比我差。"

唐奇觉得这回答跟没回答一样。

放眼整个清大,哪个学生的数学水平会比自己的儿子还要优秀。

又过了一周,单意经历了"死亡星期三"后,现在看星期几都特别顺眼。今天是星期五，上午只有三节课，是专业课，同一个专业一起上的。

下课铃声响起后，大家准备离开，班上的体育委员临走之际提醒了一下："明天早上体测啊，大家别忘了，八点在操场集合。"

木棉、木槿听到这话，像是被人点住了穴位一样定在了原地，随后发出了一声怒吼："啊——"

然后，"体测"这两个字就像悬浮在姐妹俩头上的乌云一样，在饭堂吃饭的时候，她们的头顶一直都是乌云密布的状态，人也完全不像平日里那么活泼好动。甚至吃饭的时候，她们都是机械地进食，嘴里的饭都不觉得香了。

单意还是头一次见到她们这般状态。

回到宿舍后，姐妹俩也是一声不吭的。单意不禁纳闷："八百米就这么可怕吗？"

木棉的眼神空洞："意意，你不懂。"

木槿重复着："你不懂。"

姐妹俩齐声喊道："八百米简直就是我们的噩梦啊！"

那声音大得让单意的身体都不自觉地跟着晃动了一下。

木棉、木槿姐妹俩从小就不爱运动，讨厌一切跟体育有关的东西。她们也从来没有参加过学校的运动会，每次都是啦啦队里的一员。

没办法，这种东西天生的，她们就是不喜欢跑步，短跑长跑都不喜欢。

木棉像是突然想起了什么，走到温怡然的座位旁，拉着她的手臂："怡然，你说，我现在申请缓测还来得及吗？"

木槿紧跟其上："我也想！"

温怡然是她们宿舍里唯一的班委，平时跟辅导员的关系比较好。

温怡然："你们有什么申请的理由吗？"

木棉："心理焦虑、害怕。"

木槿："头疼、腿软。"

温怡然都不知道该怎么跟辅导员解释她们说的这种理由。

单意煞风景地说道："申请缓测又能怎么样，你们迟早也是要体测的，早一天和晚一天的事而已。"

木棉转头瞪了她一眼:"你别说话。"

木槿:"校运会八百米跑了第一名的人没资格说话!"

单意瞬间噤声。

好吧,她闭嘴。

温怡然:"其实意意说得对,你们拿不出免测的证明,迟早都是要体测的。"

上周班群里通知了体测的事情后,有提到过如果有想要免测的同学需要拿出医院开的证明,证明你确实参加不了剧烈运动。而木棉、木槿姐妹俩纯粹只是心理问题,身体没问题。

温怡然安慰道:"别怕,到时候我们一起跑。"

木棉埋头痛哭:"我不要,我不要跟那个八百米跑第一的人一起跑。"

木槿:"我不想在我还没跑完一圈的时候,就看到她跑第二圈了。"

单意躺着也"中枪"。

为什么她没说话也照样被人嫌弃了?

体测这天,木棉、木槿两人都苦着张脸被单意和温怡然拖着去参加体测。先是测身高体重,然后是肺活量、坐位体前屈、仰卧起坐、跳远,最后是五十米和八百米跑步。

前面的都比较简单,她们很快就测完了。跑完五十米后就剩下最后的八百米。但是要排队,因为前面还有三四个班级没跑完,所以单意他们班的人就先坐在阴凉处休息。

前面的班级跑完后,才轮到单意的班级。她刚站起来,就听到木棉在身旁一阵惊呼:"舟神怎么来了?"

木槿:"妈呀,我们班不会是由他来监督吧。"

温怡然:"刚才隔壁班跑的时候,他还不在那里的。"

她们口里的主人公唐星舟此刻正站在终点处那边。

体育部部长见到他后,露出一个贼兮兮的表情:"我刚才还在纳闷,我们的会长大人怎么亲自来监督了。"

这次体测主要由学生会体育部的人负责,唐星舟这个学生会会长事务繁忙,根本用不着他出面。但是,他几分钟前在群里问了一下八百米现在轮到哪个班级在测,听到是音乐系大一的作曲 A 班后,就说要过来。

体育部部长看了一眼朝这边走来的队伍,单意的身影赫然在列。那张脸过于惊艳,让人看过就很难忘记,也难怪某人居然徇私了。

唐星舟眼神很淡地瞥了他一眼,以示警告。

体育部部长是个人精,自然不会乱说话。他收起了八卦的表情,查了一下人数,已经全部到齐。然后,他让他们排着队把身份证交上来,在体测的机器上录入信息。

唐星舟就站在机器的边上,看着他工作。

排着队的女生把身份证交过去的时候手都是颤抖着的,甚至不敢大声说话,只敢小心翼翼地抬起头来偷瞄他一眼。

而他自始至终都在低着头,神情专注,不曾将视线移开半分,似乎真的就是一副在认真监督的模样。

直到机器报出"单意"二字的时候,他才抬起头来,对上了女生的那双眼睛。

他突然来了一句:"热身没?"

单意接过自己的身份证,听到他的话后下意识地点头,"嗯"了一声。唐星舟说完后,又把头低下去了。

有女生在旁边嘀咕着:"怎么舟神刚刚没问我热身了没啊?"

旁边的好友是个明白人,一语道破:"笨啊,你也不看看他刚才问的是谁。"

等 A 班的全部同学都录入信息后,男生和女生分开,站在了不同的起点处。女生们也开始紧张起来:"我跑得好慢的,你待会儿记得等我。"

"放心吧,我也跑得很慢的。"

"我也是,我们一起慢慢跑吧。"

"好啊,好啊。"

体育部部长吹了声口哨,提醒着他们准备开始。

发令枪一响,一群人开始往前跑。刚才说好了跑慢点的那几个女生全都一溜烟地不见了,谁也没等谁。

木棉、木槿看完了全过程:"真是人间真实。"

木槿:"只有我们两个是真的跑得慢的。"

姐妹俩刚跑了一圈就累得不行,在那里慢慢走。结果,体育部部长看见了,吹了声口哨,大声吼道:"穿黑色衣服的那两个女生,长得一模一样的,别走路,跑起来!"

木棉"啊"了一声,重新跑起来:"烦人,我真的跑不动了!"

木槿:"我真的腿软了。"

"到底是谁发明了体测这个东西!"

"我恨啊!"

姐妹俩虽然没再走路了,但是跑得还是很慢的样子。

反观单意这边,她已经跑完了两圈,她还是第一个跑完的。最后其他人都跑完了,木棉、木槿姐妹俩还有半圈。

温怡然也已经跑完了,差不多缓了过来,站在终点处那里看着她们两个速度慢得像蜗牛一样,还一副快要倒下的样子。

单意不太放心她们,看向身旁的温怡然:"我去陪她们跑吧。"

温怡然也正有此意,点点头:"我也去。"

"好,一起。"

两人快步跑到了姐妹俩所在的位置,跑在她们两边。

木棉、木槿察觉到有人突然出现在自己的身旁,艰难地抬起头来,意外地看到了分别在她们身边跑着的单意和温怡然。

温怡然一边跑着,一边说道:"慢慢跑,跑完就好了,我们陪着你们。"

单意:"不用太感动。"

姐妹俩相视一下,都露出了笑容,然后内心受到了鼓舞,同时加快了跑步的速度。她们头一次觉得八百米好像也没这么可怕。

有朋友陪着的感觉……真好。

蔚蓝的天空底下,金色的阳光是暖的,洒在红色的塑胶跑道上,洒在四个女生的身影上,落下光影。

唐星舟看着此刻在跑道上的那四人,目光定在单意的身上。

女生一身紫色运动服,马尾飞扬,脸上的笑晃眼,明媚又灿烂。她这个人就跟她的名字一样,永远怀揣着这世间最美好的善意。

单意的班级体测完后,唐星舟也离开了操场,准备回实验室。刚走到实验楼下,他就碰到一个人。

孟梓琳就站在一棵香樟树下,似乎已等待多时。看到他出现后,她走上前去。

"会长。"

唐星舟停下了脚步,微微转了下头。

孟梓琳抬起眸来看他,伸手撩了下耳边的头发,露出一个很温柔的笑容:"你刚才去哪里了呀?"

她记得他今天会在实验室,然后大概十一点就离开,所以早早地来了这里等他。但是,过了时间,她却不见他的人影。

唐星舟没回答她的问题,问道:"有什么事吗?"

他语气很淡,仿佛在说:"没事就走。"

孟梓琳连忙说正事:"哦,是这样的,关于下个月学校举办的'校园十佳歌手'的比赛,我写了一份策划书,想让你帮忙看一下有什么需要修改的地方。现在也快到饭点了,要不我们一起吃个饭,边说边聊吧?"

她也是特意挑了饭点的时间来堵他。

唐星舟:"策划书的事情,你跟宣传部的部长商量好后发给我就可以了。"

孟梓琳也早就猜到他有可能会拒绝,所以做好了两手准备,换了另一套说辞:"那我能加一下你的微信吗? QQ 也行,方便我后续跟进。"她低下了头,嗓音不自觉地放软了些,"我们以后还要共事的,留个联系方式会比较方便。"

其实,早在之前,她就加过他的微信,但是他一直没通过。

她那时候还是文娱部的一个小干事,跟他接触得不多,也不敢贸然问他。后来她才知道,学生会里的成员,大部分的女生都没有他的微信号。

唐星舟:"QQ 群里有我的号码,你可以发起临时会话或者发到我的邮箱。"

临时会话?邮箱?

加个QQ就不行吗？

孟梓琳想再争取一下，男生已经偏过头去不看她，抬起手腕看了下时间："我还有事，先走了。"

她看着他走上楼的背影，不甘心地跺了跺脚。

她还是没能加上他的联系方式。她在自己表妹童婧面前吹得天花乱坠的，还扬言自己一定会追到他。可谁能想到，她追了他一年，连个联系方式都没要到。

十二月初有"校园十佳歌手"的比赛，单意看到消息出来后，第一时间就报了名，然后非常顺利地通过了初赛、复赛。

十二月中旬，到了总决赛。

这次的评委阵容不仅有老师，学校还请来了著名音乐制作人林寒。他曾经给圈内的多名艺人写过歌，有些还红极一时。

五年前他开了一家娱乐公司——HN，发掘了不少新人，现在有不少新晋人气歌手都签在他的公司。

这次他能来清大看歌手比赛，对学生们来讲是个绝佳的契机。若是能得到他的青睐，也算是为以后进军歌坛铺路了，所以这次的参赛者都打起了十二分精神来。

总决赛那天，抽签的时候，单意抽到了十五号，刚好是倒数第一个。跟她一起进入总决赛的还有童婧。

童婧抽到了十四号，排在单意的前面。

自从上个月在饭堂的一场"对话"后，女生毫不掩饰对她的敌意，什么时候都要跟她对着干。

然而，她根本没把童婧放在心上，对童婧这种不痛不痒的挑衅也不予以回应。

童婧今天化了个很精致的妆容，再搭配短款的皮衣和黑色的热辣短裤。她上场之前冲单意挑了挑眉，得意地说道："待会儿的结果会跟现在的顺序是一样的，我会排在你的前面。"

单意不以为然，朝她扬了扬手中的号码牌："可是，十五比十四要大。"

童婧的脸色果然变了，她放了一句狠话："那就走着瞧！"

她今天准备的歌曲是《王妃》，比较偏向于流行金属的风格，她还加上了一点摇滚因素，因此演唱的时候比较燃，很能带动观众的情绪。

她演唱完后，现场的掌声明显比之前出场的那些人要热烈些。她走下舞台的时候，正好与准备上场的单意狭路相逢。

童婧留下一个不屑的眼神，连背影都带着几分高傲。

单意没理会她的挑衅，深吸了一口气，迈步走上舞台。等她走到舞台中央时，她朝一边的灯光师微微颔首。

下一秒，舞台上方的一束灯光打了下来，照在她的身上。

她今天的妆容很淡，只是简单地画了眉毛，涂了豆沙色的口红，穿的也是一条纯白色的裙子，整体都很素净，不同于往日的那种张扬、妖娆。

因为她准备的是一首抒情慢歌。

黑色的长卷发垂落在腰间，映衬着她身上那一袭白色的长裙。黑与白，给人一种半是黑暗、半是光明的视觉体验。

音乐的前奏响起时，台下的学生还以为是放错了曲目。

难以想象，单意居然选的是《平凡的一天》这首歌。

女生站在舞台上，双手持着麦克风，闭着眼睛，开始唱了起来：

"每个早晨七点半就自然醒，风铃响起又是一天。云很轻，晒好的衣服味道很安心，一切都是柔软又宁静……"

单意想到了以前，她一向都有赖床的坏习惯，她妈妈单暖就充当她的闹钟，不厌其烦地一遍又一遍地试图叫醒她，然后会把她喜欢的早餐煮好，会把她的校服洗得干干净净的……

放学后，她背着书包走在回家的路上，沿路会经过一些花店，她的视线会在玫瑰花上多停留几秒，因为那是她妈妈最喜欢的花，她打算以后自己赚到钱了就买给妈妈……

"这是最平凡的一天啊，你也想念吗？不追不赶慢慢走回家……"

从学校到家的路，她一直都是一个人走的，孤独又漫长。可是，她从来不会觉得害怕，因为她知道，她妈妈一定会提早站在家门口等着她回来的。

可是，这一切都变成了回忆，她连最平凡的一天都不能拥有了。

她没了妈妈。

这是一首没有过多跳跃的歌曲，没有那种高亢激烈的高潮部分，整体都是自然平淡的风格。

原本的感情基调应该是那种有着治愈的感觉的，可单意把这首歌唱出了一种悲伤的味道。一种属于她自己的悲伤，也成功地让别人都沉浸在她的悲伤里。

唱歌不仅需要技巧，更需要注入灵魂，让听众产生情感的共鸣，清楚地听到你在唱的是什么，你想表达的是什么。

余音袅袅，形容的正是如此。

评委席里的老师和嘉宾也是等她唱完后才慢慢回过神来。坐在台下的林寒先开口点评："小姑娘年纪轻轻的，嗓音里却充满了故事。"

单意听到后，浓密卷翘的睫毛动了动，像是想到了什么，有点失神。

这已经是很高的评价了。

底下听歌的学生也纷纷回过神来。

"呜呜呜，这首歌听得我想哭了……"

"妈呀，单意到底是什么宝藏女孩，这嗓音绝了！"

"我曾经以为她只适合唱《红玫瑰》那种歌，是我目光短浅了。"

"她好厉害啊，每首歌唱出来都是不一样的感觉，而且都有自己的味道。"

几分钟后，主持人走上舞台，手里拿着一张卡纸。

"经过各位老师的打分以及现场各位同学的投票，本次'校园十佳歌手'比赛的前三名已经产生。

"首先宣布的是第三名……

"接着是第二名，她就是音乐系的……童婧。"

底下的童婧在听到自己的名字后，拳头握紧，红色的指甲陷入掌心，一脸不忿。

主持人兴奋的声音紧跟着落下："那么，第一名就是，音乐系的单意！"

这也是毫无悬念的结果。单意刚才通过那首歌，让大家看到了她漂亮的外表下有着不凡的唱功实力。

获奖的三人走上舞台，给第一名颁奖的人是林寒，他将手里的奖杯递给单意,然后说了一句:"实至名归。"

单意双手接过,礼貌地回了一句"谢谢"。

她下了舞台后,音乐系的岑老师走了过来,说要带她去见一个人。到了后台,她看到了前几分钟在台上给她颁奖的林寒。

岑老师与林寒相互握了一下手,随即给他介绍道:"这就是我常跟你提起的学生,单意。怎么样,是不是很厉害?"

林寒看了单意一眼,夸赞道:"果然青出于蓝。"

单意:"不敢当,我还有很多要跟老师学习的地方。"

"小姑娘好好唱,以后我写歌找你。"林寒直接抛出橄榄枝,丝毫不掩饰对她的欣赏。

岑老师拍了一下她的后背:"愣着干吗,快感谢人家。"

她露出一个笑容来:"谢谢林寒老师。"

她这一笑,让林寒的目光在她身上多停留了几秒。

刚才她站在台上,距离有点远,林寒又有点近视,所以没怎么看清她的模样。现在,他才细细观察着她的五官,有点失神道:"你长得很像我一位故人。"

单意微怔,随即打趣地说道:"可能是我长着一张大众脸吧。"

林寒:"不,你跟她一样漂亮。"

男人像是陷入了回忆里,双眼没有了焦点,目光不知落在何处,喃喃自语道:"尤其是这双眼睛,像极了她。"

他最后说这句话时,声音过小,单意没听清楚,问了一句:"什么?"

然而她没等到男人的回答,一道熟悉的女声先传了过来:"爸爸,你好了没啊?"

单意看到了从大礼堂侧门走进来的林夏,她也看到了单意,朝单意挥了挥手,打了下招呼。

单意喊道:"学姐好。"

单意刚才听到林夏喊他爸爸,原来他们是父女关系。可是他看起来很年轻,也就三十岁出头的样子。

林寒这才意识到自己女儿是认识单意的,他一副"看看别人家的孩子"的语气:"你学妹比你唱歌好听多了。"

林夏双手挽住他的手臂,仰起脑袋,声音里带着明显的亲昵:"爸爸,你怎么一见我就人身攻击啊,我还是不是你的小棉袄了。"

他一点面子也不给她:"不是。"

她习惯性地举起拳头,作势就要打人,他的头往旁边一偏,略带责备:"你看你,说不过别人就以武力解决的坏习惯是从哪儿学来的?"

林夏:"跟爷爷学的呗,他老人家还不是动不动就举起拐杖要打人。"

林寒赏了她一记栗暴:"又贫嘴。"

林夏得意地朝他做鬼脸。

岑老师早已习惯了这对父女的相处模式,在一旁笑出了声:"老林,论嘴皮子功夫,我就没见你赢过自己女儿一次。"

林夏非常厚脸皮地说道:"谢谢岑老师的夸奖。"

单意也忍不住笑了,这对父女的相处模式更像是朋友,难怪林夏学姐会养成这种古灵精怪的性格。

林寒难得抓住了可以反击的机会:"你学妹都笑你了。"

单意连忙摆手否认:"不是,林夏学姐的爷爷跟我外公还挺像的。"

林夏惊讶:"你外公也有动不动就举起拐杖要打人的习惯啊?"

讲老人家的坏话毕竟不太好,所以单意没承认,也没否认,竖起食指在嘴边做了一个"嘘"的手势,表示不能说。

林夏恍然大悟,也做了同样的手势,脸上是"我知道了,但是不会说"的表情。

林寒和岑老师在一旁都笑了。

瞧这两个小姑娘,真是调皮又可爱。

当天晚上就有人把单意唱歌的这段视频发布到了学校论坛、微博还有某短视频软件上。

单意凭借着她那张脸以及"清大音乐系系花""校园十佳歌手比赛冠军"等标签成功出圈,在短视频软件上的点赞量已经过了十万。

周慕齐正在男生宿舍里进行 5G 冲浪,他刷短视频的时候看到自己关注的"清大校园身边事"这个账号也发了一条视频,转发、评论、点赞的都比往常的要多,第一反应就是清大是不是买水军了,后来看了那个视频,才发现里面的主角是单意。

视频截取了她的好几张照片,有之前她在新生晚会上的照片,还有这一次校园十佳歌手比赛的照片,近拍的、远拍的都有。底下的评论数也过万了。

第一条热门评论就是:"啊啊啊,宝贝!"

"完了,我女朋友怎么就被大家发现了!"

"这是我女朋友,我在今年新生晚会的时候就爱上她了,先来后到,懂吗?"

"爱情这种东西,哪分什么先来后到的!"

周慕齐看着这些评论都笑出了声,身旁的舍友刚好经过,看到他那贱贱的模样,把头探了过去:"老三,你看什么呢,好东西不跟兄弟们分享啊?"

"单意啊。"

周慕齐话音刚落,宿舍里的温度瞬间降了下来。

对床的唐星舟转过头来,一双眼睛跟冰刀似的:"再说一遍。"

周慕齐此时也是"看热闹不嫌事大",直接把自己的手机递过去给他:"喏,你自己看。"

"可别吃错醋了,这里面一大堆管单意叫老婆的,我可没有。"

唐星舟看着那一条条的评论,脸越来越黑。

"校园十佳歌手"比赛落幕之后,紧接着就是元旦晚会。

单意作为今年清大校园十佳歌手比赛的第一名,被系里的老师选去参加了这次的元旦晚会,而且还是独唱。

十二月三十一日这一天刚好是星期五,单意只有早上有课,吃过午饭后就赶去大礼堂准备当晚的表演。

昨天彩排了一遍,没有什么问题,她的节目是倒数第二个。大轴是一个大合唱,属于情怀式的表演。

晚上七点整,晚会正式开始。四名主持人依次走上舞台,两男两女的搭配,都是俊男美女。

"下面为大家介绍参加本次晚会的各位领导和嘉宾……"

"最后一位是特别嘉宾,我校荣誉校友——歌手周裴先生。"

麦克风的声音也传到了大礼堂的后台。

单意正在里面化着妆,听到这个名字后,瞳孔放大,手里拿着的眉笔瞬间掉落。

旁边坐着的人刚好是林夏,今晚也有她表演的节目,听到有东西掉在地上的声音后,她帮忙捡了起来。

"单意,你的眉笔掉了。"

被叫着名字的女生此刻却毫无反应,眼神呆滞地看着面前的那面镜子。

林夏用手碰了碰她,又喊了她一遍:"单意?"

单意这才回过神,转过头来看林夏。林夏晃了晃手中的眉笔:"你的眉笔刚才掉了。"

单意"哦"了一声,伸手接了过来,有点心不在焉地回了一句:"谢谢。"

林夏看了她一眼:"怎么,听到周裴的名字就这么激动?你也喜欢听他的歌?"

周裴,二十岁出道,之后的十年,他创作了不少大家耳熟能详的歌曲,还获得过金曲奖、最佳男歌手奖。

他三十岁那年,与著名演员齐雅欣结婚,后来妻子去世,便宣布退居幕后。转眼间二十年过去了,他虽然没怎么出现在荧幕前,但还是有点人气在的。尤其在上一辈人的心里,他们是听他的歌长大的。

单意握紧了手中的那根眉笔,垂着眸,眼底的情绪被掩盖住。

"不是,我不喜欢。"

林夏:"巧了,我也不喜欢。"

她说这句话的时候,语气跟刚才的已经有些不同,眼神里也是冷意。

单意没有察觉到,她脑子里一片混乱,甚至连那个名字都不想提起。

"他怎么会来?"

一个小小的元旦晚会而已,他这几年很少在公众场合露面了,少到她几乎快要忘记这个人了。而且,她记得之前节目单里的嘉宾名字并没有他。

林夏说出了自己的猜测:"估计是来看他儿子的吧,他儿子今晚也有表演节目。"

单意艰难地说出那两个字："儿子？他儿子也在我们学校？"

林夏停顿了几秒后才回答："嗯，你也认识的。"

她也认识的？她怎么可能认识周裴的儿子？

她的脑海里开始搜索着自己认识的人里有谁是姓周的。

一个熟悉的人名闪过。

单意想起了那个男生的模样，再与周裴以前的样貌做对比……她眼睛发涩，连喉咙也是，说出了那个人的名字："周……慕齐？"

怎么会是他？

晚会的表演很快到了尾声，单意准备上场。她深吸了一口气，提起裙摆往舞台方向走去。

此刻的舞台是黑暗的，她走到正中间停住，目光落到第一排的位置。

男人的那张脸与照片上的样子已经大有不同，染上了岁月的痕迹。但是，她还是一眼就认出了他——周裴。

音乐的前奏响起，单意闭上眼睛，强迫着自己不去想别的事情，专注地听着音乐。女生一开口的瞬间，灯光跟着亮起——

底下的周裴抬起头来，待看清舞台上那个人的模样后，整个人呆住。

怎么会这么像，这么像她！

周裴目不转睛地盯着台上的人，连身旁的人喊他，也没有反应。

"周先生？周先生？"

他在别人的第三次呼唤中回过神来："不好意思。"

他旁边坐着的刚好是学校的副校长，看到他这般愣神的模样，不禁猜测："莫不是我们学校的学生歌声太好听，连你都听得入迷了？"

周裴还在看着台上："这个女生叫什么名字？"

副校长见他真的感兴趣，让秘书去问了问音乐系的老师。得到那边的答复后，副校长说道："哦，她叫单意。"

单意，单意。

这么巧，她也姓单。

副校长不知道他的心思,还在那里说道:"她还是我们学校今年'十佳歌手'比赛的冠军,前几日林寒过来当评委的时候,听说也对她赞赏有加,看来她确实是个好苗子啊。"

　　林寒竟然跟她也有关系。这个女生到底是谁?

　　单暖明明跟他说,她把孩子打掉了的。

　　表演完后,单意直奔后台。她四处寻找了一遍,都没看到周慕齐的人影,于是随手抓来一个负责这次晚会的学生会成员,问道:"请问,你有看到周慕齐吗,数学系的那个。"

　　她记得倒数第三个表演节目的人是数学系的,那时候她就要上台了,表演完节目的人是从另一边下台的,所以没碰上。

　　那个学生会成员刚好也是数学系的,认得人。

　　"周慕齐啊,他表演完后就跟会长走了。"

　　"好的,谢谢。"

　　单意赶紧换下表演服,连妆都没来得及卸,就想着去找人。音乐系的徐老师这时候走过来找她:"正好,单意,你在啊。"

　　"老师好。"单意跟徐老师打了招呼,然后就想往后台出口方向走,却被她伸手拦住。

　　"先别走,你刚才在舞台上唱得很好,连周裴先生都夸赞你呢,他还说想见见你。这是个很好的机会啊,你可要好好把握……"

　　"不好意思,徐老师,我现在有急事要离开。"单意想也没想就拒绝。

　　想见她?真是可笑。她一点都不想见到他。如果早知道今天他会坐在台下,她就不会上台唱歌。

　　她不顾身后徐老师的呼唤,就这样离开了后台。她没有周慕齐的联系方式,于是拿出手机直接打了个电话给唐星舟,那边不过三秒就接了。

　　"单意?"

　　"唐星舟,周慕齐在你旁边吗?"

　　唐星舟看了看身旁正在吃着关东煮的男生,"嗯"了一声。

　　那边的女声再度传来:"你们现在在哪里?"

　　唐星舟:"我们正在回宿舍的路上。"

"好，那我现在就过去。"

这边的周慕齐一边走，一边吃着手里的关东煮。他今天的表演是倒数第三个，下午五点多就过去准备了，饭都没好好吃，表演后肚子就饿得咕咕叫。

好不容易等到晚会结束了，唐星舟刚好来找他，就拉着他去了附近的小商店买了份关东煮吃。

又走了大概三分钟，两人走到了男生宿舍楼下。

周慕齐刚好也吃完了，把盒子扔进垃圾桶里准备回宿舍。唐星舟这时候拉住了他的手："等等。"

"等啥？我要回宿舍洗澡。"周慕齐一脸纳闷。

唐星舟："单意待会儿要过来。"

"她过来就过来呗，人家是来找你的吧，我就不做你们的电灯泡了。"

"她说了是来找你的。"唐星舟说道。

周慕齐不明所以："啥？找我？没搞错吧，她找我干吗？"

"不知道。"

周慕齐察觉到他的语气比平日里的都要冷些，赶紧撇清自己，解释着："老四啊，我对天发誓，我是绝对不敢挖你墙脚的。"

唐星舟瞥了周慕齐一眼："她也不会看上你。"

"就是！"周慕齐差点没反应过来，"欸……老四，你这话就伤人了，她怎么就看不上我了呢，我长得也不差好吗！"

唐星舟没再跟周慕齐贫嘴，因为他看到了朝这边走过来的一道人影。

单意的目光从看到周慕齐后就没离开过，一直盯着他看。他也察觉到她此刻跟往日相比有些不对劲。

她怎么这样看他，难道是突然发现他其实也长得很帅？

她一开口就问了一句莫名其妙的话："你今年多大？"

他大二，她大一。那他应该比她大的，除非他早读书。可是，她莫名就有一种直觉，他应该比她大。

周慕齐瞪大了眼睛，伸手指了指自己："你……是在问我？"

干吗突然问他年龄？

"他二十岁。"站在他身旁的唐星舟替他回答了。

单意听到这个数字,心一冷。

二十岁。

她今年十八岁,那他比她大两岁。

大两岁,呵。也就是说,周裴和她妈妈在一起的时候,他已经有了一个一岁大的孩子。

他瞒了所有人,也瞒了她妈妈。他根本就不是因为家庭关系被逼娶了别的女人,他最后抛弃她妈妈的时候,说的那番话都是假的。

他早就跟别的女人在一起了。

她妈妈单暖到死都不知道真相——自己才是那个"小三"。

单意发出一声嘲笑,眼眶里蓄着泪水,目光冰冷。

周慕齐、周裴、齐雅欣——多么和睦的一家子。

她早该想到的。

眼泪不知何时已经染湿了睫毛,她微微抬起头来,她不想让别人看到她失态的样子。

可唐星舟细心地察觉到了她的不对劲。他走近她,轻声询问:"怎么了?"

单意伸手一指,方向对着周慕齐,声音里是藏不住的颤抖:"我不想看到他。"

周慕齐从刚才就一直处于发蒙的状态,让她在这里等的人是她,让他现在走的也是她。

搞什么?他是让人招之即来,挥之即去的东西吗?

唐星舟闻言,直接给了他一个眼神,示意很明显。

好吧,他是。

周慕齐一秒怂,他举高双手,做投降状:"我走,我现在就走。"

周慕齐走后,唐星舟再次问道:"现在可以告诉我是怎么回事了吗?"

单意抿着嘴唇,眼角发红,闪着泪光。她没说话,一副不想开口的模样。

唐星舟也不是要逼她,看到她这般模样,胸口处泛疼。他轻叹了一口气,声音温柔又无奈:"你不想说,我就不问了。你别哭。"

他最后还是什么都没问。虽然不知道她跟周慕齐之间发生了什么事情,但是她不想说,他就不问。

　　"走吧,送你回宿舍。"

　　回宿舍的路上,单意都没有说话,很安静,也很沉默。

　　到了楼下后,唐星舟的脚步停了下来。他看向身旁低着头默不出声的女生,忍不住伸手摸了摸她的脑袋,嗓音下意识地放低:"先什么都别想,回去睡一觉吧。"

　　单意缓缓抬眸,对上他那双好看的眼睛。女生的眼角还是红的,眼睛好似笼着一层薄雾,看着他的眼神格外惹人怜。

　　她只看了他一眼,就又把头低了下去,眼里落下一滴泪,很快又消失不见。

　　唐星舟没看见。

　　单意终于开口,说了一句:"谢谢。"

　　谢谢你什么都不问,谢谢你的理解,也谢谢你的温柔。

第八碗粥 外套

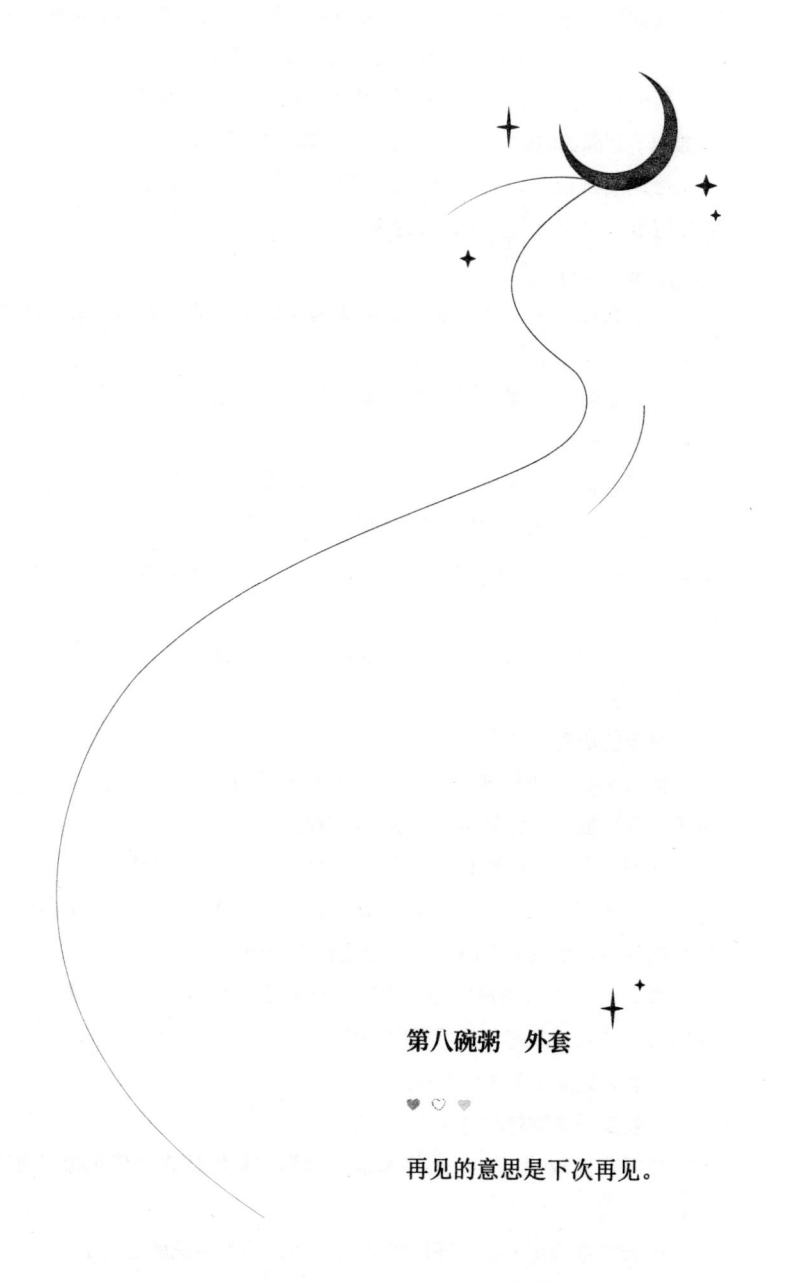

♥ ♡ ♥

再见的意思是下次再见。

晚会后的第二天是元旦,学校放假。单意昨晚一整晚都没睡,宿舍一开门,她就出了学校,然后打车去了郊区的墓园。

天空灰蒙蒙的,远山被白雾笼罩,朦朦胧胧的,看不清,能见度很低。单意到了墓园的时候,照例跟门口的管理员打了声招呼。

管理员是认得她的,他看了一眼天上的乌云,又看了她一眼,好心提醒着:"别待太久了,看这天是快要下雨了。"

"谢谢叔叔。"单意低头道谢。

她按照记忆中的路线来到了单暖墓碑的不远处,却意外地发现单暖的墓碑前早已站着一个人。

她只是看到了那个男人的侧脸,便认出了他是谁。她面色一冷,停下自己的脚步。

周裴察觉到有人走过来,侧头一看,看到了在两米远处站着的单意。昨天晚上私家侦探的话回响在他的脑海里:"单暖女士三年前已经去世了,有一个女儿叫单意,今年十八岁,跟她外公外婆住在一起,现在在清城大学读书……"

她十八岁,年龄对得上。所以,单暖当初并没有打掉那个孩子,她把孩子生了下来。

原来他还有一个女儿。

他的神色有所松动,看着这个亭亭玉立的少女,他先开了口,声音还有点微颤:"你是叫……单意,对吧?"

然而,女生看都没看他一眼,侧身越过他,走向墓碑。

他这才想起自己还没有自我介绍,她肯定不认识他,他露出一副欣喜的表情,语气有点激动:"我是你爸……"

最后一个音节还没完全发出来,他就看到他放在单暖墓碑前的那束桔梗花被女生拿起,然后抛向一边——

还有,她脸上的表情是掩盖不住的厌恶。

"我妈不喜欢桔梗花。"

单暖喜欢玫瑰,自始至终都是。因为这是她认为最俗也最浪漫的一种花。

今天单意来得太早,花店没开门,所以她没买花就过来了。

周裴:"可她以前是喜欢……"

单意直接打断他:"桔梗花的花语是真诚不变的爱。你觉得,送这样的花,不讽刺吗?"单意终于抬起头来看他,虽然是蹲着的姿势,但是气势丝毫不弱。她看着他,眼眸里满是寒意,周遭的温度跟着下降,然后缓缓吐出四个字:"……周裴先生。"

周裴先生。

她喊他周裴先生,她知道他是谁。所以她是不是也知道他是她的谁?

他看着眼前的女生,看着她那张跟单暖有几分相似的脸,尤其是那双眼睛。但是,她的眼神太冷了——冷漠里面又有太多的情绪,他还看到了憎恨。

天空开始下起了雨,一滴两滴地接连落下,然后越来越密,带着凉意,落到两人的身上。

"当年,是我对不起你妈,但是,我是被逼的……"

周裴的声音混杂在细细的雨声里,他还没说完,再次被单意打断——

"被逼婚内出轨吗?"

他的心猛地一跳,脸上的表情变成了惊愕。

"还是被逼生了一个儿子?一个比我大两岁的儿子。"

事实像一块又一块的大石头,接连不断地砸下来。

他无法反驳,也无力反驳。她什么都知道了。

那些被他深藏着的秘密,原本只有他父母和齐雅欣知道——那些媒体不知道,朋友不知道,连自己儿子也不知道的秘密,被她知道了。

他确实是在娶了齐雅欣之后认识的单暖。确实是在齐雅欣生了周慕齐之后,单暖才有的孩子。

"所以,你别再出现在我妈面前了。她已经死了,你放过她吧。"

两句话像万箭穿心,让他痛得无以复加。

他走了。

单意还留在原地。

她的头发已经湿了,身上穿着的那件外套也是,但是她丝毫没有感觉到雨水的寒冷刺骨,因为她的心比雨水冷多了。

她的眼睛一直看着墓碑上那张黑白照片,看着她妈妈那张熟悉的脸庞,她不由地想到了以前。

她想到她跟她妈妈还生活在溏水镇的时候。

单暖总是不敢出门,也很少出门,就一直在家里待着,做着那些缝补衣服的简单工作。镇上的人都说她长得很漂亮,漂亮得不像这个镇里的人。

单意很小的时候也问过她妈妈,为什么她没有爸爸,因为她总被镇上的同龄人叫"没有爸爸的孩子"。可单暖每次都是笑着跟她说:"你有妈妈一个人就够了。"

画面一转,她放学回家,她妈妈坐在屋里的板凳上,低眉顺眼地缝着手里的衣服,看到她身上脏兮兮的模样,还能露出温柔的笑。

"是不是又跟镇上的小朋友打架了?"

小单意很骄傲地"嗯"了一声:"他们那些男孩子都打不过我。"

单暖拍了拍她裤子上沾到的灰尘:"打赢了就行,去洗澡换一下衣服吧。"

再长大一些后,单意回到家就是另一番景象。

"妈妈,你是不是又把菜炒糊了?"

"火太大了,妈妈怕。"单暖还是笑着说的。

单意把自己的书包放下,熟练地挽起袖子进厨房:"还是我来吧,妈妈,你没有做菜的天赋。"

"我家意意真贤惠,以后要靠你养着妈妈了。"

"放心吧,妈妈,我能养你一辈子。"

后来画面又变成了白色的病房,白色的床,是她妈妈躺在上面,一遍又一遍地跟她说着"对不起"。

"对不起,意意,妈妈要一个人先走了。"

这个世界上最温柔的妈妈,总是笑着面对一切事情的妈妈,永远地离开了她,在她十五岁那年。

雨好像越下越大了。

不知道是不是单意的幻觉,她好像隐隐约约听到了脚步声。

然后,雨滴突然没了,像是有什么东西挡住了雨水。

"单意,单意。"

谁在叫她?熟悉的嗓音突然传入她的耳中,她在一片混沌中醒来,脑袋昏昏沉沉的。

唐星舟不知何时出现的，半蹲在她的面前，手里撑着一把大伞，挡住了她整个人，尽管她已经被雨水淋湿了，从头发到脚，狼狈不堪。

他用手擦了擦她的脸，全是水，有几缕头发粘在了脸颊上。

她自己也分不清那是雨水还是她的泪水。

"单意。"男生的声音有点冷，不是冷漠的那种冷，而是带着怒气的那种冷。

"你知不知道现在在下雨？你还傻愣愣地待在这里？不知道找地方躲雨吗！"

一字一句都藏着他的无奈和心疼。

他一只手撑着伞，另一只手揽住她的肩膀，将她整个人拉起来："走，先离开这里。"

她因为刚才蹲得太久，腿有点麻，站得有些不太稳，整个人都倒在了他的怀里。已经淋湿的衣服碰到了他的浅色外套，一下子就弄湿了。

她一边用手胡乱地擦着被她弄湿的地方，一边说着："对不起。"

可手也是湿的，结果她越擦，弄湿的地方越多。

"别擦了，没关系的。"唐星舟看到她这般模样，终究还是软下声音来。

他将她整个人护在怀里，然后走出墓园。

唐星舟来时坐的那辆车还停在原地，司机在这里等他出来。他今天是来看唐星乐的，她的墓地也在这个墓园，不过在相反的方向。

起初他到的时候并没有看到单意，因为两个墓碑的位置一左一右，他是从高处走下来的时候才看到右边有道熟悉的人影蹲在那里。

走近之后，他发现真的是她，而且整个人都是湿漉漉的。

两人上车以后，他将自己的外套脱了下来，披在她身上。

她的第一反应就是拒绝："不用了，反正已经湿成这样了……"

唐星舟一个眼神丢过去。

单意乖乖地披好。

紧接着唐星舟又从那件外套的口袋里拿出一包纸巾，抽了几张出来帮她吸走头发上的水，动作温柔又细致。

他不忘叮嘱着："回家后记得马上洗个热水澡，然后自己煮点姜茶喝。"

单意点了点头。

"以后大冷天可别再淋雨了,对女孩子的身体不好。"

从昨晚开始,他就察觉到她心里藏着事。不管是什么原因让她变成这样,他都只想看到一个健健康康的她。

前排的司机把车子开出了墓园后,问道:"两位去哪儿?"

唐星舟报了清大的地址,单意在他讲完后又报了一个地址,是她外公外婆家的。

司机听完后问道:"这两个地方在完全相反的方向,你们先去哪一个?"

唐星舟:"先去东边那个。"

司机:"好嘞。"

单意看了下导航,提议道:"要不你先回清大吧,现在这里离清大比较近。"

如果先去她家的话,就要绕一个大圈。

还没等唐星舟开口,司机就插话了:"小姑娘,你男朋友是想先送你,然后跟你多待一会儿。这点小心思,想当年我追我老婆的时候也有过。"

单意看了唐星舟一眼,男生低着头在拨弄着自己的头发,好像没听见似的。她迟疑了一会儿,想了想,还是觉得应该要解释:"师傅,您误会了,我跟他……不是男女朋友。"

司机透过后视镜看了一眼后座上的两人,男生正侧过头看女生,眼神明显就不对劲。

空气中还有两人之间那若有若无的暧昧味道。

他心中了然,一副过来人的语气:"原来是还没追到啊,小伙子加油啊。我看好你,继续这样追下去,会成功的。"

单意张开嘴巴又不知道该说些什么,心想这司机怎么不听人解释。

唐星舟也不说话。

算了,好像越解释越不清楚,她还是不要说话了。

车子大概行驶了十五分钟就到达了第一个目的地。

外面的雨也已经停了。单意准备下车,身上还披着那件外套。她摸了摸,外套虽然有些湿,但不脏,不过回去之后肯定是要重新洗一下的,不然会有味道。

他是这么爱干净的一个人，况且也是因为她才会变成这样的，按道理，她应该要负责。所以她主动提出："这件外套，我拿回去洗干净了再还你？"

"嗯。"男生应了一声。

单意拿好那件外套后，走下了车。临关车门的时候，她又转了下身，跟他挥挥手："拜拜。"他也跟她挥了下手。

她说完还是不太放心，又跟前排的司机说道："师傅，刚下完雨路滑，您小心开车。"

司机拍了拍自己的胸口："小姑娘，你就放心吧，我拿自己开车十年的经验担保，保证安全把你男朋友送回去。"

单意哑口无言。

这句话跟她刚才说的那句话是同一个意思吗？

坐在后排的唐星舟配合着司机的话："我到了给你发信息。"

她不知怎的就脑子卡壳了，还"哦"了一声。

车门被关上。

唐星舟侧着头，透过车窗看着女生越走越远的背影。司机一边重新发动车子，还一边感慨着："小伙子，刚才那招也用得不错啊。"

衣服明明可以自己洗，却让女生来洗。这一来一回的，两人见面的次数不就多了吗。

唐星舟闻言，微微一笑，眼眸垂下，不置可否。

单意下车后又直走了一会儿，然后拐进了一条小路，才走到了家门口。

单老太太刚好出门倒垃圾，打开门就看到了自己的外孙女站在外面。

"意意？"

"外婆。"单意喊了她一声，喊完之后，没忍住打了个小喷嚏。

单老太太这才注意到单意头发和衣服都是湿的，想起刚才下的那场雨，说道："你怎么湿成这样了，先进来……"她拉着单意往里面走。

两人走进屋内，客厅里，单老太爷穿着墨蓝色的唐装坐在沙发上，手里拿着份报纸。

单意见到他后,下意识地挺直背脊,喊道:"外公。"

单老太爷看了她一眼,"嗯"了一声,脸上没有什么表情,又继续低头看报纸了。她也习惯了他这副不苟言笑的样子。

单老太太弯腰给她找着拖鞋:"你先去自己房间里拿衣服,然后赶紧去洗个热水澡。"

她吸了吸鼻子,声音还有些哑:"好。"

她往自己卧室走去,进去之后,后知后觉自己手上还拿着唐星舟的那件外套。她看了一眼,然后把外套放到椅子上,转身去拿衣服。

过了十分钟后,她穿着干爽的衣服从浴室里面出来了。

"意意洗好了是吧,快来喝点姜茶。"单老太太听到了她的声音,从厨房里走了出来,手里端着一个碗,里面是刚才煮好的姜茶。

"谢谢外婆。"单意伸出双手接住那个碗。

碗传来热度,她的手都变暖了些。

"还烫着的,你慢点喝。"单老太太细心叮嘱着,又把她拉到空着的沙发那边,"来,先坐着。"

单意依言坐下,低头喝着碗里的姜茶,又热又辣的,从喉咙一直灌入胃部,整个人都舒服多了。

单老太太看着她那张白皙的脸蛋,又摸了摸她的手背:"瘦了,在学校是不是没有好好吃饭?"

单意摇了摇头,回道:"没瘦,吃得挺好的。"

单老太太又问:"学校的课多不多?"

单意:"还好。"

单老太太:"那你怎么周末都不回家?是不是又去做兼职了?"

单意这次没有马上回答了。

单老太太看到她这反应,就知道自己说对了:"你周末总是不回家,问你,就说在学习,肯定又是在外面找活干了。"

单老太太看得出来,自己的外孙女确实是瘦了点,她说话的语气里都带了点心疼:"意意,我们是你的亲人,你缺钱了可以跟我们说的,不用那么辛苦地去打工挣钱。"

单意很懂事,一直都是。

几年前被他们带回单家之后,她几乎很少问他们拿钱。就连高中的学费也是她自己挣钱攒的,周末别人去补习,她去打工,平时就省吃俭用。

别人都有零花钱,她没有,但她从来不会去攀比。

高考完后的那个暑假,她也去打工赚钱了,但是加上助学贷款还是不够一年的学费,音乐生的学费本来就比其他专业的要贵些。

所以,大学第一年的学费有部分是他们出的,是单老太太拿自己的退休金贴补了些。单意把钱拿去交学费后,跟她承诺道:"外婆,钱我以后会还给你的,您就当我是跟您借的。"

"说什么傻话,你是我唯一的外孙女,外婆的钱就是给你花的。"

但是,单意坚持要把那笔钱还给他们,这一学期在酒吧打工挣的钱,有三分之二她都存进了单老太太的卡里,剩下的三分之一用作自己的生活费。

单家二老已经退休了,只能靠着那些退休金过日子。她不能拿他们的钱,她本来就是他们的负担了。

她其实还想过不读书的。

单暖去世那年,她才十五岁,初三还没读完,就跟外公外婆说自己想出去打工,反正她读书也读不好,不如早点出去挣钱。

单老太爷知道她这个想法后,直接就罚她在外面跪着。

大热天的,单意瘦小的身体跪在庭院里,她仰起头,一副坚决不认错的态度。以前的她脾气暴躁,动不动就跟别人打架,除了单暖,没人能让她服软。

无论单老太太怎么劝,单老太爷也不听,就一直让她在那里跪着。单意跪了一天,腿都跪得麻了。

第二天单老太爷带她去了一个地方,是一个练兵场。

烈日炎炎下,成群结队的士兵穿着统一的迷彩服,站着标准的军姿,身体笔直,皮肤被晒得黝黑,额头和脸颊都布满了汗。

单意看着那群士兵在有条不紊地训练着。他们负重跑步,爬高墙,攀云梯,扛着木头渡河,几百个蛙跳和仰卧起坐都做得游刃有余,口里一遍又一遍地喊着口号。

他们的身上多多少少都有些伤痕,有简单的擦伤,也有枪伤。而这些伤痕是他们的勋章。

更令单意动容的是他们的眼睛,清澈又明亮,坚定而有神。他们甘之如饴,不曾动摇,也不曾后悔。

单老太爷以前是当过军人的,这些他都经历过。

"单意,你今天看到的只是军人日常训练的一部分而已,还有其他你想象不到的辛苦。

"你能生活在和平昌盛的国家,你能健健康康地站在这里,你今天所拥有的一切,都是他们用血汗换回来的。

"你年纪还小,你不读书,你能干什么,你能带兵打仗吗,你能上阵杀敌吗,你有他们勇敢,有他们那么努力吗?

"你什么都没有,你应该多读点书,多看看这个世界,多了解这个世界,这样才能丰富你自己的内心,这样才能对得起那些保家卫国的人。

"我们单家,不养废物。"

回去之后,单意像变了一个人,她改掉了自己的坏脾气,重新拿起了课本。

单老太太给她报了个培训班,她用功学习了五个月,考上了清城的重点中学——清城一中。

清大的目标是她后来才定的。因为唐星舟考上了那里,她想追上他的步伐,所以只能更加努力。

可数学一直都是她的死穴,她就算再怎么努力,也很难把分数提上去。

后来是学校的音乐老师找到了单意的外公外婆,她之前看过单意在新生晚会和元旦晚会的表演,对单意上了心。

她说单意是个学音乐的好苗子,如果单意喜欢的话,可以往这条路走。所以单意才会在高三时从一名理科生变成音乐生。

高考分数出来的那一天,当年去她家当说客的音乐老师打电话过来,问她想选清城音乐学院还是新城音乐学院。

单意在电话里说道:"老师,我想选清大的音乐系。"

"清大的音乐系好是好,但是跟清城音乐学院和新城音乐学院还是有些不一样,你这个分数去那里……"

"单意,你可要想清楚了。"

单意对她的老师坦白道："老师，我当初选择音乐这条路，就是奔着清大去的。"

因为那里有唐星舟，有她喜欢的人。

这也是她唯一的执念了。

单老太太拉着她聊了一会儿天。

后来，单意喝完姜茶就回了自己的房间。过了一会儿，单老太太进来了，她怀里还抱着一床棉被："你之前用的旧棉被带去学校了，外婆前段时间去买了新的。"

"谢谢外婆。"

单老太太把棉被放到她的床上，她伸手抱到自己面前，说道："外婆，我自己来就好了。"

单意把新的棉被塞进自己的被套里，单老太太站在旁边，看着她熟练的操作就知道自己不用帮忙了。

单老太太环顾了一下房间，目光落到她的桌子上，发现有点乱。单老太太看不惯，走了过去，想帮她收拾一下。

桌子旁刚好放了把椅子，有件外套搭在上面，单老太太顺手拿了起来。本来是想帮她叠好的，但是拿到手里之后，单老太太发现有点不对劲——味道也不太对。

单老太太将衣服摊开来，仔细端详，越看越觉得它是属于男生的。

单意刚铺好床，不经意地转了下头，就发现自己的外婆站在椅子那边，手里拿着件熟悉的外套——是唐星舟的那件。

她一惊，快步走了过去，伸手直接拿过那件外套藏在身后，脸上的笑都不太自然："外婆，我自己的衣服自己洗就好了。"

单老太太看着她这欲盖弥彰的动作，话语直接："你自己的衣服？怎么我看着像是男生的？"

单意心虚地往后退了一小步："您看错了。"

"是吗？"

单意点头。

可单老太太不好糊弄："那你再让我看一眼。"

单意有点不知所措。

外婆，你怎么不按剧本走呢。

"意意，你老实告诉外婆，你是不是交男朋友了？"

单老太太是过来人，能看出单意这一切不自然的行为是因为什么。

"没、没有。"单意一紧张就容易结巴。

单老太太看她的样子又不像撒谎，得出另一个结论："那就是有喜欢的人了？"

这回，单意卡壳了。她张了张嘴，说不出否认的话。

单老太太继续猜测道："那你手上那件衣服，应该就是你喜欢的那个男生的吧？"

她看到单意这默认的反应就知道自己又猜对了。

单意也觉得自己瞒不下去了，嗓音很轻地"嗯"了一声。

单老太太得到她肯定的回答后，顿时喜笑颜开，连忙追问着："那个男生多大，身高多少？家住在哪里？有几口人？

"最重要的一点，他长得帅吗？"

单意被单老太太这一系列的问题搞蒙了，脑子直接过滤掉前面的，只听到了最后的那一句。

她顺从着内心，点了点头："……帅。"

"我们家意意说帅，定然是帅的。"单老太太欣慰地一笑，突然又想到了自己的女儿，及时改了口，"不过帅的也有不太靠谱的。"

单意听不得别人说唐星舟的不好，小声反驳道："他很好的。"

单老太太摸了摸自己外孙女的脑袋："外婆相信我们家意意的眼光，你喜欢的，一定是好的。"

单意不是单暖，也不会成为第二个单暖。她从小经历了太多，看人看物自然比常人要通透些。

"其他的，外婆也就不多问了，等你的好消息。"单老太太知道单意心中是有分寸的。她看着眼前的单意，突然觉得时间过得很快，自己的外孙女也到了该谈恋爱的年纪了。

也不知道是怎样的一个男生，能让单意这么喜欢。

元旦后一天，单家二老要出门一趟，说是要去参加单老太爷一位老朋友的八十岁大寿的寿宴。

得知去那里要两小时左右的车程,单意主动提出要送他们过去。

单老太爷的腿脚不方便,是早年当兵时受伤造成的,所以一走路就要拄着拐杖。而单老太太的腰又不太好,经常犯毛病。两人如果要出门,单意在家的话一般是会陪着一起去的。

况且他们平时也很少会去比较远的地方,这次是特殊情况,不得不去。单老太太起初还拒绝了她,说他们认得路,不会有事的。

"外婆,我送你们到目的地就走,然后我去附近逛一逛,等你们结束了,我再去接你们。"

她的态度难得有点强硬,但也是为他们的安全着想。单老太太犹豫了一下,最后还是同意了。

三人坐了将近两个小时的车来到了新城这边。

单老太爷今天照例穿了一身唐装,拄着根拐杖,头发梳得整齐,比平时稍加打扮了些。

单老太太也是如此,还穿上了新的外套,比平时多了点精气神。

单意先下车,双手扶着单老太太从后座出来,然后又去扶单老太爷下来。

进去里面还需要走一条小路,单老太太让她不用送了,他们自己走进去就行。

单意总感觉今天单老太太不太对劲,从早上拒绝她送他们过来的时候就开始了,但是她又说不上来哪里不对劲。

她看了看里面的路面情况,一片平坦,几十米远处就有一户人家,应该不会有什么问题。

"那行,我就先走了,你和外公准备离开的时候打个电话给我,我来接你们。"

"好。"

单老太太看着她转身离开的背影,这才松了口气。

单老太太扶着单老太爷的手臂,一边往里面走去,一边心有余悸地说道:"我就怕两人碰上面。"

单老太爷:"这事迟早都是瞒不住的。"

单意这几年越发长得像单暖,熟悉她的人都会看出来,又能瞒得了多久呢。

单老太太正想说话，有一道男声从不远处传了过来："单叔叔，宋阿姨。"

紧接着还有一道女声响起："外婆等等。"

单家二老听到单意的声音后，心里同时咯噔了一下。

单意是小跑着过来的，她微喘着气，把手里的果篮和礼盒递到单老太太的面前："刚刚忘了这些东西还在我手上。"她也是离开的时候后知后觉，发现自己手里还提着东西。上车前就是她拿着的，结果下车后，她忘记给单老太太了。

单意说话间留意到单家二老面前还站着两个人，而且还是两张熟悉的面孔——她不久前才见过的那个男人——林寒，以及他身旁那个顶着一头白金色短发的女生。

单意惊讶："林夏学姐？"

林夏在这里见到她也是一副意外的语气："单意？"

而一旁的林寒整个人已经愣住了。他自然是认得这个女生的，那天还在学校见过，他对她的印象实在太深刻了。

她刚刚喊单老太太什么？外婆？

单家可只有单暖一个女儿。

林寒看向单家二老，艰难地开口："她是阿暖的……"

单老太太没想到终究还是遇上了，可能这就是天意吧，躲也躲不过。她如实告知："对，阿暖的女儿。"

林寒四处张望着："那阿暖呢，她人没来吗？"

单家三人的表情都很微妙，一时之间没有人说话。

单意这才搞清楚眼前的情况，不得不说，这个世界有时候还挺小的。原来自己的外公要来参加生日宴的主人家就是林家。

可林寒不知道她妈妈已经去世的事吗？她疑惑地看向自己的外婆。

单老太太摇了摇头。

林寒看到了两人间的眼神交流，那股不好的预感越发强烈。

"宋姨，您别再瞒着我了，阿暖的女儿都这么大了，我居然一直不知道……"

单老太太知道这下子是真的瞒不下去了，她缓缓开口："小林，是我们阿暖没有那福气。"

林寒已经听懂了她话里的意思，声音都带着颤抖，胸口那里传来疼痛感："……什么时候的事？"

"前几年。"

单暖去世的消息，是单家人和林家人一起瞒着林寒的，是怕影响他的病情——他有先天性心脏病，早些年一直在接受治疗。

单暖那时候跟周裴在一起后，他受了太大的刺激，差点没抢救过来。

周裴在公开场合宣布他与齐雅欣婚事的那一天，林寒去找了他，和他打了一架。当时林寒刚做完手术，从医院里跑出来，整个人虚弱得很。

后来林家人把他送去了国外治疗。身体一恢复，他就到处去找单暖的行踪，但是一直找不到。

单家人和林家人都在找，可没有人知道单暖去了哪里，连周裴也不知道。

林寒有好几次身体都扛不住了，病情也变得反复，在医院里又躺了好几年。尽管单老太太很早之前就跟林寒说过："是我们阿暖跟你有缘无分，小林啊，你值得更好的人。"

林寒当时说的是："她若是一直没回来，我就一直等她。"

单暖去世的那一天，林寒刚做完一场手术，活了下来。而且两人在同一家医院，他在五楼，她在三楼，却天人永隔。

林老太太的大儿媳就是在这家医院当医生的，碰巧是单暖的主治医生，得知她去世的消息后，很快林家人也知道了。

林老太太马上找到了单家二老，让他们封锁住这个消息，不要让林寒知道。

他才刚从鬼门关里走出来。

"就当是给他留一个念想。"这是林老太太的原话。

林寒能活到现在，全凭一股意念撑着。

那股意念来源于单暖。

几年过去，林寒的病情已经稳定，他还自己开了一家娱乐公司。但是他一直没结婚，也没跟任何人谈过恋爱。

林家二老就知道，他还是没放下单暖，于是这颗定时炸弹就一直被他们这样藏着。

直到今天，时间到了。

林寒听到单暖的死讯后就去了郊区的墓园。

他的反应比想象中的要好一些，随着年岁增长，他已经不是当初那个一受刺激就要死要活的毛头小子了。寻找单暖的这些年，他也渐渐做好了最坏的打算。

所有的可能，他都想过的，只是没想到这一天早就已经到来了。

单意留了下来跟单家二老一起参加寿宴，既然林寒已经知道了，单家二老也就没有将她藏着掖着的必要了。林家人之前顾及林寒，也没见过她，如今见到她那张脸后，表情都是一样的震惊——真的太像了。

林家二老得知林寒已经知道单暖去世的消息，一时之间诸多感慨。这些年他们瞒得也辛苦，如今也算是一种解脱了。

他迟早会知道的。

聊天中，他们听到单意跟林夏认识，而且还在同一所大学同一个专业，更是觉得这世间的缘分太奇妙了。

单家二老和林家二老还在那里聊天的时候，林夏把单意带进了自己的房间。

"来，让我好好看看你，原来我爸喜欢的人长这个样子啊。"林夏认真端详着单意的面容，又笑了笑，"没想到我们俩还挺有缘分的，难怪我当初看你这么顺眼。"

"学姐……"单意开口，但是又不知道该说什么。

她不介意吗？自己的爸爸对另一个女人念念不忘。

林夏知道单意心里想的是什么，摆摆手："我不介意我爸跟单暖阿姨的事。因为，我本来也不是我爸爸亲生的。"

她语出惊人。

单意一愣。

林夏继续说着："我是他从孤儿院领养回来的，我爸他这辈子只喜欢过你妈妈，没跟别人在一起过。"

单暖之前没跟单意说过林寒的事，所以她也不知道这个人的存在。她今天算是感受到了林家人的热情好客，从他们的谈话中得知林寒和她妈妈以前的关系是真的好。

就连学音乐这件事,两人都是兴趣相投。

她有时候在想,如果当初没有那个男人,她妈妈是不是可能会嫁给林寒。那样的话,她的人生也会变得不一样了。

世界上,可能也不会有她这个人。

林夏在她面前打了一个响指:"想什么呢?"

单意摇了摇头:"没什么,只是觉得天意弄人罢了。"

林夏似有感悟:"是啊,天意弄人。"

单意很少见林夏这般模样,她突然想起林夏跟周慕齐交往过的事,而且她也知道他是周裴的儿子。

林寒之前和周裴因为她妈妈单暖的事还打过架。

她听木棉、木槿说过林夏和周慕齐的八卦,说他们分手的事情是林夏提的。她不禁猜测道:"你跟周慕齐分手难道是因为……"

林夏转头看向她,扯了扯嘴角:"你脑子转得挺快的嘛,这么快就猜到了。"

"对啊,是因为他爸周裴,我才跟他分手的。"

林夏一个转身躺倒在自己的大床上,看着天花板,喃喃自语道:"如果老天再给我一次机会,我一定不会选择跟他交往的。"

林夏跟周慕齐交往的时候,并不知道他是周裴的儿子。

她一直都知道林寒心里有个人,但是不知道那个人的名字,林家人几乎不会在林寒面前提起单暖。

林夏是在大二暑假的某一天无意中听到林老太爷和林老太太的谈话,才知道周裴当初做的那些混账事。

她爸爸放在心尖上的人就这么被他无情地抛弃了。

单意:"可是周慕齐他……"

他应该是不知情的。

因为单意和周慕齐在学校见过很多次,他都表现得很自然,也没对她这张脸有过什么怀疑和觉得不对劲的地方。就连她那天问他年龄的时候,他也没有什么特别奇怪的举动。

可见他根本不知道自己的父亲和单暖以前的事。

林夏:"不管他知不知道,都无法否认他是周裴的儿子这一件事。"

"而且是我心里过不去那道坎。"

"我无法接受我爸这辈子的遗憾是由我男朋友的爸爸造成的。如果我们以后结婚了,他们两个肯定会见面的,我爸要怎么去面对周裴,我又该如何面对我爸。

"我接受不了,我不能让我爸因为我而对周裴友好相待,那样对他不公平。"

如果当初没有林寒把她从孤儿院领养回来,她无法想象这些年自己过的会是什么日子。是整天被那些喜欢捉弄人的男生欺负,被那些讨厌她的女生孤立……

总之,她都不会活成现在这个样子。

现在的她,有疼她的爸爸,有慈祥的爷爷奶奶,还有很多亲人。他们从来没有把她当成外人,一直都把她当作"林夏"来对待。

她活得很幸福。

"我不能这么自私,如果不是因为周裴做的那些混账事,或许我爸会跟单暖阿姨在一起,他还会有自己的孩子,他也会是一个好爸爸。

"又或许他们两个人没在一起,单暖阿姨嫁给了别的男人。他也能以朋友的身份待在她的身边,看着她幸福,他以后可能会结婚,也可能不会结婚。

"不管怎样,我爸至少会过得比现在好。"

林夏只是觉得,这么好的一个男人这辈子都不得到幸福,她又有什么资格得到。

她只要一想到自己曾经跟周裴的儿子交往过,就觉得愧疚,觉得对不起她爸。因为在爱情和亲情之间,她永远会选择亲情。

这个世界如果没有林寒,就不会有林夏。

房间的门被人在外面敲了敲:"夏夏,别待在房间里了,快出来帮忙招呼客人。"

林夏听出这是她大伯母的声音,回了一句:"来了。"她从床上爬起来,对房间里的单意说道,"单意,今天我跟你说的话,是秘密哟。"

单意点头。

"那我们出去吧。"

今天是林家老爷子的八十大寿,请了不少人过来。

下午两点多后,陆陆续续来了很多客人,林夏就在一旁帮忙招呼着。单意也是其中的客人之一,单家二老跟林家二老还在大厅里谈事情,她则自己找了个角落待着。

她觉得有点无聊,拿出手机来玩,微信里有一条新的消息。

Z:"记得衣服洗完还给我。"

单意看了看发来的时间,是一个小时前。

她给他回复了一个手指比"OK"的表情。结果过了一会儿,那边突然发来了一个"亲亲"的表情包。

单意的手一抖,差点没拿稳手机,幸亏旁边出现的林夏手疾眼快地帮她接了一下。

大部分的客人已经来了,林夏难得可以休息一下,看到单意一个人坐在这里,递了一杯水给她。刚好看到了聊天框里那个熟悉的头像,林夏问道:"在跟我表哥聊天呢。哟,那家伙居然还会发表情包?"

单意刚才就是被这个表情包吓到的,这根本不是唐星舟会干出来的事,她都怀疑他是不是被别人盗号了。

"他平时不会发表情包的。"

单意低头看了一眼,果然聊天框里显示着"Z"撤回一条消息。

她想,估计是手滑了吧。

她慢半拍地突然反应过来,觉得哪里不太对劲:"慢着,你刚刚说,你表哥?谁?"

林夏指了指她的聊天框:"唐星舟,我表哥。"

单意觉得自己的脑子完全不够用,今天发生了很多让她意想不到的事,一件接着一件,刷新了她的认知。

"不过关系有点远,我想想啊。"林夏掰着手指头,她对这种亲戚关系真是头疼,"他是我爸爸的爸爸,也就是我爷爷的妹妹的儿子的儿子。"

单意都听蒙了,这信息量太大。

原来唐星舟竟然是林夏的表哥。

"对了,他今天也会过来的,不过要晚点才能到。"林夏笑眯眯地说道,"估计你们两个还能坐在同一桌吃饭呢。表嫂,开心吗?"

单意听到那两个字就不淡定了:"学姐,你别乱叫,我、我不是⋯⋯"

"别否认了,我还看不出来?"林夏打断她,语气笃定,"你喜欢唐星舟。"

单意张了张嘴巴,憋了半天,来了一句:"很明显吗?"

林夏点点头。

"那唐星舟他也……"

"那我就不知道了。"林夏分析着,"正所谓'当局者迷,旁观者清',我表哥那种智商高的人,情商一般都不会太高。依我看,他应该还没发现。"

单意听到她这话,松了一口气。

林夏问:"你不打算跟他表白吗?"

单意低着头:"我不知道,还没想好。"

"暧昧让人受尽委屈,找不到相爱的证据……"林夏突然唱了起来。

"唱的什么东西,你表哥他们来了,快去招待人家。"林家大伯母这时走了过来,拍了一下她的脑袋。

"哦。"她应了一声,她从今天早上开始就重复做着这样的"迎宾"工作了。

"话说是哪个表哥来了啊?我怎么这么多表哥,都乱了,怎么认得人哦……"

她随便地扫了一下在场的人,发现自己的脸盲症又严重了。

"星舟你也不认得吗,你们不是在同一所学校读书吗?"

林夏"哦"了一声:"原来是这个表哥啊。"她看向还坐在椅子上的单意,"表嫂,要不要跟我一起出去啊?"

林家大伯母听见这个称呼后,觉得她又犯病了,直接上手就要去拍她的脑袋:"你这孩子,瞎喊什么呢!"

林夏往旁边躲了一下:"我就是被大伯母你打傻的。"

"欸,星舟,你们来了啊。"林家大伯母突然喊道。

单意几乎是僵硬地转过头去。

门口那里站了两个人,身材高大的男人脸上戴着一副金丝边眼镜,旁边是跟他相貌有五六分相似的少年,他长身玉立,披着一身阳光走了进来。而就在他抬头之际,也刚好看到了她。

两人瞬间四目相对。

唐星舟的表情也是难得一见的呆愣。他旁边的唐奇也是。

唐奇觉得自己可能眼花了,不然他怎么在这里看到了自己未来的儿媳妇呢。他看了看周围的环境,没走错啊,是林家。

那他怎么就眼花了呢?未来儿媳妇明明前几分钟还在微信里跟自己的儿子聊着天的。

今天是唐奇舅舅的八十大寿,他们两个正准备过去吃个饭。礼物是早就已经准备好了的,唐奇又买了些水果,两人就坐车前往林家。

父子俩一起坐在车后座上,其间唐星舟一直盯着自己的手机看。

唐奇问:"在等谁的消息呢?"

唐星舟脸不红心不跳地否认:"没有。"

唐奇猜都不用猜就知道他这是口是心非,但是没戳穿。

单意回复唐星舟消息的时候屏幕刚好亮起,然而她只回了一个"OK"的表情包后就没下文了。

唐星舟找不到话题,在输入框那里打了字又删掉,重新打,又删掉。

坐在他旁边的唐奇看得干着急,一把拿过他的手机:"我来。"

他猝不及防地被自己老爸抢了手机。

"爸,你干吗?"

唐奇点开自己儿子的微信,想发个表情出去,却发现他一个表情包都没有。

"儿子,你竟然比你爸还落后,连表情包都没有?"

"不对,我应该问你,你知道什么是表情包吗?"

唐星舟不接他爸这一茬:"手机还我。"

"爸爸给你弄点爱情的添加剂。"唐奇没听他的话,动作非常熟练地点了微信商店,给他下载了一整套的表情包。

唐星舟看着唐奇一系列流畅的动作,赶紧抢过自己的手机,结果手刚好不小心就点在了那个"亲亲"的表情包上。

他看着聊天框里自己头像旁边的那个有玫瑰花、有爱心又有红唇的"亲亲"表情包,脸一下子就变了。

唐奇也看到了,赶紧撇清关系:"这可是你自己发的啊。"

唐星舟的手指点着那个表情包,然后动作迅速地按了"撤回"……

也不知道她有没有看到。

唐星舟这边还懊恼着，坐在他旁边的唐奇倒是不嫌事大地说道："儿子，跟你聊天实在太累了，连个表情包都没有。

"尤其是跟女孩子聊天，必要的表情包是不能少的，文字多冰冷啊。"

唐星舟说不出反驳的话来。

他盯着微信上的聊天框，上下滑了滑他和她的聊天记录，他发的全是文字，她倒是偶尔会发几个表情包。

他爸说的话好像也不是没有道理。他想了想，点开跟周慕齐的聊天框，发了一句话："发点表情包过来。"

周慕齐不慕也不齐："……怎么证明你是唐星舟本人？"

Z："……"

周慕齐不慕也不齐："好了，我信你了。"

于是那边开始进行表情包的轰炸，各种各样的都有。

唐星舟往下滑着，看了几个后只觉得辣眼睛，于是发了一句："算了，不要了。"

周慕齐不慕也不齐："老四，你怎么比女人还善变呢？"

唐星舟没理他，又返回去单意的聊天框，保存了她之前发的表情包。

嗯，还是她发的好看些。

两人下车后，有林家的人出来招呼他们，引着他们往里面走。结果刚走进大门，他们就看到了单意。

林夏先走上前去喊人："表叔，表哥好。"

"欸。"唐奇应了一声，回过神来，目光依旧落在单意的身上。

林家大伯母不知道他认识对方，开口介绍道："这是我爸老朋友的外孙女，今天跟着她外公外婆一起来的。

"说来也巧，她还是夏夏的学妹呢，跟星舟一样，都在清大读书。"

唐奇"哦"了一声，演得非常自然："有点印象，难怪我看着有点熟悉，小姑娘还选过我的课。"

在场唯一不知情的林家大伯母略感意外："缘分啊。"

唐奇笑了笑，话中有话："是啊，缘分，缘分。"

单意只能站着干笑，目光四处躲闪着，不知道该往哪里放。

唐星舟看着她这般局促不安的模样，低声轻咳了一下，给了自己老爸一个眼神，示意他见好就收。

唐奇收到暗示，瞬间就明白了儿子的意思。

这小子，有了媳妇忘了爹啊。

林家大伯母招呼着人："别干站在门口说话，进来坐吧。"

唐奇："欸，好。"

唐星舟也跟着进去，只不过经过单意身边的时候侧头看了她一眼。他还微微弯了下唇，那双漆黑漂亮的眼睛里带着明显的笑意。

单意不解，眼神充满疑惑。

他笑什么啊？

林夏在一旁看着两人微妙的互动，感觉已经闻到了恋爱的酸臭味。

吃晚饭的时候，屋里屋外摆了好几桌，单意就跟在自己外公外婆的身边，看看他们坐哪里，她就坐在哪里。

林夏前来招呼他们，把他们安排在了里面的一张桌子上。

"单爷爷，单奶奶，你们就坐在这里。"

单老太太："谢谢夏夏啊。"

"不客气。"林夏露出标准的露齿笑，然后，她转了下身，举起手往另一个方向挥了挥，"星舟表哥，这里有位置！"

单意莫名地想起了林夏下午说的那句"估计你们两个还能坐在同一桌吃饭呢"。

她这一声叫唤，还能再明显些吗？

唐星舟听到有人喊自己的名字转过头来，看到林夏身后有个熟悉的身影，于是抬起脚往这边走来。

他直接落座到单意身边那个空着的位子，抬起头对林夏说了一句："谢谢。"

一语双关。

林夏听懂了，冲他挑了下眉，微微一笑："不客气。"

饭菜很快上齐，众人开始动筷子。

单意坐直了身体，低头扒着自己碗里的饭，桌上的转盘刚好停了下来，她喜欢的糖醋排骨就在自己的面前，她赶紧伸手去夹。

等她夹完之后，旁边的唐星舟就松了手，转盘又被其他人转动。

刚才是他让转盘停了下来的，但是他并没有夹任何菜。

然而，低头忙着吃饭的单意并没有发现这一点。

晚饭过后，众人给林老爷子拜寿，又聊了一会儿，然后就纷纷告辞。单意一家也准备回去了，她扶着自己的外婆往外面走。

唐星舟和唐奇也准备打道回府，刚好就在他们身后跟着。林夏则作为主人家代表出去送他们。

两家人走到外面打车，唐星舟他们先拦下一辆，唐奇用眼神示意他："让两位老人家先坐。"

唐星舟懂了，走到单老太爷和单老太太那边，微微弯腰指了指停在那里的出租车："你们先上车吧。"

单老太太一看就知道是怎么回事，连忙摆手："不用，不用……"

林夏及时帮腔道："单奶奶，你别客气，我表哥跟单意也是同学，大家都认识，不用这么见外的。"

单老太太："是吗？原来你是意意的同学啊。"她说这句话的时候，眼睛看向了那个男生。

不看不知道，这男生长得还挺俊俏的，身材颀长，面容端正，眉目疏朗如画，眼神澄澈。

唐星舟听到她的话后微微颔首。单意也跟着点了下头。

两人这点头的动作出乎意料地一致，画面极其养眼。

"那我们就先上车了，谢谢你啊。"单老太太也就不推托了。

主要是单老太爷腿脚不好，不能站太久。

唐星舟："不客气。"

单意扶着单老太太往出租车那边走去，老人家弯腰低头的时候，唐星舟把自己的手放在了车的顶部，防止她碰到头。

单老太爷坐上后座的时候，他重复了一样的动作。等到两位老人家都上了车后，他往前走了一两步，然后打开副驾驶的车门。

单意坐进去的时候弯腰弯得不够低，唐星舟伸出手将她的头往下按了按："注意脑袋。"她人坐进去后，他又细心叮嘱着，"安全带系好。"

单意听话地低头系安全带,听到他又说了一句:"到家了给我发信息。"

她下意识地应道:"好。"

唐星舟看向她旁边的司机,叮嘱着:"夜里路不好走,车上有老人,麻烦师傅你开慢一点。"

司机:"好嘞。"

唐星舟转头看了单意一眼,动作很自然地摸了摸她的脑袋,然后才直起腰把车门关上。

单意抬起手摸了一下他刚才碰过的地方,低头弯了弯唇。

两人间的互动,被坐在后座上的单老太太看在眼里。她已经察觉到了些什么,不免多看了站在车外的那个男生几眼。

然后,她越看越满意——确实长得挺帅的。

林夏站在车前跟单意挥手道别:"意意,再见。"

单意嘴角的笑意还没来得及收回,把手伸出车窗外,挥了挥手,说道:"学姐再见。"

她的目光落在林夏身旁的男生身上,语气软了些:"再见。"

皎洁的月光倾洒在女生那张带着笑的脸上,白肤红唇。好看的眼睛微微眯起,五官明艳生动。

少年站在这一片月色下,他眉眼弯起,如同天边皎洁温柔的月光那么好看。连风都是温柔的,将他的声音吹到她的耳边。

唐星舟也回了一句:"再见。"

再见的意思是下次再见。

单意到家后马上就给唐星舟发了一条信息。

九点五十七分:"我到家啦。"

那边很快回了一条消息过来。

单意点开,发现他居然发了一个表情包过来,是她以前跟他聊天时发过的,一个小女孩点头的表情,脑袋上面写着"好哒"。

这个"好哒",她以前发的时候还觉得挺可爱的,怎么现在看着有些别扭了。而且以前唐星舟跟她聊天都不发表情包的,除了今天下午的那次手滑。

九点五十七分："怎么证明你是唐星舟本人？"

Z："……"

九点五十七分："好了，我信你了。"

那边的唐星舟刚刚到家，看到她发的那条信息，莫名觉得眼熟，他低头微笑。

碰巧唐奇看到了，见自己儿子一副春心荡漾的模样，猜测道："跟我儿媳妇聊着天呢？"

唐星舟"嗯"了一声，慢半拍反应过来后又发现自己被套话了，语调拉长："爸。"

"哦，不是儿媳妇。"唐奇在称呼上加了两个字，"而是未来儿媳妇。也对，你都还没追到人家呢，我喊早了。"

唐星舟一脸无奈。

他爸能把那副幸灾乐祸看戏的表情收一收吗？

第九碗粥　新年

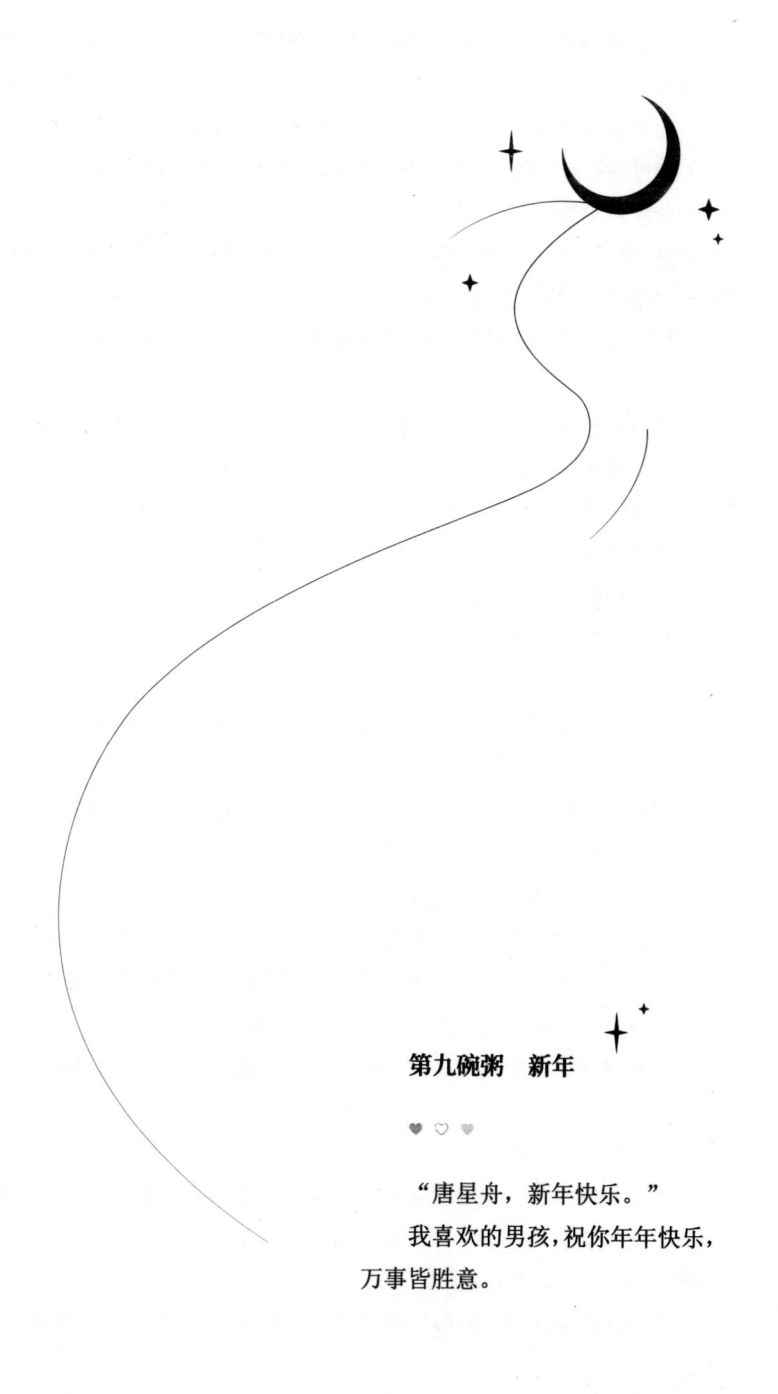

♥ ♡ ♥

"唐星舟，新年快乐。"
　　我喜欢的男孩，祝你年年快乐，万事皆胜意。

单老太太有常去寺庙祈福的习惯,刚好单意在家,索性就带着她一起去了。

观音寺是清城的佛教名山,古木参天,流水潺潺,似人间仙境。两人拜过观音后,遇到了许久未见的慧空大师。

单意双手合十,朝穿着僧袍的男子微微鞠躬,语气诚恳:"慧空大师好。"

"单施主,好久不见,近来可好?"

单意露出了一个笑,给了一个很模糊的答案:"至少不会比以前更差了。"

慧空大师手持一长串的手串,捏在手里转动着,笑得一脸和蔼:"生活自然是越来越好的。"

"单施主,老衲这里有一句话赠予你。"

"您请说。"

"一切行愿皆悉满足。"

单意听到这句赠言,道了声"谢谢"。

再次返校是两天后,单意把唐星舟的那件外套手洗后晾干,拿了一个袋子装好。

星期一的早上,她是没课的,于是发了信息给他,问他在哪里,有没有空,她把外套还给他。

Z:"现在有事,十一点后有空。"

彼时的唐星舟正在实验室里,身旁的男同学见他竟然在低头玩手机,跟见了鬼似的。男同学指着唐星舟面前的桌子说道:"舟神,你是不是拿错了,实验报告在桌子上,你手上拿的是手机。"

唐星舟抬了抬眼,瞥了他一眼,那意思就像是在说"你看我像傻的吗"。

男同学默默地把手收了回去。

是奇怪啊,平日里唐星舟进了实验室后手机都是关机的,也不拿出来,更不会分心去玩。今天他看唐星舟时不时地点一下手机,刚才还玩了好一会儿,真是反常。

周慕齐听到这边的动静后看了一眼仍然还在低头玩手机的唐星舟,

了然地一笑:"今时不同往日,你们舟神忙着追人呢。"

男同学一副被雷劈了的表情,十分震惊:"舟神还用追人?"他哭喊道,"我不活了,我这辈子是不是都找不到老婆了。"

连唐星舟这种条件优越的都要追人,他这种平平无奇的可怎么办?

周慕齐给他出主意:"要不你拿你写的论文试试?"

男同学当机立断:"不行。"

"我的论文怎么可以给她呢,那些可是我的宝贝。"

周慕齐:"……现在你知道你为什么找不到老婆了吧。"

男同学沉默半响,好像明白了。

十一点的时候,唐星舟准时走人。当他第一个走出实验室的时候,众人都擦了擦自己的眼睛。

——哦,没有眼花,刚才走出去的人真的是唐星舟。

第二个走出去的人是周慕齐,他朝大家摆摆手:"你们舟神今天不锁门了,最后一个走的人记得锁门啊,各位拜拜。"

众人:原来舟神也会有色令智昏的一天。

下了实验楼后,唐星舟一眼就看到了在楼下等着的单意。

冬天是梅花盛开的时节,白色的花朵洁白美丽,香气沁人心脾。而唐星舟此刻觉得,再美的花也比不过眼前的这个女生。

她站在树下,长发如瀑,上半身穿着蓝色格子的针织外套,下半身是米色的长裤,脖子上戴着围巾,下巴埋在里面,鼻头微红,只露出那双水光潋滟的眼睛。

她在他走近的时候就抬起了头,她对他总是有一种特殊的感应功能,只要他一出现,她就能发现他的存在。

她往他那个方向走了两三步,然后把手里的袋子递给他:"我洗好了。"

唐星舟伸手接过纸袋,指尖碰到她的,皱了下眉:"手怎么这么冰?"

"习惯了,我体寒。"她将手缩回,然后把双手都放在了自己外套的口袋里。

唐星舟侧了下身,说道:"到饭点了,我们先去吃饭吧。"

单意"啊"了一声,话题怎么转得这么快,而且她什么时候说要跟他一起去吃饭了。

他走了一步后没听到后面有声音,转了下头:"怎么?你不饿吗?"

"饿。"单意想也没想就回答。

"那还不走?"

"哦、哦。"单意的思维被他牵着走,跟上他的步伐。

两人来到清大的饭堂,唐星舟一出现,就自动成了人群中的焦点。

单意走在他的身后,低着头,希望减少自己的存在感。

突然,前面的人停下了脚步,她来不及"刹车",脑袋撞上男人宽厚的背部。她整个人往后倾倒,他及时转身轻轻揽住她的腰身。

"看路。"

单意这才抬头,一下子就对上了他的目光,乖乖地"嗯"了一声。

打饭的队伍今天行进得异常慢,周围的女生一步三回头地往这边看。

"竟然能在饭堂看到舟神,真是神奇。"

"你这话说得好像舟神不用吃饭似的。"

"神奇的地方在于他跟一个女生一起来吃饭!"

女同学往那边看了一眼:"如果那个人是单意,你还觉得神奇吗?"

"单意?音乐系的那个系花?"

"是她,那张脸长得那么漂亮,我不会认错的。"

"看来论坛上说的他们两个在一起了是真的。"

"除了单意,你看舟神跟哪个女生传过绯闻,八九不离十了好吧。"

就在旁边队伍排着队的单意摸了摸自己有点热的脸蛋。

现在的人聊八卦都这么光明正大的吗,声音也不会小点,没看到当事人就在旁边吗?

单意抬头偷偷看了站在自己面前的男生一眼,唐星舟应该也听到了吧?他怎么一点反应都没有?

下一个打饭的人刚好轮到了唐星舟,阿姨问他:"同学,你要点什么?"

唐星舟:"糖醋排骨。"

单意站在他的身后,看着阿姨将那所剩无几的糖醋排骨舀了一大勺装进餐盘,然后又舀了一勺——就非常平稳,一点都没有手抖。

阿姨把剩下的排骨全给了唐星舟。她还一脸笑意盈盈地问道:"够不够啊?"

唐星舟:"够了,谢谢。"

阿姨:"不客气,不客气。"

单意羡慕啊,唐星舟这张脸可真好用,连饭堂阿姨都喜欢。

单意可喜欢吃排骨了,本来还想点的,结果现在卖完了。她寻思着要点个什么肉菜,她面前突然伸过一只手来,是唐星舟将刚才打好的那个餐盘递给她:"端着。"

她下意识地接过,继而又联想到什么。她抬起眸来看他,语气里带着小心翼翼的试探:"给我的吗?"

"嗯,去找个位子等我。"

单意小鸡啄米似的点头,转身走人,听到他的声音在身后响起:"阿姨,我再打一份。"

她低头看着自己手里端着的这个餐盘,上面是满满的排骨。

他是怎么知道她喜欢吃这个的。

唐星舟打好自己的饭菜,很快就找到了单意所在的座位。她正襟危坐着,双眼盯着自己面前放着的餐盘,微不可察地咽了咽口水。

忍住!等他来了再吃!

唐星舟在她对面的位子落座,看到她没动筷:"不喜欢排骨了?"她那天不是吃得挺多的吗?

她摇了摇头。她看了一眼他面前的餐盘——土豆丝和莲藕炒肉,还有几块辣子鸡。

不对,辣子鸡?

她脱口而出道:"你不是不喜欢吃辣的吗?"

唐星舟:"阿姨送的。"

他本来就只点了两道菜,阿姨最后又往旁边的肉菜里随手一舀,还一副心疼的语气:"小伙子,你给自己女朋友点了那么多排骨,怎么自己只吃这个。"

他当时没解释,他早餐吃得比较晚,现在并不是很饿,所以简单吃点就好了。

单意听完后只得出一个结论："你这张脸可太好用了。"

唐星舟抬头，顶着那张无辜的脸，疑惑道："嗯？"

"没事，没事。"单意摆摆手，"吃饭吧。"

她拿起没用过的筷子往他的餐盘伸去："你不吃辣的就给我吧，我拿我的排骨跟你换。"

他没阻止她，应允了她这一行为。

刚才给他打饭的阿姨刚好换班，经过他们坐着的位子，看到女生正在从男生的餐盘里夹辣子鸡，提出自己的建议："小伙子，你不能太宠着你的女朋友，她那里已经这么多肉了，你还给她。"她说完，还啧啧了几声，"现在的女孩子看着挺瘦的，怎么这么能吃。"

单意："……"

阿姨，你听我解释。

吃完饭后，唐星舟送单意回宿舍。

单意一路上都魂不守舍的，饭堂阿姨刚才那个仿佛在看着猪的表情一直在她的脑海里，久久不能忘。

到了女生宿舍楼下，唐星舟停下了脚步，忽然想到一个问题，问她："你怎么知道我不喜欢吃辣的？"

她那句"你不是不喜欢吃辣的吗"，说出来的时候太过自然。

唐星舟起初没有察觉到，有点后知后觉。

单意睫毛微颤，因为心虚眼睛都不敢看他："我猜的呀，你不是清城本地人吗，口味一般都偏淡。"

唐星舟发现了好玩的地方，饶有兴趣地看着她，问道："你又是怎么知道我是清城本地人的？"

单意这回灵机一动，明明是胡诌的，却一脸理直气壮："因为你说话有口音！"

唐星舟有点错愕。

单意说完，怕他继续追问，于是指了指那栋楼："我先回去了，拜拜。"然后，她马上转身往女生宿舍楼跑去。

唐星舟看着她的背影，并没有马上离开。

他突然就有一种感觉，她可能会回头。

单意跑到楼梯前,上了两级台阶后,心里算了下时间,想着他应该已经走了吧,于是微微转了下头。

两人的目光瞬间相撞。

少年身材颀长,未动半分,依旧伫立在宿舍门前的那棵木棉树下。

在看到她回头后,他蓦地一笑,清俊的面容因为染上了笑意而越发生动了些,眼睛更甚,漂亮的眸子像黑夜般幽深,藏着细碎的星光,正在轻轻地闪动着。嘴角上扬的弧度迟迟未下去,他平日里那张有些冷淡的面容变得柔和了几分。

顷刻间,单意觉得这世间最美的风景都不如他——笑得也太犯规了吧。

最近是考试周,一月底清大就要放寒假了。这段时间,单意宿舍的人都窝在被窝里复习,哪儿也不去。

清大的寒假放到元宵节后。在单意的世界里没有暑假和寒假的概念,每次放假就是她打工的日子。

卓起这个寒假要在酒吧帮他哥干活,听到她要去打工,就让她来酒吧做服务员——白天干活,晚上还是驻唱,一人拿两份工资。

单意自然是乐意的,有钱,她干吗不赚,于是这事就定了下来。

温怡然在宿舍听到她说这件事的时候,问道:"意意,那里还缺人吗?"

她倒是有点意外,问道:"你也想去吗?"

温怡然点点头:"想赚点生活费。"

其实她是存了点私心的。

单意:"行,那我问问卓起。"

"好。"

卓起听到单意说她舍友也想在这里打工,二话不说就同意了,说刚好还差一个人。

卓一正在吧台前擦着酒杯,嘴里叼着一根没点燃的烟,听到卓起说还要再加一个人来这里的时候,翻了个白眼给他。

"你到底是不是想泡她?"

卓一这间酒吧根本就不差人,服务员多的是,而且基本上是男生。

他同意让单意来做服务生完全是看在她是酒吧驻唱的分上，加上自己弟弟软磨硬泡的，实在烦人。

结果现在还要再加一个不知道从哪儿来的女生，他又要多出一份工资。当他的酒吧是做慈善的吗？

卓起还是那句话："没有。"

卓一冷哼了一声，直截了当地说："尿。"

卓起没说话，背过身去继续干活。

考完试后，单意带着温怡然来酒吧开始干活。进去的时候刚好碰到卓一，她喊了一声："老板好。"

卓一明明看到她了，却一个眼神都不给她，直接越过她就离开了。

单意不解，指着他离去的方向问卓起："你哥他今天心情不好吗？"

卓起摆摆手："不用管他，他就是更年期了。"

单意恍然大悟："原来你们男生也是有更年期的啊。"她又看了他一眼，"你哪天更年期了，记得跟我说，我一定跟你保持距离。"

卓起张了张嘴巴，说不出话来——好像把自己也套路进去了。

酒吧白天的客人并不多，所以单意和温怡然就是简单地搬一搬装酒的箱子和搞一搞卫生。

温怡然正站在一把椅子上，擦着酒柜上面的灰尘，有一个男服务生搬着东西从她那边走过，因为箱子太大，挡住了视线，所以不小心碰到了她的椅子。

她还没来得及反应，整个人就往后倒去。

"小心——"

卓起刚好看到这一幕，手疾眼快地伸出双手，将她整个人公主抱了起来。

她的手下意识地钩住男生的脖子，她一仰头就看到男生线条坚毅的下巴，再往上是她熟悉的五官，心脏顿时漏跳了好几拍。

听到声音从另一边赶来的单意看到这一幕，马上猜到刚才发生了什么。

"怡然，没事吧？"她的声音让两人都回过神来，卓起松了手，把人放在地上。

"我没事。"温怡然重新站稳后摇了摇头。

"还好有他。"她看向身旁的男生,"刚才谢谢你。"

卓起爽朗地一笑:"没事,你人没事就好。"说完,他马上变了脸色,朝刚才不小心碰到温怡然椅子的那个男服务生一顿斥责,"你怎么干活的?"

男服务生连忙向温怡然道歉:"不好意思,不好意思。"

温怡然:"没事。"

男服务生得到当事人的原谅后,又询问卓起:"那起哥,我去继续干活了?"

卓起指了指没擦完的酒柜:"你来擦。"

那个男服务生哪敢不同意:"没问题,我现在就擦。"于是他马上抢过温怡然手里的那块抹布,赔着笑脸,"我来,我来。"

单意在一旁插话:"起哥训起人来还挺人模狗样的。"

卓起嘿了一声:"你不是文科生吗,人模狗样这个词是这样用的吗?"

单意笑了:"你忘了高中那会儿,自己说的'登堂入室'了吗?"

"晕,又是临神那家伙跟你说的吧。"

"嗯,谁让你之前笑他吃糯米鸡吃撑了的事。"

"事实还不让人说,还不是因为那糯米鸡是小柠檬给的。"

"那也是他自己愿意吃的。"

温怡然就静静地站在那里,听着他们两人一来一回,在那里说着以前的事。都是她不知道的事,她落寞地敛下眸。

酒吧到了晚上开始热闹起来。

单意照常上台去唱歌,有不少人点了歌,她一首一首地唱着。

卓起去给客人送酒,有时会经过舞台那边,女生的嗓音像是在讲故事,每一首歌都会有不同的味道。

"命中注定不能靠近,爱你的事当作秘密,怕惊扰你从此远离……"

卓起听到这句歌词的时候,脚步一顿,转了下头,去看舞台那边。

女生坐在高脚凳上,乌发红唇,头顶聚光灯的光落在她的身上,像暗夜里的精灵,平日里那双漂亮的眼睛微微闭着,沉迷于演唱。

他自嘲地一笑。

这歌词还挺应景。

到了中场休息的时候,单意走下舞台去喝水,刚才唱歌唱得口干了。结果水一下子喝多了,于是,她跑了一趟洗手间。

酒吧里的男女洗手间分别在一左一右,外面的洗手台是共用的。

单意在洗手台洗着手的时候,有个中年男人从另一边的男洗手间走了出来,身材略微肥胖,手还放在裤子那里,一边系着皮带。

男人一靠近,单意就闻到了他身上浓重的酒味,于是故意跟他隔开了点距离,准备洗完手就马上走人。

碰巧男人有所察觉,抬头刚好就看到了她的正脸,一下子就认出了她。

"你不就是刚才在台上唱歌的那个妞吗?近看你就更漂亮了。"男人脚步不稳地靠近着她,上下打量着,眼睛色眯眯的,朝她招招手,"开个价吧,今晚跟爷走。"

单意眼神很冷地看了他一眼:"我只唱歌。"

"除了唱歌,还可以做其他的啊。"男人话里意味不明。

单意握紧了拳头,那句"神经病"就要脱口而出,很快又止住了。

这里是卓一的酒吧,她不能轻易闹事。

她无视他嘴里继续吐出来的那些恶心难听的话语,准备脱身。

但是男人伸手抓住了她的手臂,拉着她不让她走,另一只手还去扯她的衣服,把自己那臭气熏天的嘴巴直接就往她的脸上凑。

她偏头躲开,单手抓住放在自己另一只手上的咸猪手,然后反手一拧,力度很大。

忍无可忍,无须再忍。

她蓄着力道,正想曲起手肘撞向男人的胸膛,却听到了一阵闷哼声,伴随着一道熟悉、暴躁又愤怒的男声——

"滚!"

卓起抬起脚往那个中年男人的后背就是一踹,他整个笨重的身体因为站不稳而向前倒去。

他一个踉跄后,瞬间清醒了些。

中年男人回头一看,大骂着:"你小子,竟然敢踹我!"

听到这边有响动后,洗手间又出来两个男人,他们跟醉酒的这个男人是一伙的。他们看到自己的朋友被打了之后,马上挥起了自己的拳头。

卓起还在跟那个醉酒的男人互相纠缠着,没留意身后有人突然袭击,但是单意看到了,她一个抬腿,踹向另一个靠近卓起的男人的肚子——

几个人打了起来,在这狭窄的走道里。

单意打架的时候特别狠,专门往人身上的要害部位打,一点都不输给男人。那三个男人今晚多多少少都喝了点酒,有点力不从心,很快就落了下风。

这时,碰巧有服务生端着酒往这边经过,看到这一幕,还没来得及喊人,其中一个男人直接操起一个酒瓶就要往离自己最近的单意身上砸去。

卓起眼尖地看到,伸手往她那个方向一拦。

玻璃酒瓶落地的声音响起,还有几滴鲜红色的血也跟着滴在了地面上。这是赶来的卓一和温怡然两人看到的一幕。

三个醉酒的男人很快被酒吧的服务生制服。

卓起的手臂受了伤,要去医院缝针。

几个人到了附近的医院,卓一去挂了急诊。医生在里面给卓起处理伤口,单意、温怡然和卓一就在外面等。

卓一看不到里面的情况,只能看着那道关闭的门,自顾自地说道:"我弟这个人,最怕疼了,平日里连打针都怕。"更别说缝针了。

但是,现在里面并没有传来卓起鬼哭狼嚎的声音,卓一便猜到他是在忍着,忍着不在某人面前丢脸。

卓一看了一眼在一旁站着的单意。

还说不是喜欢,这臭小子就是"死鸭子嘴硬"。

温怡然敏感地感觉到卓一的目光落在了何处。

过了一会儿,急诊室的门被打开,卓起从里面走了出来。三人同时走上前去,单意先开了口:"医生怎么说?"

卓起朝她举了举自己绑着纱布的那只手,语气轻松:"没事,就是缝了几针而已,过几天就好了。"

他三言两语地说完，一副没有什么大碍的模样。

听到他这话的单意顿时松了一口气。

离卓起最近的温怡然却留意到了他的鬓发微湿，应该是他出的汗。一月底的天气，他竟然疼得出了冷汗，却只字不提。

卓起意外受伤这件事毕竟是因为单意引起的，她心里过意不去，觉得医药费应该由她来出。缴费的时候，她发现卓一抢先一步站在了她的面前。

"老板，这钱我来付吧。"

卓一瞥了她一眼，说得直接："你有钱？"

单意被他这句话一噎："我……"

月底了，她确实没什么钱了。

"你是老板，可以预付给我的，对吧？"她马上想到了另一个办法。

卓一嗤笑了一声，不在意地说道："不用你付。"

单意："不行，我要负责的。"

卓一的脸上带着几分玩世不恭："那你以身相许，我那蠢弟弟刚好缺个女朋友。"

单意神色茫然，她老板是不是误会了什么？

她和卓起，怎么可能。

"我……"一个字音刚落下，她听到了一道熟悉的男声在喊她的名字。

"单意？"

女生回头，看到唐星舟的身影在向她走来。单意看到他这么晚还出现在医院，下意识想到的就是："你生病了？"

他正要回话，目光落到她右边的袖子上，那里有几滴红色的血渍，与她身上那件白色的毛衣形成鲜明的对比。

他瞳孔紧缩，语气里带着焦急："你受伤了？"

单意看了一眼自己毛衣上的血，摇了摇头，说道："不，不是我的。"

"卓起受伤了，当时我在身旁，应该是不小心弄到的。"她解释着，却没把自己差点被流氓欺负的事情告诉他。

唐星舟闻言，脸色好了些。单意还没听到他的答案，上下打量着他：

"你怎么会出现在医院？"

唐星舟："我爸得了急性肠胃炎，我送他来医院。"

唐奇今天吃坏了肚子，医生检查过后说让他留院观察一天，唐星舟就留下来看护。唐奇刚才睡着了，唐星舟坐了很久，腰有点累，就下来走一走。刚到一楼，他就看到了单意。

一旁的卓一静静地看着这两人。

他们刚才见到对方出现在医院的第一反应都是在为对方担心，而且能明显感觉到他们之间那种不同寻常的气氛。

他一下子就明白了些什么。原来，他那个蠢弟弟早就没机会了啊。

唐星舟像是现在才发现她身旁还站着另外一个人。他望向卓一的时候，目光不善。

这个男人，唐星舟没见过。他跟单意是什么关系？

单意这才想起来给唐星舟介绍："这是卓起的哥哥，跟我一起来的。"她刚说完，卓起的身影就出现在他们的面前。

"哥，你们怎么去了这么久啊。"

待看到唐星舟也在这里的时候，卓起的脚步一顿，跟在他身后的温怡然也停了下来。

卓一想到自己还没给这个蠢弟弟缴费，低头拿出自己的钱包。单意看到了他的动作，连忙制止道："说好了我给的，毕竟卓起是因为我受的伤。"

听到这句话的唐星舟，目光落到了卓起那绑着白色纱布的手臂上。

卓一这次没有因为她的阻止而停下动作，很快就缴好了费用，单据也已经打好了。

单意见阻止不了，就补了一句："那老板你记得从我的工资里扣。"

卓起一听，回道："不用，不用。我们不是朋友吗，这点小钱不用计较的……"

单意这回的态度很强硬："要的。"

气氛有瞬间的尴尬，卓起脸上的神色变了变。

单意："我不是那个意思，我……"她说话的时候，掌心那里传来触感，有东西被塞了进来，是几张红色纸币。

她不解地看着唐星舟。

"钱是我借给你的。"唐星舟还帮她想好了她不能拒绝的理由,"要还的。"

单意听到他这么一说,莞尔一笑。

这一刻,卓起觉得自己输得彻底。

原来,他根本不懂她。他刚才自以为他们是朋友,可以不用计较这些。可她不想欠任何人,无论是出于什么原因。

唐星舟却能一眼就看出来,而且还帮她解决了问题。

离开医院后,众人各自回家。

唐星舟送单意回去,剩下温怡然一个女生,而且她家还有点远。单意正想先送她,卓起却主动提出他哥有车,可以一起回。

单意看了温怡然一眼,后者点了点头,她才松了口:"那怡然就麻烦你们送她回去了。"

卓起:"放心,保证安全送她到家。"

单意走之前指了指卓起的手臂,叮嘱道:"伤口注意别碰水。"

卓起点头。两人朝她挥手道别。

卓一去酒吧附近的停车场取车了,卓起和温怡然两人往那边走。

凌晨的街道,行人很少,昏黄的路灯光映在两人并肩走着的身影上,两人都无言。快到酒吧门口的时候,温怡然突然停下了脚步。

四周无人,她的声音在这寂静的黑夜里显得格外清晰——

"卓起,你是不是……喜欢意意?"

温怡然将藏在自己心里许久的疑问说了出来。

卓起微怔,似乎没想到她会问得这么直接。过了几秒后,他很坦然地承认了:"是喜欢过。"

喜欢过。那现在呢?

半晌,温怡然还是没忍住,问了出来,带着点试探:"那你知道,意意她……"

"知道。"卓起接过她的话,他知道她要说的是什么,"我知道她喜欢唐星舟。"

他看向天边那皎洁的月亮,像是陷入了回忆。

这件事,他一开始就有所察觉,但是不敢肯定,后来是程星临给了他让他死心的答案。

——"卓起,单意喜欢唐星舟那家伙,很早之前就喜欢了。"

很早之前。

原来她早就把自己的心给了别人。

卓起低头笑了笑,掩盖住了眸里的情绪。

卓起和单意,也只会是朋友,不会再有别的关系了。但是,卓起永远也忘不了,十六岁那年的一个雨天,他透过便利店的那面玻璃墙看到她的一幕。

她刚好抬头看向他的一瞬间,他才知道什么叫一见钟情。

——"欸,美女,你有点眼熟啊,我们是不是在哪里见过?"

不然,你怎么长得这么像我喜欢的人呢。

可是,那一句话,他当初没有说出口。

年少的喜欢,来得太早、太快,似乎就定格在了那一刻。

知道自己不会有机会的时候,他已经有了放弃的念头。而且,他对单意也没有到那种非她不可的地步,所以,后来两人一直都是以朋友的方式相处着。他也发现,这种相处方式是最舒服的,也是最适合他们的。

或许是因为第一次遇见时的那一眼太惊艳,他至今也没遇到其他喜欢的女生,所以对单意还会有一种莫名的情愫在,然后就被他哥发现了,现在又被她舍友发现了。

卓起偏过头来,喊了身旁女生一句:"小温同学。"

温怡然"啊"了一声,慢半拍地意识到他喊的是自己。

卓起突然凑近她,很小声地问道:"她应该不知道吧?"

这个她,指的是谁,不言而喻。

温怡然心中微涩,摇了摇头:"应该没有,你藏得挺深的。"

只不过,人通常对自己在意的事情会多几分注意力,比如她。

卓起松了一口气道:"那你帮我保守秘密可以吗?别告诉她。"

温怡然的心脏像是被人攥住,一时之间觉得呼吸都有些困难。她轻轻地点了点头,努力控制住自己的语气:"可、可以。"

单意在酒吧做到了春节前夕。

大年初一那天,朋友圈的人都在互相送祝福。单意收到了很多人的,都一一回复过去了。

可唯独发给唐星舟的那份祝福是不一样的,因为她发的是一条短视频。

时间刚好是零点整,拍的是烟花在天空中绽放的那一刻,女生的声音清亮,带着笑意:"唐星舟,新年快乐。"

单意发完那条信息后还在看着烟花,她在向烟花许愿——

我喜欢的男孩,祝你年年快乐,万事皆胜意。

过了几分钟后,那边回了一条语音信息过来。单意没有马上点开,手指跟手机屏幕之间隔着几厘米。

自己那颗心,忐忑不安。然后她轻轻按下。

他先是喊了一声她的名字:"单意。"

男生的嗓音清冷依旧,在这安静的环境中显得极其清晰。

单意以前就很喜欢听他说话的声音,高中那会儿,他每次站在主席台上作为年级代表发言的时候,她都会拿手机偷偷录下他讲的话。

那些无聊又老套的发言稿从他口中说出来,都变得好听了些。

而现在,她没有站在被淹没的人群里,她也不用录音,她的手机里传来他只对她一个人说的话。

他说:"新年快乐。"

也祝你快乐。

第十碗粥　项链

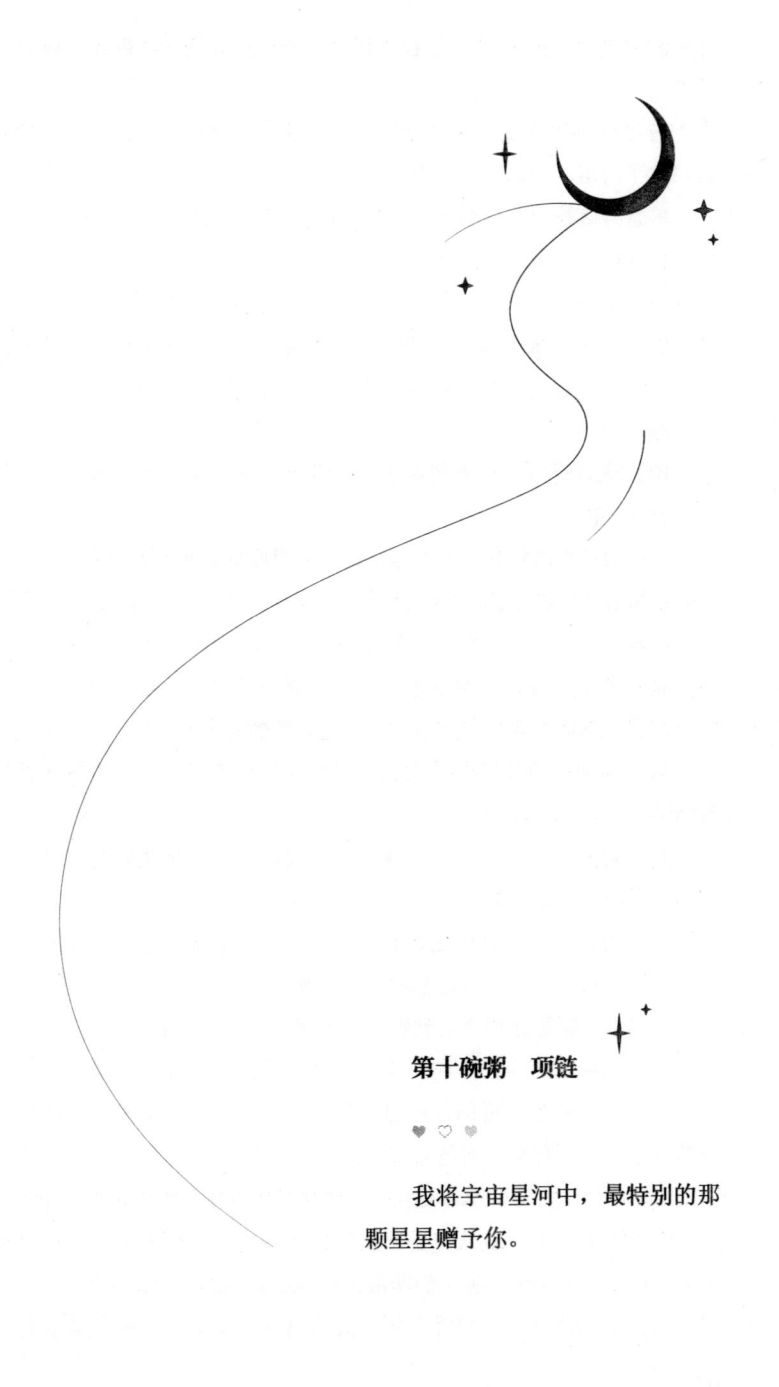

♥ ♡ ♥

我将宇宙星河中,最特别的那颗星星赠予你。

新年过后，还有十天左右才开学，单意打算找点兼职做，赚点生活费。

碰巧之前在清城一中附近做过的那家便利店这时候在招人，店长给她发了微信，问她是否有空来做兼职。

单意给店长回了一个"好"字，说自己第二天就可以去上班。于是，这事就这样定下来了。

第二天下午。

唐星舟是出来跑腿的，他爸唐奇让他把一份资料拿给清城一中的校长。通过电话后，得知校长今天下午都会在清城一中，所以他就去了一趟。

校长拿到资料后拉着他聊了一会儿天，话里话外都在夸他，表示十分赞赏。

"这两三年的优秀毕业生里，就属你跟程星临两个人最为出色。"

唐星舟："校长您过奖了，以后的学生会有更厉害的。"

校长："好、好、好，那就借你吉言了。"

唐星舟又跟校长闲聊了一会儿，才离开了学校。回去的途中刚好经过一座篮球场，他在里面看到了一道熟悉的身影。

那正是刚才校长口中提到的程星临，他正在跟几个男生在那里打着篮球。

其中有一个男生投篮的时候用力过猛，不小心将篮球扔出场外，刚好飞向唐星舟站着的方向。

众人的目光也跟着往这边看，然后就看到了站在篮球场外的那个男生。有人认出了他，惊讶地喊道："那是舟神吗？"

唐星舟弯腰捡起那个滚到脚边的篮球，然后走进了场内。

程星临和卓起今天是约出来打球的，他们的家都离清城一中比较近，经常来的就是附近的这座篮球场。里面打球的也基本是些清城一中的学生，有男有女，都是高二的。

刚才在场上打球的基本是男生，女生则站在场外看着他们打。

有不少人一下子就认出了程星临，知道他是学校光荣榜上的"一中双子星"之一。于是男生们非常积极地过来邀请他一起打球。

刚打了几分钟，他们就看到了突然出现的唐星舟。那群学生觉得自己今天简直好运气爆棚,不仅能遇到程星临本人,竟然还能遇到唐星舟。

"一中双子星"就这样合体了,贴在学校光荣榜上的传奇人物突然就活生生地站在他们的面前,简直太玄幻了。

唐星舟一走进场内,身上那股疏离感随之而来,大部分人不敢贸然上前与他搭话。

唯有一个人不同——程星临径直朝他走了过去,抢过他手里的那个篮球,语气很淡地说了一句:"谢了。"

"打一场?"唐星舟跟程星临同时开口。

程星临的眼睛对上他的,勾了下唇,应道:"好啊。"

单意出现的时候,看到的就是两人一起打球的一幕。

她做兼职的便利店就在附近,下午五点刚好到换班的时间,有其他同事过来接替她的工作。碰巧这时候有个女生过来买水,而且买的还是一整箱。

单意看女生一副柔弱的模样,估计是搬不动的,于是建议她找个人过来帮忙。她说不用,她是要拿到篮球场那边的,提不动就直接拖过去好了。

这里离清城一中很近,单意也知道附近是有一座篮球场。现在还没到开学的时间,清城一中还不让人随便进,所以学生们就会去那座篮球场打球,来买水的大部分是一中的学生。

单意看了一眼那个装满水的箱子,听到她说是要搬去那座篮球场,于是就说帮她一下,反正自己回家也是要经过那里的。

等走进场内,感觉周围的欢呼声异常热烈,她就多看了几眼,发现了人群中那耀眼的两人——正是程星临和唐星舟。

他们两个怎么碰到一起了?

周围的女生大声尖叫着,喊着的也是他们的名字。没参与这场比赛的卓起最先发现了单意的存在,往那边挥了下手,喊道:"意姐?"

打球的两人都听到了卓起的这一声呼唤,但是只有唐星舟愣了下神,转过头去看她。

女生站在距离篮球架一米左右的地方,身上穿着紫色的连帽卫衣,未施粉黛的脸依旧白皙。他看过来的时候,目光一下子就对上她的。

单意的出现,程星临丝毫不受影响,趁着这个机会抢过了唐星舟手里的那个篮球,直接三步上篮。篮球进入篮框,垂直下落,发出声响。

一场篮球友谊赛也到此结束,以程星临的获胜画下句号。

程星临抬起手臂擦了擦自己额头上的汗,朝站在篮球架下的单意喊了一声:"单意,扔一瓶水过来。"

单意听闻,看了看自己脚下刚搬过来的那箱水,回道:"这水不是我买的。"

刚才去买水的那个女生显然也没想到这个便利店的女生居然认识程星临,连忙将那些水奉献出去:"没事的,姐姐,你拿吧,这些水就是买给他们打球后喝的,而且钱还是临神刚才给的。"

单意得到别人的同意后,这才弯腰从那个箱子里拿出一瓶水,动作熟练地朝程星临那边扔了过去。

程星临刚准备去接,却被站在他前面的唐星舟截了和——唐星舟把单意扔过来的那瓶水接住了。

程星临神色微变,挑了挑眉,朝着唐星舟的背影"喂"了一声,说:"先来后到这个道理,你不知道吗?"

唐星舟已经拧开瓶盖喝了一口水,身子微微侧着朝向他,回道:"我只知道我拿到就是我的。"

不知道他在说这瓶水,还是在说人。可话里的意思只有他们两个人才懂。

程星临偏头笑了下,觉得这个人比他想象中的还要幼稚些。他也没跟唐星舟计较太多,自己走过去拿了一瓶水,仰头喝下。喝了一大半的水后,他才觉得自己又活过来了。

他刚才打球打得太猛,唐星舟那家伙一直紧咬着不放,像是跟他有仇似的。几个男生也走过来拿水喝,但是动作都有点小心翼翼的。

程星临察觉到了他们的拘谨,主动找话题道:"你们球打得不错。"

"哪里,哪里,临神你打球才厉害。"

"还有舟神,也很厉害。"

"对啊,你们是神仙打架,我们是菜鸡互啄。"

那群男生把他们两个人一顿夸,而且个个都是"端水大师"。

有一个男生胆子稍微大些,大声说了一句:"临神,你是我偶像,今天能跟你打球很开心,明年我也要考清大。"

程星临听到后笑了笑,对这句话还挺受用,看了一眼身旁的唐星舟,神情颇为得意。

另一个男生也不甘落后,扬声喊道:"舟神,我好崇拜你的,我也喜欢数学,希望明年能当你的学弟。"

唐星舟看着这一张张年轻又有活力的面孔,难得露出了一个浅笑来:"好,我在清大等你们。"

程星临在他后面补了一句:"清大欢迎你们。"

"谢谢舟神!"

"谢谢临神!"

"我们会努力的!"

一群少年热情洋溢的脸上带着憧憬,眼神坚定。

西边的太阳渐渐下沉,很快就到了夜幕时分,打篮球的那群人也跟着散了。单意、唐星舟、程星临和卓起四人并肩走着。

他们沉默了一路。

到了一个分岔路口,四人回去的路线才有所不同。单意作为在场唯一的女生,伸手指了指左边的那条路,率先开了口:"我走这边。"

"我也是。"唐星舟随后说道。

程星临指了下右边的那条路说道:"我跟卓起走这边,那就这样散了吧。"反正他们之间也没什么话题可聊的。

四人分为两人一组,然后分道扬镳。卓起走在程星临的身旁,走了几步后,忍不住回了下头。

他的视线里,一男一女长长的身影被街道旁的路灯光映在地面上,背影莫名的和谐、般配,宛若一对璧人。

程星临察觉到他的目光所在:"别看了,我之前跟你说过的……"

单意喜欢唐星舟。

卓起收回了目光,低喃道:"临神,你不用总是提醒我。"

程星临:"我是怕你做些不清醒的事。"

"不会。"卓起低了低头,脚尖微微抬起,踢了下路边的一块小石子。

"唐星舟就是个闷葫芦,但他对单意跟对别人还是有点不一样的。"

程星临说道。他看了一眼那对越走越远的背影,想起之前他爸程岩带他去过一次唐家,而且他记忆力很好,到现在还记得去那里的路线。

"唐星舟从刚才开始,就是往回家的反方向走的。"

他们四人走出篮球场的时候,都是往左边走的,但是唐星舟的家明明是在右边。他越往左边走,离家就越远。

另一边。

单意打工的那家便利店离她外公外婆家并不远,拐了个弯,再走几百米就到了。她一边走着路,一边觉得哪里不对劲,从刚才开始,她好像就有什么东西遗忘了。

等快走到她家门口的时候,她终于想了起来。她突然"啊"了一声,转过头来看向身旁的唐星舟:"不对,不对。"她脑子里思考着正确的路线,"你家不是在学校的另一边吗,你怎么往这边走了?"

往这边走不是越走越远了吗?

唐星舟闻言,微微侧了下身,垂眸看她,漆黑漂亮的瞳仁里映着她的身影,里面藏着细碎的光。他像是想到了些什么,嘴角略弯,嗓音带着几分意味不明的浅笑。

"你怎么知道我家住在哪边?"

有什么答案像是要呼之欲出。

她知道他不喜欢吃辣的食物。

她知道他是清城本地人。

她还知道他家在哪个方向。

就像他知道她喜欢吃鸡腿,喜欢吃糖醋排骨,知道她数学不好,知道她一紧张就容易结巴。

"单意。"唐星舟喊了一声她的名字。但就是这一声叫唤,让她变得更加紧张起来。

他是不是发现了什么?

单意的脑子转得飞快,绞尽脑汁地想着该怎么完美地解释这件事。

"那个……我、我之前在学校帮老师整理东西的时候,不、不小心看到过你的学籍信息,那里不是有写家庭住址的吗?"她心虚地笑着。

唐星舟饶有兴趣地欣赏着她此刻的模样:"哦?

"那你倒是记得还挺清楚的。"

当初,他们一个高三,一个高二。

现在,他们一个大二,一个大一。

学籍信息表,她是怎么碰巧看到的。

唐星舟现在才后知后觉,有一些蛛丝马迹好像一直被自己忽略了。

"我、我记忆力比较好。"单意结巴了一下,但是这回反应很快,还拉出另外两个人来当挡箭牌,"比如程星临和卓起他们家的地址,我也记得啊。"她说完,还怕他不相信,又往那边指了指道,"我跟你说,程星临的家特别好找,就往那边走……"

一听到程星临的名字,唐星舟的脸色就沉了些。他没仔细听她讲的话,也不想知道程星临的家在哪里,所以先结束了这场对话:"你进去吧,我走了。"

单意慢慢把手收了回来:"哦,那你回去的时候小心点。"

"对了,你往左边这条路直走大概三百米有个公交车站,368路公交车会经过那里的……"

后面她越说越小声。

单意单手捂脸。她怎么又把自己暴露了,还说出了他平时回家坐的那路公交车。

"你、你快回去吧,我先走了。"

她说完都不敢去看唐星舟,像只兔子一样跑得飞快,一下子就溜了,快到他只能看到她近乎落荒而逃的背影。

单意在那家便利店做了一个星期的兼职,赚了点小钱,够一段时间的生活费了。然后,她又在家里宅了几天。

她为了不破坏自己整个寒假的愉快心情,在临近开学的时候才敢登上学校的教务系统去查期末考试的分数。

其他学科的,她都不担心,唯独有一科,是最让她忐忑不安的。

她坐到房间里的椅子上,打开自己的电脑,进入页面。右手按住鼠标,慢慢地往下拉,她紧张得连呼吸都变轻了些。

然后目光锁定在那个"数学建模与应用"上,她的视线开始往右边挪,看到了学分是"2",看到了老师是"唐奇",看到了分数是……

七十分！她瞬间瞪大眼睛，反复看了好几遍。

真的是七十分——她不但没挂科，而且还比及格线高出了十分，简直让她不敢相信。

单意一脸高兴，把这一科的分数单独截图发到了那个"F4"的群聊里。她要让程星临好好看一看，还要打脸他之前说的那一句"你放过数学吧"。

九点五十七分："哈哈哈，终有一天数学也被我征服了！"

九点五十七分："就问一句，还有谁！"

先冒泡的是卓起。

清大少女的梦："意姐厉害！"

程星临可能刚好在线，很快也在群里说话了，不过跟卓起是截然不同的话风。

Lemon："期末成绩有平时分加成。"

Lemon："至于多出来的那些分，应该是同情分。"

九点五十七分："平时分也是我自己努力得来的，我骄傲！"

九点五十七分："你把后面那句话说清楚，什么叫同情分？"

Lemon："你这分数，应该是唐叔叔授课以来打的最低分。"

Lemon："不信，你问问其他选修过这门课的人，最低应该也有八十五分。"

Lemon："说得够清楚了吗，倒数第一。"

三句话，三支箭，狠狠地插在了单意的胸口上，而且她发现自己还反驳不了。她瞬间觉得那个七十分如此刺眼。

算了，她还是放过数学吧。

唐奇教授的教学生涯里已经被她抹黑一道了。

二月底，清大开学。

大一下学期的课程跟上学期的差不多，都是专业课加选修课。单意这次选课格外谨慎，绝对不选跟数学有关的任何课程。

好在这一次也没有手滑，她成功地选到了跟自己专业相关的课程。

只不过有时候她还是会在学校碰到唐奇教授，他都一脸笑眯眯地跟她打招呼。

她每次都露出心虚的笑跟他招手。

难得他还认得她，是不是她的七十分太让人印象深刻了？

许是跟单意见面的次数有些多了，唐奇的好友、中文系的程岩教授，也就是程星临的爸爸，跟他同行的时候就发现了一些猫腻。

"老唐，我发现你这人爱跟美女打招呼，回去我要告诉嫂子。"程岩调侃道。

唐奇朝他冷哼了一声："你这分明是嫉妒。"

程岩："我嫉妒你啥了？我们中文系的学生也长得很漂亮的。"

唐奇一脸傲娇道："嫉妒我快有儿媳妇了。"

这个回答是程岩万万没想到的，他差点把口里正吃着的米饭喷出来，幸好维持住了他为人师表的好形象。

"你儿媳妇？就是经常跟你打招呼的那个学生？"

"嗯哼。"

程岩不信："八字还没一撇的事，你拿来说吧？我消息很灵通的，在学校怎么没听说星舟那孩子谈恋爱的事。"

说到这个，唐奇就恨铁不成钢起来："他说快了。"

程岩提出自己的疑问："可你家星舟不是打算出国吗？"

"出国"这两个字让唐奇难得地沉默了一会儿。

系里是有这个打算，明年他们跟国外的大学有一个合作项目要开展，现在已经在准备阶段了。有一个交换生的名额，基本上是定了唐星舟的，而且这也是一个很难得的机会。

但是，这就意味着唐星舟大三就要出国，而且要在国外待一年。他要是一忙起来，基本上是没有什么休息时间的。

没有休息时间还怎么谈恋爱？

好友的提醒让唐奇意识到问题的所在，于是他回家后马上问自己的儿子是什么打算。

此时唐星舟正在自己房间的书桌前看书，唐奇象征性地敲了敲门，得到他的应允后才走了进去。

男生的房间很简洁，黑白色调为主。最显眼的是书桌旁边的那面荣誉墙，上面摆满了各种各样的奖杯，还有几个模型。

唐星舟抬起头来看了他爸一眼，又把头低下去了。

唐奇先是唠家常地问了一句:"儿子,在干吗呢?"

唐星舟:"看书。"

唐奇问的是一句废话,唐星舟回的也是一句废话。

唐奇看到他手里拿着的是英文书,猜测道:"你是在准备下个月的托福考试?"

唐星舟"嗯"了一声,意识到这场对话的开场并不简单,他将书本合上,放到桌面,然后侧头看向唐奇,把一旁的椅子拉了过来。

唐星舟指了指道:"爸,您坐吧,找我有什么事?"

唐奇顺势坐下,双手放在膝盖上,却一副欲言又止的样子。唐星舟也不催他,就这样静静地等待着。

半晌,唐奇开口道:"系里明年有一个项目是跟美国那边的一所大学一起合作的,你知道这件事吧?"

唐星舟点头:"知道,吴教授跟我讲过。"

"那你有什么打算?"唐奇觉得自己再这样问下去太磨叽了,干脆开门见山,"我问得直接点,你去不去?"

他没有听到唐星舟马上回答的声音。男生低着头,像是在思考着,让人看不清脸上的神色。

唐奇给唐星舟分析着利弊:"儿子,说实话,以爸的角度来说,这确实是一个很难得的机会,有一位教授在微分几何这个领域里很有权威,就在美国的那个学校,你去那边肯定是能学到知识的。但是……"

但是,一年的时间,说长不长,说短也不短。两人现在恋爱都没谈呢,万一他未来儿媳妇跟别人跑了怎么办?

可是,他们如果现在在一起,又很快就要异地恋了,好像哪个都不好,哪个都不对。

唐奇:"儿子,爸向来尊重你的任何选择。

"当初数学类的专业也是你自己选择的,你为此付出的努力,我是看在眼里的……"

或许数学在别人眼里无聊又枯燥,但是对于他们这些真正喜欢数学的人来说,数学可以让他们获得快乐,获得成就感。每解开一道谜题,每算出一次成功的结果,都是新的收获。

唐奇很喜欢一位古人说的话:"迟序之数,非出神怪,有形可检,有数可推。"在这大千世界里,数学就是个神奇的存在。

唐奇话说到这里就停住了,他站起身来,拍了拍唐星舟的肩膀:"你妈妈吃药的时间到了,我去看看她。"

他转身之际,唐星舟叫了他一声:"爸。"

"我有分寸的。"

唐奇有唐星舟这句话就够了。

下学期的时间似乎过得特别快,眨眼间就到了五月。七号是星期三,也是单意十九周岁的生日。

这一天,她并没有大张旗鼓地庆祝,过得很普通。

她跟宿舍里的三人白天都在上课,晚上就去外面的海底捞吃了一顿,吃得很饱,还是扶着墙出来的那种。

然后,她们又去唱K,唱到快深夜十一点才回的学校,四人一路上说说笑笑。

到了宿舍楼下后,宿管阿姨叫住了单意。她认得人,之前她们宿舍的水龙头坏了,是单意填的报修单。

宿管阿姨那时候看到单意的名字,还觉得特别,单意——善意,而且她长得漂亮,性格也挺不错的,每次回宿舍的时候,看到宿管阿姨在,都会甜甜地喊一声"阿姨"。

宿管阿姨拦住了她,将放在自己桌上的一个袋子递了过去。

宿管阿姨讲着一口粤语:"有个靓仔岩先来过,留低哩份野俾你,佢话自己有事急住要走。"

木棉听完后在一旁帮忙翻译着:"她说有一个帅哥刚才来过,留了份东西给你,说自己有事,急着要走。"

木槿的第一反应就是:"会不会是舟神啊?"

其实单意想到的第一个人也是他,但是细想又觉得可能性不太大。

两人这学期开学后很少见面,偶然见到也是急匆匆。她听说他最近忙着考试和参加比赛,学校里经常看不到他的人影。

可是,当单意拿过那个袋子后,看到外面用便笺写着的"单意收"这三个字的时候,她就确定是他了。

因为她认得他的字。

她没有马上拆开,跟宿管阿姨道了声谢谢。等到了宿舍,她把那个袋子轻轻放下,拿出里面装着的东西——是一个粉色的盒子,外面系着蝴蝶结,很梦幻的搭配。

单意慢慢打开,里面静静地躺着一条项链,银色的,链坠是一个小星球,下面还有一颗星星——精致又简单,很漂亮,而且很好地戳中了她喜欢的那个审美点。

她看着这条项链,脑海里一下子就想到了"宇宙"和"星星"这两个词。

宙星,星舟。

单意将项链拿了出来,放在掌心上,仔细端详着,看了一遍又一遍,一副爱不释手的样子。

她抿嘴笑着,脸上是藏不住的笑意。她对着桌上放着的梳妆镜戴上项链,再转动一圈戴正。

女生的锁骨精致又漂亮,肌肤白皙,和项链相得益彰。

单意真是越看越喜欢。

她知道唐星舟这段时间很忙,所以没想过他会记得她的生日,而且还特意送了礼物。

只是有点可惜,她没能见到他。

她又看了一会儿这条项链,目光转动之间不经意地落到自己刚才放到一旁的那个盒盖上,突然发现上面好像还有字。

她看得不太真切,把盒盖拿了起来,凑近了些看。上面的字明显是印上去的,应该是本来就有的,是一句非常浪漫的话。

——"我将宇宙星河中,最特别的那颗星星赠予你。"

单意放在桌面上的手机突然振动,紧接着跳出来电显示——"Z"。

她身体的动作比自己的脑子要快,手指迅速地点了一下绿色的接听键。

"喂……"

"单意。"

两边的声音同时响起。

"礼物收到了吗?"

单意听到那边有很大的风声,也不知道唐星舟现在在一个什么地方，猜想应该是在外面。

"收到了，谢谢。"她没拿手机的那只手空了出来，手指抚上脖子上的项链，又补了一句，"……我很喜欢。"

很喜欢你送的礼物，也很喜欢那句话。

"喜欢就好。"唐星舟一边打着电话，一边随着人流走上舷梯。

站在舱门处的一位空姐留意到这位年轻帅气的男人，露出标准的职业笑容："欢迎您乘坐本次航班。"

单意听到了这句话，联想到刚才的风声，不禁猜测道："你在飞机上？"

"嗯，要去国外参加一个交流会。"

单意虽然没坐过飞机，但是也知道飞机上是不能打电话的："那你赶紧挂电话吧……"

唐星舟："等会儿，你先看看你手机上的时间。"

单意照做，将手机挪到眼前看了看，问道："怎么啦，现在是晚上十一点五十六分。"

唐星舟停顿了一会儿："到五十七分了吗？"

单意又看了一眼，看着后面的两个数字从五十六变成了五十七。

"嗯，五十七分了。"她有点搞不明白他现在的操作。

"您好，先生，飞机即将起飞……"

刚才那位空姐走了过来，提醒他手机关机。他抬眸看了她一眼，礼貌地回了一句："好的，请让我说完最后一句话。"

他收回目光，冷淡疏离退去，眼里藏着缱绻深情，语气比刚才温柔了好几倍，对着电话那边说道："单意，生日快乐。"

只是简简单单的六个字，却瞬间在单意的心里炸开了一簇簇烟花，控制不住地往天上蹿去——

她的脑子突然转得飞快，想到他刚刚为什么会一直问她时间。

五十七分，五月七号。

她的生日。

连她都想不到的仪式感，这个男生怎么这么细心啊。

她单手捂住脸，肌肤一片滚烫，绯红蔓延至耳朵。她从镜子里看到了自己现在的模样，想不到用什么词语来形容。

连反应都慢了好几拍,她才想起来要回他的话:"谢谢你。"

想到他快要挂电话了,她又着急地喊了一声他的名字:"唐星舟。"

对方"嗯"了一声,尾音勾人。

她其实有好多话想对他说,但是知道现在不是时候,千言万语化作一句:

"祝你一路平平安安。"

唐星舟回来已经是一个星期后了,两人见了一次面,是在一个周末。

他前一晚给她发了一条信息,问她明天早上有没有空,陪他去外面逛一逛,帮忙挑选个生日礼物。

单意多问了一句:"给谁挑礼物啊,小柠檬吗?"

可是,路以柠的生日在十一月,现在买礼物还早了点吧。

"不是,给我妈。"唐星舟在那边回道。

给唐星舟的妈妈挑礼物?单意突然觉得这次的任务有些艰巨。

第二天早上,两人约好见面的时间是九点半,太早的话,商城还没开门。他们是各自吃完了早餐才会合的。

但是,单意还是起了个大早来梳妆打扮,这学期她跟着温怡然学会了化妆,现在出门多多少少都会捣饬一下自己。

她上个月发工资的第二天刚好跟宿舍里的两个人去逛街,经过一间卖衣服的店,橱窗里的模特穿着一条紫色的小碎花裙子,被木棉、木槿两个人一眼就看上了,说非常适合她。

单意敌不过她们姐妹俩的软磨硬泡,就去试衣间试了试。

出来之后,她被两人和导购员好一顿夸,夸得天上有地下无的那种。加上她确实好久没有买过新的衣服了,她也挺喜欢的,于是就买了下来。

今天还是她买了之后第一次穿这条裙子。

唐星舟给她发了一条信息,说自己到楼下了。她回了一句"我马上下来",然后顺手拿起包包就下楼了。

宿舍门口的那棵木棉树下,站着一个帅气的少年,他穿着简单的纯白色T恤,浅蓝色的直筒牛仔裤,身姿挺拔,面容冷峻。

唐星舟耳尖地听到楼梯那里传来细碎的脚步声,他抬头一看,就看到迎着光走来的少女。

女生今天的打扮比往常要精致些，紫色的碎花裙，还是吊带款的，吊带上分别绑着一个小巧的蝴蝶结，裙子长度刚好过膝，露出一双匀称笔直的腿，下面踩着露脚趾的平底凉鞋。

她今天还把头发绑成了一根麻花辫，搭在一边的肩膀上，发尾那里还系着一根紫色的发带。再配上她今天化了一个小时的初恋妆，樱花色的眼影，打了点腮红，卧蚕那里加深了些，妆容十分自然，整个人显得清新淡雅，有种又纯又欲的感觉。

唐星舟目不转睛地看着她慢慢走近，都忘了反应。细看后，他才发现她脖子上戴着一条银色的项链，是他送她的那条——跟她今天的这身打扮很般配。

她将双手放在背后，走近他后，身子微微前倾，伸出一只手在他面前挥了挥。一股淡淡的玫瑰花香，悄然地钻进他的鼻腔。

唐星舟本能地抓住在他面前乱晃的这只手。男生掌心的温度很高，贴在了女生沁凉的手指上，一热一冷。

单意一怔，那双漂亮又勾魂的眼睛，不知所措地看着他。

唐星舟终于回过神来，有些慌乱地松开了她的手，偏过头去，低声说了一句："走吧。"他侧身的时候，喉结不自觉地动了一下，向来清明的眼神也有点飘忽，没有焦点。

单意没察觉到他的反常，走到他身旁的位置，与他并肩走着。

两人先去了附近一家商场的饰品专柜店，看了一圈后，没发现有什么合适的，主要是饰品类的东西，唐星舟之前都送过了，不想再送重复的。

单意灵光一闪，提议道："我们去服装店看看吧。"

两人来到一家服装店，导购员十分热情地上前询问道："两位要买些什么呢？"

单意环顾四周，问道："请问这里有丝巾卖吗？"

导购员："有的，请跟我往这边来。"

三人来到卖丝巾的区域，单意随口问道："阿姨平时喜欢什么颜色啊？"

唐星舟："蓝色。"

单意左右看了看，相中了一条蓝白色的丝巾，把它从众多丝巾中抽了出来，拿到唐星舟的面前："这条怎么样？好看吗？"

唐星舟只是低头看了一眼："你做主。"

他要给他妈妈买东西，怎么就变成她做主了呢？

单意："你就这么相信我啊？"

唐星舟："你眼光好。"

被夸了，单意心里开心得冒泡泡。

"那就买这条啦。"

"嗯。"

单意将那条丝巾递给了一旁的导购员："麻烦你帮忙装好，谢谢。"

"好的。"

从店里出来后，恰是午时，烈日当空，唐星舟说为了感谢单意帮忙挑礼物，请她吃一顿饭。

"不用啦，上次你借了钱给我，是我应该请你吃饭。"

那笔钱，单意发了工资之后就用微信转给他了。

唐星舟："我不习惯让女生埋单。"

单意的思维跟普通女生有些不同，她想到的是："那我们AA？"

"行吧。"最后还是唐星舟妥协了。

因为唐星舟不吃辣，口味也比较清淡，所以单意就挑了一家粤菜馆。

点菜的时候，是唐星舟点的，他看了下菜单，估算着单意平时的饭量，点了三菜一汤。他点完单后，服务员说了一句"稍等"。

菜上齐之后，唐星舟没有先动筷，问了她一句："要拍照吗？"

之前周慕齐跟林夏还在一起的时候，唐星舟就听他在宿舍讲过两人约会的事情，说林夏有一个习惯——吃任何东西前都要先拍照发朋友圈。

后来，唐星舟才知道这个习惯不止她一个女生有，现在很多女生都有。

单意本来是想拍照的，但是怕他饿了要先吃，所以就没开口。眼下他居然主动问了，那她也就"却之不恭"了。

她点了点头道："我很快拍好。"她拿起手机，选好构图，换了不同角度，拍了好几张。

拍完之后,她就把手机放在一旁,指了指面前的饭菜:"我拍好了,可以吃了。"

唐星舟见她拍完后就没有其他举动了,跟自己预想中的不太一样。

"你不用发朋友圈吗?"

单意"啊"了一声:"发啊,等我修好图再发。"

拍完还要修图?这些食物有什么好修的?

这一点涉及唐星舟的知识盲区了。

最后,这顿饭是唐星舟付的钱,单意找机会看了一眼账单,算好了价钱,马上用微信转给了他。怕他不收,她还要看着他点。

出了粤菜馆后,外面依旧烈日炎炎,阳光十分刺眼,单意连眼睛都睁不开了。

她从自己的包包里拿出一把小雨伞,打开,又看了看身旁的唐星舟,那张脸不但长得帅,还白,可不能被晒黑了。

于是她将伞撑过他的头顶。

察觉到女生的主动靠近,他偏过头去。她正仰起头,面容姣好,笑容甜甜地看着他。

他看着她的脸,突然凑近。

距离被拉近——

而且是越来越近的那种,近到他的气息都喷洒在她的脸上。

空气中,木质清香和玫瑰花香的味道混杂在一起。香味一浓一淡,却巧妙地混合在一起。

单意握着伞柄的那只手不自觉地握紧了些,心跳已经乱了节拍。

他的手指突然抚上她一边的脸颊,带着热度的大拇指在她左眼的下眼睑那里蹭了蹭。

他开口说了一句话,语气要多认真就有多认真。

"你这里,有根眼睫毛掉了。"

什么暧昧、什么粉红色的泡泡,一下子全没了。

那根眼睫毛为什么早不掉晚不掉,偏偏这时候掉了,还要被他看到。她羞愧得没脸见人了。

她刚刚居然有一种错觉,以为他要……亲她。

单意，你思想真不纯洁！

唐星舟帮她弄掉了那根眼睫毛之后就松开了手，仿佛只是在做一件举手之劳的小事。

后来两人往回学校的方向走，起初单意走在靠马路那边，唐星舟走了几步之后突然从她身后绕到了她的左边。两人的位置交换，变成了她在里面。

她看着地上的那两道人影，一把伞挡住了两人的脑袋，只看得见身体的影子，两人步伐出奇地一致。

他的上衣下摆有时候还会碰到她的裙子，有时又隔开点距离，中间会出现缝隙，就这样若即若离。

单意之前看过一本书，上面说人与人之间有四种距离，其中有一种叫亲密距离。如果不是自己认为足够亲密的人，在靠近时会引起自己的不适。

于是，她不动声色地将自己的身体往左移了一点点。这下子，她的肩膀已经碰到了他的手臂。

可他不知道是发现了还是没发现，没往旁边躲。

他毫不抗拒的反应让单意心中窃喜。

唐星舟察觉到她的小动作，垂眸看她，脸上带着纵容的笑容。

第十一碗粥　拥抱

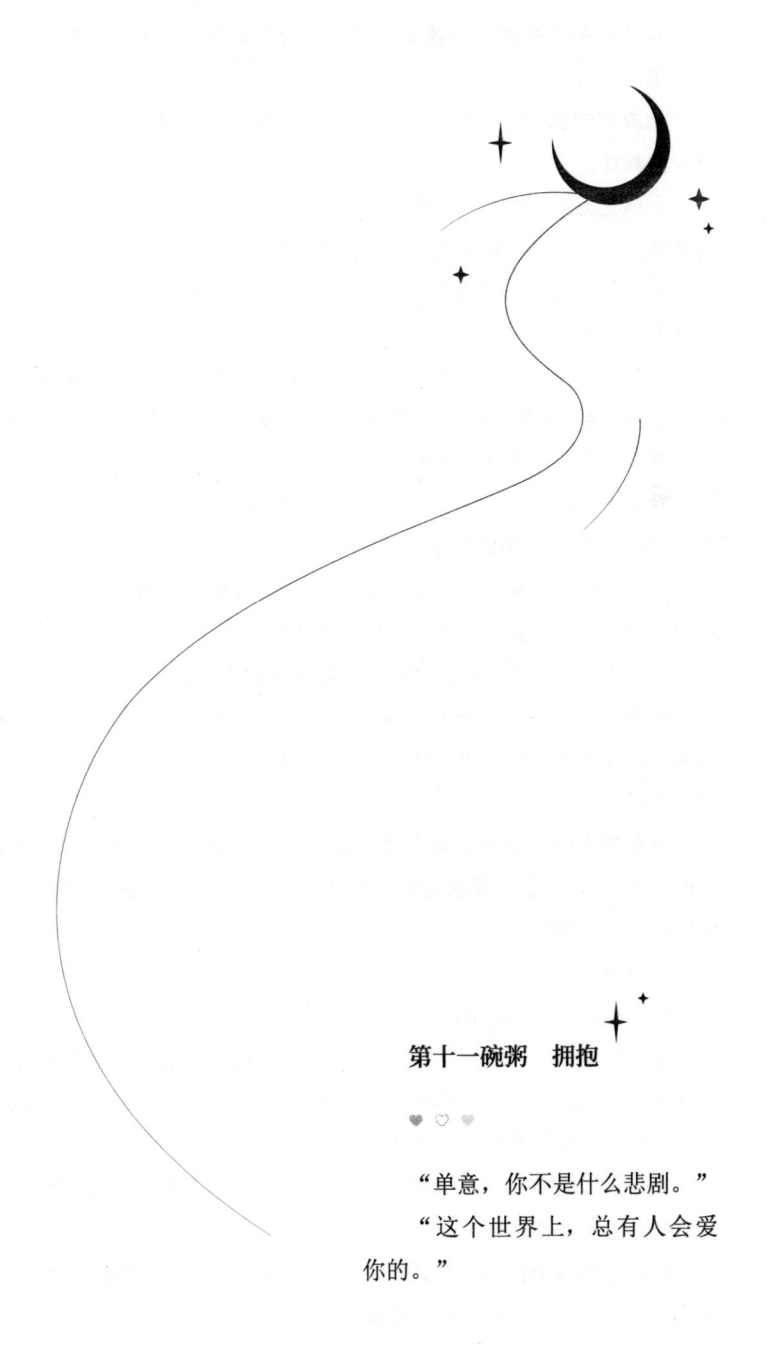

♥ ♡ ♥

"单意,你不是什么悲剧。"
"这个世界上,总有人会爱你的。"

六月底期末考试之后就是暑假。暑假有两个月,所以单意打了好几份工。

刚放假的那一个星期,恰逢清城有一个会展交流活动,她去当了几天的翻译。

会展交流活动结束后,她就去找了份家教的工作,帮小学生补习。这是她白天的工作,晚上她还要去便利店打工。

就这样过完了一个暑假,她攒了一笔钱,省点花的话足够她一个学期的花销了。

九月份,清大开学,单意成了一名大二的学姐。大二的课跟大一的差不多,她按部就班地学习着,酒吧驻唱的那一份工作也仍在坚持做。

某个周六,她照例去酒吧打工。

晚上十二点,她结束了驻唱的工作,走下舞台后去了员工储物间,拿了自己的包包后就准备回家。

从酒吧回家的路上要经过一条小巷,旁边是些烧烤店。单意走到拐角处的时候,听到一阵声响,目光随意地扫了一下。

角落里,几个男人在殴打着一个躺在地上的男生。

单意对这种事一向都是无视的态度,不会去多管闲事,但是余光看到了被打的那个男生的正脸。她停下了脚步,往那边走去,然后"喂"了一声。

三个男人同时抬起头来看她,她认出了其中的一个男人:"原来是虎哥啊。"她看了一眼躺在地上的周慕齐一眼,一副好奇的语气,"你们这是在干吗呢?"

"……"

打人啊,这么明显看不出来吗?

虎哥也是认识单意的,因为卓一,两人见过几面,他也算是酒吧的常客了。他踢了踢地上的周慕齐,说道:"出来的时候遇到一个酒鬼,非要往我身上撞,还吐了我一身。"

虎哥指了指自己身上那件带着污垢的衣服:"你看我这衣服,还能穿吗,这人不是存心找揍吗!"

单意虽然跟他们隔了点距离,但是依稀能闻到一些酒味,不知道是他们身上的,还是躺在地上的周慕齐的。

周慕齐满脸通红,脸上有些青紫的痕迹,嘴角那里还渗着血,一看就是任由人在那里打的模样。也不知道这家伙喝了多少酒,醉成这个样子。

虎哥见单意站在那里不动,还看着地上的人,猜测道:"怎么,这人你认识?"

单意:"我同学。"

她眼珠子转了转,想走,但是脚步却挪不动,一脸无奈地说道:"虎哥,你给我一个面子,放过他吧。"

"给你一个面子啊,行啊,怎么给?"虎哥上下打量着她,目光里带着不明意味的笑。

单意垂在身下的手握成了拳头,她对这种眼神真的太熟悉了。

"告诉警察怎么样。"身后有熟悉的声音传来。

单意迅速回头,看见了在巷口逆光而站的少年。

唐星舟的手里还拿着手机,上面显示的是周慕齐的定位信息。他刚才从酒吧顺着定位才找来这里的。

周慕齐这段时间跟他爸闹翻了,没住在自己家里。他手机的定位是唐星舟给他弄的,因为他最近总是出去外面喝酒,每次喝得神志不清就让唐星舟来接人。

唐星舟朝单意偏了偏头,说:"过来。"

单意听话地走到他身旁,他往前走了一两步,半个身体挡在了她面前,确保她在自己可以保护的范围内。

他看了一眼地上的周慕齐,吐字清晰道:"警察待会儿就会来,当街殴打他人,故意地非法损害他人身体健康的行为,根据轻重程度,可判为故意伤害罪……

"哦,忘了说,我这位朋友从小体弱多病,小时候左腿还骨折过,所以平时走路都不太稳。不知道你们刚才的殴打行为有没有碰到他的旧伤,万一以后连路都走不了了,那就不是赔多少钱的问题了。"

虎哥看了一眼自己的脚,他刚才踢的好像就是周慕齐的左腿,连忙把脚收了回来。

单意适时帮腔,从唐星舟的身后探出脑袋来:"虎哥,你跟一哥关系这么好,我不会把这件事说出去的。待会儿警察来了,我就说看到有个人躺在这里,其他的什么都不知道。"

虎哥身边的那两个男人喝的酒比较少,意识是很清醒的,其中一个附在他耳边小声地说道:"哥,反正人也打了,我们也出了气,不如就这样算了吧。我看那个妞也不像说谎的样子,她不会告诉警察的,毕竟是一哥的人。"

另一个也说:"我们现在溜吧,待会儿警察来了就麻烦了。"

他们几个都是那种有贼心没贼胆的人,就是爱仗势欺人。叫虎哥的那个人听到两个小弟这么说,也觉得有道理,但明面上还是摆出一副宽宏大量的样子:"行,我就给卓一面子,这次就先放这小子一马。我们走。"

待三人走后,单意微微松了口气。唐星舟侧头看她,一脸严肃道:"单意,你是一个女孩子,下次不准做这么危险的事。"

要不是他及时赶到,不知道后面会发生什么。三个醉酒的男人,她一个女生就算再厉害,也不可能搞得定,她不应该轻易涉险。

单意:"我本来也没打算帮忙的,要看被打的人是谁,他是……是你舍友啊。"她找了个粗劣的借口,连她自己都不信。

可唐星舟信了,他脱口而出道:"可他没你重要。"

单意一怔,因为他这句话,心脏又开始乱跳了。

"咳咳——"突然传来一声咳嗽声,是距离一米远躺在地上的那个人发出来的。单意回过神来,往那边指了指,道:"我们先看看他怎么样了吧。"

他们来到附近一家二十四小时营业的便利店。

唐星舟扶着醉酒的周慕齐在椅子上坐下,单意则去店里的冰箱拿了一瓶酸奶,埋了单后走到他们坐着的那边。

她把那瓶酸奶的吸管插上,然后递给唐星舟:"这个可以解酒,你喂他喝吧。"

唐星舟接了过来,掐着男生的下巴,动作一点都不温柔地往他的嘴巴里塞。

周慕齐还有点意识在,认得人,一边偏头躲着,一边埋怨:"老四,你好暴力,一点都不懂得怜香惜玉。"

唐星舟:"你是玉吗?"

周慕齐委屈。

"我看你是还没被人打够。

"要不我把你送回去,继续让人揍?"

周慕齐不说话了,低头乖乖地喝着那瓶酸奶。

过了一会儿后,他的酒醒了些,这才看到了站在唐星舟身旁的单意。

周慕齐眯着眼,抬起手就要去碰她那张脸,唐星舟手疾眼快地把她拉到自己的身后,用眼神警告。

可这回周慕齐没把他的警告当回事,眼睛仍然看着她。

"单意。"他喊了一声她的名字,说了一句莫名其妙的话,"你跟你妈妈长得可真像。"

单意的视线越过身前唐星舟的肩膀,落到周慕齐的身上。

从周慕齐这句话可以知道,他是已经知道了些什么。明明她问他年龄的那天,他还一副毫不知情的模样。

"难怪我爸对那个女人……"周慕齐像是想到了些什么,冷哼了一声,"念、念、不、忘。我从来没见他用那种眼神看过我妈。"

站在一旁的唐星舟看了一眼单意,眼神有点茫然。

周慕齐也丝毫不顾忌唐星舟的存在,直言道:"你是不是该改口叫我哥哥啊?"

元旦晚会那一天,单意问他年龄的时候,他就已经觉得奇怪了。后来回到家,他爸破天荒地要跟他聊天,说的都是元旦晚会上表演的事,旁敲侧击之间,都是在问单意这个人。

真的很反常。于是他留了一个心眼。

某天周慕齐回到家,二楼书房居然还亮着灯。他看了眼墙上的挂钟,已经快十二点了,换作以前,这个点,他爸早就该睡觉了。

他放慢了脚步,往二楼走去,书房的门碰巧没有关紧,透出微弱的灯光。他从缝隙里看到了他爸坐在椅子上,手里拿着一个相框,另一只手拿着布轻轻擦拭着。

周裴的眼神是少见的深情,对他妈妈齐雅欣都不曾有过的那种,连擦拭的动作都那么小心翼翼。

很早之前，周慕齐就知道自己的爸爸和妈妈是家族联姻，爸爸不爱妈妈，但是妈妈爱爸爸。

齐雅欣爱得很卑微，尽管知道周裴心里没有她，还是不肯对这段婚姻放手。她欺骗着自己，甚至自己为周裴生下的儿子，都取名为周慕齐。

一个连周慕齐自己都觉得讽刺的名字。

后来齐雅欣得了抑郁症，自杀了，在周慕齐十九岁那年。他拿着清大的录取通知书回到家的时候，看到门口停着救护车，穿着白色医护服的人从里面走出来。

第二天，女明星齐雅欣家中自杀的消息传遍了全网。

周裴出现在媒体面前，说了一句妻子是因为抑郁症自杀的，是他没有照顾好她，他将退居幕后，然后不再多言。

媒体将他这番话以及神情落寞的照片放到网上，铺天盖地的报道都是在立一个妻子去世后，悲痛欲绝的丈夫的深情人设。

可只有周慕齐知道，这一切都是假象而已。齐雅欣的去世，并没有给周裴造成什么悲痛，他照样生活，照样对他的这个儿子不闻不问。

多么凉薄的一个男人啊，他怎么可能会伤心难过呢，他根本就没有心。纵使齐雅欣无怨无悔地跟了他这么多年，纵使她为他生了一个儿子，可她依旧得不到他的爱。

可周慕齐现在居然在周裴眼里看到了深情，那个照片上的人又是谁呢？

周慕齐实在太好奇了，他先回到了自己的房间，等书房里的周裴离开后，半夜偷偷潜了进去。

明明他可以等明天周裴不在家的时候再进去看的，这样不容易被周裴发现，可是他连一晚上都不愿意等。

周慕齐打开自己手机里的手电筒功能，他知道周裴有个习惯，喜欢把贵重的东西上锁。整个书桌唯一上了锁头的就是第二个抽屉，所以很好找。

锁头的密码是四位数数字。周慕齐的脑海里一下子就有了一个答案，输入"6826"，这是周裴平时解锁手机的密码，他有一次无意中看到了。

锁头"咔"的一声,打开了。

周慕齐甚至都不用去翻,一眼就看到了被放在最上面的那个相框,里面放着一张合照。

照片上是周裴和一个年轻女人。

他的眼睛盯着上面的那个女人看,越看越觉得熟悉——她的相貌竟然跟单意有五六分相似。后来他去找人查清了整件事的来龙去脉。

他知道了那个女人的名字——单暖。

单意,单暖,还有两人长得相似的面孔,他一下子就明白是怎么回事了。

单意知道这一天迟早会来的。她别过头,嗓音干涩:"周慕齐,我跟你一样,都只是悲剧而已。"

所以,她这辈子都不可能认那个男人,她也只会是单意。

她对周慕齐也不会有什么亲人之间的感情。她是单意,他是周慕齐。

唐星舟敏锐地察觉到单意此刻的情绪低落,都是因为刚才周慕齐的那一番话。

唐星舟和周慕齐大一就认识,他了解周慕齐家里的那些情况,也知道周慕齐的爸爸和妈妈之间的那些事。

刚才唐星舟又从周慕齐的话里听到些关键信息,所以对周慕齐和单意的关系已经知道了个大概。

旁边的单意从他看她的眼神中,看到了她最不想看到的……怜悯。

说难听点,她就是小三的女儿。尽管她妈妈是"被小三"的,可是周裴跟齐雅欣结婚在前,这是事实。人通常只会看结果,不会看过程的。

单意别过头,躲开了他的目光。

"时间不早了,我先回家了。"她找了个借口,匆忙离开。

唐星舟很快追了上去,临走之前看了一眼周慕齐:"清醒了就自己回去。"

周慕齐嘀咕着:"……这区别对待也太明显了。"

单意一走出便利店,身后的唐星舟很快就追上她。她察觉到他的存在,第一次没有回头看他,而是继续往前走着:"你不用送我。"

"单意。"他喊了一声她的名字。

这一声叫唤反而让单意加快了步伐,她看都没看马路对面的红绿灯,就想直接冲过去。这时,一辆打着双闪的小轿车从旁边经过,长按住喇叭,发出刺耳的声音。

鸣笛声和男生的声音撞在了一起:"单意!"

唐星舟整个人都慌了,着急地抓住了她的手腕,用力地将她的整个身体往这边带。

小轿车司机虽然是个反应快的人,及时刹住了车,但也被这惊险的一幕吓到。他把头探出车窗外,怒吼道:"大半夜的,小情侣吵架回家吵去啊,别出来祸害人!"

唐星舟抱紧了怀里的单意,礼貌地朝坐在汽车内的司机道歉:"对不起。"

小轿车司机简直没眼看,挥了挥手,然后把车开走了。

单意本人也是惊魂未定,脸色发白,手指还紧紧地攥着男生的衣角,低垂着脑袋,不敢看他。

她想的都是唐星舟对她发火,或者大声骂她怎么不看路,觉得她怎么这么麻烦的画面。

倏然,她的脑袋传来温热的触觉,是男生的手,自头顶落下他温柔的声音:"你还好吗?"

此时此刻,眼前她喜欢的这个男生,对她的关心,对她的温柔,都是最致命的毒药。而她是那个心甘情愿喝下去的人。

单意松开了原本攥住他衣角的手,继而抱住了他,掌心贴着他的背脊,埋首在他的肩膀上。

她没说话,他也不说话,就这样静静地站着,任由她抱着。他轻轻地拍了拍她的脑袋,似安抚。

"单意,你不是什么悲剧。"

"这个世界上,总会有人爱你的。"

他声线清润、温和,像柔软的清风轻拂着她那颗慌乱的心,如同今晚的月色,令人心动。

她的泪水很快沾湿了男生的衬衣,肩膀处传来了淡淡的凉意。唐星舟的胸口处泛疼,一抽一抽的,因为他听到了她细碎的、隐忍的啜泣声,像一只被抛弃的猫咪,惹人怜。

他什么也没说,手臂收拢,将她抱紧了些,给予她足够的安慰。

他抬头,看向悬挂在高空的那轮明月,月色皎洁动人,可月下的人无心欣赏。上一次他觉得自己这么无能为力的时候,还是他妹妹去世那一天。

世界本来就有很多不公,他们皆是凡人,无法掌控和改变。

他只是希望,老天爷能够对她好一点。

周慕齐第二天早上回了一趟周家。

保姆蔡姨刚刚买完菜回来,差点被他吓到,还不忘往客厅那里大喊:"慕齐,你回来了啊……"

周慕齐听到她这么一喊就知道不对劲,眼睛看向客厅,发现沙发上坐了不少人,都是以前见过的一些叔叔——各大影视公司的投资人。

这几年周裴退居幕后,虽然没出现在公众视野,但是他暗地里跟着几个朋友学投资,当制片人,赚的钱可不比以前少,真是打得一手好牌。

周裴看向突然回来的儿子,虽然有点意外,但是没有表现出来,很自然地说道:"我儿子回来了。慕齐,快叫叔叔。"

周慕齐一副吊儿郎当的样子,也配合他,喊了一声:"各位叔叔好。"

其中有一个男人看到了周慕齐脸上的淤青,不禁问道:"慕齐脸上这是怎么了,跟人打架了?"

还没等周慕齐开口,周裴就抢在他前面回答了:"不是,我儿子很乖的,不会跟人打架,是前几天遇到一个老人被抢劫,他路见不平去帮忙,结果自己受了点伤。"

他爸张口就编故事的能力真是不减当年,他冷笑着。

可在场的几个男人都信了周裴这番话,于是提及自己的儿子又是一副恨铁不成钢的样子。

"还是老周你会教儿子啊。你看看我那儿子,现在皮得很,叛逆期,天天跑出去跟别人打架。"

"我儿子也是,前段时间还进警局了……"

"唉,我儿子也是让人闹心,总是跟我吵架。"

这种阿谀奉承的场面，周慕齐从小到大不知道已经经历过多少次了，看都不想看，于是往二楼走去。

过了一会儿，周裴上来了，他都没敲房门，径直走了进去，却看见周慕齐在收拾东西。

周裴将房门关上，隔绝了外面的声音："你不能现在走，不能让他们几个看到。"

周慕齐今天突然回来，周裴就已经猜到他是回来拿东西的，毕竟这个房子里还有他的不少东西。

周慕齐将一件衣服扔进行李箱，转过头去看周裴："还要我演父子情深啊，你也不嫌累。"

周裴自动忽略掉他阴阳怪气的话："今天这个局对我很重要，你别给我搞砸了，成功后我会给你一笔钱，够你今后的生活开销……"

周慕齐的脸色彻底冷了下来："我稀罕你那些破钱？以我妈的生命博同情赚来的破钱，你也是花得心安理得。"

那几个投资人都是家庭幸福美满的，他们的老婆之前跟齐雅欣玩得很要好，所以爱屋及乌，帮了周裴不少。

周裴不想再跟他争论，再这样下去，也只有吵架而已。

见周裴要走，周慕齐在他身后说道："我昨晚见到你女儿了。"

突然响起平地一声雷，周裴的脚步停在了原地。他转过头来，看周慕齐的时候却面不改色，只是轻轻皱了下眉头："你胡说八道些什么？"

周慕齐直视着他那双眼睛，眼里一片沉静。

"那个女人叫单暖，她的女儿叫单意，对吧？"周慕齐吐字清晰道。

直到听周慕齐说出了那个女人的名字，周裴脸上的表情才有所变化。

"可惜呢，人家不认我这个哥哥，也不认你这个爸爸。"

周裴听了他这句话，才反应过来："你去找她了？你在她面前乱说什么了？"

他完全没意识到自己被儿子套了话。

"你承认了？"周慕齐笑得一脸讽刺，"该说的，不该说的，我都说了。"他张口就胡诌，"说她是你婚内出轨对象生的孩子，说你为了自己的前途，不要她妈妈了，说……"

"周慕齐！"周裴怒吼道，又意识到楼下还有客人在，声音放小了些,"你给我闭嘴!"

周慕齐非但没有停止,还一股脑全说了出来:"怎么,我说的难道不是事实吗?你敢认她吗?你敢告诉楼下那几个人,你婚内出轨吗?你敢说我妈不是因为知道了你那些破事才自杀的吗?!"他冷笑道,"你不敢,因为一旦承认,就会破坏你在娱乐圈树立了这么多年的好男人形象!"

"可事实是,这世界上再也没有比你更薄情寡义之人了!为了前途,你可以抛弃自己喜欢的女人,为了利益,你可以娶自己不爱的女人。"

"那两个女人,偏偏都因你而死。"

"啪"!最后一个字音和清脆的巴掌声一同响起。

周慕齐头偏向一边,头发凌乱。他不忘继续讲完:"说到底,你从头到尾爱的都只有你自己而已。"

周裴脸色发青,被自己的儿子堵得哑口无言,简直字字诛心。

周慕齐抬起头来,看着眼前的男人——他名义上的父亲,他痛恨自己身上流着对方的血液。他看着周裴的那双眼睛里全是冷意,自嘲道:"单意说得对,我和她都只是悲剧而已。"

他跟她都是悲剧。

秋去冬来,日子一天天过得特别快。那一晚之后,有些事无形中发生了改变。

周慕齐彻底从家里搬了出来,开始学创业,自己赚钱。唐星舟变得更忙了,接连去参加了好几个比赛和交流会。

单意的记忆还停留在那个午夜的拥抱,少年温柔的嗓音,衬衫上令人着迷的味道,放在她脑袋上的手——都有一种安抚人心的力量,轻而易举地温暖了她那颗脆弱不堪的心。

那晚之后,她对唐星舟的喜欢,只增不减。

她这段时间的心绪都被扰乱了。不知道从什么时候开始,她觉得自己跟唐星舟的肢体接触变得太自然而然了,自然到毫不避讳的程度。

等她冷静下来思考之后,她发现了一个很重要的问题——她感觉自己对于唐星舟而言,是不是有些不一样。

可她转头一想,或许只是因为她是小柠檬的朋友,他才对她多加照顾。

又或许是因为他也喜欢她呢?

她被自己这种不可思议的想法吓到了。以前的她,想的是只要能离他近一点就满足了。

人都是贪心的动物,对待爱情更甚。单意也不例外,她是贪心的,也想要得到对方的喜欢。

她想过去找他,想过去问他,问他是不是也喜欢她,但是一直没有找到合适的机会。

时间久了,她又产生了退却心理。

万一,万一真的是她自作多情呢。因为她从来都不敢想他会喜欢她。唐星舟在单意的心里,是那种很优秀的人。

人前那个似乎永远活得张扬又自信的单意,在他的面前,却是自卑的。

她越喜欢他,就越自卑,所以退却。

她怕一旦捅破了那一层窗户纸,他会不知道该怎么面对她。他对那些喜欢他的女生一向都是有分寸的,进退有度。

如果她表白,他们以后可能就连朋友都做不了了。

她一直都是个活得很理性的女生,如今却变得多愁善感起来。

"意意,你怎么还没睡?"温怡然半夜起来去洗手间,却颇感意外地看到了站在阳台的人影。

女生的手里拿着手机,屏幕发出微弱的光,映着她那张情绪不明的脸。

微信界面还停留在跟唐星舟的聊天框。

单意退了出来,按了一下开关键,屏幕熄灭。温怡然走了过去,用气音小声地问道:"怎么啦,是不是睡不着?"

单意摇了摇头,她突然伸手抱住了温怡然:"怡然,我有点想他了。"

三月,又是开学季。

最近在清大引起关注的是有一批国外大学的学者来学校做交流活动,主要是关于数学方面的。

唐星舟也终于在学校露面了,有人看到他随同数学系的吴教授,与那些外国学者一起出现，相谈甚欢。

之前他去参加了丘赛，所带领的团队拿到了第一名，同时自己也获得了个人全能奖。紧接着，他在世界顶尖数学期刊上发表了关于微分几何这一领域的论文。

他接连获得了好几项荣誉，让更多人注意到了"舟神"。

"听说舟神要出国去当交换生了！"

这天晚上，520女生宿舍里，传来一声惊叹。木棉刚才一边敷着面膜，一边刷着学校的论坛，然后就看到有人发了这样一条消息出来。

木槿："不是吧，他都大三了，还要去国外当交换生吗？"

温怡然理智地分析道："那也要看去当交换生的是哪所学校，这可是世界排名前三的名校，而且舟神的GPA很高，听说托福还考了一百一十多分，加上他之前获得的那些奖，读博应该没有问题。"

木棉："不愧是舟神，托福居然能考一百一十多分。"

木槿："呜呜呜，怎么会有长得那么帅，学习还那么好的男人，我想象不到谁能把他拿下啊。"

温怡然听到这句话之后，下意识地接了过去："意意啊。"

姐妹俩的话语戛然而止，两双眼睛齐齐看向温怡然。

木棉："什么意思？"

木槿："是我想的那个意思吗？"

温怡然眨了眨眼睛，这才知道自己刚刚好像一不小心说漏了嘴。

这时，浴室的门被打开。

单意在里面洗澡的水流声太大，刚才完全没有听到她们讲话。她刚走出来，就被堵在门口的两堵肉墙吓到，往后退了一两步："你们在玩'左右护法'的游戏？"

木棉一脸严肃，伸手指了下坐在椅子上的温怡然："'从犯'已经'招供'。"

木槿也是绷着一张脸，指向她："'主犯'如果坦白，可从轻处置。"

单意产生疑问的同时又觉得很不可思议："我就是洗澡慢了一点，还'犯法'啦？"

木棉、木槿见她一副完全没有要主动交代的意思，一人架着她的一边胳膊往里面走。单意把求助的目光投向椅子上的温怡然。

温怡然慢吞吞地开口:"我们刚才聊到舟神的事情,然后木槿说谁能把他拿下……"

单意脸上的表情慢慢僵硬,听到她继续说:"我说了……你。"

木棉握紧了自己的小拳拳,语气兴奋:"所以,意意,你到底什么时候能把他拿下?"

木棉:"我好想体验一把神仙请客的感觉!"

女生宿舍里,谁脱单,谁的男朋友就要请客吃饭——这已经是个不成文的规矩了。

单意目光闪躲着,却没否认这件事:"八字还没一撇。"

木棉脱口而出道:"你再不抓紧点,舟神就要去国外了!"

单意完全不知道这事:"什么?他要去哪里?"

木槿把刚才在论坛上看到的事情跟她简单地说了一下。她的眼神变得飘忽起来,喃喃自语道:"那挺好的啊。"

交换生,出国,读博——唐星舟的人生本来就该是不断登上新台阶的。

木棉语气小心翼翼地问她:"那意意,你要去告白吗?"

木槿踌躇道:"再不行动,就很难再有机会了。"

单意却问她们:"那你们觉得我成功的可能性有多少?"

"百分之八十。"木棉很快地比了个数,而后又换了下手势,"不过,这是之前的,现在可能只有百分之五十了。"

单意是大一上学期的时候跟唐星舟的交集很多,可大二下学期开学之后,她们就很少再见到他们两人碰面了。

这剧情发展跟她们预想中的不太一样,她们原以为两人之前是处于暧昧期,应该很快就会确定关系的,于是只是静观其变,没有多问。

可是,后面又不见两人有什么实质性的变化,难道之前是她们猜想错了,两人只是单纯的朋友关系?

直到今晚温怡然不小心说漏了嘴,事情才被重新提及。

木棉、木槿姐妹俩话锋一转:"但我们还是觉得舟神对你跟对别人是不一样的。"

喜欢一个人的时候,看她的眼神都是不一样的。她们感觉舟神每次看单意的眼神都好温柔的。

温怡然看着默不出声的单意,对姐妹俩使了个眼色,示意让她自己一个人好好想想。

要不要告白这种事,还是要当事人自己做决定比较好。

几天后,单意下课,在教室门口见到了一个让她意想不到的人——是孟梓琳。

她一上来就开门见山:"你知道星舟要出国了吗?"

单意抱着书在胸前,给了一句似是而非的回答:"知道又怎样,不知道又怎样。"

孟梓琳:"不知道的话,我现在就告诉你。"她微微抬起下巴,一脸骄傲,"我也跟他一起出国。"

单意提出质疑:"学姐,你什么时候转去数学系了?"

孟梓琳:"我不是去当交换生,我是去美国留学。到时候我跟星舟都会在美国,我还可以去找他。据我所知,你的家境不太好,应该没有钱出国吧?"

她脸上还是那副温柔的模样,只是说最后那句话的语气带上了些许的嘲讽。

"我不出国,我在这里挺好的。"单意没被孟梓琳激到,她也不会在意孟梓琳这些无关痛痒的语言攻击。其实她觉得孟梓琳挺能扯的,感觉已经要扯到孟梓琳能跟唐星舟在一起了一样。

"孟学姐,你和唐星舟在同一所学校的时候都没能追上他,是谁给了你自信,觉得以后不在同一所学校了,就能追上他呢?"

孟梓琳脸一僵,被她反将了一军。

单意走近孟梓琳,贴着对方的耳朵,用只有两个人能听见的声音,矫揉造作地说道:"学姐,你提醒了我,我打算在他出国前把他追到手。"

单意离开的时候,背脊挺得很直,像只骄傲的白天鹅。

可等看不到孟梓琳之后,她又像只泄了气的皮球。

单意,你可真能吹牛。他还有一个月就要出国了,自己怎么可能在这么短的时间内就追到他。

她一边懊恼着,一边走回宿舍,却没想到能在自己的宿舍楼下见到唐星舟。

那个许久未见的少年,静静地伫立在那棵木棉树下——宽肩窄腰,还是那身熟悉的白衣黑裤,系上了黑色的领带,下半身是熨帖、笔挺的西装裤。

整个人穿得很正式,又因为西装外套没穿,搭在一边的手臂上,所以又带上了一点随性的帅气。

他从头到脚,浑身透着股清冽干净的气质,风姿卓然。他只是简简单单地站在那里,就成了别人眼里一幅好看、养眼的画。

树下的少年像是有所察觉,侧头看了过来,对上她那双呆愣的眼睛。

她一下子想起了那天晚上,她跟温怡然说完那句"我有点想他了"之后,温怡然还问了她一句话。

"意意,你有没有想过,换一个人喜欢?"

或许像卓起那样的,才更适合单意。

单意不知道温怡然心中所想,只是回道:"我没想过。"

而如今,那个答案依旧如此,甚至在今天见到他之后,她就更坚定了。

她想,她这辈子都不会再换另一个人喜欢了。

唐星舟是她的独一无二,无可取代。

唐星舟迈开脚,先朝她走了过来。她呆呆地站在原地,不知为何,她竟然有一种恍如隔世的感觉。她张了张嘴巴,干巴巴地吐出一句话:"好久不见啊。"

好久不见?

确实,他好些天都没见到她了。

唐星舟:"这段时间有点忙……"

单意胡乱地点头,朝他比了一个大拇指:"听说你比赛拿奖了,真厉害。"

他"嗯"了一声,把手上一直拿着的一个袋子递给她,眼神示意。

单意指了指自己,不确定地问道:"给我的?"

"嗯,名点轩的糕点。"

单意接过后低头看了一眼,道:"这个不是很难买到的吗?"

名点轩是个老牌子的糕点铺了,他们家的手艺都是一代一代传承下来的，糕点卖相精致，价格实惠，味道甜而不腻，恰到好处。

全国只开了那一家店，在穗城。之前木棉、木槿国庆回家，从穗城那里带了些回来，单意吃过一次，就很难忘。她喜欢吃甜食，身边熟悉她的朋友都知道。

"从新城回来的时候经过穗城，顺道去买了点。"

单意看了看他这身衣服，像是刚参加完什么重要的会议。

可哪里顺道了？虽然说是经过，但是他特意去另一个城市买，还是花费了不少时间的。

她瞬间觉得自己手里拿着的糕点多了点重量——是他的心意。她向他展开笑颜，眉眼弯弯："谢谢你。"

"对了，这个多少钱，我给你转账吧。"单意拿出自己的手机，点开了微信。

"不用。"

"不行，你应该花了不少钱吧，买了这么多份送人……"

"我就买了这一份。"

单意的手指顿住，抬眸看他。

他的意思是，他只给她买了这一份吗？她以为他买了好几份带回来送人的，所以她也有。

脑海里那股强烈的感觉再次冒了出来。

唐星舟像是看穿了她眼神里要表达的意思，再次强调："仅此一份，是给你的。"

仅此一份。

单意刚要说话，唐星舟却比她先开了口："单意，我要出国了，下个月月初。"

她握着纸袋的手指稍稍用力，低下头，原本想问出口的话又被生生咽了回去。

他是不是看出了什么？这是在提醒她？

他在等她的回答。他想让她留住他，想听到她说出那句话，想知道她心里到底有没有他。

"那、那挺好的。"

可女生的反应让他的心一冷。

她抬起头来，露出明媚的笑容，那双漂亮的眼睛闪着光。

"祝你前程似锦。"

那天单意说完那句类似道别的话后，两人之间的关系回到了之前唐星舟参加比赛的那段时间，又断了联系一样。

清大不少学生发现这两人好久没同框出现了，纷纷猜测是不是"分手"了。

"果然，出国必分手的结局谁也逃不过，舟神也不例外。"

"听说是外语系的孟梓琳插足了两人的感情，她要跟着舟神一起去美国了。"

"不是吧，这两人前脚才分手呢，她这么快就赶着上位了？"

"其实孟梓琳也追了舟神三年，是个男的都会被感动吧。"

"楼上那几个说孟梓琳适合舟神的，是她的粉丝吧。"

"你说谁啊？！"

后面评论开骂了起来，言论越来越毫不顾忌。

当事人之一的孟梓琳也听到了这些消息，但她没去澄清。

他们要是这么以为也可以，只要最后是她想要的那个结果就行了。

卓起觉得单意最近的压力太大了，连他哥卓一也发现了。她最近把自己逼得很紧的样子，学习和工作两不误，时间上更是抽不出一点空闲，肉眼可见地疲惫与消瘦下来。

卓起之前有加入学校的滑板社，刚好最近有郊游活动，于是邀请单意一起去玩。

"意姐，你需要放松一下心情，去外面散散心吧。"

单意让自己忙碌起来，是不想让自己有时间去想唐星舟。

他很快就要出国了。

最后她扛不住卓起的软磨硬泡，跟着滑板社的成员一起去参加了两天一夜的郊游活动。

社团里都是一些爱玩的学生，性格爽朗活泼，单意跟他们也很合得来。他们默认了她就是卓起的女朋友，还拿他们两个开玩笑。

尽管两个当事人都已经否认，可还是有消息传了出来，说音乐系的系花单意跟计算机系的卓起在一起了。

滑板社的大合照里,单意就坐在卓起的左边,笑靥如花,更加证实了这一消息。不少讨论的声音也接踵而来。

"好吧,我原本以为被甩的是单意,现在看来是舟神???"

"前男友还没有出国,单意这么快就找到第二任了?"

"说实话,这两人挺配的,另一半太帅的话,估计会没有安全感吧。"

"没有安全感的难道不应该是卓起?单意长得这么漂亮,大把人追。"

"女生都是希望能找一个宠着自己的,舟神一看就不像是会宠人的类型。"

"以我身边的例子来看,长得好看的那些人,通常最后结婚的对象都是长相一般的,不知道这是啥定律。"

……

两天一夜的郊游活动结束后,单意跟卓起回到清大。

那时候已经是傍晚了,她玩得很开心,还喝了点酒,脑子虽然还是清醒的,但是动作比平时迟钝了些。

卓起怕她一不小心摔着,伸手要去扶她,被她躲开了:"我没醉。我还能滑滑板呢。"

她伸手拿过他手里的滑板,放到了地上,人踩了上去。滑板顺利地往前滑了几步,还是稳稳当当的,她冲他回眸一笑:"你看,我厉害吧?"

卓起:"厉害,厉害。"

单意又往前滑了几步,玩得不亦乐乎。两人这一来一回,在别人眼里却是另一道风景。

唐星舟不知何时出现在这里,身旁还站着周慕齐。

唐星舟站的位置刚好是一个小小的下坡的地方,单意踩着的滑板因为重力往下加速滑落。可男生就站在那里一动不动的,眼睛看着她,沉默不语。

单意没想到能在这里看到唐星舟,愣神之际,她想一只脚去踩地紧急刹车,强迫自己停下来。但是,又因为情况紧急,她没留意到前面地上有颗小石头,滑板擦过凹凸不平的石头,往一边飞去。

她也跟着一起。

滑板和地面碰撞的声音,还有她摔倒在地的声音混杂在一起。后面一直跟着的卓起连忙跑上前去:"意姐!"

单意的左膝和左边手肘处都破了点皮,已经有血慢慢渗出来了。她咬着牙,人还坐在地上,抬头看着那个站在原地一直没动过的唐星舟。

他垂着眸看她,目光淡漠。他没说任何话。她被他这个眼神伤到了,又把头低了下去。

卓起作势要扶她起来:"我带你去医务室。"

单意却推开他:"不用,我还没废。"摔个跤,破了点皮而已,都是小伤,她以前经历得多了,这些又算得了什么。

只不过让她感觉疼的不是伤口,而是唐星舟对她的态度,她接受不了他对她的冷漠。

胸口那里的疼,比伤口疼多了。

她用没有受伤的右手撑着地面,靠自己的力量站了起来。她也没再去看唐星舟,径直朝校医务室的方向走去。

她走得一瘸一拐的,穿着夏天的短衣短裤,皮肤又白,所以左手肘那里的伤口格外显眼。卓起知道她不想让自己扶着,但又不放心她一个人去校医务室,于是就亦步亦趋地跟着。

她知道他跟着自己,也没阻止。她想起那块滑板,对他说道:"不好意思,你的滑板坏了,我改天赔你一个。"

卓起摆摆手:"没事,旧的不去,新的不来,我早就想换新的了。"

单意这回的态度却很强硬:"不行,是我弄坏的,我要赔给你。"

卓起想起在医院那次她执意要给自己赔医药费的事情,话锋一转:"不用,你请我吃顿饭就行了。"

单意走得慢,两人的声音依稀还能传到这边,所以唐星舟和周慕齐都听到了这番对话。

周慕齐看着那两人的背影,意有所指地说道:"多好的机会啊,是我也会把握住。"

自己喜欢的人跟她喜欢的人闹别扭了,此时不乘虚而入,更待何时。

唐星舟是多聪明的一个人,自然听懂了周慕齐的话中有话。他死盯着那两人的背影,垂在腰间的手握成了拳。

周慕齐这时又火上浇油:"走吧,人家有护花使者陪着,你……"

他话还没说完,就见身旁的男生大步往前迈去——

追上去后,唐星舟一只手穿过女生的腿弯,一只手揽住她的背,直接从身后将她公主抱了起来。

动作十分流畅,他将人稳稳当当地抱在了怀里。

单意动了动自己的脚,看向他:"你干什么?"

"送你去医务室。"他下巴紧绷着,看都没看她,声音也是一样的冷。

卓起正要跟上去,却被走过来的周慕齐制止住。他说了一句跟单意刚才说的一样的话:"你干什么?"他喷了一声,说话直接,"你看到了吗,这就是你跟唐星舟在单意心里最大的区别。"

卓起还想往前的脚步一顿,停在了原地。他看着两人离去的背影,说不出反驳的话来。

人的第一反应是不会骗人的。

单意刚才拒绝了卓起的搀扶,却接受了唐星舟的公主抱。她在卓起面前从来都是那个坚强的、张扬的、自信的形象。

人前也是。

可她柔弱的、害羞的、胆怯的另一面,唯独唐星舟能看到,只有他一个人能看到。

这就是喜欢和不喜欢的区别,最大的区别。

卓起不得不承认这一点。

唐星舟抱着她来到了学校的医务室。

校医是个年纪大概三十岁的女人,看到这种男生抱着女生来的情况已经见怪不怪了。她看了一眼女生的伤口,伸手往旁边的椅子上一指:"把人先放在那里吧,我去拿消毒药水。"

唐星舟照做,将人放下。

单意松开自己放在他脖子上的手,偏过头去,没看他。

女校医很快就拿了消毒药水和棉签过来,她看了一眼两人。男生冷着一张脸,女生也不说话。

女校医就当这是小情侣吵架了。她坐在另一张椅子上,手里拿着消毒药水,准备给单意处理伤口:"做男朋友的,心胸要开阔。女朋友都伤成这样了,还不闻不问的,到头来心疼的还不是自己。"

单意还是没看他，自顾自地解释："您误会了，他不是我男朋友。"她一副要跟他撇清关系的模样。

女校医一副过来人的语气："万事好商量，别动不动的就闹分手。你们这些小年轻啊，总喜欢把分手挂在嘴边。"

单意听着，连头都开始疼了。

她话里根本不是这个意思。

女校医："我先给你消毒，可能会有点疼，小姑娘忍忍啊。"话音刚落，蘸了消毒药水的棉签一碰到单意的伤口，她就下意识地往后一缩。

"欸，你别躲开啊，这伤口要尽快处理。"

唐星舟看着单意紧皱眉头、咬紧牙关的痛苦模样，终究还是心软了。他走了过去，伸出一只手来，掌心向上，声音已经恢复如常："麻烦让我来吧。"

唐星舟接过棉签和消毒药水，坐在了床边。单意不想让他帮忙，说道："我自己来。"

他躲开她伸过来的手，用眼神制止："别动。"他把棉签涂到她的伤口上，动作放得很轻，然后低头往那里吹着气。

她看着眼前的一幕，男生每涂一次消毒药水，就往伤口吹一次气。他不厌其烦，目光细致又温柔。

她刚才难过和憋屈的心情，就这样在顷刻间烟消云散。

她永远无法抗拒这个男生给她的所有温柔。

唐星舟抬眸看了她一眼，她的那双眼睛里含着雾气——以为她是疼的。

他问："还疼？"

"没有。"她摇了摇头。

唐星舟这回主动认错，嗓音也放缓了些："刚才是我语气不好。"

她又摇了摇头。

唐星舟摸不准她这摇头是什么意思。伤口已经处理好了，他一边将棉签和消毒药水收好，一边说道："滑板那种运动太危险了，你以后少玩。"

一个程星临已经够让他烦的了，现在又来了一个卓起。

她就这么喜欢那种类型的男生?

处理完伤口之后,校医给单意涂了点药,让她这几天注意伤口别碰水。她跟校医说了声谢谢,然后站起身来准备离开。

女校医推了一把旁边的唐星舟:"还不快跟上去,女生都是要哄好几次的,别想着哄一次就好了。"

唐星舟受教了,跟在女生的身后,想要再次抱起她,手刚碰到她的腰身,她轻轻一躲:"不用了,我自己能走。"

他不管不顾,将她拦腰抱起。

女生再次落在他的怀里,她没受伤的那只手自然而然地搭在他的肩膀上。

唐星舟把人抱到了女生宿舍楼下,恰逢木棉、木槿姐妹俩下楼拿外卖,两人本想悄悄地回去,却被单意眼尖地看到,叫住了她们两个。

木棉、木槿这才走了过来,发现她身上还带着伤。她的脚也终于可以落地,一只手扶着木棉做支撑。

唐星舟依旧站在原地,最终还是单意先开了口,跟他道别:"我到了。"

"那我走了。"他回了一句很干巴巴的话。

单意看着他转身就离开的背影,突然觉得很无力。

木棉扶着她走进宿舍,木槿拿着外卖跟在她们的后面。

进了宿舍后,温怡然也在,看到了单意的伤口后,关切地问道:"意意,你这是怎么摔的啊?"

"玩滑板的时候不小心摔的。"

单意坐在了自己的椅子上,然后跟她们简单地说了一下事情的经过。

三人听完后,互相看了一眼,共同得出了一个结论。

木棉:"意意,你有没有想过……"

木槿:"舟神他有没有可能……"

温怡然:"是吃醋了?"

吃醋?他吃谁的醋?

单意茫然。

学校论坛常驻一号选手木棉说道:"就你跟卓起的绯闻,现在都满天飞了。"

二号选手木槿:"舟神估计是看到了那些消息。"

单意第一反应就是否认她们的猜想:"他不会去关注学校论坛上那些事的。"

温怡然:"但是,他身边的人总会有关注的,言者无心,听者有意。"

单意有些后知后觉。

所以,他刚才一见她就对她冷着一张脸,是因为他吃醋了?

唐星舟送完单意后没回学校的宿舍,而是出了校门后去了附近的一个小区。他大一就在那里买了一套房子,装修好了之后又放置了几个月,今年才入住的。有时候忙得比较晚,宿舍的门禁时间过了,他又怕回家吵醒父母,就会在这边住下。

唐星舟在楼下买了几瓶酒,然后打了个电话给周慕齐:"出来,陪我喝酒。"

周慕齐:"叫我一声大舅子,我就来。"

唐星舟:"那我找别人,挂了。"

"欸、欸、欸。"急了的人反倒成了周慕齐,"老四,你真的是,永远不按照剧本走。"那边传来关门的声音。

"等我十五分钟。"

……

周慕齐很快来了,还带了点花生和其他零食:"喝酒怎么能不配花生呢,兄弟我上道吧?"

唐星舟没理他,拿起一瓶酒,直接瓶口对着嘴,坐在沙发上喝着。他面前的茶几上已经有一个空了的酒瓶,但他神色之间无半点醉意。

周慕齐早就习惯了他这种酒量:"我就佩服你这种酒量好的人,哪像我,一杯倒……"

唐星舟没理会周慕齐的絮絮叨叨,问了个问题:"我问你,我跟程星临,谁比较帅?"

周慕齐吃着花生都被呛到了,咳嗽了几声,缓了过来后才回道:"这怎么比啊,你们是清大双子星,各有各的帅……"唐星舟一个死亡眼神投过来,周慕齐马上改口,"……当然是你帅,我们家老四是最帅的。"

唐星舟又问了第二个问题:"那女生会喜欢他那种类型多一点,

还是我?"

周慕齐一语道破:"你直接说单意的名字得了呗,还女生?

"老四,我还是之前那句话,单意如果跟程星临有可能,他们高中时就在一起了,哪还有你现在的事?

"而且你不是说了吗,程星临喜欢你那小青梅,至今还在为她守身如玉呢。单意这么聪明的女生,又因为她妈妈以前的那些经历,不可能会去插足别人的感情。就算她以前喜欢过,也早就放弃了。

"你之前不是察觉到她对你是有些感觉的吗,既然相互喜欢,那就去追啊。再不把人追到手,你人出国了,学校里的那些男生肯定蠢蠢欲动。

"就拿她身边那个最熟悉的卓起来说,你今天也看到了,他俩再这样下去,也不是没可能……"

周慕齐噼里啪啦地说了一大堆,直接下了一剂猛药。他看着那个坐在沙发上用手背搭在脸上而看不清神色的男生,给自己灌了一杯酒。

周慕齐自嘲着:"我就不像你这么幸运了,我喜欢的人不喜欢我……"

单意生日的前一天,五月六日,也是周六。她照常去酒吧工作,但是脑子里一整天都在想着事情,心不在焉的。

有什么重要的东西好像一直被她忽略了。

他真的是因为吃醋才对她那样忽冷忽热的吗?如果他真的是吃醋了,那是不是也就代表着他也是喜欢她的?

这一天酒吧的生意比平时要差一些,单意下班早,十一点不到。她看时间还来得及,就打算回学校住一晚,临走前在员工储物间那里拿回了个人物品。

打开手机的时候,她发现有几个未接电话,备注都是"Z"。

唐星舟给她打电话了?她正打算回一个电话过去的时候,手机刚好响了起来。

"妹妹啊,你终于接电话了。"

单意一听这声音就觉得耳熟,加上那男生对她的称呼,她就知道这人是谁了。她无视了他说的那句话,只关心这个电话本来的主人:"唐星舟呢?"

"哦,他喝醉了,之前吐得七上八下的,现在昏迷不醒。"

"周慕齐。"单意强忍着暴打他的念头,"你不会说成语就别说,他人呢?"

周慕齐:"刚才不是说了吗,喝醉了,然后一直给你打电话,一直喊你的名字。"

"你过来看看他呗。"周慕齐前面做了一大堆铺垫,都是为了这一句。

单意握着手机的手指都在用力,内心在挣扎着。

看了又能怎样呢?

看了,他就不会出国了吗?

周慕齐觉得她快要心软了,直接放大招:"行,你不来看他,那就让他自生自灭吧,我走了。"

单意不吃他这一套:"他爸妈不在家吗?"

周慕齐:"他喝成这样,我哪敢把他送回家,他现在在自己买的房子这边。"

单意:"那你不能留下来照顾他?"

周慕齐:"我为什么要留下来照顾他,我可是十指不沾阳春水的,他喝得烂醉如泥的,又吐得满地都是。哎哟喂,我真是受不了这味道了……"

单意一时之间辨别不出来他说的话是真是假。但是周慕齐平时就吊儿郎当的,一看就是不会照顾人的类型,她终究还是心软了:"我现在过去,你先照顾一下他,那里有没有醒酒药……"

"没有。"

"蜂蜜水呢?"

"也没有。"

单意一语道破:"你看都没看吧,睁眼说瞎话。"

"他这屋子空得很,厨房也是空的,我一眼就看完了。"电话那边的周慕齐一副理直气壮的语气。

单意忍住想打他的冲动。

"我现在过去,告诉我地址。"

挂了电话后,单意出了酒吧门口,很快就拦下一辆出租车。去的路上,她坐在车里,看着窗外不断变换的夜景。她好像终于体会到了当时程星临的心情。

原来"成全"两个字说来容易,真正能做到的又有几个。

程星临成全了路以柠的梦想,可换来的是她的归期未定。如果她一直待在国外不回来了呢,又或者她跟别人在一起了。

谁能保证以后的事情。

没有人。

车子很快就到了周慕齐说的那个地址,是一个小区。

小区门口有岗亭,进去要刷门禁卡。单意正想打电话给周慕齐的时候,他就从里面出来了。他对门卫说道:"这是唐先生的女朋友,让她进来吧。"

门卫是认得唐星舟的,周慕齐之前来过几趟,他也认得,而且刚才周慕齐进门的时候也不用刷门禁卡。

既然周慕齐说这是唐先生的女朋友,那就是了,于是门卫立马放人进去。

单意此时一心想着唐星舟怎么样了,也懒得去解释周慕齐刚才说的话,看到他人后,第一句话就是恼怒的语气:"你怎么下来了?你不在的话,他不舒服了,谁照顾……"

"这不是你来了吗,就不需要我了。"周慕齐一边说,一边把手里的那一串钥匙朝她的方向扔去。

单意看到飞过来的钥匙,下意识地伸出双手接住。

"A栋十三层十四号房,我还有事,先走了,人就交给你了。"他又多说了一句,"妹妹,你好好照顾我妹夫啊。"

单意这回反驳了他对她的称呼:"谁是你妹妹。"

这人一口一个"妹妹"的,还叫上瘾了是吧。

周慕齐挑了挑眉:"谁应谁是。"

单意一脸看神经病的表情看着他:"你好像有病。"

周慕齐:"……"

单意没再跟周慕齐在楼下闲聊太久,心里想着唐星舟现在怎么样了,拿着手里的钥匙就往里面走。

周慕齐看着女生小跑着进入公寓A栋大门的背影,略微勾了勾唇——老四,我只能帮你到这里了,剩下的看你自己了。

单意按下电梯,来到了十三楼,找到十四号房间。她拿出那串钥匙,插入锁孔,开门。

刚一踏上里面的地板,她就感觉一阵沁凉。

单意把灯打开,里面的光线瞬间亮了不少。待看清楚里面的装饰之后,她才知道刚才的那股凉意从何而来——太空了。

整个客厅很大,装饰风格极简,黑白色为主,里面的摆设很少,给人一种冷冷清清的感觉。

他平时一个人住这么大的房子,不会觉得孤独吗?

她环顾着客厅,没看到沙发上有人,目光落在里面的一个房间,房门微微打开,透出光亮。

看来,周慕齐心里有数,知道把人送到卧室。

单意脱了鞋子,轻手轻脚地往里面走去。她推开了那扇房门。

入眼就是一张大床,男生还是穿着一身熟悉的白衣黑裤,平时扣子系得一丝不苟的衬衣此时有些凌乱,最上面的两颗纽扣松开了。

唐星舟躺在雾蓝色的床单上,安安静静的,像是睡着了一样。被子整齐地叠放在一边,地板也很整洁。

这哪有周慕齐刚才说的"吐得七上八下的,昏迷不醒"的样子,她就知道自己不应该相信他的鬼话。但是她闻到了男生身上的酒味,他一向冷白的面容微微泛着点红,眉头皱着,一副很难受的模样。

还好她在来的路上买了醒酒的东西,于是她去厨房给他弄醒酒茶。等她弄好,已经是十分钟后的事。

她重新回到卧室,把那杯醒酒茶放到床头柜上,然后坐到了床边。她弯下腰,看着男生那张帅气的脸,推了推他的手臂,喊着他的名字:"唐星舟……"

她喊了好几声,床上的人才慢慢睁开眼睛。唐星舟半闭着眼睛,在努力辨认着眼前的人是谁:"……单意?"

"嗯,是我。"

话音刚落下,她的后颈被人钩住,用力地往下一拉——

她的脑袋被迫靠在男生的胸膛上。

那里的温度跟她此刻的脸颊一样高,如火般灼热,然后一直蔓延,到她的心脏。呼吸之间都是属于他的男性气息,混杂着酒精味,一寸一寸地侵入她的肺里。

他说话的时候,心脏也跟着一起跳动:"我怎么又梦见你了。"

他梦见谁了?

单意将他前后两句话连起来。

难道是她吗?

男生的手臂又收拢一些,将她又抱紧了些。她听着他的心跳声,不敢乱动。他将下巴抵在她的脑袋上,还蹭了蹭。

紧接着,他好像不太满足这样的接触,黑色的头颅慢慢往下低。放在她脑后的那只手,带着她的头一同抬了起来。

白皙的脸蛋晶莹如玉,五官精致,从眉到眼,再到整个脸庞,都是那副让人魂牵梦萦的熟悉模样。

他的唇不受控制般碰到了她的额头,然后是鼻子、脸颊,最后是嘴唇,动作极其小心,又克制,视若珍宝般。

单意的脑子一片空白,一动不动地僵直了身体,没有反抗,没有拒绝。

他在、他在亲她。

双唇相贴的时候,唐星舟半眯着的双眼全然睁开,眼神清明。嘴唇那里的触感强烈,很真实。

这不是梦。

他的眼睛对上了她的,那双勾魂的眼睛,不知道是第几次出现在他的梦里。

女生浓密纤长的睫毛颤了颤,在他的心湖上泛起一层涟漪。酒精驱使他无法理智思考,他脑子里只剩下一个想法——他不想再做这样的梦了。

"唐——"她只来得及发出一个音节。

唐星舟眼眸一沉,加深了这个吻。

绵长的一记吻后,他终于松开了她的唇,跟她稍稍拉开了点距离,两人都在微微喘着气。

醉酒后的唐星舟眉眼与往常的不同,他看她的时候,眼里满是缱绻深情,足以让人沉溺。

她不知道他是不是真的醉了,但是她要确定一件事。

"唐星舟。"她气息不稳地叫着他的名字,"我是谁?"

"单意。"他马上喊出了她的名字。

幸好他知道她是谁,要是他认错了人,她会马上就走人的。

此时此刻,有什么事情迫切地需要确认一下,单意想听到他亲口说出来。她放软了声音,双眼直视着他的:"你为什么要亲我?"

唐星舟连思考都不用,吐字清晰地说出三个字:"喜欢你。"他很快问道,"那你为什么肯让我亲你?"

"喜欢你。"

她给了一个一模一样的回答。

单意说完这三个字后,突然抬起了手,钩住他的脖子,仰头重新吻了上去。

第十二碗粥　结婚

❤ ♡ ❤

"谈恋爱太麻烦了，所以我们直接结婚。"

天空渐渐泛起鱼肚白。

单意醒的时候已经是上午十点左右,她睁开眼看到这陌生的房间,一时之间不知自己身在何处,但是身体一阵酸痛不止,在提醒着她昨晚发生的事情。

她猛然醒神,脑子里走马灯般地闪过一些模糊的片段。

她接到了唐星舟的电话,周慕齐说他喝醉了,然后她就过来照顾他。她弄完醒酒茶,想给他喝的时候,他突然亲了她,再然后……

回忆完毕。她闭上眼睛,双手捂住脸,懊悔万分。

而且最后怎么就变成她主动的了。

她自我忏悔的时候,房间的门被打开,从外面走来一道身影。她猛地一惊,半坐起身来。

因为起来这个动作,白色的被子从她的胸口处滑落,她手疾眼快地揪住,遮挡住自己的身子。

唐星舟刚洗完澡,黑发微湿,身上穿着棉麻短袖的家居服,脚下踩着一双男式拖鞋。他看到床上坐着已经清醒的她,缓缓走近,然后坐到了床的边缘。

两人的距离一下子拉近,单意根本不敢看他的眼睛,目光往下,却落到了他的脖子处。

他的喉结那里有一个很浅的吻痕,红色的。因为他肤色白,让人看得很清楚,显得旖旎而又暧昧。

那是她的杰作,是她亲的。昨晚两人接吻的画面再次浮现在她的脑海里。

……打住,打住!单意,你不能再继续想下去了。

唐星舟看着女生的脸颊愈来愈红,绯色一直蔓延至耳根。他开口说的第一句话是:"还记得昨晚发生的事吗?"

单意动作极小地点了点头。唐星舟满意地一笑,把早就想好的台词说了出来:"那我们结婚吧。"

单意的呼吸跟着一滞,她抬眸看他,一头黑发散落在纤瘦的两肩。她呆呆地问道:"结、婚?结婚……是什么意思?"

他一本正经地解释道:"结婚,法律上称为婚姻成立,是指配偶双方依照法律规定的条件和程序确立配偶关系的民事法律行为,并承担由此而产生的权利、义务及其他责任……"

"停。"单意伸手打断了他,他倒也不用解释得这么清楚。她双手抓着被子,手指弯起,指甲盖都是粉红色的,跟她现在的脸蛋一样。

"这、这也太快了。"怎么就跳到结婚这一步了呢。

"所以你骗我?"他突然说了一句莫名其妙的话。

单意一脸茫然地看着他:"什么?我骗你什么了?"

他的俊脸跟着靠近,"控诉"着她:"你昨晚说你喜欢我的。"

"我是喜欢你啊。"

"那为什么不愿意跟我结婚?"

单意发现自己原来跟他完全不在同一频道上,她张了张嘴巴,耐心地解释着:"不是不愿意,而是太快了。而且,我们昨晚,昨晚是意外……"

明明喝醉的人是他,她又没喝酒,怎么最后反倒像是她喝了酒一样?说到底也是她没能抵住诱惑,他一亲她,她就……

"结婚是一件很慎重的事情,我们都没试过,都还没谈恋爱,你怎么就确定我就是你想一起步入婚姻的那个人呢……"

"我确定。"

单意不相信,把他刚才说的那句话还给他:"你骗人。你只是想对我负责而已。"

女生的脸颊还带着潮红,卷翘而纤长的睫毛上下眨动着,眼角处带着红色,蒙着水雾的眼睛,一副泫然欲泣的模样落入他的眼里。

他终于明白过来,她这是不相信他。他伸出手触碰到她的脸颊,食指托着她的下巴,大拇指轻轻按住她的眼角,擦去了她刚掉落下来的泪珠。

"是因为喜欢你,所以才要对你负责。"他这回说话的语气变软了些,"我知道可能有点快,但我是个不太喜欢麻烦的人。"

"谈恋爱太麻烦了,所以我们直接结婚。"

男生的感情进度条直接从零变成了一百。

单意瞪大眼睛,从刚才的不知所措变成了呆若木鸡。

唐星舟说完就站起身来:"你回家一趟,去拿户口本,我们下午去领证。"

下午？！

"等等，等等——"单意见他要走，整个人都慌了，急得去抓住男生的衣摆，却忘记自己此刻只是裹了被子在身上。

唐星舟刚回头，下一秒，他的腰被一双柔软的手臂环住。

"你不准低头！"单意声音急促，将头死死地埋在他的胸膛上。

唐星舟身体僵硬，没动。

喜欢的女生就在怀里，空气里似乎还残留着暧昧又甜腻的气息。他的鼻间都是她身上淡淡的清香。

"那你答应跟我结婚吗？"他又问了一遍。

单意没说话。她的内心在挣扎着，其实她是怕他会后悔。

"唐星舟，不如我们给彼此多一点时间想清楚好吗……"

"好。"他答应得很爽快，然后就给了她一个期限，"你现在想要一点时间是吗，我给你一点，一分钟够不够？"

一分钟？？？

他是认真的吗？单意都怀疑自己听错了。

唐星舟："时间到了，你想好了吗？"

单意不信："一分钟哪有这么快。"

唐星舟这回的态度变得强硬了些："我要你的答案。"

单意选择避而不语。

唐星舟却不想让她再次逃避，他就着这个姿势，将手放在她的后背，摸上那漂亮的蝴蝶骨，触感微凉。他的脸颊微微蹭了蹭她的额头，嗓音放低，温柔又诱人，问道："单意，你到底要不要我？"

要不要跟我结婚？要不要我这个人？

他轻柔的动作引得单意的肩膀微微颤动，不自觉地贴近着他。

她已经失去了思考能力，明明她知道，事情这样发展太快了，但是她的理智根本战胜不了自己的情感。

因为那个暗恋着唐星舟的她，曾经妄想拥有他的那个念头一直都在，而如今，有这样一个机会摆在她的面前。她问了他的，还问了好几遍，是他说要结婚的。

单意这回没有犹豫，给出了她内心最真实的答案："要。"

她要他。她怎么可能不要他。

那个"要"字刚落下，唐星舟的吻就落了下来，单意整个人往后倒去。

"让我亲一会儿。"

她去洗手间的时候，看到镜子里的自己，差点被吓到。

她又走回卧室，找到自己放在桌上的包包，她一般都会携带一些简单的化妆品。她从里面拿出遮瑕霜，对着镜子往自己的脖子上抹。

唐星舟也换好衣服了，站在床边，低头系着白衬衣的扣子，从上往下，动作不慌不忙，慢条斯理的。

他眉眼淡淡，又恢复到了人前那个清冷禁欲的模样。

单意的目光落到他的脖子那里，眼睛瞪大，拿着手里的遮瑕霜走了过去。他正在穿衣服，毫无防备地被她一个用力推倒在床上。

他略微惊讶地挑了下眉："还想亲？"

单意的小脸立马变红，说话也不自觉地结巴起来："谁、谁想亲了！"她指挥着他，"你抬下头。"

他照做。

有一个软软的东西贴住了他的脖子，准确来说，是他的喉结。

唐星舟很快就想到了自己喉结那里有吻痕，也瞬间明白了她这是在干什么。他双手往后，撑着床，微微仰起头，方便她更好地操作。

男生的下巴坚毅，喉结微凸，脖子线条利落，连抬头这个动作都做得这么迷人。

唐星舟这个角度只能垂下眼眸来看她，她低着头，感受到了头顶的灼热视线。

她心一颤，拿着粉扑的手一滑，指尖不小心滑过他的喉结。

无意识的撩人最致命。

唐星舟抓住了她纤细的手腕，呼吸有些不稳，喉结上下动了动。她的双眼里充满了无措，完全不知道自己刚才做错了什么。

唐星舟闭了闭眼，他发现自己的自制力好像越来越差了。他松开了她的手，问道："还有吗？"

她仔细看了一下："还有一点没遮住。"她说完，重新上手，

247

一番动作后，总算把自己给他留下的痕迹给遮住了。

下午两点半，两人准时出现在民政局的门口。

他们的长相过于养眼，引得周围人纷纷注目。唐星舟动作极其自然地牵起她的手，往民政局里面走。

她却停在了原地，他侧头，用眼神询问。

单意咬了咬唇，抬眸看他，语气里带着试探："唐星舟，你还有后悔的机会。"

唐星舟一秒都没犹豫："你没后悔的机会了。"

他握紧了她的手，强硬地把人拉了进去。

两人带的材料都很齐全，走完流程后，不一会儿，工作人员双手递给他们两本红色的结婚证。

为两人办理结婚流程的是个女工作人员，她觉得自己今天非常幸运，居然见证了这对俊男美女的结合。她笑着说道："祝唐先生、唐太太新婚快乐。对了，今天刚好是唐太太的生日哦，也祝你生日快乐。"

单意听到这句话后一怔。

什么，她的生日？

她低头翻开手上那本结婚证，上面的领证日期明明白白地印着"2018年5月7日"。她这才后知后觉，今天是五月七日？她二十岁的生日？

她都差点没想起来今天是自己的生日。太巧了吧，不偏不倚，刚到女性的国家法定结婚年龄，如果差了几天，他们就领不了证了。

单意只是觉得神奇，完全没往别的地方想。旁边的唐星舟敛了下眸，视线只在那个日期上扫了一眼，不动声色。

他向来不做没把握的事情。

他难得露出一个浅笑，对工作人员说了一声"谢谢"。然后他又牵起身旁单意的手："走了，回家。"

回家。

单意的脑子还蒙蒙的，被动地任他牵着走。男人的掌心宽大又温热，手指覆在她的手背上。

那里跟她手上拿着的结婚证一样滚烫。

唐星舟把她带回了昨晚的那个小区,十三楼十四号房的门前,男人低头用自己的指纹在解锁。门打开后,他又抓起她的右手往指纹感应处按了按,添加好了新的指纹。

"以后,这里是我们的家。"

我们的家。

我们的。

单意抬眸看他,内心因为这几个字而有所触动。

唐星舟把一串钥匙放到她的掌心上:"这是备用钥匙。"

"这里离你打工的酒吧很近,以后晚上你不回宿舍,就可以来这里睡。"

单意握着那串钥匙,点了点头。

两人走了进去。

她是第二次来到这里,跟昨晚截然不同的心情。只是过了一晚上,他们的关系就发生了质的改变。

她竟然和唐星舟结婚了。

他在玄关处换上拖鞋,然后从鞋柜里拿出来一双粉色的拖鞋,明显是女款的,放到她的脚下。她看了一眼,跟他脚下那双是情侣款,一蓝一粉。

单意:"这拖鞋……"

他像是看穿了她的心思,回了两个字:"新的。"

他说完,往客厅走去,她跟在他身后,装作一副不经意的语气问道:"你什么时候买的呀?"其实她是想问"你怎么会买女款的",还是说他本来要买给谁的?

唐星舟没有马上回答她,弯腰在饮水机那里接了两杯水,将其中的一杯温水递给她。她伸手接过。

他这才回答了她的上一个问题:"超市促销,情侣款打折。"

"哦。"她没怀疑什么,以为就是他说的那样。

她刚好也有些渴了,低头在那里喝水,眉眼温顺,一脸乖巧。

两人安静了一会儿后,唐星舟先开口:"唐太太,我送你一个礼物吧。"

唐太太,他喊她唐太太。

这三个字从他口中说出来的时候,多了几分爱意缱绻。

"什么礼物?"她问。

他抬起她的左手,用右手移动原本戴在自己左手腕上的那串小叶紫檀手串,缓缓戴到她的手腕上。

珠子碰到她的肌肤,上面还残留着他的体温。

"以后,这就是你的东西了。"他的声音从头顶处落下。

单意认得这串手串:"可是,你之前不是一直戴着的吗,都戴习惯了……"

"不想要?"

单意听到他这语气,马上收回手,右手的掌心盖住那串手串,一副"护食"的模样,说话还有点底气不足:"给了我,就是我的了。"

这串手串,她从高中起就见他戴在手上了,从不离身。所以,对他来说,这应该是很重要的东西吧。

他把他很重要的东西给了她。

他本来想去摸她的脑袋,抬起手来的时候,感觉左手腕那里有些空,他的动作顿了顿。很快,他又恢复正常,将手放到她的脑袋上,摸了摸:"先给你这个,戒指以后再补。"

戒指?

单意听到这两个字的反应就是:"不着急,不着急。"

唐星舟留意到她脸上的表情,轻而易举地猜中她心中所想:"不想公开?"他的语气算不上不好,但跟刚才的温柔对比,就显得冰冷了一些。

单意踟蹰了一下:"不是不想公开。"

唐星舟:"你说实话。"

骗不到他,她伸手扯住他的衣角,放软了声音:"真的不是。不是不想公开我们的关系,只是先不公开结婚的事,可以吗?"她尝试着跟他商量,"我们结婚太突然了,容易在学校里引起非议。而且我现在才大二……"就戴上了一顶"已婚妇女"的帽子。

后面的那句话,单意不敢说出来,总感觉自己像坐了火箭一样,一下子就升级为唐太太了,她还需要点时间来缓缓。

唐星舟听她这么一说,后知后觉自己考虑不周:"好,听你的。"

只是不公开结婚,而不是不公开他们的关系,他能接受。

单意见他松口了,主动在他的脸颊上亲了一下。他非常吃她这一套,露出个浅笑。

他突然想起一件事,问她:"你待会儿还有事吗?"

她摇头。

"那晚上你跟我回家吃顿饭。"

"回家?"

"嗯,我爸妈的家。"

见家长了?不对,唐奇教授,她早就见过了,但是那时候双方的身份不一样。他妈妈,她倒是没见过,不过留给婆婆的第一印象很重要。

她开始急了起来:"啊,你怎么不早说啊,我、我什么都没准备呢。"她低头看了一眼自己身上的这件衣服,不行,不够端庄,而且她也没买好见面礼。

单意拉着他就要走:"走、走、走,我要去买一件新衣服,还有礼物。"

唐星舟:"不用,我爸妈不在意这些的。"

单意坚决不同意,动作迅速地拉着他来到了小区附近的百货商场。她很快看中了一条裙子,紧接着就去试衣间试穿。

换好衣服后,她在他面前转了个圈,问他:"好看吗?"

唐星舟点头:"好看。"

她本来就穿什么都好看。

她看了看镜子里的自己,觉得好像哪里不对。她问商场的导购员:"请问你们这里有那种显得比较淑女一点的裙子吗?"她说得更直接了一些,"就是家长见了会比较喜欢的打扮。"

导购员瞬间明白了她的诉求,点了点头,伸手指向一边:"有的,这位小姐请跟我来。"

"好的,麻烦你了。"

唐星舟看着她在那里认真地挑选着裙子,想到待会儿就要带她见自己的父母,有一种不太真实的感觉。

她真的成了他的唐太太。

然后,他又想到了昨晚。

其实事情的开始是他早就预想到的。

前天晚上,周慕齐是直接睡在了唐星舟这边的。第二天因为刚好是周六,没课,周慕齐一个人待在自己租住的房里也是无聊,索性就不走了,而且唐星舟这边还有游戏机可以玩,还可以解解闷。

唐星舟睡了一觉,早上起来去晨跑,然后就回书房里待着。

两个大男人都不会做饭,所以午饭和晚饭都是叫的外卖。唐星舟看起来像是没什么胃口一样,午饭只吃了一点,然后又回书房待着。

周慕齐最怕他这种沉默的样子了,一般这样,他都是在酝酿着干什么大事。他以前也是这样,每次只要在实验室待上一整天,第二天出来就解决了一个难题。

晚上吃完饭后,唐星舟没回书房,坐在客厅的沙发上,主动邀请周慕齐来打游戏。

周慕齐"咻"的一声落座在他的身旁,一副见了鬼似的表情看着他:"大学霸不回你的书房好好学习了?"

唐星舟没看他,拿起游戏机:"来不来?"

"来、来、来。"周慕齐简直求之不得,跟舟神打游戏的机会可不是人人都有的。

唐星舟这个人吧,就是个典型的学霸,不管做什么,都很厉害的那种。他学习好就算了,偏偏游戏也打得好,平时不怎么玩,你以为他不会,结果他看了几眼,再随便露一两手,就赢了。他连玩游戏都是天赋型的选手,让周慕齐这种菜鸡羡慕不已。

男生打游戏的时间总是过得很快,一眨眼就打到九点多了。周慕齐刚才跟着大佬又赢了一把游戏,战绩噌噌地往上升,他开怀大笑:"爽。"

玩游戏太解压了,特别是把把都赢的时候。

唐星舟看了他一眼:"还来不来?"

就是这一眼,让他终于察觉到了一丝不对劲:"老四,你今天为什么突然对我这么好?"

他今天吃完午饭,说下午还要在唐星舟家待的时候,他已经做好了被唐星舟赶走的准备了,因为唐星舟喜欢安静,总是嫌他吵。

结果,他出乎意料地没被赶走,晚上唐星舟还主动邀请他打游戏。

不对劲,非常不对劲。

唐星舟的眼睛还是看着他的,目光沉静,像深海,永远让人摸不透。

唐星舟又问了一遍:"还打吗?"

周慕齐拿起沙发上的抱枕跳到一旁,躲得远远的,拨浪鼓似的摇头:"不打了,不打了。"

这里面绝对有诈。

"行。"唐星舟把游戏机丢到一旁,"那你帮我个忙。"

周慕齐伸手指向他,一脸"我就知道"的表情:"我就说吧,你突然陪我打游戏,是早有目的的。"

"嗯。"他半点都不带犹豫地承认了。

周慕齐朝他冷哼了一声,看在他陪自己打了几局游戏的份上,大发慈悲地说道:"说吧,要我帮你什么忙?兄弟我上刀山下火海……绝对不做。"

唐星舟直接拿出自己的手机,扔给周慕齐,道:"帮我打个电话就行。"

周慕齐黑人问号脸。打个电话?就这么简单的事?

他很蠢地问了一句:"你没手吗?"

唐星舟:"那个游戏战绩,升上去快,降下来也容易,要不要试试?"

周慕齐立刻非常狗腿地说道:"怎么能让舟神你亲自打电话呢,让小弟我来。话说,你要打给谁啊?要说什么?"

唐星舟:"单意。"

周慕齐突然觉得自己接了个烫手山芋。

"说我喝醉了,看她是什么反应。"

周慕齐很快就猜到了他的目的:"你是想把她骗来这里?呸,

不是骗，是叫，叫来这里。"

唐星舟没承认，也没否认："我只是想确认一件事。"

周慕齐的那番话确实说到他心里去了。不管她曾经喜欢过谁，只要她现在喜欢的人是他就行了。

但是，他要确认一下，确认一下她对他的喜欢到了哪种程度。

明天刚好是五月七号，她的生日。

二十岁的生日，女性的法定结婚年龄。

如果确认的结果如他所愿，他要在她二十岁生日的这一天，让她变成唐太太。因为谈恋爱的过程里，变数太多，不如一张结婚证那么让他安心。结了婚，那些男人就不能再觊觎她了。

唐星舟和单意会一辈子绑在一起。

周慕齐不知道他的那些心思，打开他手机的通讯录，找到单意的名字，打了第一个电话过去。

唐星舟等了半天，也不见他说话，轻蹙了下眉。

周慕齐慢慢地将手机挪开耳边："没接……"

唐星舟："再打。"

周慕齐又打了第二个，还是没接通。他连续打了三四个，结果还是一样。

一旁的唐星舟没说话。周慕齐觉得他肯定是难过了，人家都不接他的电话。

茶几上还放着几瓶酒，没开，是昨晚没喝完的。唐星舟伸手拿了过来，用开酒器撬开瓶盖，直接就对嘴喝。

周慕齐看到这一幕，道："老四，你也不用这样借酒消愁吧。"他突然醒神，拍了下自己的大腿，"今天不是周六吗，她在酒吧打工呢，估计在忙，没时间接电话。"

唐星舟又喝了一口酒："我知道，我刚才已经想到了。"

周慕齐："……那你现在这样伤心落寞的样子是做给谁看呢？"

唐星舟："戏要逼真一点，我身上没酒味，容易穿帮。"

周慕齐朝他竖起了一个大拇指。

"话说，你就这么肯定她会来？"

"百分之九十。"

"剩下的百分之十呢,说到底你心里还是没底的吧,不敢说百分之百。"

唐星舟看向他:"剩下的百分之十,看你的演技。"

他感觉自己肩负重任啊。

后来单意的电话终于打通了,周慕齐发挥了影帝般的演技,看着坐在自己旁边的唐星舟,把他塑造成了一个"醉鬼"的形象。

单意会来完全在唐星舟的意料之中,只是后面发生的事情是意外。他亲她的时候,只是想知道她会不会躲开。

可到后来,主动的那个人是她。

最后单意在导购员的帮助下挑了一条雾蓝色的连衣裙,长度及膝,颜色沉稳,款式简洁大方。

买好衣服后,她又去百货商场的饰品店里买发绳,因为她今天的头发是披散着的,想着扎起头发会比较好些,显得有精气神一点。

她连这点小事都想到了,足以证明她对这次见面有多慎重。

单意的发绳经常弄丢,所以她一下子买了好几条,是水果系列的,樱桃、草莓、水蜜桃的都有。

她拿了一个樱桃的发绳,对着店里的梳妆镜直接就上手,用手指当作梳子左右梳了一下,一个丸子头很快就扎好了。

唐星舟站在一旁,看着她流畅又熟练的动作,默默地记在心里。

收拾好自己的着装后,她就拉着唐星舟去买礼物。他用了点力气,阻止着她前进,再次强调:"真的不用买了……而且你已经送过礼物了。"

单意一脸问号。

什么时候的事,她本人怎么不知道。

唐星舟轻咳了一声,开始说道:"上次我妈生日,你挑的那条丝巾,我说是她儿媳妇送的,她非常喜欢。"

她瞪大眼睛,觉得不可思议:"那时候我们不是没在一起吗?你怎么能说是我送的呢?"

唐星舟说了一句:"未雨绸缪。"

身为文科生的单意头一回觉得原来这个成语还可以这样用。

唐星舟看着她这般呆呆的模样，忍不住捏了捏她的脸蛋："所以你不用太担心，我妈虽然没见过你，但是对你的印象很好。至于我爸，你之前选修过他的课，他也挺好讲话的。"

是挺好讲话的，选修课还给了她七十分的同情分，只是她自己不争气。

唐星舟看了看手机上的时间："而且现在不早了，我们该出发了。"

单意听他这么一说，改了口："……那礼物我之后再补，我去买点水果和礼品吧。"

他这回没再阻止她："好。"

两人买好了所需要的东西后，唐星舟把车开了出来，前往唐家。

车子大概行驶了三十分钟才到达。

唐家坐落在清城的郊区，那一片都是住宅区，环境幽静，而且管理得十分严格，会有门卫轮流值班。唐星舟驱车进去时，保安室的门卫看了他一眼，认出了他是这里的住户，马上把升降杆升了上去。

进去后会发现这里的房子都是独栋的，从一层到三层不等，皆有独立的大门。唐星舟又把车往里面开了几百米，然后停靠在自己家的门口。

"到了。"他说。

单意坐在副驾驶座上一动不动，手还攥紧着胸前的安全带。唐星舟看出她的不安，握住她的一只手："意意，你不用太紧张。"

她已经紧张到自动忽略了他那声极其亲昵的"意意"，她皱着一张脸："又不是你见家长。"

他轻笑了一声："你不是已经见过我爸了吗？"

"那不一样。"

在课堂上唐教授只是她的老师，现在这关系一下子就变了。

唐星舟还想说些什么的时候，驾驶座旁的车窗被人敲了敲。他将车窗降下后，唐奇的一张脸就露了出来。

"到家门口了，怎么不进去？"

唐奇越过自己的儿子看到了坐在副驾驶座上的单意，马上露出和蔼的笑容："嘿，儿媳妇，还记得我不？"

"儿媳妇"三个字,他喊得极其顺口,像是习惯使然,却让单意的脸一红。她礼貌地跟他打着招呼:"唐教授好。"

唐奇一听这称呼,佯装不满:"怎么还叫唐教授?"

"这小子下午不是说要带你去领证的吗?难道没领成?"

唐星舟中午回来了一趟,那时候他们正在吃饭。

唐奇扒了一口米饭,然后问他:"怎么要回来也没提前说一声,我们没煮你的饭。"

唐星舟:"我不吃,我是回来拿户口本的。"

"哦,你拿户口本干吗?"唐奇随手端起汤碗,往嘴里送。

"领证。"

"咳咳——"唐奇听到这句话,一下子就被呛到了。

坐在他旁边的容蕙轻拍着他的后背,难得看见自己丈夫失态的模样。她的语气还算镇静,说道:"户口本就放在我们房间梳妆台的第二个抽屉里,你自己去拿吧。"

唐星舟:"谢谢妈。"

唐奇转头看向容蕙:"老婆,你怎么一点都不惊讶?"

容蕙:"你之前不是说过星舟有喜欢的女孩子了吗?那个学音乐的,叫单意是吧?这水到渠成的事情,为什么要惊讶?"

唐奇:"可他现在是要结婚,而且你这个当妈的都没见过那个女孩子长什么样。"

容蕙:"你不是已经见过了吗?我没见过也没关系。再说了,最重要的是儿子喜欢。"

她儿子喜欢的,就是最好的。

唐星舟从小就性子稳重,做什么事情都是深思熟虑后才会去做。所以,两人很少干涉他做的决定。他既然决定了要结婚,定然是想清楚了。

正说着,唐星舟就从房间里出来了,手里拿着户口本。

"爸、妈,我先走了。"

容蕙叫住了他,一脸笑眯眯地说道:"儿子,今晚带人家回来吃顿饭。"

"好。"他很快应下。

但眼下看小姑娘这反应，唐奇不禁怀疑唐星舟结婚这件事到底成没成。

唐星舟及时回答："领了。"

唐奇听到了自己想要的答案后，顿时喜上眉梢："那是不是该改口了？"他热切地看向单意。

唐星舟也在看她。

她微微抿了抿唇，做好心理建设，鼓足勇气后喊了一声："爸。"

其实，这个字对她过于陌生，她从来没有喊过别人，如今这么一喊，却多了几分不一样的感觉，就好像是她终于有一个爸爸了。

"欸。"唐奇应得非常爽快，满意地一笑，一脸热情，"快下车吧，进屋里坐。"

两人下了车，唐星舟一只手提着刚才买好的礼品和水果，另一只手牵着单意，跟在唐奇的身后，一起走进唐家大门。

越往里面走，单意的心就越不安，越紧张。

唐星舟有所察觉，侧头看了她一眼，牵着她的那只手微微握紧，又抬起来在她的手背上亲了亲，给予她安全感："放心，我在呢。"

她听他这么一说，好像突然就不是很紧张了。她点了点头，身体自然地贴近着他。

唐家的阿姨刚倒完垃圾回来，在门口碰到了三人。

"这是家里的阿姨。"唐奇先给单意介绍着，然后又跟对方说道，"这是我儿媳妇，叫单意。"

唐星舟在一旁提醒单意："叫文姨。"

单意乖乖地喊："文姨好。"

文姨点点头，她身上穿着朴素的衣服，慈眉善目，双手在比划着手势。等她比划完之后，唐星舟本来想给单意翻译一下，却见单意露出一个浅笑来。

单意伸出右手，四指握拳，只有拇指竖起，然后往前弯曲了两下——是手语里"谢谢"的意思。

在场的另外三人脸上的表情都有点惊讶。

唐星舟倒是有些意外："你看得懂手语？"

"会一点。"单意点头。

她之前跟她外婆去过福利院做公益，那里有不少聋哑人，她跟着那里的老师学了点手语，好跟那些孩子面对面交流。

她翻译着刚才文姨做的动作的意思："文姨夸我漂亮呢，对吧？"文姨朝她比了一个大拇指，是在夸她厉害。

客厅里突然传来玻璃破碎的声音，唐奇一惊，马上走了进去。

唐星舟和单意也跟着进去，然后就看到唐奇站在一个坐着轮椅的女人面前，还听到了一道温柔的女声："我本来想给儿媳妇泡杯茶，结果水太烫了，没拿稳。"

唐奇神情紧张，注意力全在她身上："你人有没有事？有没有哪里被烫到了？"

"没事，没事，水都洒在地上了。"容蕙安抚着自己的丈夫。

唐奇把她的轮椅推向一旁，远离了有碎玻璃的地方："你先别乱动，我去拿扫把来。"

"好。"

唐奇一走开，单意才看清了那个女人的样子。

她穿着薄款的外衫，腿上披着一条毛毯，头发盘起，长相温婉娴静，气质很好，尤其是那双眼睛，清透明亮，像安静的湖，波澜不惊。

唐星舟就是遗传了这样一双眼睛。

察觉到那边投来的视线后，容蕙抬起头来，目光落到了单意的身上。容蕙先开了口，语气友好："你是意意吧？"

单意赶紧点头，略微有些紧张地喊道："阿、阿姨好。"

容蕙说了一句跟唐奇差不多的话："怎么还叫阿姨？"她看向唐星舟，用眼神询问。

唐星舟还是那两个字："领了。"

单意觉得眼前这一幕简直跟刚才五分钟前在车上的一模一样，她乖乖改口道："……妈。"

容蕙也是应得很快："欸。"

这夫妻俩连开心的表情都是相似的。

容蕙朝她招了招手："过来点，让妈好好看看你。"

今天中午唐星舟回来拿户口本的时候，其实也把她吓了一跳。

自己儿子单身了二十二年,一次恋爱都没谈过,一下子就有了女朋友,还要马上去领证。

不过,她的反应倒是没唐奇的大,她儿子从小无论做什么事情都是很认真的,更别说结婚这种人生大事。所以,他一定是碰到了自己非常喜欢的人,才会如此迫不及待地想娶人家。

眼下,她终于见到了这个人。

单意往前走了几步,走近后,下意识地蹲了下来,抬头看了看容蕙,然后伸手往上拉了拉她腿上即将滑落的毛毯。

容蕙静静地观察着单意这一细心体贴的动作,伸手握住了她的手,认真地打量着。

眼前的女生长得很好看,容貌上乘,特别是有着一双非常好看的眼睛,眼波流转,眸如秋水,也很干净。

容蕙拍了拍她的手,由衷地感叹着:"我儿媳妇可真漂亮。"

"阿姨你……"单意还没说完的话在容蕙的眼神下被生生止住,马上改了口,"妈,你也好看。"

容蕙笑了笑,随即想到了什么:"听星舟说,今天是你生日,妈给你订了蛋糕,待会儿吃完饭再吃。"

单意一顿。明明只是一句最普通不过的话,却让她的眼睛里一下子有了点湿意。

曾经,她妈妈单暖也说过类似的话。

"今天是我们家意意的生日,妈妈给你订了蛋糕,但是吃完饭才能吃。"

单暖去世之后,单意再也没有机会吃她妈妈买的蛋糕了。而现在,她有了一个新的妈妈。

容蕙察觉到她情绪的不对劲,伸手摸了摸她的脸,柔声询问:"怎么啦,不喜欢蛋糕吗?"容蕙的眼里满是温柔,像一个妈妈在关怀着自己的女儿一样。

单意眼含泪光,轻轻摇了摇头,露出一个笑来:"喜欢的,谢谢妈。"

她就是觉得,这个世界好像多了几个人爱她。

文姨在厨房里忙活着,还没有这么快开饭,于是容蕙就拉着单意在客厅里聊天。两个女人的话题,唐家父子俩插不上嘴,就拿了点水果去厨房里洗。

其实她们聊的都是一些家常事,容蕙问,单意就回答。

她们聊着聊着,不知道怎么就扯到了另一个话题上,容蕙问:"听老唐说你之前还选修过他的课?"

单意一惊,怎么突然就问起这个了。她老实地点头:"大一上学期的时候选修过。"

容蕙笑了笑,拆着自己丈夫的台:"他讲课不无聊啊,怎么会想选他的课。"她还一脸嫌弃地接着道,"我就不喜欢,我数学不好,听不懂。"

单意万万没想到自己能找到知音,她本来以为这一家子都是数学学霸,只有自己是拖后腿的那个。

"其实,我数学也不太好。"她这回说话的底气都有些不足,"之前选到爸的课是因为……手滑。"

说完,她还补了一句,满是悔恨的语气:"选错了。"

容蕙听到后,难得愣了一下,随后忍俊不禁。

她这儿媳妇这么实诚的吗?

单意刚好在背对着厨房的那个沙发上坐着,看不到后面,以为客厅里只有她们两个人在。殊不知一分钟前唐家父子俩已经洗完了水果,从厨房里走了出来。

唐奇碰巧就听到了两人最后的那番对话,脚步一顿,眼神呆滞,脸上带着一副"我儿媳妇竟然不是因为喜欢数学才选我的课"的表情。

同样听到这番话的唐星舟站在自己老爸的身后,无奈地扶额,他就知道里面一定有乌龙。

单意说完后,看到了容蕙脸上极力想要忍住的笑意,同时,她的眼睛望向了自己的身后……

单意突然脊背一凉,依稀感觉到空气中弥漫着一股不同寻常的气氛,僵硬地转过头去,看到了不知何时出现在客厅的唐奇和唐星舟。

他们什么时候站在这里的?刚才她说的话,他们有没有听见?

唐奇看着自家儿媳妇脸上那礼貌又不失尴尬的微笑,一时之间不知道该说些什么。他也不是责备,就是有点伤心。

怎么她们都不喜欢数学呢?

唐星舟开口帮自己的老婆解围,直接岔开话题:"水果洗好了。"他走到单意的身边,在她旁边坐下,拿了一个油桃给她,"吃吧。"

她想伸手接过,却被他一躲:"你没洗手,我喂你,就这样吃吧。"

她听话地低下头,咬了一口,腮帮鼓起,给出评价:"好甜。"口腔里充满了甜甜的果肉,她现在眼里都是吃的,已经忘记了刚才的"社死"时刻。

唐奇和容蕙看着这对新婚夫妻的甜蜜互动,只觉得十分欣慰。他们家儿子难得有这么温柔的一面。

刚才那点小插曲,也就此揭过。

文姨这会儿也忙活完了,手里端着一盘菜,往餐桌方向走。单意看到了,连忙站起身来:"我去帮忙端菜吧。"

她跟着文姨走进厨房:"文姨,我帮您。"

文姨做了一个"不用"的手势,然而单意的动作比她要快,抢先一步端起了放在那里的两盘菜:"没关系的,我端盘子可稳了。"

容蕙看到单意从厨房里端着菜出来后,马上示意唐星舟过去帮忙。他从善如流地接过单意手里的盘子:"我来。"

单意不肯放手:"不用,我可以的。"

唐星舟也不松手:"听话。"

单意这回却跟他唱反调:"我不。"

不知从哪里出现的唐奇趁两人拌嘴的工夫拿过了那两个盘子:"现在的年轻人哦,端个菜还能打情骂俏的,你们考虑过菜的感受吗?"

单意瞬间噤声,脸蛋微红。

唐星舟的耳朵也是。

吃完饭后,唐星舟和单意本来是打算回去的,却被容蕙拦下:"今晚就在家里睡吧,睡在星舟的房间就好了。"她看向单意,挽留着,"我还想跟我儿媳妇多说会话。"

唐星舟问单意:"明天周一,你早上有课吗?"

"没有。"

"那我们今晚就留下来,明天中午我再送你回学校,嗯?"

"好。"单意点头。

听到他们两个今晚要留下来,容蕙开心地拉着单意,说要带她去唐星舟的房间看看。唐星舟本来也想跟过去,却被容蕙阻止了:"我们婆媳要讲悄悄话,你不准听。"

唐星舟就留在了原地,还被他爸拉着在客厅里下棋。

"被你妈赶回来了吧。"唐奇一边说,一边放下一颗黑棋。

唐星舟手执白棋,观察着局势,分心地回答着:"爸,你可以把那幸灾乐祸的语气收一收。"

唐奇:"怎么,怕你妈妈偷偷在儿媳妇面前讲你坏话?"

唐星舟面色不改:"身正不怕影子斜。"

唐奇:"哟,你是不是背着我跟老程那家伙学中文了?"

门口那边适时传来一个中年男人的声音:"大老远就听到老唐你这家伙的声音了。"

唐奇对自己老友的声音很熟悉,接过话:"看来你听力还挺好的,没有耳背。"

唐星舟下意识地起身,跟人打着招呼:"顾叔好。"

顾铭应了一声,他今晚是带着自家儿子顾以榛来串门的,男生跟在自己爸爸的身后,主动喊人:"唐伯伯好。"

唐奇点点头,然后听到顾铭问:"对了,你儿媳妇呢,不是你让我来看人的吗?"

顾铭今天在家吃饭的时候就收到了唐奇给他发的微信。

平平无奇:"老顾,我有儿媳妇了。"

Ming:"哦。"

顾铭以为是唐星舟交女朋友了。

平平无奇:"领了证的那种,合法的。"

平平无奇:"我儿媳妇长得可漂亮了,以后跟我们家星舟生的孩子也一定很好看。"

Ming:"……"

自己儿子连个女朋友都没有的顾铭感觉自己一下子就落了下风,当即便拉上在一旁玩着游戏的顾以榛:"儿子,走,我们去隔壁串门,学习一下。"

顾以榛不明所以:"学习什么?"

顾铭:"你去学习一下星舟是怎么做到跳过了谈恋爱这一步骤,直接把人拐进户口本的。"一次恋爱都没谈过,连个女朋友都没有的人,突然就有了媳妇。

关键是唐奇那家伙一下子就超过了他,自己的孩子再不争气点,将来他们顾家的孩子还怎么跟唐家定娃娃亲。

既然自己女儿路以柠跟唐星舟没可能了,那就先预定他的孩子,这么帅气的一张脸和这么优秀的基因不能浪费掉。

顾以榛完全不知道自己亲爸心中所想,顾铭也不管他愿不愿意,拉着人就往隔壁的房子走。

于是两人就来串门了。

顾铭左顾右盼着,也没见到人,猜测道:"莫不是被你吓跑了?"

唐奇:"老顾,你这话我可不爱听了。"

顾铭:"我说过的哪句话,你爱听。"

唐奇想想,好像也是。

二楼那里突然传来容蕙的声音:"是老顾来了吗?"

顾铭马上收起了刚才那副嬉皮笑脸的模样,看向二楼,喊道:"嫂子好。"

唐奇听到他老婆的声音后,就快步走上二楼,把容蕙抱了起来。唐星舟跟在他身后,提着那张轮椅,跟着下了楼梯。

下到一楼,容蕙重新坐回到轮椅上,单意给她的腿盖上毯子。容蕙顺势给单意介绍着:"这位是顾叔,住在我们隔壁的,跟你爸是好朋友。"

单意站直身体,跟着喊人:"顾叔好。"

她不认识顾铭,但是她认得站在他身旁的那个少年是顾以榛,他是路以柠的弟弟,之前在清城一中偶然见过几次。

显然顾以榛也对她有点印象,目光停留在她身上的时候多了几秒。他这异常的举动被一旁的顾铭察觉到了,轻咳一声,用眼神警告。

顾以榛却来了一句:"你是我姐的朋友。"还有之前唐星舟让他帮忙黑的帖子,里面的女主角都是她,他看到那些照片后就觉得有点印象,后来回忆起来才认出她的。

顾铭微微诧异："你跟阿柠认识？"

单意："高二的时候做过一段时间的同桌，小柠檬很可爱。"

顾铭感叹："缘分啊。不过现在阿柠人在国外，不然你们两个可以叙叙旧。"

谈到路以柠，唐奇就问道："以柠现在的情况怎么样了，安雅那边怎么说？"

顾铭想到了自己的女儿，神情不像刚才那般轻松："已经好很多了，至少，也不会比以前更差了。她现在能重新拉大提琴，已经很好了。有时候还会跟我们视频聊天，我看得出来，她比以前开心多了。"

唐奇："那就好。"

听了个大概的单意面露不解。

路以柠生病了吗？

她侧头看着唐星舟，他俯身在她的耳边说了一句："晚点再跟你细说。"

她也意识到现在不是说这些的时候，没再多问，只是神情有所担忧。后来他们几个人在客厅里闲聊着，唠着家常事。

顾以榛的手机突然响起，他的语气变得兴奋了些："是我姐打来的视频电话。"

话落，女生的一张脸出现在屏幕里，面如满月，眼睛清澈如泉，笑起来的时候，嘴角那里还有浅浅的梨涡。

美国现在这时候刚好是早晨，路以柠在自己租的公寓里吃着早餐，想着这时候清城那边是晚上，她弟弟和爸爸应该在家吃晚饭，就打了个视频电话过来。

顾以榛："姐，我跟爸现在在唐伯伯家，我给你看个人。"然后他把镜头转向长沙发那边。

路以柠依次跟他们打着招呼："唐伯伯好，唐姨好，星舟哥好……"

其他三人，她见到都不意外，待看清坐在左边的那个女生的脸后，她面露惊喜，一下就认出了人："意意？"

单意对着屏幕挥了下手："小柠檬，好久不见。"

路以柠看着坐在单意身旁的唐星舟，两人的姿势略显亲密，有种莫名的般配感，而且现在他们还同时出现在唐家，她好像明白了些什么，语气惊讶："你跟星舟哥？"

唐星舟的手搭上身旁单意的肩膀，对着屏幕说道："该改口叫嫂子了。"

听到答案后，路以柠扬起嘴角，对这个称呼适应得很快："嫂子好。"

单意赧然，弯了弯唇。

路以柠："恭喜你们，也恭喜唐伯伯、唐姨。"

唐奇这时候出声了："以柠在美国那边还习惯吗？"

路以柠："谢谢唐伯伯关心，我很好。"

唐奇又问了几个问题，话里话外都是关心。

"那有没有交男朋友啊？"

他这一问，空气都静默了片刻，路以柠没有马上回答，神情微滞。不知为何，她脑海里闪过一个少年的身影。

单意看着屏幕里的她，也在等着她的回答。

单意想的是，如果，如果路以柠在美国已经谈恋爱了，那程星临估计会疯的。

视频那边传来清晰的两个字："没有。"

单意的一颗心跟着落下。

顾铭摆出老父亲的态度："谈什么恋爱，我们家阿柠还小，要以学业为重。"

顾以榛在一旁拆他的台："爸，你刚才可不是这么说的，你还让我跟星舟哥学习……"

顾铭："你跟你姐能比吗？我是怕没人要你，所以要趁早。"

顾以榛嘀咕了一句："双标。"

这两个字被顾铭听到了，他扬起手来就要打顾以榛。顾以榛连忙躲到一旁，对着手机喊道："姐，爸要打我！"

路以柠的声音传来："爸，你下手轻点。"

顾以榛戏精上身："你是谁，你不是我姐本人，她不会这么对我的。"

路以柠改口了："爸，您尽管打吧。"

几人大笑起来。

单意感受着顾家那融洽的氛围,也忍不住跟着笑了起来。又闲聊了一会儿,路以柠那边还有事,就先挂了视频通话。

天色渐晚,顾家父子说要回去了,不打扰他们休息。等两人走后,唐奇和容蕙也确实要准备睡觉了,单意跟他们道了声晚安。

唐星舟牵起单意的手往自己房间走。

进了房间后,单意后知后觉,突然想起一个问题:"唐星舟,我没有换洗的衣服啊。"

"穿我的。"唐星舟走到自己的衣柜前,里面的衣服大多数以黑白为主,整整齐齐地挂着。

单意将身子倚靠在衣柜的门边,双臂环抱,看着他的手指在衣架上一一掠过,最后选中了一件黑色的 T 恤。她有点意外,不经大脑的话脱口而出:"我以为你会挑白衬衣给我呢,男生不都喜欢女生穿……"

她一边说,一边想伸手接过那件 T 恤,却被他灵活地一躲。

"你倒是提醒我了。"男生的嗓音带笑,看着她的眼神意味深长。然后她眼睁睁地看着他把那件 T 恤放回了原位,重新拿了一件白衬衣出来。

她后知后觉,好像给自己挖了个坑。

单意是在唐星舟洗完澡之后才去洗的,出来的时候,穿的是他那件白色的衬衫,长度堪堪到大腿,往下是笔直的双腿,又细又长,白得晃眼。衬衣最上面的两颗扣子没系,精致漂亮的锁骨露了出来,顺着那完美的颈部往上看,便是她那张未施粉黛的脸。

因为刚洗完澡,单意身上冒着热气,衬得她那双平日里勾魂的眼睛多了几分迷蒙。

唐星舟看着她一步一步朝自己走近,眼睛黑沉沉的,越发深邃,像深海。

细看之下会发现,他的眼里有暗涌在流动。

单意走到床空着的那一边,掀开被子。刚躺下,她的腰身就被一只有力的手臂揽住,她整个人贴近了他。

他身上有股好闻的味道,清冽干净,引得她往他脖子那里嗅了嗅。

"唐星舟,你身上好香啊。"

"哪里香?"他说话的时候,喉结跟着动了一下。

"喵!"

突然,床上陷下去一块,有什么东西跳了上来,爪子还踩住了单意的一只手。

"啊。"单意叫了一声,整个人坐了起来,转头看向那只出现在床边的不明生物。

唐星舟把手从单意的身上收回,语气带着点警告的意味:"十四,下去。"

名叫"十四"的是一只橘猫,身体橘白相间,圆乎乎的脑袋,琥珀色的眼睛,瞪得圆圆的,看着单意,有股奶凶的气势。

听到唐星舟的话后,它的眼神变了变,爬到他的手臂上,用脑袋蹭了蹭,还发出一声软软的猫叫。

然后它整个身体贴着他,直接睡到了他的旁边,爪子还扒拉着他的手不放开。

单意被这只猫一系列的操作弄蒙了。

这只猫成精了吧,怎么看她和看唐星舟的眼神完全不一样,就好像是她霸占了它的东西似的。

唐星舟起身将它抱起,然后弯腰放到床下。

"回去你窝里睡。"

橘猫的小爪子碰到地板后又马上抬起来,扯着床单垂落的那部分,想要再次爬上去。

唐星舟毫不留情地将它的猫头按下去:"最后一遍,回去。"

橘猫蹲坐在地板上,爪子挠了挠自己的头,发出一声委屈的猫叫。唐星舟眼神不变,居高临下地看着它,一定要看着它离开的样子。

橘猫低下脑袋,想往床底下钻,却被唐星舟抓住,变了个方向。

它慢慢地走到房间的一个角落里,那里有一个圆形的宠物垫,边角那里竖着两只猫耳朵。它乖乖地爬了上去,然后背对着他们,只露出一个胖乎乎的屁股,连背影都透着一股傲娇的劲。

唐星舟关了床边的落地灯,刚一躺下,单意就自发地钻进他的怀里,双手双脚并用地环住他的身体。

他拍了拍她的背:"别乱蹭了。"

她不讲道理地"控诉"着:"刚才那只猫也是这么抱你的,你都没凶它。"

唐星舟:"它抱我,我又不会有感觉。"

单意听懂了,这次真的不敢再乱动了。

两人就这样静静地相拥着,在同一张床上。

过了一会儿,单意还是毫无睡意,终于想起自己刚才短暂遗忘的事,她小声地喊了一声他的名字:"唐星舟?"

黑夜里,他的声音显得更加清晰:"嗯。"

"小柠檬她怎么了,是生病了吗?"

在客厅里闲聊的时候,她只听了个大概,并不清楚到底发生了什么事。

"是抑郁症。"

单意错愕,艰难地找回自己的声音:"什么?怎么会……"

"几年前的事了,她妈妈因车祸去世,她觉得是她的责任,一个人承受了太多。"

"加上顾叔那边的亲戚一直都重男轻女,对她也不好。"

"后来她想不开……"说到这句话的时候,唐星舟停顿了一下,"是我救的她。"

他说到这里的时候,脑海里不自觉地想起几年前的那一幕:"如果我再晚到一分钟,可能就再也见不到她了……"

他永远也忘不了那一刻的画面,少女一袭白裙,安安静静地躺在卧室的床上。

她的生命就像花朵凋谢一样,没有任何活力。

她被送上救护车后,医生说她的求生意识很弱,要家人做好心理准备。唐星舟紧握着她的手,一遍又一遍地在她耳边说着话。

他已经没有了妹妹,他不想连自己和妹妹的好朋友也失去。她还这么小,她跟星乐一样大,她还没有好好看过这个世界。

唐星乐没有了机会,可她还有。

幸运的是，后来路以柠被医生抢救过来了，她活了下来。

顾铭得知自己女儿自杀未遂的消息后马上从中国飞了过去，一个将近四十岁的男人在路以柠的面前哭了。他说："阿柠，爸爸不能没有你。"

路以柠因为这一句话，放弃了轻生的念头，开始配合医生的治疗。她每天都靠药物控制着自己，日复一日。

她治疗了一年后，医生建议她多和外界接触，后来她从美国回来，进入清城一中读书，也是在那个时候，认识的单意他们。

可那时候的单意并不知道，那个安静乖巧、笑起来眼睛里像有星星的女孩，以前经历过这么多。

此刻，单意能感受到唐星舟的情绪变化，用力地抱紧了他。

唐星舟已经陷入在自己的回忆里，她听到他声音很轻地说道："单意，为什么她们都想着离开这个世界。"

她们。

单意知道他说的是谁："还有妈，对吗？"她猜测道，"她是不是也得过抑郁症？"

因为她看到容蕙的手腕上有一道很浅的疤痕。

几个小时之前——

容蕙带着单意来到了唐星舟的房间，她拿出柜子里的一本相册，翻开给单意看。第一张就是一个小男孩和一个小女孩的合照。

容蕙的手指摸了摸那张合照，停留在女孩子的脸上："这个是星乐，星舟的妹妹。"

单意在她的身旁弯下腰，看向照片上的女孩，女孩的那张脸跟记忆中的模样重合起来。

"我见过她的。"

容蕙对此感到惊讶："是吗？什么时候的事？"

单意："几年前，在寺庙有缘见过一次。"

容蕙："能跟我说说具体的经过吗？"

单意将那天发生的事复述了一遍，听到要喂猫的时候，容蕙笑了笑："她从小就喜欢小动物，但是一直没有养，因为她没有时间照顾。

她说,如果决定要养动物的话,就一定要对它的生命负责,不能随随便便就养,随随便便就不养。"

小的时候,唐星乐是因为没有时间养,父母都很忙,经常不在家,哥哥要学习。而她忙着练习跳舞,分不出太多精力。

长大一些后,她是没有能力养,因为她生病了,要整天住在医院里。

再后来,她也就没机会养了。

容蕙想起以前的事,碰巧小腿传来柔软的触感,有一只橘猫突然从床底爬了出来。

容蕙弯腰将那只橘猫抱在了腿上,它用脑袋蹭了蹭她的手。

容蕙右手的手腕上戴着一只翡翠手镯,橘猫可能觉得好玩,一直在弄那个手镯。结果,手镯下的疤痕不经意间就露了出来。

单意的瞳孔微缩,眼里充满了不可置信。

容蕙没察觉到她的微表情,低头看着腿上的猫:"这只就是那只流浪猫的宝宝,后来星舟把它带了回来。它平时很喜欢待在星舟的房间,这一点很像星乐,她以前就喜欢黏着她哥哥。"

唐星乐去世的第二天,唐星舟又去了那座寺庙,去了那棵榕树下,走过了他妹妹曾经待过的地方。

后来只有只橘猫突然出现,咬着他的裤腿不放。

刚好寺庙里有个小和尚从这里经过,因为唐家人经常来这里,他认得这位年轻的施主。小和尚是来准备喂猫的,看到这一幕后,说道:"阿弥陀佛,看来是缘分啊。"

小和尚告诉唐星舟,说他的妹妹之前来这里的时候都会喂这只流浪猫。唐星舟听到后,问小和尚:"小师父,这只猫,我能带回去养吗?"

小和尚:"施主,你有善心,自然是可以的。"

他想把这只流浪猫抱起来,却被它飞快地躲开,然后它又叫唤了几声,往另一个方向跑去。

唐星舟跟着它走,发现它从草丛里钻了出来,嘴里叼着一只幼崽放到他的面前,然后就倒了下去。

小猫咪似有感应,看到自己妈妈躺在那里,发出呜呜的叫声,却得不到任何的回应。小和尚检查了一下那只母猫，确定它已经没有了生命体征后，又说了一句"阿弥陀佛"。

唐星舟低头看着那只趴在自己妈妈身旁的幼崽，他弯腰把那只小猫咪托在了掌心上。

它的妈妈在生命的最后一刻把自己的孩子交给了他。

这只小猫咪被唐星舟带了回家，并且取名为"十四"。唐星乐是在她十四岁那年离开的，而这只猫也是在她十四岁那年出现的。

或许这是一种生命的延续吧。

房间里依旧安静，单意没听到唐星舟的回答。但是，那已经不重要了。她听到了枕边人平稳的呼吸声，知道他已经睡着了。

单意抬起手，抚上他睡梦中仍然紧皱的眉头，轻轻地抚摸着。然后她在他的额头落下一吻，虔诚又充满了爱意。

"唐星舟，我不会离开你的。"

第十三碗粥　甜蜜

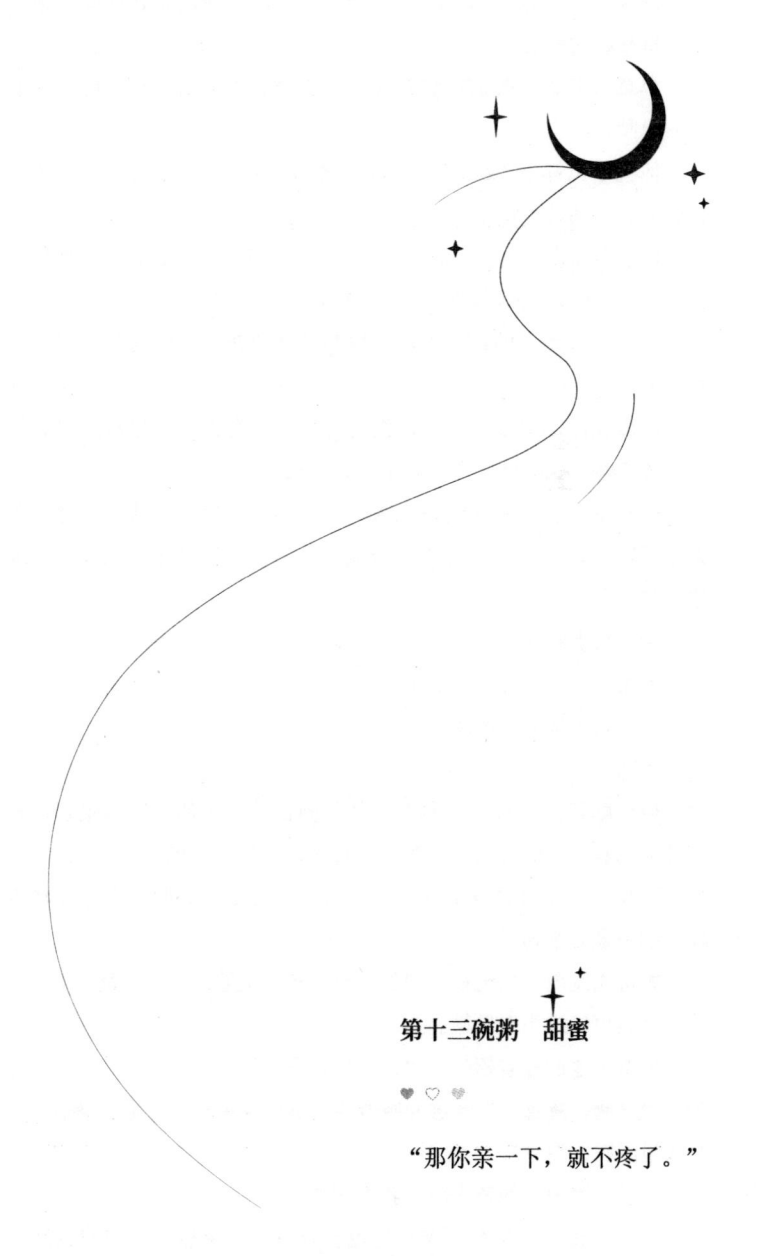

♥ ♡ ♥

"那你亲一下，就不疼了。"

许是有些认床，单意第二天醒得比较早，唐星舟还在睡，他的一只手臂被她的脑袋枕着，另一只手还搭在她的腰上。

单意看着近在眼前的这张俊脸，这个男生怎么哪哪都帅，睡着的时候也帅。

他就是长着一张她喜欢的脸，脸部每一处都长在了她的审美点上，让她怎么看都看不腻。

她独自欣赏了好一会儿，忍不住凑上去亲了亲他的唇，动作很轻，怕吵醒他。好在他睡得熟，并没有什么反应。

她看了看墙上的挂钟，轻轻地拿开他放在自己腰间的那只手，翻身下床。

洗漱完后，她走到一楼，没有看到客厅有人，心想着唐父唐母是不是还在睡，就听到外面庭院里传来谈话声。

庭院里，唐奇正在给花浇水，一旁的容蕙坐在轮椅上，腿上盖着条毯子，一边看着，一边指挥着他："那盆向日葵还没浇到呢，最左边那盆。"

唐奇马上照做，拿着手里的喷壶往左边的那盆花淋去。

容蕙："欸，够了，够了。"

"那我去浇右边的了。"

"嗯。"

整个庭院里只种了一种花，就是向日葵，黄色的花瓣张开，整整齐齐地朝着太阳的方向，肆意地生长着，充满了生机。

那是唐星乐最喜欢的花，唐家夫妇平时都悉心照料着，连浇水、除草都是亲力亲为。

唐奇先发现了出现在门口的单意，扬起笑脸："意意醒啦？"

容蕙也转过头来看她。

单意跟他们打着招呼："爸，妈，早。"

"早啊，意意。"容蕙冲她微笑，然后探头看了看她的身后，"星舟还没醒呢？"

单意："嗯，他还在睡，我没叫他。"

"那就让他多睡会，难得他也会睡懒觉，果然有了媳妇就是不一样。"容蕙说道。

单意看了一眼还在给花浇水的唐奇，想上去帮忙，被容蕙阻止了："不用，不用，让你爸干些活。厨房里有早餐，文姨做好的，你先去吃。"

"好。"

单意走进厨房的时候，没人在。

大理石台上放着两份三明治和牛奶。她拿起一个三明治，正准备吃的时候，旁边突然伸出一颗脑袋来。

她偏了下头，往后退了一小步，差点没站稳。好在唐星舟的一只手扶在了大理石台上，刚好拦住了她的身体。

单意控诉着他："你走路怎么没声音？"

唐星舟嘴里还吃着东西，声音有刚睡醒时特有的喑哑："吓到你了？"

单意："有一点。"

他伸手搭上她的肩膀，额头抵着她的，还蹭了蹭："抱歉。"

道歉就道歉，怎么还撒起娇来了？单意怀疑他是不是还没睡醒。

不对，他刚刚不是还睡着的吗，这会儿怎么就在楼下了。

"你什么时候醒的？"

"你偷亲我之后。"

"什么偷亲……"单意接过话后才反应过来，目瞪口呆，"那时候你就醒了？那你怎么不睁开眼睛？"

"怕你尴尬。"

你现在说出来，我就不尴尬了吗？她气死了，举起拳头捶他的肩膀："我以前怎么没发现你这么坏……"

唐星舟看着她嗔怒的模样，娇羞又可爱，原本放在大理石台上的那只手搭到她的腰上，脸庞贴近："那我让你光明正大地再亲一次。"

"哐——"门口突然传来一声响。

单意赶紧推开面前的唐星舟，视线越过他的肩膀，看到了不知何时站在厨房门口的唐奇。唐奇见自己被发现了，轻咳了一声，脸上带着几分不自然："你们两个注意下场合。"

他本来是要去客厅倒杯水喝的，经过厨房的时候，余光瞄到他们两个在那卿卿我我，老脸一红，本来想当作没看见，匆忙之下不小心踢到了一旁的门板。

单意像被老师抓包的小学生，乖乖地站好，低着头不敢看人。

唐星舟转过头去看他爸,神色自若地解释道:"爸,我们什么都没干。"

——是还没干成。

唐奇一副"我才不相信"的表情看着他们小两口:"你们继续……"说完,他就离开了。

得,越抹越黑了。

单意看着唐奇走得飞快的背影,无从辩解。

单意吃完早餐后,想起自己的手机还在唐星舟的房间里充着电,于是又上了二楼。唐星舟走出厨房,迎面碰上从外面走进来的唐奇。

唐奇叫住了他:"儿子……"

"昨天我和你妈都开心得昏了头,忘记了一件重要的事,既然你和意意领证了,我们是不是应该上门拜访她的家人?你问下意意什么时候比较方便,我和你妈去登门拜访。"

唐奇说完后,看着面前一脸呆愣的唐星舟,又喊了他一声:"……儿子?"

唐星舟心想他也昏头了,把这件事给忘了。他正要说话时,二楼突然传来单意的声音:"唐星舟。"她趴在二楼的栏杆上,朝他招了招手,语气急切,"你上来一下,我有事找你。"

唐奇推了推还站在原地的唐星舟:"你媳妇喊你呢,你先去看看有什么事吧。登门拜访的事,你们小两口先商量好,再告诉我和你妈吧。"

唐星舟走上二楼,刚走到自己的房间门口,就被单意一把拉了进去,她动作迅速地关上门。

"唐星舟,我现在有一件很重要的事要跟你说。"她咬了咬唇,迟疑了一会儿,才继续说道,"我外公外婆发现我偷户口本的事情了。"

唐星舟捕捉到她话里的关键词:"偷?"

她点了点头,语气颇有点委屈:"我没跟我外公外婆说我俩的事,是因为他们肯定不会同意我这么早就跟你结婚的。"

昨天早上,他问她要不要跟他结婚,她当然要。

她从十五岁那一年遇见他,到现在,已经五年了,这一天来得太突然,也太惊喜。所以她怎么可能放过这个机会,她生怕他反悔,马上就回去拿户口本了。

事出紧急,她来不及跟单老太爷和单老太太说明白。趁着他们吃完饭在客厅看电视的时候,她溜进他们的房间,把户口本偷了出来。

她本想着神不知鬼不觉,想着后面再找个合适的时机跟他们坦白。没想到她外公外婆邻居家的孙女刚好也是昨天去领的证,看到了她在民政局出现。

然后邻居家的孙女回家跟她奶奶说了这件事,她奶奶今天出门买菜碰到了单老太太,问这件事情是不是真的,说单意不是还在上大学吗,怎么这么早就跟别人结婚了,会不会被别人骗了。

就是这一句话,触动到了单老太太的某个点,她买完菜马上回家跟单老太爷说了这件事。

单意刚进房间的时候,碰巧手机响起,看到是她外公打来的,猛地一惊——因为她外公很少给她打电话。

单意顿时有种不好的预感,她按下了接听键,还没有来得及开口,那边就传来一声怒吼:"单意,你现在、马上、立刻给我滚回家!"

单老太爷声如洪钟,像是要穿透墙壁。

"你长本事了啊,学会偷户口本了?你今年才几岁?你跟哪个野男人领证了?!"单老太爷发出了死亡三连问。

单意脸色发白,心想:完蛋了。

"老爷子,你好好说话,别这么凶。"那边的单老太太接过了他的手机,"意意啊,我是外婆。"

单意:"外婆,我在。"

"外婆就问你一句话,你结婚的事情是不是真的?"

单意这回不敢再瞒着他们:"是真的。"

"好,那你今天回家一趟,我和你外公在家等你。"

单老太爷又是一声怒吼:"让她给我滚回来……"后面的话,单意没听到,因为单老太太已经挂断了电话。

这也是单老太太第一次挂了单意的电话。她意识到,这回连她外婆都生气了。所以她马上把唐星舟喊了上来商量对策。

唐星舟听完后,眉宇之间有懊恼之色,承认自己的错误:"这件事是我考虑不周,怪我太心急了。"要不是他爸刚才提起,他差点忘记了自己还未正式登门拜访过单家二老的事,就这样把人家的外孙女拐进了户口本。

换作谁,都应该生气的。

他拉着她往外走:"我跟你一起回去面对……"

单意站在原地没动,想了一会儿,还是如实告知:"其实,他们这么生气,应该还有别的原因。"

她很快就想到了为什么连平时那么好说话的外婆,刚才在电话里连她的解释都不听,就直接挂断了电话。

"我妈她当初就是跟别的男人跑了……"

单暖是二十岁那年认识的周裴,她当时去参加一个唱歌的选秀比赛,还拿了冠军。周裴就是当时的评委之一,他们就是在那一段时间里产生了感情的。

那时候周裴已经快三十岁了,出道时间也有将近十年,在娱乐圈有一定的地位。他温柔体贴,又有才华,经常用自己过来人的经验指点学员们唱歌的技巧,又在生活上给予他们帮助。

久而久之,大家都对这位年轻帅气的老师有了好感,试图借他上位。

但是单暖没有,她那时候刚上大学,眼里只有好好学习,好好唱歌。是周裴先对她上了心,她在众多学员里是长得最漂亮的那一个,唱歌也很好听。

彼时的周裴其实已经结婚了,家里还有一个一岁不到的孩子,但是他没有对外公开过,所以大家都不知道。因为对他而言,那只是一场家族联姻,是他事业上升的垫脚石,他并不喜欢齐雅欣。

经过他一番猛烈的追求后,单暖最终被他打动了,决定跟他在一起。而且这种在一起,是一辈子的那种。

于是,在两人交往的第二年,单暖就把周裴带回了家,说要跟他结婚。那时候,她没告诉自己的父母她已经怀孕了。

单老太爷以前是带过兵打过仗的人,家风很严,如果被他知道自己女儿未婚先孕,估计单暖会被他打断腿。

单老太爷见到周裴的第一眼,就觉得他不太靠谱。

这个男人眼神不正,行为举止虽然得体,但是不太自然,看着就有些装斯文,过于表面。

而且，周裴足足比单暖大了十岁，他在娱乐圈摸爬滚打了这么多年，能混到现在这般，肯定多少有些本事。

单暖从小就一直被单家人保护得很好，当时刚读大学，情窦初开，哪里经得住男人的花言巧语。不管单家父母怎么劝，也劝不住，她就是认定了他。

单老太爷性子又犟，不肯低头，就是不准她跟周裴在一起。闹得最凶的那一次，是单暖要跟他们断绝关系。

那一天她离家出走后，连学也不上了，再也没回来过。

之后单家人再找到她的时候，就是白发人送黑发人。

唐星舟开着车往单家的方向驶去，单意坐在副驾驶座上，跟他讲着她妈妈以前的故事。

半个小时后，两人出现在单家。

单意的心从来没像此刻这么忐忑过。周围静谧无声，安静得可怕。她一走进单家的大门，就看到了坐在沙发上的单家二老。

单老太爷看到她身旁的唐星舟后，只是看了一眼，然后目光落到她的身上，开口的第一句话就是："跪下！"

单意本能地顺从，双膝跪了下来。旁边的唐星舟见状，也跟着她跪了下来。

单老太爷站起身来，手里的拐杖跟着扬起——

速度快到单意只感觉到耳边刮过一阵风，然后她整个人被男生抱在了怀里，鼻间满是那股木质清香。

她听到拐杖打到身体的声音，还有他隐忍的闷哼声。

"唐星舟——"

"老单！"单老太太的声音同时响起。

单老太太连忙拿开单老太爷手里的拐杖："刚刚不是说好的吗，不准动手，事情不是还没问清楚吗？"

饶是单老太爷自己也是愣了几秒。

他这是一时气急，见到单意跟一个男人回来的那一刻，他脑子里的场景一下子跟二十几年前单暖和周裴一同出现在他面前的场景重合起来。

两人跪在他的面前，那画面简直一模一样。

单老太爷气得心脏疼，被单老太太扶着在沙发上重新坐下。他别开脸，不想去看跪在面前的一男一女。

"唐星舟……"单意手足无措地喊着男生的名字，她看到他的额间都是冷汗，他一定很疼。

唐星舟忍住疼痛："没事。"尽管这样说，可他扶着她肩膀的手还是有些颤抖。

唐星舟稍稍转了下身，身体半挡着单意，面对两位老人家跪着。

"外公外婆，你们好，我是唐星舟，也是单意的丈夫。之前跟你们见过一面的，在林家，林寒是我表叔父。"

他这会儿说话的声音还是沉稳的，也不见慌张，先自报家门。

单老太太听他这么一提起，这才重新打量着他这张脸，隐约有了点印象。

原来是他，林夏的那个表哥，他们家意意喜欢的那个男生。

唐星舟从刚才就大概摸清了这两位老人家的性子，挑着重点来说："很抱歉，今天以这样的形式跟你们见面，之前未能来拜访也是事出有因，请给我一个解释的机会。"

其实单老太太刚才在见到唐星舟的第一面，知晓他的身份以及听了他说的那些话后，气就已经消了一大半。

眼前的这个男生尽管是跪着的姿态，眼神却无半点畏缩，说话的语气也是不卑不亢的，身上有一种跟他的年纪不符的成熟和稳重。

而且刚才他护着单意的动作几乎是下意识的，刚一进门，他就直接挨了单老太爷的一拐杖，也不见有任何的怨言，态度恭敬而有礼。

一旁的单老太爷听到他开口说话，微微转了下头，观察着他。

他毕竟是年轻的时候带过兵的人，许多人在看到他的第一眼时，都不敢直视他目光锐利的眼睛，怕被看穿。

当初的周裴也就只会躲在单暖的背后，低着头，不敢看他。

但是眼前的这个男生并没有，他大半个身体挡在了单意的面前，一副保护着她的姿态。

……终究还是有些不同的。

单老太爷刚才是被气昏了头，才没收住手。

单老太太跟着单老太爷这么多年，一下子就察觉到他的情绪变化，看来他跟自己想的也差不多。她弯腰去扶起离她近一些的单意："别跪着了，先起来说话。"

单意望了站在面前的单老太爷一眼，见他不说话，也不敢起来。她没起身，唐星舟也没动，依旧跪着，背脊笔直。

单老太太见他们两个都这样，叹了一口气，扬高了声音："老头子！"

单老太爷又把头转了过去，松了口："先起来。"

单意这才敢站起身来，然后扶起身旁的唐星舟往旁边的沙发坐下。她看了一眼他的后背，连碰都不敢碰，一脸担忧："你还好吗？"

唐星舟摇摇头，伸手握住她的手，给了她一个安抚的眼神："没事。"

四人都齐齐坐在沙发上。还是唐星舟先开的口："结婚的事情是我考虑不周，并非故意要隐瞒。"

"我跟意意是高中同学，很早就认识了，但是那时候还没在一起。她上了大一后，我们才在一起的。"这句话是在表明他们两个高中的时候没有早恋。

单意偏头看他，想张口说话，却被他的一个眼神制止。

不是啊，他们什么时候谈恋爱了？不是直接领证的吗？

唐星舟继续说道："之前在林家见面的那一次，我们那时候已经在谈恋爱了，因为意意对我还在考察阶段，所以就没在你们二老面前承认我们的关系。"

单老太太也想起了那一次见面，两人那时候的举止之间似乎是有点暧昧。

"我爸是清大的老师，我和意意谈恋爱的事情，他是知道的，所以我父母都见过意意，并且对她非常满意。我妈特别喜欢她，说我能遇到她是我的福气，这么好的女孩子，不能错过了。"

"我本想着等我们的关系稳定一点再登门拜访你们二老，可发生了一点意外。"他说到这里的时候停顿了一下，似乎是在斟酌着措辞，"昨天是意意的生日，我们两个人在一起庆祝，喝了点酒……"

后面的话不用他多说，过来人都能明白其中的意思了。

"不是这样的。"单意听到这里，终于能插上话，"是我主动的。他在我们学校很受欢迎的，好多女生都喜欢他……"

"不是,是我没能控制住自己。"唐星舟及时抢过话语权,把责任揽在了自己的身上。

单意反驳着:"不是,而是我。"

唐星舟:"是我。"

"是我。"

"是我。"

单家二老看着这两人像小学生一样在那里"争吵"着,谁也不让谁。

单老太爷一声吼:"好了!"

两人终于停下。

自己的外孙女是什么性子,单家二老还能不清楚吗?这件事一看就是单意主动的。眼前这个男生长着一张清俊的脸,看着就冷静、克制⋯⋯

唐星舟再次开口:"其实就算没有这件事发生,我迟早也是会跟意意结婚的,只是昨天刚好是她二十岁的生日,我就想着先把证领了,把关系定下来。"

"领证的事情虽然有点匆忙,但是我绝不后悔。很抱歉,没有提前告知您们,这件事是我的错,我任凭处置。"

"只要不让我跟意意离婚,我做什么都可以。我很爱意意,我离不开她,我也从来没想过要跟她分开。"

"没有她,我不知道该怎么办。"

最后一句话,他把态度放得很低,说完后垂下脑袋,一脸落寞的表情,显得十分真诚。

单意眨了眨眼睛,还处于发蒙中。她越听越糊涂,唐星舟是什么时候爱她爱得死去活来的?

单老太太听完之后,一下子就心软了:"我们什么时候让你们离婚了,没有这个意思。"

单意内心惊讶,事情怎么这么快就出现了反转?她感觉自己被男生握住的那只手,忽然被他用力地按了按。

紧接着,她脑子里灵光一闪,演技很快就出来了,配合着他刚才说的话:"这不是怕你们二老不同意吗?"

单意刻意压低了自己的声音,带上了点委屈的语气,表情也到位,泫然欲泣:"你们不同意,我就只能跟他离婚了。"

"这、这……"单老太太觉得自己此时像个棒打鸳鸯的家长,却又不知道该怎么说。

于是,她拍了拍身旁坐着一直没说话的单老太爷:"老头子,你说话啊,表个态。"

单老太爷胡子一抖,嗓门依旧很大,脱口而出道:"表什么态,婚都结了,还离什么婚,传出去让人看笑话吗!"

单老太太看着面前的小两口,男俊女美,十分般配,他们家意意的眼光还是挺不错的。

虽然结婚是早了点,但好在他们两人是真心相爱的,也认识五年这么久了,知根知底,而且他还是林家的亲戚,靠得住。

她和单老太爷互相看了对方一眼,夫妻间多年的默契已经让他们知道对方想说的是什么。

单老太太拍了拍单意的手背,面容慈祥:"既然你跟小唐已经结婚了,那就好好过日子。以后有什么事情都要跟我们说,结婚这么大的事情,你应该要跟我们商量的,我们也是怕……"单老太太说到一半,就止住了话语。

单意明白她的意思,她是怕单意会变成第二个单暖。单意一脸乖巧地点头:"对不起,外婆,不会有下次了。"

单老太爷刚好听到她这一句话,又是一声怒吼:"还想有下次!我就打断你的腿!"

她吓得往后缩了缩,唐星舟习惯性地将自己的身体挡在她的面前。

单老太爷觉得这一幕简直没眼看。

他什么时候要打人了?至于这么宝贝地护着吗?

一旁的单老太太则露出欣慰的笑。

于是,单意偷户口本这件事就这样意外地顺利解决了。

午饭是在单家吃的,好在单老太太早上去买的菜挺多的,够四个人吃。

单意主动要掌勺,唐星舟这个不会做饭的人在她旁边打着下手,忙前忙后的。单老太太说要进来帮忙,却被单意阻止了,把她推到门外:"不用,不用,外婆,我们可以搞定的。你跟外公在外面看看电视,很快就有饭吃了。"

等单老太太走后，单意又探头看了看，确定她不会再进来了，然后把门关上。

唐星舟正在低头清洗着青菜，俊脸突然被女生的双手捧住，落入她一双充满着打量的眼睛里。

单意左右看了看，发出感叹："厉害了，你的脸居然一点都没红。"她压低了声音，"唐星舟，你说谎话都不用打草稿的啊。刚才那演技，简直就是一个字——绝！"

唐星舟被她这么一夸，突然就有点不好意思了，耳根那里开始变红。这一变化被眼尖的她发现了："咦，你耳朵怎么红了？"

他躲开她的触碰，抿着嘴唇不说话。

她紧追不放，去看他的正脸，顿时恍然大悟："你现在才不好意思？太晚了点吧。说实话，你刚才那一招是怎么想到的啊，我外公外婆这么快就被你搞定了，我都没想到。"

她还以为这会是一场持久战。

他轻咳了一声，实话说道："我爸教我的。"

唐奇一下子就被自己的儿子出卖了。

"爸教你的？"单意惊讶，这一点也是她没想到的。

"嗯。"

半个小时前，得知待会儿要跟单意一起回她外公外婆家，唐星舟第一次见家长没经验，在临出门前趁着单意跟容蕙道别，拉着他爸进了书房，请他爸帮忙支招。

唐奇十分不解："你之前见家长的时候怎么做，现在就怎么做呗。"

唐星舟："我没登门拜访过意意的家长。"然后，唐星舟把自己跟单意结婚的经过简要地说了一遍给他爸听。

唐奇听完后，得出一个结果："那你这次是去送死的。"

他简直一语中的。

唐星舟一声不吭地拐走了人家的外孙女，户口本都是偷偷拿的。

唐星舟也是这么觉得的："差不多吧。"

"先说明，爸爸我不帮你收尸。"唐奇马上表明自己的立场。

唐星舟没时间跟他贫嘴："爸，我是认真的，您还有什么办法吗？"

唐奇轻叹了一口气:"到了这个时候,爸爸只能教你绝招了。"

唐星舟耐心地请教:"您说。"

唐奇:"你这个问题比较特殊,爸爸以前用在你外公身上的那一套就不太管用了,必须具体问题具体分析……"

唐星舟打断了他:"爸,我时间有限,您能挑重点说吗?"

唐奇还不忘调侃自己的儿子:"哟,你居然急了,你还有急了的一天?"

唐星舟无奈地扶额。

唐奇:"好了,不闹了,下面就是我要说的重点。"

"第一,要有担当。你要把结婚这件事的责任全揽在自己的身上,但是有一个前提,是水到渠成。至于其中的故事要怎么说,四个字——半真半假。"

"闪婚"这一词对老人家的冲击力太大,他们肯定会觉得对方不靠谱。所以,唐星舟讲的故事里,是两人正在谈着恋爱,因为意外而提前结婚,而且他的父母已经见过了单意,尤其是他妈妈对她很满意,以后不会有什么婆媳问题出现。

一切逻辑都没有问题,只是结婚的时间提前了些。

"第二,塑造你的痴心形象。你要让那两位老人家觉得你才是需要人家的那一方,而他们的外孙女是被你捧在手心里的,你不能没有她,这样他们才会对你改变成见。"

这也是最重要的一点。

单家二老怕的就是单意会成为单暖那样——为了一个男人可以什么都不要。

幸运的是,单意遇到的是一个有担当的男人,他会第一时间护着她,会陪她一起面对问题,他们这才放心。

单意听完整个过程后,直呼"高手"。

事实证明,姜还是老的辣。

"我觉得爸完全可以考虑发展一下副业。"

除了当个数学教授,他还能当情感咨询专家,专门针对家庭问题授课的那种。

两人还在厨房的时候,单老太太又进来了一次,手里拿着一个冰袋:"瞧我这记性,都忘了小唐身上还有伤,还让他在厨房忙活。你们的外公他也不是故意的……"她帮忙说着好话。

唐星舟露出一个浅笑,态度温和:"谢谢外婆,我没事,一点小伤而已,不疼。"

单老太太把冰袋塞到单意的手里:"意意,你快拿这个给小唐敷一敷,厨房这边交给我就行了,剩下的,我来弄。"

"外婆,我们都弄好啦,就是饭还没煮好,要再等一等。"单家二老牙口不好,煮饭用的也不是普通的电饭煲,而是电压力锅,米饭会煮得比较软一些。

她拉住唐星舟的一只手,往自己的卧室方向走:"那我先去给他冰敷一下。"

单老太太:"好、好、好。"

唐星舟是第一次进她的房间,一进去就看到满墙的粉色壁纸,被罩、床单也都是粉色的,床上还有一些玩偶,满满的少女心。

单意察觉到他的目光在四处打量着,解释道:"这些都是我外婆布置的,说女孩子的房间应该要粉粉嫩嫩的才可爱。"

唐星舟:"你外婆很疼你,你外公也是。"

他完全不怪单老太爷刚才打他的那一拐杖,那是他应该承受的。有了女儿的前车之鉴,老人家也是怕自己的外孙女被别人骗了。

"是啊,因为他们两人除了彼此,就只有我一个亲人了。"

单家二老膝下无子,只有单暖这么一个女儿,后来白发人送黑发人,单意成了他们心中唯一的挂念。

她都知道的,知道无论单老太爷平时再怎么凶她,也是为了她好,所以她也从来没有怪过他们。

"不说这些了,你脱下衣服,我看看你后背的伤。"单意把唐星舟拉到床边坐下,自己则坐在他的背后。

唐星舟今天穿的是一件白色的T恤,不像衬衣那样有扣子,所以只能把后背衣服掀起来。

男生的整个后背暴露在单意的面前,肩胛骨下面有一道瘀痕。因为他皮肤白,所以伤痕非常显眼。

单意心疼死了，用毛巾裹着冰袋，下手都不敢太用力。唐星舟感受到了她那一会儿轻、一会儿重的动作，安抚道："没事，我不疼。"
　　冰敷了一会儿后，他感觉好多了，把衣服重新穿上。
　　单意把冰袋放到一边，背对着他，低着头不说话。他察觉到她情绪的不对劲，拉住她的一只手往自己这边扯，让她侧着身体坐到了他的大腿上，然后环住了她的腰身。
　　他看到她眼角红红的，柔声询问："怎么了？"
　　"你骗我，你肯定很疼的。"她说这句话的时候，声音里隐约带着哭腔。
　　唐星舟终于反应过来，他贴近她的脸，眉眼间染上笑意，低声哄着她："那你亲一下，就不疼了。"
　　她果真听了他的话，主动把唇凑上去亲他，模样要多乖有多乖，一脸温顺。她亲吻着他的唇，学着之前他亲她的样子，吻得很温柔。
　　他享受着她的主动。
　　两人耳鬓厮磨了一会儿，单意微微喘着气，这才放开了他。
　　唐星舟恋恋不舍，又亲了她一下："好了，不疼了。我们出去吃饭吧，别让外公外婆等太久了。"

　　午饭时，四个人围在一张小圆桌旁。单意和唐星舟等单家二老都夹了菜后，才开始动筷子。
　　单老太太对唐星舟还不是很了解，只是上次在林家见过一面，于是一边吃饭，一边跟他聊着家常。
　　"小唐和我们家意意是同一所大学的，那你学的是什么专业？"
　　唐星舟："学数学的。"
　　单老太太一听："数学好，数学好。意意以前数学考试总是不及格，你们刚好互补。"
　　单意在一旁插话："外婆，以前的事就不要再提了。"
　　偏偏这会儿单老太爷还在拆单意的台："你数学以前考了六十九分，还不能让人说了？"
　　单意戳着碗里的米饭，闷闷不乐。
　　怎么又是考六十九分这件事，为什么他们都能记得这么清楚。每个人都要说一遍,她想忘记都不行。

唐星舟看着旁边正要炸毛的她,摸了摸她的脑袋,以示安抚:"我喜欢数学是我的事,我不会强迫她去喜欢的。就像我爸也喜欢数学,但是我妈就不喜欢。"

他这句话也在表明自己的态度。

而单老太太要的就是他这个答案。单意的性格有时候有点犟,两人闹矛盾,她可能也是不肯服软,不会低头的,这时候就需要对方来包容她这些小脾气。

这个外孙女婿,单老太太真是越看越顺眼了,数学学得好,还长得帅,基因好,以后生了娃娃,肯定错不了。

唐星舟本来一边吃着饭,一边回答着单老太太的话,碗里突然多了一块胡萝卜,在白米饭里异常显眼。

他的余光正好看到旁边收回去的一只手。

单意以为自己做得神不知鬼不觉,以为他在专心跟她外婆聊天,不会留意到自己,谁知突然就被抓包了。

唐星舟二话不说,夹起那一小块胡萝卜放进她碗里。

她看到后,抬头瞪他,想把胡萝卜再次夹到他的碗里,凑到他的耳边说道:"我刚刚夹错了,你帮我吃掉,我不爱吃胡萝卜的。"

今天的菜偏素,是按照单家二老的饮食习惯做的,而且营养搭配均衡,其中就有一道菜是排骨炖胡萝卜。

单意本来是想夹排骨的,筷子不小心碰到了旁边的胡萝卜,刚好这时单老太爷一个眼神丢向她,目光如炬。

饭桌上是不允许挑食的,单老爷盯着她,说了一句:"夹什么,吃什么。"

她有口难辩。她也没夹啊,只是不小心碰到了。

但她只能硬着头皮夹起了那块胡萝卜,又趁着单老太爷不注意,偷偷放进了唐星舟的碗里。

唐星舟这回的态度比刚才强硬了些:"不准挑食。"

单意委屈巴巴地看着他,又是眨眼睛,又是嘟嘴的。然而这次的美人计不奏效,他连话都没说,眼神满含警告。

单意咬咬牙,不情不愿地把那块胡萝卜放进自己嘴里。

忍了！不就是一块胡萝卜吗！

单老太太将这一幕看在眼里，又给唐星舟这个外孙女婿加了点分——该纵容的时候就纵容，该管着的时候就管，这个男生做到了。

吃完中午饭后，两人就要回学校去了，因为下午单意还有课。

两人是开车来的，车子就停在单家门口的那条小路上。单老太爷腿脚不方便就没出来送，单老太太坚持要送他们。

单意扶着单老太太："外婆，我们自己走出去就可以了，你快去休息吧。"

"没事，没事，外婆送送你们。"

唐星舟看得出来单老太太似乎有话要跟单意说，于是让她先在门口等着，他去把车子掉个头。

等唐星舟坐上车后，单老太太这才转头看向单意，贴着她的耳朵，小声地问道："外婆问你，你们，就是你跟小唐那个……有做措施吧？"

单意没想到她外婆还会问她这个，一下子就羞红了脸，小幅度地点了点头。

单老太太总算松了口气："那就好，外婆还没有这么早就抱曾外孙的打算，而且你现在还在上学，不急这些……"

单意猛点头："外婆，我知道的。"她也没有二十岁就当妈的想法。

见唐星舟已经把车子掉好了头，单老太太意识到两人就要走了，她最后叮嘱道："还有就是，你矜持一点。"

单意："……什么？"

中午开饭之前，两人在房间里待了好一阵子，单老太太本想过去看看，结果看到门虚掩着。

那时候唐星舟背对着门，她透过缝隙看到的就是自家外孙女主动亲上去的那一幕，当即老脸一红。

"小唐这个人是挺不错的，长得帅，各方面都很好。我也知道你喜欢人家，但你毕竟是女孩子，也太主动了些。"

单意的脸都已经红透了。

她要怎么解释？明明是唐星舟让她亲他的。但依照单家二老对他的印象，估计他们也不会相信，只会觉得是她"霸王硬上弓"。

单老太太拍了拍单意的手背:"不过,你自己有分寸就行。"她还是觉得很欣慰的,笑容和蔼地说道,"我们家意意找到了一个良人,外婆替你高兴。好啦,小唐在那里等了,你快去吧。"

单意抱了抱她的外婆:"那我走啦,外婆,你要多注意身体,我有空就回来看你们。"

"好。"

单意走到车子旁边,坐上了副驾驶座,她降下车窗,跟站在门口的单老太太挥手道别:"外婆,你快回去吧。"

单老太太朝她也挥了挥手。车子很快消失在她的视野里。

老人家转过身,佝偻着背,一步一步地往里面走去。

回校的路程开到一半,中间遇到一个十字路口,有红灯亮起,需要停下来。

等待的时候,单意低头看了下手机上的时间,已经快两点了。从这里回去大概还要二十分钟,两点三十分上课,她回趟宿舍再去上课是来不及的。

她想宿舍里的三人这时候应该醒了,于是给最靠谱的温怡然发了一条微信,让其帮忙把上课要用的课本带去教室。

温怡然那边很快回了一个"好"字。

单意聊天的时候习惯性自己来结尾,于是发了一个"么么哒"的表情包过去。

碰巧这时候唐星舟有点口渴,凑了过来,去拿放在副驾驶座前面那个收纳箱里的水,刚好看到她发的那个亲亲的图片。

"你怎么随便给别人发这种表情包?"他说话间不自觉地带上一股酸酸的语气。

单意眨巴着那双漂亮的狐狸眼,不解地看着身旁突然臭着脸的唐星舟,然后把自己的手机屏幕给他看:"我给怡然发的,女的。而且我们女生聊天都这样啊。"

唐星舟义正严词道:"我不会给男生发。"

单意头上冒出了一个问号。

这能一样吗?

她给他举了个简单的例子作对比:"这种事情,就好比以前读高中的时候,女生之间会经常手拉着手去小卖部买东西,你们男生也会这样吗?"

唐星舟:"不会。"

他也无法想象两个男生手拉手的画面。

单意以为他明白了:"这就是我们女生跟你们男生的不同。"

唐星舟:"所以你为什么要给女生发?"

单意有点被气笑。敢情她刚才解释了半天,他还是没听懂她要表达的意思。

她突然反应过来些什么,语气带着点调侃:"唐星舟,你怎么连女生的醋都吃啊?"

"没有。"他矢口否认,然后把头转了过去,只露出冷峻的侧脸。

单意忍住笑,凑近他,胸前系着的安全带被暂时解开。她仰起头,亲了亲他的右脸,还发出"啵"的一声响。

女生的嗓音放软了些,像撒娇:"她们的么么哒都是表情包,只有你一个人是真的么么哒。"

亲完之后,她歪着头看他,非要跟他的眼睛对视:"唐先生,对这个回答满意吗?"

唐星舟表面上不动声色,目视着前方,可握着方向盘的手紧了紧,出卖了他此刻隐忍克制的情绪。

半响,他眉梢微挑,嘴角弯了点极浅的弧度,从喉间发出一声低低的"嗯"。

单意知道这是把他哄好了,重新扣好安全带,在副驾驶座上坐好。

暧昧的粉红泡泡在安静的车厢中无形地飘浮着。

一男一女虽然没看到对方脸上的表情,但是一致地面带着甜蜜的笑。

第十四碗粥　坦白

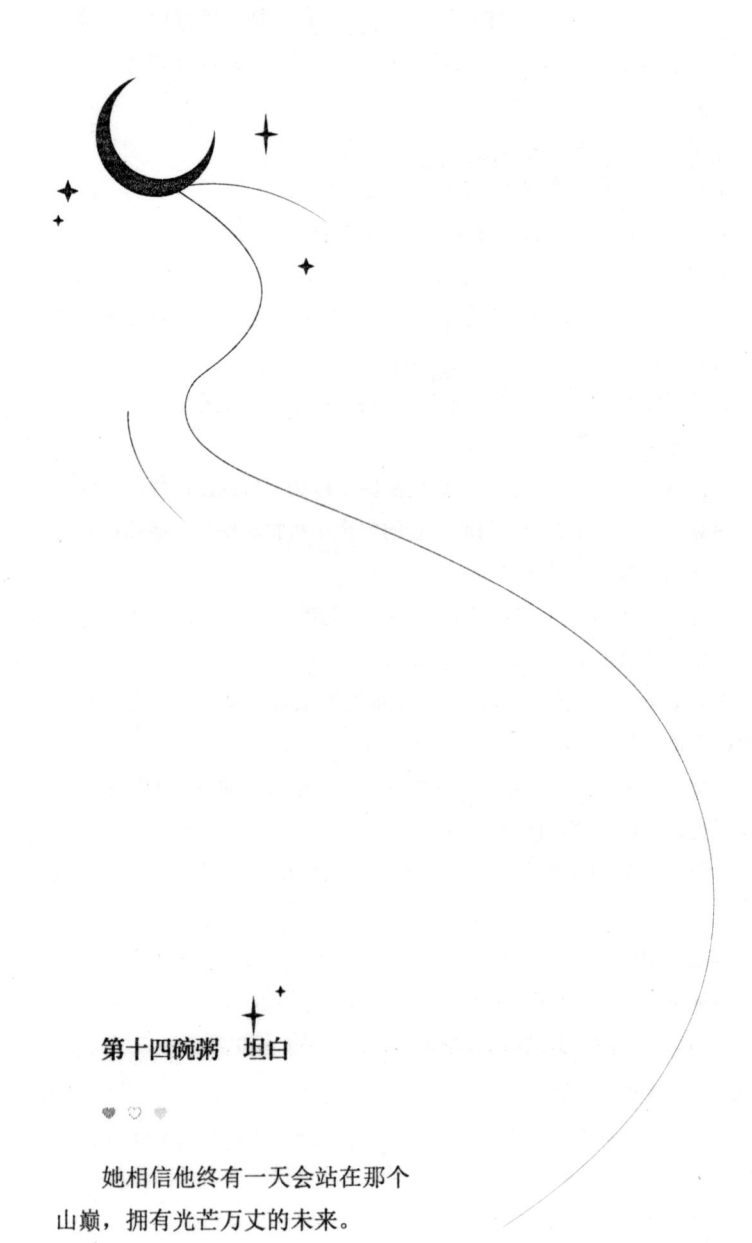

♥ ♡ ♥

　　她相信他终有一天会站在那个山巅，拥有光芒万丈的未来。

单意回到清大的时候,是踩点进的教室。

宿舍里的三人两点二十分左右进的教室,左等右等,过了七八分钟还是没看到单意出现。

木棉拿出手机看了看时间,还差一分钟就到两点半了。

"意意怎么还没到啊,这节是'女魔头'的课,必定点名啊。"

木槿:"而且意意的学号还是第一个。"

班级学号是按照当初高考的成绩排的,所以单意是一号。

第二次铃声响起的时候,专业课的老师刚好出现在教室的讲台上,习惯性地拿起手中的花名册,开始点名。

"单意。"

"到。"单意的身影及时从后门出现。

老师也认得她,点了下头,然后继续点下一个人的名字。

单意习惯性地走到最后一排坐下,单手叉着腰,微微喘着气,嗓子又干又涩,没忍住,咳了几声。

早已坐在座位上的温怡然贴心地把单意的水杯也从宿舍带了过来,帮忙拧开后,递到她的手里:"先喝口水缓缓。"

"谢谢怡然。"单意接过,喝了两口水。

等缓过来后,她背靠着椅背,左手做扇子给自己扇了扇,小声地说道:"累死我了……我感觉自己跑八百米都没这么累。"

"跑?"温怡然精确地捕捉到她话里的关键字,"你是跑上八楼的?"

"嗯,电梯人太多了,没挤上去,我看时间来不及,就直接跑楼梯了。"单意点头,又喝了一口水。

宿舍的三人给她这一壮举竖起了大拇指。

"意意!"旁边的木棉突然发现了什么,满脸惊讶地看着她的左手,一把抓住,"你手上戴着的这个,有点眼熟啊。"

女生白皙的手腕上不知何时戴着一串与她气质完全不符的手串,以前没有的。

坐在木棉旁边的木槿探过头来,仔细看了好几眼,道:"这莫不是舟神平时戴的那个吧?"

唐星舟在学校是风云人物,关于他的信息,从头到脚早就被扒了个干净。其中有一条就是关于他手上戴着的那串手串，据说是他的家人给他的，很重要，而且这也成了他的标志之一。

三人三双眼睛齐刷刷地看着单意，眼里写着"你快从实招来"。

其实她们心里都已经有了一个大胆的猜测，只是需要得到当事人的确认。

这时老师点名刚好点到了木棉、木槿姐妹俩，她们的注意力被吸引过去，喊了声"到"。单意借此逃脱："下课再说，'女魔头'看过来了。"

姐妹俩抬头一看，"女魔头"果然正往这边看着，她们吓得赶紧坐好，专心听课。

认真不过一分钟，她们两个人就忍不住地往单意的左手上看。

呜呜呜，好难受，好想知道这是怎么回事。

时间终于过了四十五分钟，第一节下课的铃声响起。木棉、木槿姐妹俩正要严刑拷打，单意却指了指自己的手机："微信聊。"

说话会有声音，现在还没放学，班上的人还坐在教室里，难免会被听到，所以不方便说话。

木棉、木槿立马拿出被自己冷漠了一节课的手机，找出宿舍群聊，手指噼里啪啦地打着字。

木棉："赶紧的！！！从实招来！！！"

木槿："我憋了一节课，好难受，快告诉我答案，是不是我想的那样！！！"

温怡然："附议。"

九点五十七分："嗯。"

木棉："？？？嗯是什么意思，什么意思啊，快说！！！"

木槿："你现在说话，不对，打字都跟舟神统一风格了啊，这么言简意赅。"

温怡然："附议。"

九点五十七分："就是你们想的那样。"

木棉："天哪！！！"

木槿："啊啊啊！！！"

温怡然："！！！"

单意没再多说,就让她们以为她是和唐星舟在一起了吧。

如果让她们知道她跟唐星舟已经领证的话,她们估计会疯掉。

木槿:"我的男神跟我的舍友在一起了,这到底是什么魔幻小说剧情!"

木槿:"请吃饭,请吃饭!"

温怡然:"恭喜,恭喜。"

三人纷纷看向单意,由衷地为她感到高兴。

这节课刚好是两个班一起上的,她们没注意到的是,童婧就坐在右边那排的位置,跟单意只是隔了三四排的距离。

童婧刚才转头跟同班同学说话的时候,同样也看到了单意左手上戴着的那串手串。她赶紧拿出自己的手机,给表姐孟梓琳发了一条消息。

下午的专业课是三节连上的,上完课后,单意跟宿舍里的其他三人顺着人流走出教室。上课的时候,她把手机设置成静音了,这会儿才拿出来,发现微信有一条新的信息。

十点差三分:"待会儿一起去吃饭。"

单意差点没认出这个"十点差三分"是谁,看到微信头像是一只橘猫,才后知后觉。她之前没备注的只有一个人,而且还是微信的唯一置顶。

唐星舟什么时候改的微信昵称?

她一边走,一边打算给他回信息,身后传来一道女声:"单意。"

单意听到有人在喊自己的名字,回头一看。孟梓琳朝她走来,目光落到她的左手手腕上,仔细确认过后,脸色紧绷。

孟梓琳刚才收到童婧发来的消息,说看到了唐星舟平日里戴着的那串手串在单意的手上,不知道是不是她以为的那样。

孟梓琳知道今天唐星舟会去一趟系主任那里,所以特意绕路去了一下,假装偶遇,就是为了看他的手腕。

结果,她看到他的左手手腕上没戴那串手串,这才信了童婧说的话,问了童婧上课的时间和地点后,踩着点过来了。

孟梓琳朝单意伸出右手来,掌心摊开。她脸上带着温柔的笑,却摆着一副正宫娘娘的姿态:"单意,请把你手腕上的那串手串交出来。"

单意抬起自己的左手,在她面前还晃了晃:"你说这个啊?"

"对。"

她笑了笑:"我为什么要把它给学姐你呢?"

孟梓琳还保持着刚才的那个姿势不动,一副"你不给,我就不走"的样子:"你手上戴着的这串手串,是星舟的吧。虽然不知道你是从哪里捡来的,但是'拾金不昧'这四个字,学妹你应该是听过的吧。"

"可如今,你将别人的东西据为己有,这不太好吧。""据为己有"这四个字,她的语气加重了些。

单意听完她的话后,问:"学姐,你有什么证据证明是我捡来的呢?"

"这手串分明就是星舟平日里常戴着的那串,我最熟悉了……"孟梓琳故意把话说得有歧义,"可现在为什么会出现在你手上?"她说后面这句话时颇有点咬牙切齿的意味。

单意:"我没否认这串手串是唐星舟的,我问的是,你有什么证据证明是我捡的?"

"既然你自己都承认了这是星舟的东西,又不是捡来的,难道是你偷来的?"孟梓琳看着她的眼神微冷。

"……总不会是他送你的吧。"她脱口而出,而后脸色一沉。

单意终于等到了自己想要的答案,故意摸了摸自己手腕上的手串,朝她盈盈一笑,矫揉造作道:"对啊,就是唐星舟送我的。"

"不可能!"孟梓琳扬高了声音。

这串手串对唐星舟来说有多重要,她是知道的。之前她特意打听过,那是他妹妹生前送给他的东西,他视若珍宝。平时她碰一下都不行,他又怎么会送给单意。

不会的,她不相信这是唐星舟送给单意的。她想再度开口,单意旁边的木棉却先喊了一声:"舟、舟神来了!"

木棉这一声,让大家都发现了唐星舟的突然出现。

孟梓琳回过头去。人群自发地让出一条道路来,她们刚才口中的主人公朝这边缓缓走来。

男生眉目疏朗、沉静,穿着一身简单的白色T恤、浅色牛仔裤,身材颀长,清瘦挺拔,有一股干净、清冽的少年感,越发显得气质出尘,自成一幅清新、淡雅的水墨画。

唐星舟一眼就看到了站在对面的单意,他脚步不停,朝她走了过去。就在他经过孟梓琳身边的时候,孟梓琳叫住了他:"星舟。"

唐星舟偏头看了她一眼,轻皱了下眉头,不喜欢她这般亲昵地喊他的名字,纠正道:"孟同学,请注意你的称呼。"

孟梓琳马上改口:"……会长。"

"有事?"唐星舟语气淡淡。

孟梓琳直接伸手指着单意手腕上的手串:"那是会长你的吗?"

唐星舟往单意的左手看了一眼,坦然承认:"嗯。"

孟梓琳的语气都变得欣喜了几分:"我就知道。这位学妹应该是捡到了你的东西,但是没有马上还给你。"她坚持着自己刚才的猜想。

孟梓琳在他面前向来都是以好形象示人的,所以这次说话也留有余地:"可能她不知道这是你的东西吧,就戴在自己手上了。我看着眼熟,就想着帮你拿回来……"

"是我给她的。"

孟梓琳脸色突变,眼里满是不可置信,垂在腰间的手,指甲陷入掌心。

下一秒,她看着唐星舟朝单意伸出一只手来,落到了单意的掌心处,然后牵住了单意的手。

"我饿了,陪我去吃饭。"唐星舟看向单意身后目瞪口呆的三个舍友,不忘跟她们交代,"人我带走了,她今天不跟你们一起吃晚饭了。"

三人动作一致地点了点头,如同机器人。

她们虽然刚才已经知道这两人在一起的事,但在微信上聊是一回事,真正看到现场又是另一回事。

实在是冲击力太大,她们需要点时间缓缓。

唐星舟牵着单意的手往刚才来的方向走去,再次经过了孟梓琳的旁边,与她擦肩而过。

孟梓琳眼睁睁地看着这一幕,她想张嘴说话,却不知道要说什么,眼里都是不甘、嫉妒,还有气愤。

众人纷纷给两人让出一条路来,目光齐齐地落在他们牵着的手上,一路目送。

等唐星舟和单意走远后,有在场的学生细心地留意到他们两人各自的手。

"刚才舟神的手上是不是戴了一条发绳,上面还有个小樱桃,一看就是女生的吧?是单意的?"

"所以是,单意戴了舟神的手串,舟神戴了单意的头绳。"

"妈呀,好甜!"

"那他们两个现在是什么关系?"

"这两人刚才都牵手了,还能是什么关系!"

"有眼睛的都能看出来,这两人复合了!"

唐星舟是一路牵着单意的手来到饭堂这边的。他们途经校道的时候,因为两人的颜值和自身的话题度都比较高,所以惹来一路围观。

单意也感受到了周围那些炙热目光的打量,她小声嘟囔着:"你这样高调,大家都知道了。"就算学校里的人不知道两人结婚的事,也会默认他们在一起了。

唐星舟把她的小手握紧了些,神色自若道:"知道就知道。"这才是他要的结果——让那些觊觎她的男生知道,她是有主的人了。

……

唐星舟随便找了一个窗口在那里排着队。单意排在他的后面,她挽着他的手臂,脑袋靠着他的肩膀,整个人贴了上去。

唐星舟侧头去看她,询问着:"想吃什么菜?"

"糖醋排骨。"单意看都没看,毫不犹豫地给了答案,说这四个字的时候,眼睛里有光在跳跃着。

"中午那顿不是才吃过排骨?"

"我就吃了一块,怕夹到胡萝卜,就没吃了。"单意说完还轻哼了一声,贴近他的耳朵说道,"你还说,中午在我外公外婆家,你一点都不让着我……不帮我吃胡萝卜。"后面那句话,她说得有点底气不足。

"挑食不是好习惯。"唐星舟跟她解释着原因,"而且我如果惯着你,外公外婆就不会这么快对我放下心来了。"

两位老人家要的是适当的宠和适当的管。

好像说得是有些道理,她外公外婆也总让她不要挑食。但她就是不喜欢吃胡萝卜啊,她还是觉得自己有点委屈,跟他打着商量:"那,那以后不在外公外婆面前的时候,你还是要帮我吃胡萝卜。偷偷地帮我,好不好?"女生说后面这句话的时候是贴着他的耳朵说的,因为声音小,还带着点气音,语调上扬,软软的,加上她靠近他时,身体上淡淡的玫瑰香,勾人得很。

唐星舟很享受她现在这般对他撒娇的模样,忍不住亲了亲她的唇:"好。"

你说什么就是什么。他觉得自己已经没有原则了。

单意反应过来的时候,他已经亲完了,她看了看左右两排队伍,大家的目光无一例外地聚集在这里。

大庭广众之下,大家肯定都看到他刚才亲她了。

她害羞地低下头。

太羞耻了!

清大学子们确实看到了刚才的那一幕。他们饿着肚子排着队,居然还要被喂狗粮,太过分了。

而大部分女生在那里嗷嗷叫,忍不住小声讨论着——

"太甜了,太甜了,这两人谈恋爱这么腻歪的吗,关键是我还特别乐意看。"

"舟神看单意的眼神好温柔啊,果然'冰山'融化了就是不一样。"

"他们这对颜值也太高了吧,同框真是让人赏心悦目。"

"简直就是清大情侣榜单的第一名。"

单意也听到了这些讨论的话,把头低得更低了。但她莫名地有些开心,原来还是有人看好她跟唐星舟的。

他看她的眼神很温柔吗?虽然她现在不敢抬头去看,但是那天他问她要不要跟他结婚的时候,他那双眼睛里是装满星星的,漂亮得不像话。

那才是她见过的他最温柔的一刻。

这时,他牵着她的那只手动了动,动作亲昵又自然地捏了捏她掌心的肉,低声询问:"怎么了?"

单意:"没事。"

她总不能说她是因为害羞才这样的吧。

两人排着的这条队伍在慢慢向前,前面的学生已经打好饭了,很快就到了唐星舟。他对窗口打饭的阿姨说要一份糖醋排骨,然后看了看面前的菜,又加了一份干锅花菜和一份土豆丝。

那个打饭阿姨看了一眼他以及他身后的单意,虽然女生低着头,可男生,她一眼就认出来了,是前段时间给女朋友打饭打了很多肉,自己却吃得很少的那个。

"小伙子,今天又给你女朋友打糖醋排骨啊,那你自己吃什么啊?"

原本低着头的单意觉得这声音有点耳熟,抬头一看。

这个阿姨不就是上次说她这么瘦还这么能吃的那位吗,怎么又遇上了,而且还是同样的场景?

"社死"现场又要出现了。

唐星舟接过那个装得满满的餐盘,递给了身后的单意:"拿好了。"然后他朝那个阿姨说道,"麻烦您再打一份跟刚才一样的。"

"行。"阿姨很爽快地从旁边拿了一个空的餐盘,嘴里还念叨着,"小伙子,你早该这样对自己好点了,多吃点肉,我看你女朋友……"

唐星舟接过新打好的那个餐盘:"谢谢阿姨,她吃多少都没关系,我养得起。"

听到这句话的单意一怔,偏头看向他,他的侧脸清俊、柔和,声音温和、清润,说着最自然不过的话语。

两人打好饭后找了一个角落的位置。

唐星舟把餐盘放到她的面前,没有马上坐下,而是摸了摸她的头:"我去拿汤,你在这里坐着。"

清大饭堂每天都有免费的例汤供应,不过分量有限,先到先得。他们今天来得早,而且刚才看到还有人在那个窗口前排队,就证明还有。

单意乖乖点头。她看着男生离开的背影,目光不离,看着他走到那个队伍很长的窗口前,排在了一个男生的后面。

似乎是察觉到这边的目光,他偏头看了过来,对上了单意的视线。

她也不怕偷看被发现,双手捧着脸,眉眼弯弯,五官明艳动人,朝他甜甜一笑,带着几分娇媚,更显得容貌绝伦。

但是当看到他把那碗汤放到她餐盘旁边的时候,单意嘴角处的笑意瞬间收回——山药胡萝卜鸡汤。

怎么又是胡萝卜？她今天跟胡萝卜的缘分是不是太深了些？

一只修长白皙的手伸了过来，用筷子夹走了她碗里的胡萝卜。

她看着他把胡萝卜全部夹到自己的碗里，然后又把他那碗汤里的山药和鸡肉夹到了她的碗里，瞬间变成了两碗不同的汤——胡萝卜汤和山药鸡汤。

她还什么都没说，他就已经把她不吃的东西挑出来了。他刚才说帮她吃胡萝卜的话不是随口承诺，而是说到做到。

单意不禁有感而发："唐星舟，你怎么这么会啊。"

——这么会俘获人心。

唐星舟看了一眼自己的碗，眼神充满不解："会什么？会夹胡萝卜？这不是谁都会的事情吗？"

很好，气氛没了。

单意选择吃饭，刚低头，披散着的黑色长发从肩膀处滑落下来，落到胸前，造成不便。她左右看了看自己的手腕，发现又忘记带发绳了。

这时，颈部那里突然感到一阵沁凉，像有指尖触碰到她的肌肤。她偏头一看，坐在旁边的唐星舟微侧着身子，双手拢起她全部的头发，他左手的手腕上戴着一条发绳，上面有个小樱桃，她熟悉得很。

"这不是我那天买的发绳吗？怎么在你手上？"

"你昨天晚上落下的，在我房间。"

唐星舟一边说，一边卷好她的长发，脑海里浮现出她之前在店里对着镜子扎头发的动作，照葫芦画瓢地给她扎了一个丸子头——虽然不是很精致，但是很成功。

他帮她把头发扎好之后，她伸手往脑袋上摸了摸，一脸惊讶："你居然会扎头发？"

"那天见你扎过一次，记住了。"他漫不经心的话语里藏着对她的细心观察。

那天？

单意想起来了，她因为要见他父母而去饰品店里买新发绳的那天，对着梳妆镜随意地扎了个丸子头。当时他就站在一旁，默默地看。

然后就学会了？

单意没想到他还特意注意到了这一点。这个男生谈起恋爱来还真是无师自通,每一个细节都刚好戳中她的点。

她继续低头吃饭,又看了一眼他面前的餐盘,上面躺着跟她一模一样的菜,不禁想起刚才的那一幕。

"你刚才说再打一份跟我一样的菜的时候,我还以为阿姨会说我一个人要吃两份呢。"对于那位打饭阿姨的脑洞,单意觉得这话她也是有可能说出来的。

"能吃是福。"

唐星舟说这句话的时候,顺手还夹起了自己餐盘里的一块排骨,塞到她的嘴里。

单意嚼着排骨上的肉,腮帮子一鼓一鼓的,眼神充满了疑惑,有点怀疑他话里要表达的意思。

她因为吃着东西,所以说话含混不清:"你这是夸我呢,还是贬我呢?"

唐星舟这回的求生欲上线了:"夸你,你太瘦了,多吃点。"

女生无论胖瘦,都喜欢听别人说自己瘦。单意满意了,毫无负罪感地低头又啃了一大块排骨。

单意今天晚上是要去酒吧驻唱的,她昨天已经跟老板卓一请了一整天的假,今天不能再不去了。

两人往校门口的方向走,到了酒吧门口,单意想跟唐星舟挥手道别,但是被牵着的那只手没被他放开。

"我今晚陪你吧。"

"嗯?什么?"单意以为自己幻听了,陪她?

他微抬了一下下巴,指了指酒吧里面。

单意这才反应过来他话里的意思:"很无聊的,我要十二点左右才下班,你要一个人在酒吧坐一晚上啊。"

"没事……"

"有事。"单意打断他的话,"我是去上班的,又不能一直待在你身边,酒吧来猎艳的漂亮女人那么多,你被她们勾走了怎么办?"

唐星舟单单是坐在那里,便自成一道靓丽的风景,什么都不用做,就会吸引到异性的目光。

她一副酸溜溜的语气,气鼓鼓的模样甚是可爱。

唐星舟忍不住用手指戳了戳她鼓起来的腮帮子,触感软滑、细腻,偏头笑着:"不会,谁都没有你漂亮。"

某人的情话张口就来。

单意坚决不同意:"那也不行,我不想让她们看到你。"

其实,她主要是怕他无聊,一个人要在酒吧里干坐五六个小时。她不是那种时时刻刻都要男朋友陪着的女生,她觉得每个人都有自己应该要做的事情。

与其让他在酒吧干坐着几个小时,不如让他把时间花在对的事情上面,他可以去思考、去研究那些数学难题,做那样的事情才更有意义。

既然她不需要自己陪,唐星舟也不再强求。他退而求其次:"那等你下班了,我来接你,今晚我不回学校了,就住在我买的那套房子里。"

"好,那我等你来接我。"

她说完这句话的时候,双手捧着他的脸,温柔地揉搓了一下,语气带着轻哄,像叮嘱着让自己不放心的小孩。

单意记得唐星舟说的话,今晚工作结束后就给他发了一条微信。

九点五十七分:"我结束啦。"

那边几乎是秒回。

十点差三分:"好。"

酒吧的员工陆陆续续地离开,卓起看到了刚从员工储物室走出来的单意,主动邀请她:"意姐,一块儿去吃夜宵不,我哥请客。"

两个大男人习惯了晚睡,这个点夜生活才刚刚开始。卓一嘴里含着一根没点燃的烟,步调懒散地往这边走。

单意摆了摆手:"不了,你们去吃吧。"她想起一件事,翻了翻自己的包包,拿出一把钥匙出来,递给卓起。

"对了,这是休息室的钥匙,还给你。我以后晚上不在这里睡了。"

卓起在她工作的第一天就把自己休息室的钥匙给了她,而且只有一把。

"那你以后下班晚了去哪里睡,宿舍早就关门了。"卓起一脸纳闷。

单意跟卓起高中时就认识了,她真心把他当作朋友,也不隐瞒,坦言道:"我不回宿舍睡,去唐星舟那里,他在附近有房子。"

一个女生跟一个男生同居,这两人的关系不言而喻。

卓起很快也想到了其中的缘由,脑袋嗡嗡的,嗓音干涩,有点艰难地发声:"……你,你跟唐星舟在一起了?"

他下午只有两节课,一下课就从学校过来酒吧这边帮忙,一直忙到现在,根本不知道单意和唐星舟"复合"而引起轰动的那些事。

"嗯。"单意点头,眉眼有肉眼可见的甜蜜笑意。

"意意。"门口那边传来一道熟悉、好听的男声。

单意转了下头,看到了已经在门口等着的唐星舟,露出一个大大的笑容来:"来啦。"她朝卓起和卓一各自挥了挥手,"他来接我了,我先走啦。"

她的语气里满是藏不住的开心、雀跃,跟每个陷入热恋期的女生一般无二。

这也是卓起从未看到过的一面。他朝着她欢快的背影望去,不期然地对上一道微冷的目光,是唐星舟的。

唐星舟在看着他,眼神里带着只有男生才看得懂的敌意。

在看到单意走到自己的面前后,唐星舟的眼神倏然转变,目光从冷冽变得温柔。他看着她,摸了摸她的脑袋,仿佛刚才看卓起的那一眼没发生过。

但是卓起知道,唐星舟是在警告自己不要觊觎他的人。

唐星舟看出来了,单意自己都没发现的事,他却发现了,也不知道他是什么时候知道的。

这个男生藏得可真深。

唐星舟来接单意的最终目的已经达到,他牵起她的手往回走:"回家了。"

"回家"这个词语怎么这么好听呢。单意空出来的那只手挽上他的手臂,身体贴近他,步调一致地走着。

唐星舟住的那个小区并不远,所以他是走路过来的。两人静静地走在人行道上,眼下周围寂静,午夜的微风凉意刚好,轻轻吹着。路边昏黄的灯光洒落,投射出两道相依相偎的人影。

进了小区,电梯到了十三楼,唐星舟开了门,他身后的单意脱下鞋子,自然而然地拿起鞋柜上的蓝色拖鞋放到他的脚下,然后自己换上那双粉色的拖鞋。

单意趿拉着鞋子往里走,然后一屁股坐在柔软的沙发上,抱着一个抱枕,用脸颊蹭了蹭,发出一声感叹:"舒服。"

果然跟酒吧那里的休息室还是不同的,这里充满了家的味道。

唐星舟换好鞋子后往卧室方向走:"时间不早了,你先去洗个澡,我去给你拿衣服。"

单意:"什么衣服?"这里有她的衣服吗?

"自然是……"唐星舟故意拉长了语调,"我的衣服。"

她都没有换洗的衣服在这边,只能先穿他的。

他走到卧室门口后,又回头看了她一眼,像是想起了什么:"我记得你的喜好,要穿我的白衬衣,对吧?"

单意听到这句话,瞬间瞪大双眼,上半身趴在沙发椅背上,连忙否认:"什么喜好!我哪有!"那天她只是随口说说的,根本没有那个意思。

唐星舟隐忍着笑意,不听她的辩解,走进去伸手拉开自己的衣柜。

她一直盯着他的动作,看着他往里面伸长了手臂,然后慢慢抽了件衣服出来——

他果真给她挑了一件白色的衬衣。

单意:"……"

唐星舟走到沙发这边,将那件白衬衣递到她面前:"去洗吧。"

单意还保持着刚才的那个姿势,仰起脑袋看他,大眼睛眨巴眨巴的,试图和他商量:"没有别的衣服了吗?"

他微微低了下头,似乎是在跟她提着更好的建议:"或者,你更喜欢……不穿?"后面两个字,他故意说得很慢,语调上扬,带着点坏。

单意一把抓过他手里的那件白衬衣,飞快地跑向浴室,倏的一下便没了人影,生怕他下一秒就改变主意,连衣服都不给她穿了。

唐星舟在身后低声笑着。

305

女生洗澡加上洗头的时间会有些长，单意发现自己的头发最近又长长了些。她肩膀上搭着一条白色的毛巾，长发如瀑，披散在背后，发尾那里还有透明的水珠往下滴落着。

走出浴室后，她怕弄湿地板，于是把头发随意地卷了卷，用毛巾包裹住，一只手固定着往外走。

在客厅没看到唐星舟，她便往卧室走去。

"唐星舟，吹风机在哪里啊，我没找到。"

单意在卧室那张床上发现了他的身影，但是没走进去，歪着脑袋站在门口看他。

她身上穿着那件男式白色衬衣，领口松开两颗扣子，露出精致白皙的锁骨，肌肤细腻，一双修长的美腿暴露在空气中，纤细匀称，毫无赘肉。

因为侧着身子，领口微微往下滑，露出半个莹白的肩膀，好好的衣服被她穿成了斜肩式，偏偏她还不自知。

唐星舟在她洗澡的时候就换上了舒适的睡衣，然后半躺在床上看书。听到她的声音后，他抬起头来便看到这一幕，目光微沉。

他翻身下床，走到书桌前，拿起放在上面的吹风机，朝她勾了勾手指："过来。"

她听话地走了进去。刚走近他，她就被他一只手揽住腰身，手臂圈紧，用力往上一抬，直接让她坐在了书桌上。

木质桌面冰凉，单意身上只穿着一件单薄的白衬衣，大腿有点冷得发颤。她本能地朝着热源贴近，嗓音软软的："冷。"

唐星舟也是后知后觉这里不是一个好地方，刚才抱她的那只手还放在她的腰后，继而扣住，往自己的身体这边拉，然后将她整个人单手抱了起来。

"去床上。"

单意的身体悬空，拿着毛巾的同时用双手环住他的脖子。

唐星舟把她抱到了床边，自己先坐在床沿，然后让她整个人坐在他的大腿上。

他先把吹风机放到床头柜上，插好电源，然后接过她手里的毛巾给她擦着头发——从额头到脑后，轻轻地揉搓着，动作温柔，细心地帮她把发尾的水珠吸走。

她不自觉地靠近着他，把下巴抵在他瘦削的肩膀上，蹭了蹭，声音很轻地说道："唐星舟，我好喜欢你呀。"

——好喜欢你这么温柔对我的样子。

唐星舟偏头亲了亲她柔软的脸蛋，回应着："我也喜欢你。"

喜欢你这么黏我的样子。

他见她的头发没刚才那么湿了，这才重新拿起吹风机，按下开关。呼呼的声音响起——

有温热的风吹到了她的发间，她感受到男生的手轻轻扯起她的头发。

她还保持着刚才的那个姿势，趴在他的肩膀上，闻着他身上那好闻、干净的味道，轻轻闭着眼睛，享受着他的服务。

浑身的疲惫感在温暖的怀抱中得以释放。有人疼爱的感觉是这么好，只是帮你吹头发这么细小的事情，她都觉得内心满足。

唐星舟给她吹了好一会儿，手指陷入她的发丝间，随意地摸了摸，发现干得差不多了。吹风机的声音也就跟着停了下来。

他拍了拍她的头，微微转了下身，把人轻轻地放到床上。她的双手还环着他的脖子没放开，他就这样盯着她看。

少女瀑布般的长发散落在雾蓝色的枕头上，面容恬静乖巧，眉眼如画，颈部线条流畅，锁骨精致。

"明天早上有课吗？"他突然问道。

单意摇了摇头。周二的早上本来是有课的，但是这门专业选修课在上一周刚好结课了。

"那，要不要吃夜宵？"他又问。

单意眼神茫然，吃夜宵？现在？怎么话题一下子转移得这么快。

她眨了眨眼睛，顺着他的话问："点、点外卖吗？"

唐星舟低头直接吻住了她的唇，用行动告诉她。

"你说呢？"

第二天单意是被人吻醒的。

一睁开眼睛，她就看到唐星舟那张俊脸，嘴唇上传来温热的触感，她的意识还未完全清醒，迷迷糊糊地就让他攻略城池。

她浑身酸软,连挣扎的力气都没有,任凭他吻着。

绵长的一记吻后,唐星舟才松开了她,捏了捏她的脸蛋:"起床吃早餐。"

她面颊泛红,眼睛里还蒙着层薄雾,想到了昨天晚上的"夜宵"。

"……不、不吃了。"

唐星舟像是看穿了她的小心思,失笑道:"我买了云吞面,真的不吃?"

单意闹了个乌龙,马上改口:"吃。"不怪她想歪,她现在对夜宵、早餐这些词都有阴影,第一时间没反应过来。

"去洗漱吧。"

唐星舟从床边站起身来,他身上穿着黑色的T恤和七分短裤,往下是精瘦的小腿,又白又细,比女生的还好看。

他没穿昨晚的那件睡衣。

单意用手臂支撑着身体,坐了起来,揉了揉惺忪的眼睛,看到他穿戴整齐的样子:"你什么时候醒的?"

"七点左右,去晨跑了,顺便买了早餐回来。"他一边说,一边朝客厅走。

等单意洗漱完已经是十五分钟后的事,唐星舟站在餐桌旁,面前摆着一碗云吞面,上面撒着嫩绿的葱花,有些许白色的热气缓缓往空中上升着。

单意走过来看了看,问道:"怎么只有一碗?"

"我吃过了。"他把手里的筷子递给她,然后按住她的肩膀,让她坐在了他旁边的那张椅子上。

"小心烫,慢点吃。"他弯腰低头亲了亲她的脸,"我身上出汗了,先去洗个澡。"

单意:"好。"

她昨晚洗的衣服还在阳台晾着,没有干,她也没有别的衣服可穿,而且下午才有课,索性就不回宿舍,先待在这里。

她吃完早餐后收拾着碗筷,刚站起来,突然感觉小腹那里有股暖流往下流。

唐星舟洗完澡出来就看到她捂着肚子的一幕,还没来得及问她话,她就飞快地往浴室跑去。

不过一分钟,浴室门打开一条缝隙,她探出头来,耷拉着一张脸:"唐星舟,我家'亲戚'来了。"

唐星舟刚开始没反应过来:"谁?"

"……"

随后,唐星舟才听懂她话里的意思,他脸上难得有点窘意。很快想到她此刻需要什么东西,他拿起钥匙准备出门:"我去给你买。"

"等等——"她在身后叫住他,语气犹豫,"你知道怎么买吗?"

"知道。"他给了一个出乎意料的答案,怕她乱想,又补了一句,"以前我帮我妹妹买过。"

小区附近刚好就有一间小型超市。唐星舟径直走到摆放女性用品货架那边,凭着记忆找到"日用""夜用"几个关键字,然后各挑了一包。

继而想到她的贴身衣物可能也弄脏了,他又去给她买了一次性的内裤。经过食品区的时候,他脚步停了一下,又买了点生姜和红糖。

买完所需用品之后,他回到自己的那套房子,敲了敲浴室的门,然后把手里的黑色袋子给了她。

她没想到他这么细心,贴身衣物都一并买了,好在发现得早,他的白衬衣没有被弄脏,不然她都不知道怎么面对他。

过了一会儿,她走出浴室,腹部那里隐隐作痛着,她还没走到卧室,脚就有点软了,于是先躺在了沙发上。

唐星舟手里拿着一碗东西走了过来,她闻到了浓烈的姜糖水味。

"我第一次煮这个,你将就着喝。"唐星舟蹲在沙发边上,捧着个碗,低头吹了吹,然后递到她的嘴边。

她低头抿了一口,很辣,估计是生姜放得有点多了。但是她没说什么,继续喝着。

一整碗姜糖水很快被她喝完,她感觉从喉咙往下到腹部都是暖暖的。他把空碗放到一旁:"好点了吗?"

她点点头,伸长了脖子去亲了亲他的唇,声音娇软:"谢谢老公。"

"嗯。"他应了一声后发现哪里不对,"你刚刚喊我什么?"

她也没想到自己怎么突然就喊了那个称呼,她抱着个抱枕,抬头望着天花板,故意说:"没有啊。"

他的一张俊脸逼近她,不肯罢休:"再喊一遍。"

"不,你刚刚明明听到了。"

"没听到。"

"骗人。"

"我耳背。"

"……"

这种话,他也说得出来。

就在单意以为他要放弃的时候,她听到他喊出了那两个字:"老婆,再喊一遍。"

老婆。

他喊她老婆了。

他怎么喊得这么自然呢。

单意"破罐子破摔",扔掉那个抱枕,扑进他的怀里,坚决不让他看到自己那红得快要滴血的脸,小声地在他的耳边喊道:"……老公。"

唐星舟轻笑了一声,拍了拍她的头,见好就收:"换一下衣服,我们出去吃饭。"

吃完饭后,唐星舟直接把单意送回了学校宿舍。

回去的时候,她一直抿着嘴唇不敢说话,生怕被旁人看出什么来,但是到了宿舍后,还是蒙混不过木棉、木槿两个精灵鬼的眼睛。

昨晚单意发微信说自己早上不回宿舍的时候,她们就猜出她应该是跟唐星舟待在一起。

小情侣,热恋期,当然如胶似漆,难舍难分,理解理解。但是,她们对唐星舟还是有一尘不染的印象在的,谁知道他一谈起恋爱来竟然是这样子的。

饶是镇定如温怡然,在看到单意的唇后,那张白皙的脸蛋也泛着害羞的红晕,说不出话来。

单意觉得自己简直没脸见人了。

之后的几天,唐星舟像是"二十四孝男友"一样,下了课就在教室门口等她,然后跟她一起去吃饭。晚上她要是在酒吧驻唱,他就去接她回家,然后第二天再送她回学校。

清大学子们都没想到那个不食人间烟火的舟神谈起恋爱来竟然这么……黏人。

很快到了周末。

单意星期五晚上在酒吧打完工后,就在唐星舟买的这套房子里睡下了,早上睡得迷迷糊糊的时候,就听到有人说话的声音传来,隐隐约约的,听得不太真切。

她被吵醒了,不知道是不是她的错觉,她好像听到了周慕齐的声音。刚打开卧室门,她就听到唐星舟那熟悉的声音:"你小声点。"

"干吗要小声点,这里又没别人,难不成你藏女人了?我今天就是要来骂醒你的,你疯了是不是?不打算去美国了,这么好的机会,你……"

周慕齐噼里啪啦地说出一大堆话,突然戛然而止,目光跟在卧室门口站着的单意对上。

"晕,老四,你真的藏女人了?"

唐星舟意识到气氛不对,转过头去,也看到了她。她一双乌黑的眼瞳里看不清有什么情绪,就那样静静地站在门边。

……也不知道她刚才听到了多少。

唐星舟直接赶人:"你先回去,有什么事,改天再说。"

"我……"周慕齐在唐星舟警告的眼神下及时住了嘴,瞬间怂了,"好吧,我走。"

走之前,他又小声地补了一句:"你自己想清楚点。"然后他又回头看了单意一眼,一副欲言又止的样子,却还是什么也没说。

大门一开一合,男生的身影也跟着消失不见,客厅重新恢复安静。唐星舟走到单意的面前,语气温柔:"是不是吵醒你了,那家伙嗓门太大,你要是还困,就继续去睡……"

"我听到了。"单意没给他岔开话题的机会,直截了当地问他,"你不去美国了?为什么?"

唐星舟躲开她的眼神,还未开口,她又自顾自地接了下去:"是因为……我吗?"

311

他伸出一只手想去牵住她的,却被她轻轻躲开——不想跟他有肢体接触的意思很明显地表露了出来。她微微往后退了一两步,跟他隔开了点距离。

这一举动没来由地让唐星舟心慌起来:"意意,你听我说……"

"你听我说。"单意不想让他碰到她,就是因为怕他干扰到她此刻的思绪。

她低着头没看他,轻喊了一声他的名字:"唐星舟,我不要你为了我而放弃一些什么,那不是我想要的。"

她从刚才周慕齐说的那些话里已经隐约猜到了些什么。她这几天被幸福冲昏了头,都差点忘记他之前说月初就要出国的事情了。

现在都已经五月中旬了,他人还在清大。这不合理。

她很快就想到了问题所在,这件事情本来发展得好好的,中间多了一个她。她成了一个变数,改变了他的决定。

单意:"我认为,只要两个人相爱,距离那些都不是问题。我既然在明知道你要出国的前提下还愿意跟你结婚,那就代表……我爱你,我也支持你。"

唐星舟的心一颤。她说的每一个字都砸在了他的心尖上。

"我支持你去做你想做的事情,去做那些应该做的事情,去做那些对你人生有意义的事情。"

数学对于唐星舟而言,已经是他生命中不可或缺的一部分。

单意读高中那会儿,就听一位老师说过,唐星舟像是一个为数学而生的人。他对数学的那种喜欢和天赋绝非常人能比,将来整个数学界应该会有他的一席之地。

这是个很高的评价了。

而单意知道,这些高评价的背后是唐星舟的努力。

那些都是高中时候的事了。少女的暗恋,隐匿在对他一举一动的细微观察中。

她见过他在学校饭堂吃饭吃到一半的时候,突然从书包里拿出一支笔和一张纸来,然后开始在纸上写写画画。写了一会儿,他又停下来,像是在思考,然后继续写。

没吃完的饭早已被他冷落在一旁。

她见过他经常在图书馆里捧着像砖头一样厚的书，目光专注。他偶尔会闭上眼睛休息一下，然后又睁开眼睛继续看。

她见过他放学后走在校道上，跟旁边的老师讨论着她听不懂的数学题，认真又虚心。

她见过很多很多类似这样的场景。他能被称为"舟神"，离不开他持之以恒的努力。没有天才是不需要努力加持的，只是别人没有看到而已。

如今，他有机会站到更高处，去看更美的风景，她的第一想法就是替他高兴。她相信他终有一天会站在山巅，拥有光芒万丈的未来。

可是，他现在就站在半山腰上，停住了自己的脚步，不往上走了，因为他的身边多了一个她。

她努力调整好自己的情绪，努力让自己的声音听上去清晰一点，她一字一顿地说道："唐星舟，我不要成为你的绊脚石，我想做那个跟你肩并肩的人。"

她想跟他一起爬上那座山，站在山顶看最美的风景。他可以先上去，她会慢慢跟上他的脚步的。

她终于肯抬起头来看他，目光坚定不移，藏着对他的鼓励和期盼。

"所以，我们一起努力吧。

"你去做你想做的事情。"

她说完之后，空气静默了片刻。

两人无声地对视了许久。

半晌，唐星舟动了动，走上前去抱住了她。这回她没再拒绝他的触碰，双手抱住了他的腰身。

好像不用再多说什么，他知道她爱他、支持他就够了。

从很小的时候开始，他就习惯自己独立解决问题，唐奇对他也是"放养式"的，让他自己做主。

学数学这件事是他自己选的，他爸妈也说过支持他的话。但是，单意的支持跟他爸妈不一样，她不是跟在他的身后去鼓励他，她是站在他的身边陪着他。

她说，我们一起努力。他的身边，多了一个她，这条路好像走得也没那么孤独了。

男人声线温润,嗓音低低的:"单意,谢谢你。"

谢谢你陪在我的身边。

单意能感受到他抱得有多用力,脑袋蹭了蹭他的颈窝,眼里泛着泪光,却还是笑着说:"这么感动啊?"

"嗯。"

他没再说话,只是把她抱得更紧了些。

客厅窗户半开,有阳光倾洒进来,两人的身影重叠,他的心此刻被暖意填满。

他偏头吻上她的额,动作温柔至极。

"单意,我觉得自己很幸运。"

很幸运遇到了你。

你是世间独有,再也找不到第二个了。

(上册完)